Drogen, Geld und kalte Füße

Romantikthriller

AF171646

Von Drogen, Geld und Janas härtester Bewährungsprobe

Das Buch

[...]Plötzlich war da kein Motorengeräusch mehr. Die Maschine sackte schwer weg, fing sich dann aber wieder und auch das aggressive Kreischen des Landeanflugs war schlagartig wieder da.
Janas Hände umklammerten die Armlehne so fest, dass die Handknöchel weiß hervortraten. Das Flugzeug legte sich in eine Kurve und plötzlich fiel blendend weißes Sonnenlicht durch das Fenster auf ihre Netzhaut. Es war, als ob ein Schleier von ihrem Gesicht gerissen wurde. Sie sollte nicht hier sein, schoss es ihr durch den Kopf. Sie sollte ... [...]

Zwei Drogenbosse fusionieren 1995 bei einem Treffen auf den Bahamas - Jana ahnt nicht, welchen gravierenden Einfluss das auf ihr Leben haben wird. Die Globalisierung im Drogenhandel wirkt sich bis in die bayerische Provinz aus und die ersten Kinder sterben. Die Kommissare Melzer und Jürgen "Jay" Bergmeister ermitteln fieberhaft, während Janas Liebe zu Jay auf Abwege und sie selbst bald in Lebensgefahr gerät. (dritter Krimi der Jana-Jay-Reihe)

DROGEN, GELD UND KALTE FÜßE ist spannender Krimigenuss, pikant gewürzt mit Romantik und schlanken Rezepten.

Die Autorin

Eva B. Gardener lebt in einer bayerischen Kleinstadt in der Nähe von München. Wie ihre Hauptfigur Jana in *DROGEN, GELD UND KALTE FÜßE* ist sie Gartenexpertin, Autorin und computerbegeistert. Sie reist, schreibt und fotografiert gerne und teilt ihre Erfahrungen in Büchern, Zeitschriften und im Internet. www.evabgardener.de

Drogen, Geld und kalte Füße

Romantikthriller

Eva B. Gardener

Orte, Handlungen und Personen in diesem Buch sind entweder frei erfunden oder sie werden als Fiktion eingesetzt. Ähnlichkeiten mit Namen und Geschichten lebender oder verstorbener Personen, Orten oder Ereignissen sind rein zufällig.

Bibliografische Information der Deutschen Nationalbibliothek
Die Deutsche Bibliothek verzeichnet diese Publikation in der Deutschen Nationalbibliografie; detaillierte bibliografische Daten sind im Internet über
http://dnb.d-nb.de abrufbar.

DROGEN, GELD UND KALTE FÜßE
Alle Rechte liegen bei der Autorin
© Eva B. Gardener
Überarbeitete Neuauflage 2015
(Erstauflage unter dem Titel "Traumfigur", BoD, Norderstedt 2008)

Herstellung und Verlag: BoD - Books on Demand, Norderstedt 2015
Printed in Germany ISBN 978-3-7392-1131-2

Prolog

Drogen, Geld und kalte Füße
Romantikthriller

August 1995
Der Sonnenuntergang über dem Meer vor Kamalame begann goldfarben, festlich gewandet wie eine schöne Frau in einem schillernden Abendkleid. Jeder, der sie sah, hielt den Atem an, bewunderte, wie sie tanzte, wie sie funkelte, und alle, die sie kannten, wussten, gleich würde sie sich in Feuer und Glut verwandeln; und sie warteten darauf, dass sie immer wilder und leidenschaftlicher wurde, bis sie schließlich den Kampf gegen die Nacht verlor und diese sie verschlang.

'It's better in the Bahamas'. Das stand auf jedem zweiten Touristen-T-Shirt und die Touristen, die heute irgendwo auf den über 700 Bahamainseln dem Sonnenuntergang zusahen, würden dem zustimmen.

'It's better in the Bahamas' stand auch auf den T-Shirts der zwei Männer, die am Strand von Kamalame standen. Zwei weitere Männer, auch mit Bahama-T-Shirts, hielten sich links und rechts der Veranda zwischen Palmen und Hibiskussträuchern verborgen. Dass diese Männer keine Touristen waren, hätte ein zufälliger Passant daran erkannt, dass sie im weißen Pudersand polierte, schwarze Schuhe, dunkle Hosen und ihre Waffen im Schulterhalfter trugen. Doch am Strand dieses privaten Eilands gab es keine zufälligen Passanten und keine Touristen, und die Männer hatten auch kein Interesse am Sonnenuntergang. Sie taten ihre Arbeit, nämlich das Meer und den Himmel im Auge behalten. Sie waren bereit, ihre Auftraggeber mit ihrem Leben zu schützen – nicht weil ihre Auftraggeber es wert waren, sondern weil man sie dafür bezahlte.

Der kleine Rollschwanzleguan, der vorne im Sand die letzte Abendsonne genossen hatte, blinzelte und machte sich auf den Weg zu seinem Nachtquartier. Und auch der Pelikan, der sich vor einer Stunde auf einem Holzpflock am Strand niedergelassen hatte, gab auf und flog im dahinscheidenden Licht davon – hier würde heute niemand mehr angeln, also fielen auch keine Fische für ihn ab.

Die beiden Männer, die auf der Veranda der 10-Millionen-Dollar-Villa saßen und über die Zusammenführung ihrer Geschäfte sprachen, waren sich der paradiesischen, tropischen Kulisse um sie herum durchaus bewusst. Sie sahen sich selbst in diesem Bild und es gefiel ihnen, was sie sahen: Sie, die Führer zweier Drogenimperien, die über Leben und Tod entscheiden konnten, entspannten sich bei einem Glas besten schottischen Highland-Whiskys, denn zur Feier des Tages hatten sie sich eine Flasche Balvenie Cask 191 Rare einfliegen lassen.

"Mit anderen Worten, unsere Fusion nimmt wie geplant ihren Lauf", sagte Jack R. Turner. Der Mann, der den Kokainmarkt der amerikanischen Ostküste beherrschte und der seine Geschäfte gerade nach Europa ausdehnte, schwenkte sein Glas sanft im Kreis und beobachtete die langsam rotierende Bewegung der kostbaren Flüssigkeit. "Die neue Organisation wird straffer, effektiver und spart Personal auf den teuren Ebenen."

"Ja. Die unbrauchbar gewordenen Teile sind abgesprengt", ergänzte Diego Alvarez, der den Markt der amerikanischen Westküste und einen Großteil Asiens in der Hand hatte, und führte sein Glas an die Nase. Mit geschlossenen Augen wartete er auf den Duft von Toffee, Marzipan, Eiche und Rosinen. Dann nahm er einen kleinen Schluck.

Auch Turner nippte an seinem Whisky und ließ die Flüssigkeit weich über die Zunge rollen, bevor er sie langsam die Kehle hinabrinnen ließ.

"Was ist mit dieser Schlüsselposition in Deutschland für den mittel- und nordeuropäischen Markt?", fragte er, als er sich schließlich von dem Nachhall des Whiskys lösen konnte.

"Die Stelle wurde neu besetzt. Der vorherige Mann taugte nichts. Zu viele Kokain-Lines wanderten durch seine eigene Nase." Alvarez verschwendete keinen sentimentalen Gedanken an Harald Blend, mit dem er seine ersten Geschäfte gemacht hatte, als er die Firma von seinem Vater übernahm, und den er jetzt hatte liquidieren lassen.

Turner nickte. "Drogensüchtige sind nur gut zum Ausnehmen, aber ansonsten unzuverlässig und fürs Geschäft unbrauchbar. Gut, dass das Problem gelöst ist. Jetzt müssen wir also nur noch deinen Verbindungsmann für Asien austauschen. Mein Mann steht in den Startlöchern."

"Keine Sorge, spätestens übermorgen kann er seinen Job in Honolulu antreten. Dann wird Rosenberg, unser Noch-Verbindungsmann den Platz geräumt haben."

"Freiwillig?"

"Nicht wirklich. Rosenberg ist nach außen hin ein erfolgreicher Hotelbesitzer, er hat Hotels in Waikiki, zum Beispiel das 'Hawaiian Beach Pearl", und in Hongkong auch ein paar, ich hab die Namen vergessen.

"Nach außen hin?", fragte Turner.

"In Wirklichkeit gehen seine Hotelgeschäfte schlecht, deshalb war er damals leicht anzuwerben. Für uns war er nützlich, weil bei ihm häufige Reisen nach Asien unverdächtig waren."

"Verstehe. Ihr hattet ihn finanziell in der Hand."

"Ja, Rosenberg macht gerne einen auf dicke Hose. Und so wird er auch morgen der Stadt Honolulu eine Skulptur schenken, die er in Los Angeles anfertigen lassen hat und die er per Flugzeug einfliegen lässt. Das Übergabebrimborium ist für 13 Uhr geplant."

"Solch großzügige Geschenke wird er sich wohl bald nicht mehr leisten können", sagte Turner trocken.

"Ich fürchte, die Stadt wird schon von diesem Geschenk nicht viel haben. In der Skulptur ist ein Sprengsatz, der sie um 13.05 Uhr samt Rosenberg in die Luft jagen wird."

"Aber wird ein so auffälliger Abgang nicht das FBI auf den Plan rufen?"

"Darauf hoffe ich. Nicht nur das FBI, sondern auch CIA, USNCB und alle möglichen anderen. Alle außer der Drogenfahndung, denn eine palästinensische Extremistengruppe wird sich zu dem Anschlag bekennen."

"Verstehe. Es soll nach "Kampf dem Zionismus" aussehen."

"Genau. Und letztendlich wird es für weniger Aufregung bei der Polizei in Hawaii sorgen, als wenn er pleitegehen würde, womöglich im Gefängnis landete und dann seine Geschichte an irgendwen verkauft."

Turner nickte. "Ja, besser, er verschwindet ganz schnell komplett von der Bildfläche."

Die Männer hoben die Gläser. Ein leises Klimpern und Stimmen aus dem luxuriös ausgestatteten Salon hinter ihnen veranlasste sie, sich umzudrehen. Sanfte, karibische Klänge waberten von dort zu ihnen nach draußen.

Der Portier, der die Musik angestellt hatte, schob nun die zwei jungen, schwarzen Frauen, die er für heute Nacht besorgt hatte, nach draußen. Die beiden zeigten artig ihre weißen Zähne, sie hatten runde, freundliche Gesichter und hübsche Titten, wie die gehäkelten Bikini-Oberteile nicht nur erahnen ließen.

"Ah, Leila und Cynthia", sagte Alvarez. "Da seid ihr ja. Tanzt doch ein bisschen für uns."

Die jungen Frauen waren froh, erstmal nur mit Tanzen beschäftigt zu sein, bevor diese Rattengesichter anfingen, sie zu begrapschen und ihre goldberingten Finger in ihre privaten Körperöffnungen zu schieben. So ließen sie ihre prallen Hintern unter den bunten

Miniröcken wippen und bewegten sich im Takt um den Tisch herum, immer ein wenig außer Reichweite. Währenddessen hofften sie, die Männer würden von dem Whisky viel und schnell trinken, damit dieser Abend bald vorbei wäre.

1

Drogen, Geld und kalte Füße
Romantikthriller

Dezember 1995
Plötzlich war da kein Motorengeräusch mehr. Die Maschine sackte schwer weg, fing sich dann aber wieder und auch das aggressive Kreischen des Landeanflugs war schlagartig wieder da.

Janas Hände umklammerten die Armlehne so fest, dass die Handknöchel weiß hervortraten. Das Flugzeug legte sich in eine Kurve und plötzlich fiel blendend weißes Sonnenlicht durch das Fenster auf ihre Netzhaut. Es war, als ob ein Schleier von ihrem Gesicht gerissen wurde. *Sie sollte nicht hier sein*, schoss es ihr durch den Kopf. *Sie sollte* ...

Der Kapitän ließ das Flugzeug weiter absacken, das grelle Licht war wieder weg und Janas Gedanken wurden davon unterbrochen, dass sich ihr Mageninhalt bis zur Kinnunterkante hob. Mit Mühe unterdrückte sie den Brechreiz. Landen und Starten gehörten nicht zu ihren Lieblingsbeschäftigungen.

Als das Flugzeug wieder ruhiger und parallel zur Wasseroberfläche flog, atmete sie tief durch, bis sich ihr Mittagessen wieder dahin sortiert hatte, wo es hingehörte.

Es war nicht richtig, dass sie in dieser Maschine saß, schüttelte Jana den Kopf und lockerte den Griff um die Armlehne etwas. Und das dachte sie nicht, weil sie nach 18 Flugstunden innerhalb von zwei Tagen immer noch kein bisschen Vertrauen in die Flugzeugtechnik entwickelt hatte, sondern weil sich das Flugzeug, in dem sie saß, im Landeanflug auf Honolulu befand.

Sie sollte nicht hier sein.

Ihre Flugangst hatte Jana, die eigentlich Diana Reissig hieß, noch nie daran gehindert, um die halbe Erde zu reisen. Das Ziel, das sie erreichen wollte, hatte sie immer wieder dazu getrieben, sich trotz Angst in eine dieser lackierten Metallkisten mit bewegungslosen Flügeln zu setzen. Aber diesmal war es nicht das Ziel gewesen, das sie anzog, diesmal war es ihr darum gegangen, so schnell es ging eine möglichst große Entfernung zwischen sich und ihrem Zuhause in Bayern zu bringen – 7610 Flugmeilen, um genau zu sein, zwischen sie und Jay.

Sie sollte nicht hier sein.

Sie hatte etwas Furchtbares und furchtbar Dummes getan, das wurde ihr jetzt bewusst, etwas, was niemand verstehen würde – niemand außer vielleicht Jay. Nein. Das würde auch er nicht verstehen – sie verstand sich ja selbst nicht mehr.

Jana sah auf ihre Armbanduhr, sie hatte sie bereits umgestellt, es war 10.30 Uhr Honolulu Ortszeit - 11 Stunden früher als in Deutschland. Sie musste Jay anrufen, sie musste ein Lebenszeichen geben, musste sich entschuldigen – sie war durchgedreht, hatte überreagiert ... Um Verzeihung bitten, konnte sie ihn nicht, es war unverzeihlich, was sie getan hatte.

Wieder sah sie auf die Uhr. 10.32 Uhr. Bald würden sie landen, sagte sie sich, und das Erste, was sie tun würde, wäre eine Telefonzelle zu suchen. Doch der Blick aus dem Fenster neben ihr zeigte wie seit Stunden nur das unendliche Blau von Himmel und Pazifischem Ozean.

Sie nahm die Papierserviette von ihrem Tablett mit den Plastiküberresten einer Flugzeugmahlzeit und zerknüllte sie ungeduldig in ihrer Hand. Sie beugte sich vor und versuchte an ihrer Sitznachbarin vorbei aus dem Fenster auf der anderen Seite der Kabine zu schauen. Aber das Flugzeug legte sich erneut in eine Kurve und ihr Busen in die Reste der Sahnesoße.

Mist, dachte Jana mit Blick auf den verschmierten, rosafarbenen Seidenstoff, der an ihrem Busen klebte.

Sie zog den Stoff von ihrer Brust weg, um den Fleck besser begutachten zu können. Dann ließ sie ihn zurückfallen und zuckte mit den Schultern: Was spielte es jetzt noch für eine Rolle, wie sie aussah, jetzt, wo sie Jay... Sie konnte den Gedanken nicht bis zu Ende denken.

Sie verdiente es, beschissen auszusehen, nach dem, was sie ihm angetan hatte. Das hatte sie schon heute Morgen vor dem Spiegel gedacht. Sie hatte erst gar nicht versucht, die verheulten Augen wegzuschminken und sogar auf ihre geliebten großen Ohrringe hatte sie verzichtet - obwohl sie sich zu dem Zeitpunkt noch eingeredet hatte, sie hätte für alle Beteiligten das Beste getan, auch wenn es schmerzte. Jetzt wusste sie, dass das, was sie getan hatte, der Fehler ihres Leben war.

Jay. Wie sie ihn jetzt schon vermisste. Eigentlich hieß er ja Jürgen, aber irgendein Amerikaner, den er vom Segeln her kannte, hatte ihn Jay genannt, weil er Jürgen nicht aussprechen konnte, und der Name war ihm geblieben. Jay war eigentlich Kriminalhauptkommissar Jürgen Bergmeister und arbeitete bei der Kriminalpolizei in Erding.

Sie liebte Jay, weil er einer war, der den Dingen auf den Grund ging, und weil sein innerstes Anliegen der Schutz der Gemeinschaft war - deswegen war er Polizist geworden. Und sie begehrte Jay wegen der kindlichen Freude und Verletzlichkeit, die aus seinen dunklen Augen schien, wann immer er sie ansah.

Ja, manchmal hätte sie am liebsten den ganzen Tag nichts anderes getan, als ihn anzusehen oder ihre Hände über seine bartschattendunklen Wangenknochen, über das Kinn und über seinen Körper wandern zu lassen. Allein der Gedanke an das Gefühl dieser Haut unter ihren Händen - die glatten und die stoppeligen Stellen und die flaumigen Flächen – ließen ihr Schauer über den Rücken laufen. Schnell schüttelte sie die Erinnerung ab: Wie willst du das durchstehen, Jana, wenn du dich solchen Erinnerungen hingibst, ermahnte sie sich. Du hast den Fehler begangen und nun musst du dafür bezahlen.

„Honolulu", sagte sie laut, als endlich die vertraute Skyline vor dem Fenster auftauchte. Und die gelbliche Schmiere versuchte sie dann doch mit dem ungebrauchten Zipfel der Papierserviette wegzureiben.

Es war schon das vierte Mal, dass Jana hier auf Oahu, der Hauptinsel der hawaiianischen Inselgruppe, landete. Und wenn sie es recht bedachte, war Hawaii jedes Mal auch das Ende einer Flucht gewesen. Einmal war sie vor der Leere des Alltags und einem langweiligen Job geflohen, zweimal vor Liebeskummer, und diesmal … was eigentlich?

"Gleich haben wir es geschafft", sagte sie und strich sich eine honigblonde Strähne aus dem Gesicht. Aber ihre amerikanische Sitznachbarin antwortete nicht, sie war den Margaritas aus ihrer mitgebrachten Plastikflasche erlegen und eingeschlafen. Ihr Kopf war schwer zur Seite gesunken und ihre hellblonden, langen Haare ergossen sich über ihre Schultern und den grauen Sitzbezug.

Auch gut, dachte Jana, denn Jenny, die eigentlich Jennifer White hieß, hatte sie in den ersten Stunden nach dem Start in Los Angeles mit einem Wortschwall nach dem anderen übergossen – weswegen ihr

Jana aber dankbar gewesen war, denn so hatte sie die Stimmen aus ihrem Kopf zurückdrängen können.

Jenny war ihr schon beim Einchecken zur letzten Flugetappe aufgefallen - wahrscheinlich nicht nur ihr, denn es gab wenige Passagiere, die den Flughafen in kurzen Lederhosen und mit Kopfhörern, die mit rosa Plüschhasenohren verziert waren, betraten. Und zufällig war sie dann ihre Sitznachbarin geworden.

Jenny hatte ihren Job als Sekretärin in einer kleinen, schmierigen Detektei in Hollywood aufgegeben, hatte Jana einem ihrer Ergüsse in amerikanischem Slang entnommen. "Ich hab genug von all diesen Scheidungskriegen und von den fettigen Fingern meines Chefs auf meinem Arsch", hatte sie gesagt und dabei wild gestikuliert. Außerdem hatte sie im letzten Jahr drei Verlobte verschlissen, die sich allesamt als Nieten oder Schmarotzer entpuppt hatten. Als der letzte – ein Künstler - sich von ihr 1.000 Dollar für seinen Kokskonsum leihen wollte, hatte ihr das den Rest gegeben.

"Wofür brauche ich schon so einen verdammten Versager", hatte sie am Ende gelallt, die Zunge von den Margaritas gelähmt. "Hawaii, das ist das Paradies. Da werde ich glücklich sein. Ohne Mann."

Jana hatte nichts dazu gesagt, sondern sich tiefer in ihr aufblasbares Nackenkissen gedrückt, das ihr ihre Busenfreundin Juli mal geschenkt hatte. In Hawaii glücklich zu sein, damit rechnete sie nicht. Sie hatte nur unbedingt weg gemusst von dieser Beklemmung und Angst, die übermächtig in ihr gewachsen war während der letzten Tage zu Hause in Freising.

Ganz Oberbayern, von den Alpen im Süden bis über Freising im Norden von München hinaus, war fest im Griff trüber Novembertage gewesen. Das Blauweiß des Himmels hatte sich hinter dicken, dunklen Wolken versteckt und statt Schnee hatte es nur Nebel und Regen gegeben. Solange Jana in der Arbeit war und Hobbygärtner zu ihren Pflanzen beriet, hatte sie sich ganz gut gefühlt. Aber zu Hause, wenn sie beim Schreiben an ihrem Gartenbuch aus dem Fenster geblickt hatte, waren da nur die nackten Äste der Bäume gewesen, die starr in den tief hängenden, grauen Himmel ragten. Und auch die Amseln und Spatzen, die sich sonst aufgeregt vor ihrem Fenster um ein paar Krümel stritten, waren verschwunden. Die Welt war grau und trostlos geworden.

Jana wurde bei diesem wochenlang andauernden, öden Anblick von einer bleiernen Schwere befallen, die sie zu Boden drückte und die sie nicht abzuschütteln vermochte.

Die Freunde, allen voran Juli, hatten gefragt, was mit ihr los sei, sie sei ganz anders als sonst. Aber sie wusste es auch nicht. Sie war nicht mehr die muntere, sprudelnde Jana, die sich voller Zuversicht in neue Aufgaben stürzte. Nichts konnte sie derzeit froh machen, nicht mal ihre bevorstehende Hochzeit.

Dabei war Jay der Mann ihrer Träume – und das, obwohl sie, als sie ihn traf, gar keine Träume mehr in Bezug auf Männer gehabt hatte. Sie erinnerte sich daran, wie sie sich kennengelernt hatten, als letztes Jahr in ihrem Büro eine Frau ermordet worden war, und wie sie den Fall gemeinsam aufgeklärt hatten. Wie er um sie geworben hatte, bis sie Vertrauen zu ihm gefasst hatte, und sie ein Paar wurden.

Sie hatten wunderbare Wochenenden am Chiemsee, südöstlich von München, auf seiner kleinen Jacht "Mahalo" verbracht – ausgelassene Tage und leidenschaftliche Nächte. Sicher, sie hatten auch mal eine Krise gehabt, aber die hatten sie überwunden und schließlich hatte er sie mit einem Heiratsantrag überrascht.

Aber statt sich, nachdem sie ja gesagt hatte, auf ihre Hochzeit zu freuen, hatte Jana sich von Tag zu Tag trostloser gefühlt - es war, als legte sich mit dem Herbstnebel und den Wolken auch eine dicke, graue Decke über ihre Seele. Wenn sie unter Menschen war, konnte sie ihre Schwermut einigermaßen verbergen, doch sie zog sich zunehmend zurück.

Wäre es bei der Winterdepression allein geblieben, dann hätte sie nicht fliehen können, sondern wäre wie gelähmt verharrt. Aber die Depression hatte sie wehrlos gemacht. Und als die alten Ängste während der letzten Tage vor der Hochzeit wieder hervorgekrochen kamen, mit böse züngelnden Stimmen, hatte sie keine Kraft zur Verteidigung ihrer Liebe gehabt. Schon einmal hatte sich jemand nach einiger Zeit entliebt, die glühenden Augen waren plötzlich erloschen und dann hatte sie ihn mit einer anderen im Bett gefunden. Und plötzlich war sie sich sicher gewesen, dass ihr dies immer wieder passieren würde. Irgendwann würde auch Jay sie fallen lassen und sie würde tiefer fallen, als jemals zuvor, tiefer als sie ertragen konnte.

Flieh, hatten die Stimmen ihr zugerufen. Flieh, bevor das Unerträgliche geschieht.

Die Angst in ihr hatte sich in der Nacht vor der Hochzeit zur Panik gesteigert und ihr Herz umklammert. Sie war stundenlang in ihrer Wohnung umhergelaufen. Morgens um fünf Uhr hatte sie schließlich ein paar Sachen, den Pass mit dem unbegrenzten USA-Visum und ihr Notebook gepackt und sich von einem Taxi zum Flughafen fahren lassen. Sie musste die Kontrolle über ihr Leben zurückholen, es gab keinen anderen Ausweg, es war besser, es gleich zu beenden.

So war sie gegangen, bevor Jay sie verlassen konnte.

Ihre Entscheidung hatte sich im ersten Moment wie eine Erleichterung angefühlt, als sei die Flucht das einzig Richtige, was sie tun konnte, was sie tun musste. Doch bald waren die Tränen gekommen, die sie auf dem Flug nach New York und danach von New York nach Los Angeles hinter ihrer Schlafbrille versteckte.

Die gestrige Nacht hatte sie dann schlaflos in einem Hotel verbracht, das sie sich am Flughafen von L.A. von einer Anzeigentafel ausgesucht hatte. Sie war auf dem Bett gelegen und hatte an die Decke gestarrt, an der einige von vorherigen Gästen zerquetschte Mücken klebten. Die ersten Zweifel waren aufgetaucht, doch sie hatte sie verdrängt, immer wieder, denn sie war nach wie vor in ihrem verrückten Gedankengang gefangen, der ihr sagte, dass sie das Richtige getan hatte, und dass die Zeit die Wunden heilen würde – seine und ihre.

Auf der letzten Etappe, dem Flug von Los Angeles nach Honolulu, hatte sie dank Jennys Geplapper für eine kurze Zeit etwas freier atmen können. Doch dann, als Jenny still war, würgte es sie bei dem Gedanken, wie sich Jay gefühlt haben musste, als er vor dem Standesamt auf sie gewartet hatte.

Wie hatte sie sich nur in diese Irrwitzigkeit fallen lassen können, fragte sie sich. Wie hatte sie die Welt nur so verrückt wahrnehmen können? Wenn sie je eine Chance auf ein glückliches Liebesleben gehabt hatte, dann doch mit Jay. Und diese Chance hatte sie vertan.

Sie unterdrückte die aufsteigenden Tränen und schaute wieder auf die Uhr. 10.40 Uhr. Sie musste Jay auf jeden Fall anrufen. Sie konnte es nicht wieder gut machen, aber sie konnte wenigstens Anstand zeigen, jetzt wo sie wieder klar im Kopf war. Es tat ihr so unendlich leid, was sie ihm angetan hatte. Das hatte er nicht verdient – er, der seine erste Frau bei einem Polizeieinsatz verloren hatte und den sie nie hatte verletzen wollen.

"Aloha, meine Damen und Herren", unterbrach eine Durchsage des Kapitäns ihre Gedanken. "Leider haben wir noch keine Landeerlaubnis. Aber die gute Nachricht ist: Sie erhalten einen kostenlosen Rundflug über Oahu und die Hauptstadt Honolulu und die Sicht ist bestens."

Noch länger tatenlos in diesen Sitz gepfercht sein, dachte Jana und krallte die Hände ineinander.

Als sich das Flugzeug erneut in eine Kurve legte, blickte sie aus dem Fenster, sah die unendlichen Weiten des Pazifischen Ozeans und dann plötzlich jadegrün und türkis schillernd die Ostküste von Oahu - steile, von der Witterung durchfurchte, üppig bewachsene Hänge, die

Spitzen in schwere Wolken gehüllt. King-Kong-Land, dachte Jana unwillkürlich und ließ sich für einen kurzen Augenblick verzaubern.

Sie lehnte ihren Kopf an das kühle Fenster. Hawaii ist die am weitesten von irgendeinem Festland entfernte Inselgruppe, erinnerte sie sich. Doch eigentlich wusste sie bereits aus Erfahrung, egal wie weit sie reiste, vor sich selbst konnte sie nicht davon laufen. Wieso fiel sie nur immer wieder auf diese Illusion herein.

Das Flugzeug kreiste wieder und wieder um die Inseln im Pazifischen Ozean und immer wieder vertröstete der Kapitän die Passagiere. Es schien kein Ende zu nehmen.

Jana sah tausend Mal auf die Uhr. Sie wollte raus, wollte Jay anrufen, wollte sich entschuldigen.

Irgendwann war es kurz vor ein Uhr hawaiianischer Zeit und sie kreisten immer noch.

Schon zwei Stunden Verspätung, seufzte Jana.

Die Passagiere waren inzwischen unruhig geworden, kaum jemand war noch auf dem eigenen Platz. Einige streuten Gerüchte, dass irgendetwas mit dem Fahrwerk nicht in Ordnung sei und man sie nun kreisen ließ, bis das Kerosin aus war – wegen der Notlandung. Andere vermuteten, dass irgendjemand mit einer Seuchenkrankheit an Board war und unten Quarantäne-Maßnahmen eingeleitet wurden. Doch dann zerstreute der Kapitän alle Sorgen und sagte, dass nur ein defektes Flughafenfahrzeug die Landebahn blockiert hatte, aber nun beiseite geräumt worden war.

Alle atmeten auf.

Jana schnallte sich ihre Bauchtasche um, in der sie Pass, Geld, Reiseticket und in einer Seitentasche ihre Lieblingsohrringe gesteckt hatte. Ihre Uhr zeigte 13.03 Uhr. Das Flugzeug sank schnell und Jana spürte den Druck im Kopf und den Ohren.

Jetzt wachte auch Jenny auf und hielt sich den verkaterten Kopf; als das nichts half, holte sie ihre Kopfhörer mit den rosa Plüschhäschenohren hervor und setzte sie auf.

Die anderen Passagiere brabbelten aufgeregt miteinander in ihren Sitzen, gleich waren sie am Ziel und würden entweder von Verwandten, der Reisegesellschaft oder von Hotelpersonal mit Blumenkränzen und Aloha begrüßt werden. Einige hatten ihr Handgepäck bereits griffbereit auf dem Schoß, um gleich nach der Landung hinausstürzen zu können.

Jana sah zu Jenny hinüber und bemerkte, dass sie sich den Magen hielt, anscheinend war der letzte Schluck Margarita nicht so gut gewesen.

"Alles in Ordnung?", fragte Jana. Aber das rosa Plüschhäschen krümmte sich nach vorne und griff im letzten Moment nach dem Kotzbeutel, bevor es sich übergab. Hier war wohl noch jemand, die ihr Leben wieder in den Griff kriegen musste, dachte Jana und reichte ihr eine Serviette.

13.05 Uhr. Niemand war vorbereitet, als plötzlich ein Knall das Flugzeug erschütterte und sich das Fluggeräusch abrupt änderte. Jana drehte sich mit vor Schreck geweiteten Augen um und sah von den hintersten Reihen schwarzen Rauch nach vorne kriechen. Im nächsten Moment schoss das Flugzeug wie eine Rakete nach unten und sie wurde so hart in den Sitz gepresst, dass ihr die Luft wegblieb. Sie hatte keine Zeit zu überlegen, was eben passiert war und was noch passieren würde. Etwas traf sie am Kopf, und schon bevor eine zweite Detonation das Flugzeug auseinanderbrechen ließ und die einzelnen Teile wie Torpedos in den Pazifischen Ozean schossen, hatte Jana das Bewusstsein verloren.

Jürgen "Jay" Bergmeister schaute auf die Uhr an seinem Handgelenk. 22 Uhr. Vor 35 Stunden hatten er und Jana einen Termin vor dem Standesbeamten gehabt. Doch Jana war nicht gekommen.

Sie hatten eine stille Eheschließung verabredet, nur sie beide, der Standesbeamte und zwei anonyme Trauzeugen. Es sollte ihrer beider Tag alleine sein, mit Freunden und Verwandten wollten sie erst später groß und laut feiern.

Als er da alleine auf dem regennassen Kopfsteinpflaster vor dem Freisinger Standesamt gewartet hatte und Jana nicht, wie verabredet, um 10.50 Uhr aufgetaucht war, hatte ihn das nicht weiter beunruhigt. Sie wird sich mal wieder nicht entscheiden können, welche Ohrringe sie tragen will, hatte er gedacht. Er hätte sich vielleicht doch nicht überreden lassen sollen, dass sie sich erst vor dem Standesamt trafen. Aber Jana hatte darauf bestanden. Sie wolle diese Symbolik, dass jeder von ihnen alleine zu dem Punkt kommt, von wo ab sie ein gemeinsames Leben begännen. Frauen, hatte er gedacht. Aber eigentlich war er froh, dass sie so war, wie sie eben war.

Als Jana um 11.05 Uhr immer noch nicht da war, begann er doch von einem Fuß auf den anderen zu treten. Die Standesamtssekretärin hatte schon mehrmals herausgeschaut und ihn an den Termin erinnert – als wenn er ihn vergessen könnte. Waren ihre Blicke am Anfang noch aufmunternd gewesen, ab 11 Uhr zehn waren sie mitleidig geworden.

Um 11 Uhr zwanzig bat er die Dame, ihn in ihrem Büro telefonieren zu lassen. Er wählte Janas Nummer im alten grünen Haus, wo sie noch mit ihren beiden Mitwohnern lebte. Sie wollten erst nach den Flitterwochen eine Wohnung suchen und zusammenziehen.

Jay ließ es läuten, aber niemand hob ab. Dass Janas Mitbewohner Paul und Hannes nicht da waren, wusste er. Aber dass Jana nicht abhob, konnte für ihn nur eines bedeuten: Sie war gerade auf dem Weg hierher.

"Sie wird gleich hier sein", sagte er zu der Standesamtssekretärin, die nun darauf bestand, dass jetzt erst ein anderes Paar vorgezogen werden müsse. Er und seine Zukünftige müssten dann später noch irgendwie eingeschoben werden, falls sie noch kommen sollte. "Doch, doch, sie muss jede Minute eintreffen", sagte Jay.

Er hatte weiter gewartet – erst voller Zuversicht, dann etwas verwundert.

Um 12 Uhr war er mit seinem alten, dunkelblauen BMW zu Jana nach Hause gefahren, hatte die Straße während der Fahrt links und rechts mit den Augen nach ihr abgesucht, während die Scheibenwischer den kalten Nieselregen beiseiteschoben. Keine Spur von Jana.

Schließlich rollte er in die Einfahrt des alten, grünen Hauses. Die nassen Kiesel quietschten unter den Reifen.

Als er aus seinem Wagen stieg, war seine Stimmung nicht gut, aber er war auch nicht wirklich beunruhigt.

Er ging die Betontreppe hinauf, die jetzt im Winter vor allem alt wirkte; der Charme, den Janas Kübelpflanzen ihr im Sommer verlieh, war jetzt nicht einmal zu erahnen.

Die äußere Haustür war nicht verschlossen. Er ging in den Flur und klopfte an Janas Wohnungstür. Keine Antwort. Er drückte die Klinke. Die Tür ließ sich öffnen.

"Jana?" Jay betrat die Wohnung. "Jana?"

Keine Antwort. Alles sah aus wie gewohnt, in der Küche quollen Schraubgläser mit Nudeln, Reis und Kräutern aus den Regalen, in der Spüle standen einige bunte Tassen mit Kaffeeresten. Den getigerten, langhaarigen Kater sah er durch das Fenster draußen im Garten mit eingezogenem Bauch durch das nasse Herbstgras schleichen, wobei er bei jedem Schritt versuchte, die Wassertropfen von seinen Pfoten abzuschütteln.

Er ging durch die Küche und schaute von dort aus ins angrenzende Wohnzimmer. Es wirkte irgendwie aufgeräumter als sonst.

Dann fiel Jay auf, dass Janas Notebook nicht an seinem Platz auf dem zum Schreibtisch umfunktionierten Biergartentisch stand und mit einem Schlag hatte er ein flaues Gefühl im Magen.

Bestimmt war das Notebook in Reparatur, suchte er nach möglichen Erklärungen. Sie hatte doch kürzlich gesagt, dass sie sich den Arbeitsspeicher aufmotzen lassen wollte.

Trotzdem ging er zurück in den Flur und von da aus hinauf in den ersten Stock, wo sich das Gemeinschaftsbadezimmer befand, das sie sich mit ihren beiden Mitbewohnern, die unten auf der anderen Seite des Flurs wohnten, teilte. Janas Zahnputzbecher war leer.

Jay war nach Hause nach Unterschleißheim, ein Ort vor den Toren Münchens, gefahren. Zuerst hatte er sich wie betäubt gefühlt. Er sah nicht die Kisten, die überall halb gepackt herumstanden, weil er und Jana demnächst zusammenziehen wollten – vor der Hochzeit war nicht mehr die Zeit gewesen, ihre Wohnsituation neu zu ordnen, der letzte Fall hatte sein Privatleben gefressen.

Dann nach einiger Zeit schlug seine Stimmung in wütende Hilflosigkeit um. Wie hatte sie das tun können? Warum hatte sie nicht mit ihm geredet, statt ihn einfach stehen zu lassen und zu verschwinden?

Seine Gedanken drehten sich im Kreis, Stunde um Stunde. Kurz nach vier Uhr nachts schlief er ein.

Als Jay ein paar Stunden später aufwachte, fühlte er sich elend aber auch ruhiger. So etwas Schlimmes war ja schließlich nicht passiert. Gut, Jana hatte ihn am Tag ihrer Hochzeit versetzt, aber er kannte doch ihre Wunden. Vielleicht hätte er sie nicht drängen sollen, schnell zu heiraten.

Aber wenn das alles war, würden sie das schon wieder hinbekommen.

Den Sonntag verbrachte er neben dem Telefon und wartete auf Janas Anruf. Es würde ihr leidtun, bestimmt, sie musste sich in einer inneren Notlage befunden haben und würde ihm sicher alles erklären. Er würde es ihr nicht schwer machen.

Doch die Stunden vergingen und von Jana kam kein Lebenszeichen.

Es war Montag geworden und er hatte sich in die Arbeit gequält. Seine Kollegen von der Kripo Erding wussten nicht, warum sein Gesicht so weiß und zerknittert wie sein ungebügeltes T-Shirt war und warum er so unwirsch reagierte, wenn ihn jemand ansprach – sie wussten nur, man ließ ihn am besten in Ruhe, wenn er in so einer Stimmung war, was selten genug vorkam.

Seiner Kollegin Vera waren seine Vorbereitungen trotz der Geheimhaltung der Hochzeit nicht verborgen geblieben und sie kam mit einem roten Papierhut auf dem Kopf und einer Flasche Schampus in der Hand in sein Büro geschossen, um ihm zu gratulieren. Doch als sie ihn sah, mit tiefen Schatten unter den Augen und dem verwundeten Blick, blieben ihr die Worte im Hals stecken und sie riss sich den Hut vom Kopf und versteckte den Schampus hinter dem Rücken. Sie versuchte, ein Gespräch anzufangen, aber er sagte, er müsse einige wichtige Berichte fertigbekommen, die er schon seit Wochen vor sich hergeschoben hatte.

Als Vera hinausging, beugte er sich zwar über die Unterlagen vor ihm, doch seine Gedanken waren bei Jana. Langsam kroch ihm die Angst den Nacken hoch, dass Jana doch eine weiterreichende Entscheidung gefällt hatte, als er zunächst vermutet hatte. Und dass sie diese Entscheidung ohne ihn getroffen hatte.

Am Abend zu Hause zog er die Joggingschuhe an und lief zwei Stunden im Dunkeln über nasse Feldwege und durch schlecht beleuchtete Wohngegenden. Doch er konnte das Gefühl des Bangens nicht aus sich heraustreten.

Als er wieder zu Hause war, sich umgezogen und geduscht hatte, legte er sich auf die Couch. Wenn er die Augen schloss, sah er Janas grüne Augen vor sich, die voller Liebe für ihn waren. Das war doch erst vor ein paar Tagen gewesen, als sie ihn so angesehen hatte, sagte er sich. Oder vor ein paar Wochen? So genau wusste er es nicht. Aber das spielte doch keine Rolle. Sie waren doch zusammengewachsen, langsam und stetig. Das konnte jetzt nicht das Ende sein, das musste sich einfach aufklären.

Aber er wusste, er konnte jetzt gar nichts tun, nur warten, dass sie sich endlich meldete.

Er versuchte, sich auf ein Buch zu konzentrieren, aber es gelang ihm nicht. Schließlich schaltete er den Fernseher ein. Er zwang sich, seine Augen an den Bildschirm zu heften und versuchte, sich auf die Worte des Talkmasters zu konzentrieren.

Es wird alles gut werden, sagte er sich zum hundertsten Mal. Jana würde anrufen und sie würden das gemeinsam wieder in Ordnung bringen.

Die Talkshow näherte sich dem Ende, Jays Lider waren jetzt schwer und immer wieder fielen ihm die Augen zu.

Als die Spätnachrichten über einen Flugzeugabsturz vor der Hawaii-Insel Oahu berichteten, schlief Jay bereits einen unruhigen, erschöpften Schlaf.

Es war kurz nach drei Uhr nachmittags und die Sonne brannte sich in die frische, rote Bootsfarbe der "Tropical Sunset", einer uralten

Segeljacht, die vor der Nordküste Oahus dümpelte. Frische, rote Farbe gab es allerdings nur auf einem kleinen Stück vorne an Deck, denn Tom, the Dooley, und Bill, the Roadkill, wie sich die beiden seit der ersten gemeinsamen Kifferrunde nannten, hatte die Lust am Bootstreichen gleich wieder verlassen. Der Rest des Bootes war also nach wie vor hellblau, jedenfalls da, wo die Farbe noch nicht abgeplätzt war und das darunterliegende rohe Holz freigab.

Nach ihrem kurzen Anfall von Aktivität, ausgelöst von einem Musikvideo mit einer sich auf einem roten Auto rekelnden Blondine, hatten sie beschlossen, in Ruhe auf dem Meer einen durchzuziehen. Auf die Art mussten sie die letzten Krümel Marihuana nicht mit Sandy, ihrer Mitbewohnerin und Vermieterin teilen. Die war sowieso schon seit Mittag high – vom Rum-Angebot der Woche, den sie im Foodland-Supermarkt vom letzten Haushaltsgeld gekauft hatte.

Tom und Bill dösten an Deck, während das Boot mit heruntergelassenen Segeln in den Wellen schwappte. Sie hatten von dem Flugzeugabsturz vor zwei Stunden nichts mitbekommen, denn mit Nachrichten hatten sie nichts am Hut. Wozu sich mit etwas belasten, was man nicht ändern konnte? Ihnen war zwar das Treiben am Hafen in Haleiwa aufgefallen, aber sie hatten gedacht, dass irgendjemand irgendwo den ersten Buckelwal der Wintersaison gesehen hatte und nun wollten alle raus, um das verschreckte Tier zu beobachten.

Tom und Bill waren in die andere Richtung als die anderen davon getuckert, schließlich brauchten sie beim Kiffen keine Zuschauer. Zum Segelhochziehen hatten sie keine Lust gehabt und so waren sie mit dem Hilfsmotor ein paar Hundert Meter parallel zur Küste gefahren und dann aufs offene Meer hinaus.

Das Meer war an diesem Tag sanft – die berühmten Riesenwellen an der Nordküste von Oahu gab es nur, wenn Stürme im Pazifik wüteten oder ein Beben das Meer in Bewegung setzte. Die Jahreszeit für die Stürme war zwar bereits da, doch im Moment war alles ruhig. Wegen dieser Tatsache waren nicht nur die zahlreichen Freizeitsurfer, die wie jedes Jahr zu dieser Jahreszeit aus aller Welt kamen und wie die Heuschrecken in Hawaii einfielen, beunruhigt, sondern auch die Profis. Der Triple Crown of Surfing, die drei wichtigsten Wettkämpfe der weltbesten Wellenreiter, musste seit Tagen pausieren, weil die North Shore das Temperament eines abgestandenen Bieres hatte.

Diese Wellenverhältnisse hielten sogar Tom davon ab, zu surfen, obwohl er sich sehr gerne ölglänzend in Badehose auf seinem Surfboard präsentierte. Aber er wusste, er würde lächerlich aussehen, wenn er mit seinem coolen, roten Board mit dem aufgesprayten Tiger darauf und seinem gefetteten, schwarzen Pferdeschwanz in dieses Badewannenwasser ging. Bill dagegen war froh, diese Ausrede zu haben; er benutzte sein Brett, das er täglich über Nacht ins Schlafzimmer holte und jeden Morgen vor das Haus stellte, sowieso nur noch dazu, sich selbst vorzumachen, er sei hier zum Surfen und nicht etwa, um sich zu bekiffen oder zu besaufen und damit sich selbst aus dem Weg zu gehen.

Jedenfalls war heute definitiv "Surf not up" und Tom und Bill lagen zugedröhnt auf dem Bootsdeck.

Tom fühlte sich schwer und warm unter der tropischen Sonne, er war froh, die Augen nicht öffnen zu müssen. Trotz seines wattigen Dämmerzustandes wurde ihm plötzlich bewusst, dass sich die Geräusche um ihn geändert hatten. Da war neben dem üblichen Schwappen jetzt so ein merkwürdiges Schaben außen am Bootsrumpf. Er versuchte, das Geräusch aus seinem Bewusstsein zu verdrängen, aber es schob sich immer wieder nach vorn.

"Bill?" Tom hob den Kopf zwei Millimeter an. "Hörst du das?"

Bill antwortete nicht, seine strähnigen blonden Haare lagen ihm quer über das Gesicht.

"Hey!" Tom rollte sich auf die Seite und schob sich ein wenig hoch. Er versetzte Bill einen leichten Stoß mit dem Fuß in das Fett, das seitlich über dem Gummizug seiner orangeschwarzen Bermudashorts quoll.

"Ey, was ist denn?" Bill rutschte von dem nervenden Fuß weg.

Doch Tom gab keine Ruhe. "Hör mal. Da ist was außen am Boot."

Bill drehte sich auf die Seite. "Wen juckt das. Ist doch scheißegal."

"Hm." Eigentlich war es Tom auch egal, doch das Schaben kratzte durch seine träge Zufriedenheit. Schließlich quälte er sich in Richtung des nervenden Geräusches und schaute über den Rand des Bootes.

Was er da sah, ließ ihn dann wach werden.

"Bill, da treibt lauter Gerümpel und eine blonde Frau neben dem Boot. Sie hat Blut am Kopf und so ein aufblasbares Kissen um den Hals."

"Ist sie heiß?" Bill blieb liegen und bohrte mit dem Finger in seinem Bauchnabel.

"Häh? Sie hat die Augen zu. Vielleicht ist sie tot!"

"Ey ah. Also gar nicht heiß."

"Hey, wir können sie nicht im Wasser lassen. Wir müssen sie mitnehmen."

"Und dann? Willst du etwa stoned zur Polizei gehen und ne Leiche abgeben?"

"Aber vielleicht ist sie ja gar nicht tot."

"Mann bist du zu, wenn du nicht mal ne Tote von einer Lebenden unterscheiden kannst."
"Aber du! Los, hilf mir. Wir hieven sie an Bord."
Bill rührte sich nicht.
"Hey, du aufgedunsene Ratte, jetzt krieg endlich deinen Arsch hoch", schrie Tom. "Oder muss ich dich erst in die Eier treten?"
Bill richtete sich mit müdem Gesicht auf und kroch grunzend zum Bootsrand.
"Geh du ins Wasser", sagte er zu Tom. "Ich helfe dir von hier oben."
Doch Tom gab ihm einen Stoß und Bill fiel über den Rand, der hier beim Treppenaufgang ohne Reling und Sicherheitsleine war, direkt auf den treibenden Frauenkörper. Bill und der Frauenkörper verschwanden zusammen unter der Wasseroberfläche.
Als Bill wieder an die Oberfläche kam, hustete er das verschluckte Wasser aus. "Du blöder Dreckskerl", fluchte er. "Jetzt bin ich wieder klar und der schöne Stoff war für n Arsch."
"Dann schau jetzt nach, ob die Frau noch lebt."
Bill befingerte die leblos treibende Frau. "Sie sieht gar nicht so schlecht aus."
"Hör auf sie zu begrapschen, sondern schau, ob sie noch lebt."
"Sie fühlt sich warm an."
"Das Wasser ist warm, Mann. Tote werden nur so kalt, wie es um sie herum ist."
"Dann weiß ich auch nicht. Vielleicht sollte ich sie mal länger untertauchen. Dann wird sie schon aufwachen, wenn sie noch lebt."
"Nein, du Blödmann, schieb sie hier 'rüber zur Leiter, dann heben wir sie zusammen ins Boot."
"Und dann?"
"Dann wird uns schon was einfallen, was man mit so einer angetriebenen Blondine tun kann!"

2 Drogen, Geld und kalte Füße

Romantikthriller

Seit heute Vormittag schneite es dicke Flocken und die weiche, weiße Decke verbarg das trübe Grau des Spätherbstes und hüllte die Welt in Stille.

Der Chiemsee lag bleigrau zu den Füßen der Alpen. Wie eine Versammlung von stummen Riesen standen die Berge im Süden hinter dem See und sahen auf die Welt hinab.

Die zwei Männer, die am Nordufer durch den Schnee stapften, konnten äußerlich verschiedener nicht sein, obwohl sie beide Kriminalhauptkommissare der bayerischen Kripo waren.

Melzer von der Kripo Rosenheim fiel auch heute wieder durch seinen ungewöhnlichen Stil, sich zu kleiden, auf, er hatte seine Leibesfülle in einen hellen, flokatiteppichartigen Mantel gepackt, der ihm vom Kinn bis zu den Knöcheln reichte und ihn von Weitem wie einen gut genährten Eisbären aussehen ließ. Seine Wangen leuchteten rosig zwischen Mantel und Fellmütze hervor.

"Schon was Neues von Jana?", fragte Melzer den Mann neben sich.

Jürgen "Jay" Bergmeisters wirkte neben Melzer wie ein Ökotourist. Er hatte wie jeden Winter seit zwanzig Jahren seinen alten Parka aus dem Keller geholt, weil er immer wieder vergaß, sich rechtzeitig eine neue Winterjacke zu kaufen. Melzer hatte sich beim Wiedersehen erschrocken, wie blass und abgemagert Jay aussah, der sich außerdem seit mindestens fünf Tagen nicht rasiert hatte.

Die Spuren der beiden Männer waren die einzigen Fußstapfen im frischen Schnee, sonst gab es nur die feinen Abdrücke einiger Eichhörnchen und Vögel, von denen keiner Melzers Augen entging – sein Vergnügen, Spuren nachzugehen und zu deuten, hatte ihn zur Kriminalpolizei gebracht.

"Nein, nichts", antworte Jay auf Melzers Frage, ohne den Blick vom Boden zu heben. "Zwei Wochen lang kein Lebenszeichen, keine Aussprache, gar nichts."

"Hm", brummte Melzer unter seiner Fellmütze mit den eingearbeiteten Ohrenschützern. Oben auf der Mütze hatte sich der Schnee wie zu einem weißen Dach getürmt. "Jana neigt ab und an mal dazu, auszuflippen, wie wir beide wissen, aber so lange braucht sie sonst nicht, um wieder auf den Teppich zu kommen."

Melzer kannte Jay schon länger von Fortbildungen der oberbayrischen Kripo, Jana hatte er erst vor ein paar Monaten kennengelernt, als sie und Jay ein totes Mädchen im Chiemsee gefunden hatten, Melzer war der ermittelnde Kommissar gewesen.

"Was ich nicht verstehe", sagte Jay, "Jana ist in allem eine entschlossene Kämpferin, ist so hartnäckig, gibt nicht auf. Denk nur an die Ermittlungen wegen des toten Mädchens. Aber wenn es um Liebe geht, tritt sie die Flucht an."

Melzer erinnerte sich nur zu gut an Janas Ermittlungen, sie hatte seine Nerven zum Flattern gebracht und das sollte schon was heißen. Doch am Ende hatten die Ermittlungen von Jana, Jay und Melzer zur Aufdeckung eines Menschenhändlerrings geführt und die Drei waren gute Freunde geworden.

"Hat sie nicht vor Kurzem sogar einen Selbstverteidigungskurs gemacht, damit sie für das nächste Mal besser vorbereitet ist?", fragte Melzer mit Schaudern.

"Ja, hat sie. Und sie hat den Kurs sogar wiederholt, damit ihr die Abläufe wirklich in Fleisch und Blut übergehen."

"Ich hoffe trotzdem, dass ich das nächste Mal nichts mit ihren Ermittlungen zu tun habe, so wie sie sich selbst immer wieder in Gefahr bringt. Das ist nichts für meine Nerven."

"Kann ich verstehen." Jay musste grinsen.

"Und du meinst, ihr Verschwinden vor der Hochzeit war eine Art Panikreaktion?" Melzer schlug seine Hände gegeneinander, um sie aufzuwärmen.

"Ja. Ich hab nachgedacht, sie wirkte tatsächlich in den letzten Wochen niedergeschlagen. So, als liefe sie nur auf Sparflamme. Ich hab sie gefragt, was los ist und sie sagte, es sei nichts Wichtiges. Sie komme nur mit ihrem Buch nicht recht voran. Es hat mich, ehrlich gesagt, nicht wirklich beunruhigt. Ich hatte da diesen Mordfall ..."

"Haben wir nicht immer irgendeinen Mordfall?"

"Ja, du hast recht. Scheiße. Ich hätte mir die Zeit nehmen sollen."

"Ich wollte dir nicht die Schuld geben, Jay. Sie hätte was sagen können. Sie findet ja sonst auch Mittel und Wege, sich durchzusetzen." Melzer klopfte ihm aufmunternd auf die Schulter. "Und jetzt wo sie den Selbstverteidigungskurs gemacht hat, hättest du ja auch gar keine Chance mehr gegen sie, wenn sie sich durchsetzen will."

"Jedenfalls glaube ich, sie hat einfach wieder Angst gekriegt. So, wie damals, als ich sie kennenlernte, da wollte sie ja auch keinen Mann an sich heranlassen." Jay presste die Lippen aufeinander. Er hatte gedacht, Jana hätte seitdem gelernt, ihm zu vertrauen.

Melzer schwieg. Er hatte keine beschwichtigenden Worte. Es war so, wie es war.

"Jetzt im Nachhinein finde ich es auch merkwürdig, dass sie nicht mal ihren Eltern was von der bevorstehenden Hochzeit gesagt hat", fuhr Jay fort.

Melzer schwieg. Er wusste, dass man als Kriminalbeamter in seinem Privatleben manchmal verflucht langsam schaltete.

Die beiden Männer stapften weiter durch den Schnee. Schilf und Gehölze stakten links und rechts von ihnen durch die weiße Decke, gaben auf der Wasserseite immer wieder den weiten Blick über den See frei. Die Villen auf der anderen Seite des Fußweges standen fast alle leer, sie wurden nur in der warmen Jahreszeit bewohnt, wenn die Sommergäste den Chiemgau überschwemmten.

"Ich werde sie suchen", sagte Jay nach einiger Zeit wortlosen Dahinschreitens.

Melzer beugte sich vor, um die Tierspuren vor ihnen im Schnee besser sehen zu können. "Und wenn sie nicht gefunden werden will?"

"Das Risiko gehe ich ein", sagte Jay. "Weißt du, ich dachte zuerst, sie brauche Zeit, sich zu besinnen. Deshalb habe ich stillgehalten und einfach nur gewartet."

Melzer richtete sich auf. "Hört sich ja auch vernünftig an."

"Ja, aber wann ist Jana schon mal vernünftig. Und vielleicht quält sie sich wegen ihres Verhaltens und denkt, es gäbe kein Zurück mehr."

"Hm." Melzer blickte Jay ernst an. "Gibt es das denn?"

Jay blinzelte wie geblendet und schaute dann über den See, aber der Blick zu den Bergen wurde jetzt vom dichten Schneetreiben verhüllt und verlor sich im Nichts. Er zuckte mit dem Schultern.

"Gibt es das denn jemals wirklich?"

"Jay, ich hab auch berufliche Gründe, warum ich dich treffen wollte", sagte Melzer, als sie weitergingen. Er überlegte, wie er den Köder am geschicktesten auswerfen konnte. "Hat mit meinen Ermittlungen bezüglich des Dealermords in Rosenheim zu tun."

"Ich erinnere mich dunkel. Das war in der Oktoberfestzeit, oder? Wie hieß der Ermordete noch mal?" Jay strich sich den Schnee von den Haaren.

"Sein Name war Harald Blend. Die Drogenfahndung hatte ihn im Visier. Die Kollegen wollten aber auch die Hintermänner schnappen, deshalb hatten sie mit dem Zugriff noch gewartet."

"Doch dann wurde er ermordet. Ja, ich erinnere wieder. Jemand hatte ihm eine Pistole ans Genick gesetzt. Es war eine Hinrichtung."

"Ja. Die Art, wie der Mord ausgeübt wurde, könnte auf einen Profi deuten. Aber andererseits: Jeder, der mit der Jagd zu tun hat oder mit der Schlachtung von Tieren, hat das Wissen, wie man jemanden per Genickschuss tötet."

"Was dealte Blend denn? Cannabis, Koks, Heroin?"

"Als Letztes vor allem Koks. Er hatte vor ein paar Jahren ganz klein mit zwei Studenten angefangen, die Marihuana in einem kleinen Hafen bei Genua abholten und nach Bayern brachten. So finanzierten sie sich ihren eigenen Konsum."

"Lass mich raten: Und dann wurde er gierig?"

"Ja, sehr gierig. Aus Cannabis wurde Koks, er fütterte Kunden an und nahm sie nach und nach aus. Zum Schluss dealte er nicht mehr selbst, sondern managte Beschaffung, Personal und Vertrieb."

"Ich nehme an, die Einnahmen reichten dann wohl für etwas mehr als den Eigenkonsum."

"Ja, und Blend hat sein Liefergebiet im Laufe der Zeit bis nach Mittel- und Nordeuropa ausgeweitet. Aber auch das war ihm wohl nicht genug, denn er erpresste seine früheren Freunde aus den Anfangstagen, die inzwischen gut dotierte Jobs hatten, mit dem Drogenkonsum in ihrer Vergangenheit."

"Welch sympathischer Zeitgenosse der Mann doch war."

"Ja, Motive, ihn zu töten, hätten viele gehabt, dementsprechend vielen Fährten mussten wir nachgehen. Doch die Geschichte geht weiter: Wenige Tage nach der Ermordung von Blend ist hier am Chiemsee ein Mann ertrunken. Er fiel von Bord eines der Passagierdampfer, der Irmingard, und verschwand. Hunderte Menschen sahen das. Seine Leiche konnte jedoch nie gefunden werden."

"Und wo ist da der Zusammenhang?"

"Wart's ab. Sein Name war Richard Brown, ein amerikanischer Tourist - das dachten wir jedenfalls zuerst. Es gab zunächst keinerlei Anlass einen Zusammenhang zwischen der Hinrichtung des Dealers und dem Ertrinken von Richard Brown aus Kalifornien herzustellen. Die amerikanischen Behörden hatten uns Brown zunächst als unbescholtenen Familienvater und Vertreter für Kleinelektroartikel dargestellt. Er hat nie schwimmen gelernt, also hielten alle seinen Tod für einen Unfall."

"Ein Kalifornier, der nicht schwimmen kann?" Jay zog die Augenbrauen hoch.

"War auch mein erster Gedanke, aber er und seine Frau stammen ursprünglich aus Colorado", sagte Melzer. "Sie kamen erst vor ein paar Jahren nach Kalifornien. Jedenfalls wurde inzwischen in Los Angeles ein kolumbianischer Drogenring, oder ein Ableger davon, aufgedeckt und Browns Name tauchte auf. Stell dir vor: Richard Brown hat nicht nur die Kleinelektrofirma bei seinen Reisen repräsentiert, sondern auch dieses Drogenkartell."

"Interessante Kombination. Dafür gibt's in der Betriebswirtschaftslehre bestimmt einen Fachausdruck."

"Genau. Und das Koks, das über Genua hierher zu Blend kam, stammte auch aus Kolumbien."

"Du denkst, dass es eine Verbindung zwischen dem toten Dealer und Richard Brown gab", stellte Jay fest.

Melzer verkniff sich ein Grinsen, als er sah, dass der Fisch den Köder ins Visier nahm. "Möglicherweise ja."

Jay strich sich über sein stoppeliges Kinn. "Blend hatte sich zu einem Mann in einer wichtigen Schlüsselposition entwickelt", dachte er laut. "Und die Drogenfahndung war ihm dicht auf den Fersen. Vielleicht hatten die Hintermänner davon Wind bekommen und hatten Angst, dass er plaudern könnte?"

"Genau, das ist auch meine Überlegung. Brown könnte der Mörder von Blend gewesen sein."

"Hm. Ziemlich weit hergeholt, aber auch nicht ganz unmöglich – wenn nicht auch Richard Brown tot wäre."

Melzer bückte sich und nahm mit seinen rosigen Wurstfingern etwas Schnee auf, um ihn zu einem Schneeball zu formen. Aus den Augenwinkeln beobachtete er Jay und sah, dass er bereit zum Zuschnappen war.

"Ihr habt doch bestimmt mit Tauchern nach der Leiche von Brown gesucht, oder?", sagte Jay, auch wenn er die Antwort kannte.

"Klar. Jede Menge Taucher, aber nichts gefunden." Melzer warf den Schneeball gegen einen Baum.

"Kann er den See lebend verlassen haben?"

"Wir haben sein Bild in die Zeitung gesetzt, mit dem Aufruf an die Bevölkerung, dass sich jeder melden soll, der den Mann vor oder nach seinem Unfall gesehen hat.."

"Und?"

"Nichts. Es hat sich niemand gemeldet außer den Leuten, die mit ihm auf der Irmingard waren."

"Das ist merkwürdig. Was war mit seinem Gepäck? Oder seinem Hotel?"

"Nichts. Nada. Niente. Es war auch nirgendwo ein Wagen gemietet worden, zumindest nicht auf den Namen Richard Brown."

"Hm. Auch nicht gerade typisch für einen amerikanischen Touristen, dass man seine Spuren nicht zurückverfolgen kann."

"Eher schon für einen Auftragskiller." Melzer rieb sich seine Hände trocken und vergrub sie in den Taschen seines Mantels. Sie gingen weiter.

Jay hielt inne.

"Aber woher wusstet ihr überhaupt seinen Namen?"

"Er hatte sich einer Passagierin vorgestellt. Einer alleinerziehenden Mutter, die mit ihrer kleinen Tochter einen Ausflug machte. Die hatte sich kurz weggedreht, um der Tochter das Papier vom Eis zu lösen, das er dem Kind gekauft hatte."

"Sie hat also nicht gesehen, wie er über Bord ging? Ob er das Gleichgewicht verloren hat oder ob ihn jemand gestoßen hat?"

"Nein, keiner will gesehen haben, wie er über Bord ging. Die Frau hörte nur einen Schrei und als sie sich umdrehte, sah sie ihn im Wasser die Arme hochstrecken und dann ging er schon unter wie ein Stein. Mehr konnte sie dann auch nicht erkennen, weil das Schiff ja in voller Fahrt war."

"Das heißt, er hat erst sehr spät geschrien. Nicht, als er oben über die Reling ging, sondern erst kurz vor dem Aufprall aufs Wasser."

"Sie ist sich nicht mal sicher, ob er überhaupt geschrien hat, oder ob es jemand von den anderen Passagieren war, die dann ja in heller Aufregung waren."

"Aber er tauchte nie mehr auf?"

"Nein. Aber sein Pass trieb auf dem Wasser. Der war das Einzige, was von ihm gefunden wurde."

Jay kniff die Augen zusammen und blickte in den Himmel, dort wo er die Wintersonne hinter den Schneewolken vermutete. "Irgendwie praktisch. Hier ist mein Pass, ich bin jetzt tot."

"Genau das Richtige für einen Neuanfang, oder?"

Jay blieb stehen und drehte sich zu Melzer. "Und was genau willst du von mir, Melzer", grinste er den Eisbären an. "Du hast doch nicht gemeint, ich kriege es nicht mit, dass du mich irgendwohin manövrieren willst."

Melzer grinste zurück.

"Okay. Stimmt. Ich brauche dich. Ich kriege keine Mittel mehr und keine Leute. Der Staatsanwalt stellt sich quer. Sagt, das sei nicht Sache meiner Abteilung. Die Drogenfahndung solle hier weitermachen."

"Und was ist daran falsch?"

"Mann, die sind selbst unterbesetzt. Die mussten schon viel zu lange zuschauen, was da passiert."

"Na gut. Und was mach ich dabei?"

Melzer holte tief Luft. "Ich will den Unfall mit dir zusammen nachstellen. Dann schaun wir weiter."

Jay sah auf seine Fußspitzen im Schnee und vergrub seine Hände in den warmen Jackentaschen.
Chiemseetauchen im Dezember. Er zog die Augenbrauen hoch und seufzte. "Das hab ich befürchtet."

Joan war nur mit einem Handtuch bekleidet und stand mit entsetztem Gesicht und offenem Mund im Badezimmer, der Schrei war ihr im Halse stecken geblieben.

Als sie ein T-Shirt, das irgendjemand auf dem Boden in einer Pfütze liegen lassen hatte, vom Boden aufheben wollte, hatte sich darunter etwas dunkles Längliches bewegt.

Oh Gott, was war das? Schlangen gab es hier in Hawaii doch nicht und eine von den Riesenkakerlaken war es auch nicht - jeden Tag fing sie mindestens fünf von diesen fingerlangen Insekten mithilfe einer Schachtel und trug sie vor das Haus, wo sie die Tiere freiließ.

Joan schaute sich nach etwas um, mit dem sie das T-Shirt hochheben konnte, dabei behielt sie das nasse Bündel im Augenwinkel. Sie entdeckte einen Bügel in der Ecke auf der anderen Seite neben einem Haufen Dreckwäsche.

Joan schauderte. Wahrscheinlich war es der Bügel, mit dem sich Bill immer den Rücken kratzte, bevor er ins Bett ging, er hatte irgendeinen juckenden Ausschlag. Aber egal, sie war froh, ein Werkzeug gefunden zu haben.

Vorsichtig und mit spitzen Fingern nahm sie den Bügel und hob das schmutzig graue, nasse T-Shirt damit an. Und dann schrie sie doch.

Das Tier war fast zwanzig Zentimeter lang und hatte einen beinahe daumenbreiten, gegliederten Körper.

"Tom!"

Tom war ihr von den drei Mitbewohnern der liebste. Mit ihm konnte man sich unterhalten, zumindest, wenn er nicht zu bekifft war. Und er war nicht unattraktiv, musste sie zugeben. Bill dagegen war immer nur zugedröhnt und grapschig und daher immer unerträglich. Und Sandy war an den Tagen, an denen sie nicht am Hotdog-Stand in Haleiwa arbeitete, ab mittags zu nichts mehr zu gebrauchen, da sie dann schon morgens mit dem Trinken anfing.

"Was ist denn?", fragte Tom, der herbeigeeilt kam, so schnell er eben am späten Nachmittag mit bekifftem Kopf eilen konnte. Er trug wie immer nur eine schwarze Bermudashorts zu nacktem, gebräunten Oberkörper, denn auch nachts fiel das Thermometer nicht unter 25 Grad. Sein dunkles, glattes Haar hatte er am Hinterkopf zu einem schulterlangen Pferdeschwanz zusammengebunden.

"Da, schau mal! Was ist das?", fragte Joan und zeigte auf das Tier, das unruhig zuckte.

"Ach. Das ist Willi. Du brauchst vor ihm keine Angst zu haben." Tom umfasste beschützend ihre Schulter. Zwar hatte sie gar keine Angst – zumindest, solange das Tier weit genug entfernt war – aber Toms Geste fühlte sich gut an.

"Wieso Willi? Wieso hat das Tier einen Namen?"

"Willi wohnt hier so wie du und ich." Die Wärme, die von Toms Körper ausging, schien sie einzuhüllen und sie fühlte sich weich und wohl in seiner Nähe.

"Du meinst wie ein Haustier?" Joan war versucht, sich anzulehnen. Wie so oft fühlte sie diese undefinierbare Sehnsucht in ihrem Körper und Tom schien willig, sie aufzufangen. Doch sie riss sich zusammen. Solange du deine Vergangenheit nicht kennst, lässt du dich auf nichts ein, ermahnte sie sich.

"Ja, so ähnlich wie ein Haustier. Das ist ein *Scolopendra subspinipes*. Solche Hundertfüßler gibt es nur in den Tropen. Sie leben meist draußen an feuchten Plätzen und ernähren sich von Insekten. Aber Willi ist vor ein paar Wochen hier eingezogen."

"Wow. Du weißt sogar den zoologischen Namen." Und verdammt, er roch wirklich gut.

"Ich wollte mal Biologie studieren."

"Oh, aber wieso hast du nicht?"

"In unserer Familie hat noch nie jemand studiert. Meine Eltern haben mich nicht unterstützt." Tom ließ ihre Schulter los.

"Ja und? Jetzt mit dreißig kannst du doch tun, was du willst."

Tom trat ein Stück von ihr weg. "Man bleibt immer das Produkt seiner Herkunft."

"Aber Tom, das würde ja bedeuten, dass man keinerlei Entscheidungsfreiheit hat und nur das tut, worauf einen die Familie programmiert hat."

"So ist es."

"Nein, ist es nicht. Dann gäbe es ja keinen Fortschritt. Die Menschheit hätte sich doch gar nicht weiterentwickelt, wenn es nicht immer wieder Leute gäbe, die über ihren Tellerrand schauen."

Joan sah, dass er den Rückweg antreten wollte.

"Man hat doch die Freiheit zu denken, was man will", beharrte sie, "und in gewissem Maße auch zu fühlen, was man zulässt."

"Und?" Tom wurde auch wütend. Was wollte diese blöde Kuh denn? Erst machte sie einen auf hilflos und scharf und jetzt versaute sie ihm den Nachmittag.

"Na, durch das, was man denkt und fühlt, schafft man neue Prägungen, verdammt. Nämlich seine eigenen."

"Ach ja, liebe Joan?", fuhr er auf. "Das kannst du ja leicht behaupten: Du weißt ja nichts mehr von deiner Vergangenheit." Damit stampfte er davon.

Joan war froh, dass sie sich nicht angelehnt hatte.

Tom trollte sich zurück ins Wohnzimmer, wo Guns N' Roses aus dem Fernsehgerät schallten und wo es nicht so anstrengend war.

"Ja und was ist jetzt mit Willi?", rief Joan ihm hinterher.

"Lass ihn in Ruhe, dann tut er dir auch nichts. Und zeig ihn nicht Bill, damit er ihn nicht zerquetscht." Joan schauderte. Bill liebte es, wenn der Panzer eines Käfers unter seinen Füßen knackte. Unter seinen nackten Füßen, denn hier an der Nordküste von Oahu ließ man die Schuhe vor der Tür stehen, um die allgegenwärtige rote Erde und den Sand nicht ins Haus zu tragen.

Joan zog die Badezimmertür von innen zu – abschließen ließ sich die Tür nicht mehr, seit Sandy sich mal im Bad eingeschlossen hatte und in ihrem Suff die Tür nicht mehr öffnen konnte. Als sie in Panik geriet und wie eine Verrückte schrie, hatte Tom das Schloss von außen aufgebrochen.

Joan starrte auf Willi, aber dem wurde es ungemütlich im Schein der nackten Glühbirne und er trat seinen Rückzug an. Er verschwand in einem kleinen Loch am Fuß der Toilettenschüssel, dort, wo ein Stück der Keramik fehlte.

Sie schüttelte sich. Hier würde sie nicht mehr aufs Klo gehen. Aber wo dann? Es gab ja keine Nachbarn im Umkreis von 300 Metern, und in der feuchten Wildnis am Hang hinter dem Haus wohnten sicher andere Willis. Und Mungos. Na gut, die waren nicht gefährlich, jedenfalls nicht für Menschen. Es war ihr schon des Öfteren passiert, dass plötzlich eines dieser grauen Felltiere unter dem Haus hervorgehuscht war, wenn sie in der Dämmerung die Holztreppe des kleinen, heruntergekommenen Bungalows hinunterging - hier an der Nordküste von Oahu waren viele Häuser auf Stelzen gebaut, damit sie bei Überflutungen nicht weggespült wurden.

Joan seufzte. Willi hin oder her, duschen musste sie. Sie hatte eben ihr Zimmer geputzt und das war in der feuchten Schwüle der Tropen auch im Dezember ziemlich schweißtreibend.

Sie zog sich aus und suchte nach einem sauberen Platz für ihre Kleidung.

Wie hatte sie nur in so einem verdreckten Haus wohnen können, fragte sie sich, während sie in die Dusche stieg.

Sie drehte den Hahn auf und genoss, wie das Wasser den Schmutz und die Hitze des Tages von ihr abspülte.

Sie musste vor ihrem Gedächtnisverlust ein anderer Mensch gewesen sein, sagte sie sich. Aber wie war das möglich?

Joan dachte daran, was ihr ihre Mitbewohner erzählt hatten: dass sie vor zwei Wochen beim Segeln aus dem Boot gefallen war. Dabei habe sie sich den Kopf angehauen, was ihr die inzwischen fast verheilte Wunde am Kopf eingebracht hatte. Sie selbst konnte sich an nichts erinnern, weder an diesen Unfall noch an ihr Leben davor, nicht einmal an ihren Namen.

Sie hatten ihr erzählt, sie hieße Joan und sei vor zwei Monaten aus Deutschland nach Hawaii gekommen, weil sie ein neues Leben anfangen wollte. Aber Joan hatte ihr Zimmer durchsucht und nichts gefunden, was auf eine Vergangenheit in Deutschland schließen ließ - eigentlich auf überhaupt keine Vergangenheit irgendeiner Art. Sicher, sie dachte deutsch, aber da war nichts, keine Bücher, keine Bilder, nicht mal ein Pass oder Geld. Sie hatte genau eine zerrissene Jeans, zwei T-Shirts, die ihr zu eng waren, und ein zu weites Kleid, das ihr nicht gefiel.

Joan hatte keine Erklärung, sie hoffte, dass ihr Gedächtnis bald zurückkam und sie sich erinnern würde, wer sie war und auf welchem Weg. Sie drehte das Wasser aus und wollte gerade aus der Duschwanne steigen, als die Türe geöffnet wurde. Es war Bill. Schnell wollte Joan nach ihrem Handtuch greifen, aber Bill war schneller und stellte sich ihr in den Weg.

"Nicht schlecht", sagte er und taxierte ihren Körper, auf dem die Wassertropfen glänzten. "Ein bisschen üppig, aber das stört mich nicht." Er streckte die Hand nach ihrem Busen aus, doch Joan trat ihn vor das Schienbein und als er sich im Reflex nach vorne beugte, schlug sie ihm von unten die Faust ins Gesicht. Bill schrie auf und hielt sich die Nase. Joan schrie auch. Was hatte sie getan?

Bills Blick war erst empört, wandelte sich dann zu einem weichen Dackelblick über seinen blutverschmierten Fingern.

Sollte sie sich entschuldigen?, überlegte Joan.

"Wow, Baby", sagte Bill und rückte näher. "Das turnt mich an. Komm, lass es uns tun."

Joan blieb die Entschuldigung im Hals stecken. Sie schubste ihn zur Seite. "Du spinnst wohl."

Sie griff nach ihrem Handtuch. "Ich hab dir schon mal gesagt, du sollst deine Finger bei dir behalten. Wenn du so etwas noch mal versuchst, wirst du es richtig bereuen, kapiert?"

Was genau würde sie dann tun, fragte sich Joan, als sie in ihr Zimmer ging, das gleich neben dem Badezimmer lag.

Sie hatte keine Ahnung.

Als sich Joan abgetrocknet und das weite, kurze Kleid übergezogen hatte, wusch sie ihre anderen Sachen aus und hing sie zum Trocknen auf die Leine vor ihrem Fenster. Normalerweise waren Fenster in Hawaii in Häusern ohne Klimaanlage zweischichtig, außen ein Fliegengitter, das Mücken und andere unerwünschte Hausgäste abhielt und das eigentliche Fenster, das aus vielen Lamellen bestand, deren Winkel man je nach Lüftungsbedarf verstellen konnte. Bei Janas Zimmer hatte man sich den Aufwand gespart und eine geschlitzte Gartenfolie auf einen Holzrahmen gespannt, den man aus dem Fensterrahmen heben konnte. Das Folienfenster setzte Joan nur nachts ein, da es sonst unerträglich heiß im Zimmer war.

Vor das Fenster hatte sie eine Schnur von einem Haken in der Hauswand zu der Plumeria gespannt, deren Stamm nur zwei Meter entfernt war. Diesen kleinen Baum mit seinen gelb-weißen Sternenblüten, die einen intensiven Duft verströmten, musste jemand gepflanzt haben, dem etwas am Aussehen des Gartens gelegen hatte - genauso wie die Hibiskussträucher, Engelstrompeten, Bananen und Papaya auf der anderen Seite des Hauses, dachte Joan. Die jetzigen Bewohner interessierte der Garten nicht und die Wildnis hatte bereits große Stücke zurückerobert.

In der Luft lag der Duft der Plumeria und ein leicht fauliger, waldiger Unterton. Als sie Vogelzwitschern hörte, blickte Joan zu dem grünen Gemenge aus Bäumen, Sträuchern und Schlingpflanzen hinüber und entdeckte mehrere kleine Sperlingsvögel, die um die Wette nach Insekten jagten. Ihr braun-weißes Gefieder hatten sie wütend um ihre kleinen Körper aufgeplustert.

Joan lehnte sich in den Fensterrahmen und sah ihnen eine Weile zu, dann zog sie sich in ihr Zimmer zurück - sie wollte noch ein wenig ruhen, bevor sie sich auf die Suche nach etwas Essbarem für das Abendessen machte. Sie legte sich auf das Bett, genoss die Vogelstimmen und ließ ihre Gedanken treiben. Die Bilder des Tages zogen wie Wolken an ihr vorbei und mehrmals driftete sie in den Halbschlaf und zurück, bis sie wieder in dem Traum von letzter Nacht war.

Joan hatte viele Träume, die meisten waren befremdend oder erschreckend. Da waren keckernde Stimmen, die sie auslachten oder eine Schwärze, die sich über den Himmel ausbreitete. Aber dieser Traum war auf eine andere Weise aufwühlend, nicht unangenehm, sondern erregend – und doch lauerte etwas in ihm etwas, was ihr Angst machte.

In diesem Traum befand sie sich in einem holzgetäfelten Raum mit warmem gedämpften Licht, sie lag schweißüberströmt mit leicht gespreizten Beinen auf dem Bett, nur mit einem pflaumenfarbenen Top bekleidet. Die dünnen Träger waren die sonnengebräunten Oberarme hinuntergerutscht oder hinuntergeschoben worden, die zarte Spitze am Rand des Dekolletés war bis unter ihre Brust verschoben und ließ die Haut darüber weiß leuchten. Sie lag da und wartete. Da war ein schwappendes Geräusch irgendwo, das sie nicht einzuordnen wusste, und in der Ferne hörte sie leises Donnergrollen, das ewig nachzuhallen schien. Doch sie fühlte sich wohl und sicher und sie wusste, sie musste nicht mehr lange warten, dann war er wieder da, und dann würden sie weitermachen, wo sie aufgehört hatten und sich weiter streicheln und reiben und lieben, bis die Erfüllung kam. Sie hörte eine Tür klappen. Endlich, dachte sie, er kommt. Ein Lufthauch strich über ihre nackte Haut. Sie hörte Füße die Treppe herunterkommen, sie stützte sich auf, lächelte ihm erwartungsvoll entgegen. Sie sah zuerst die schlanken, sehnigen Füße, dann die langen, muskulösen Waden eines Läufers, die drahtigen Oberschenkel mit dem Haarflaum darauf …

In diesem Moment hörte sie ein Geräusch, das gar nicht zu dem Traum passte und sie wachte auf, gerade rechtzeitig um mitzubekommen, wie Bill nebenan im Bad den Rotz hochzog.

Joan presste sich schnell ein Kissen auf den Kopf. Auch letzte Nacht war der Traum an dieser Stelle abgebrochen und so wie letzte Nacht, lag sie auch jetzt mit klopfendem Herzen da.

Es hatte sich so echt angefühlt, was sie da gefühlt hatte, und so gut. Und wenn sie sehen könnte, wer da zu ihr kam, würde sie das vielleicht ihrer Vergangenheit einen Schritt näher bringen.

Sie seufzte und schüttelte die Erinnerung für den Moment ab. Unter dem modrig riechenden Kissen hielt sie es nicht länger aus und ihr schmerzender Magen signalisierte, dass sie sich um etwas Essbares zum Abendessen kümmern sollte.

Sie stieg aus dem Bett, kämmte ihre Haare mit dem zahnlückigen Kamm, den sie von Sandy geschenkt bekommen hatte, und ging sie ins Wohnzimmer. Dort saßen ihre drei Mitbewohner auf der abgewetzten Couch und starrten mit leeren Augen auf den Fernseher, in welchem sich Guns N' Roses einen abkreischten.

"Hallo, ihr", sagte sie, als sie an ihnen vorbei in die Küchenecke ging. Keiner beachtete sie. Bill hatte sich Papiertaschentuchfetzen in die Nasenlöcher gestopft und sah aus wie ein See-Elefant. Tom hielt die Lider halb geschlossen, wahrscheinlich schlief er. Sandy saß zwischen den beiden Männern auf dem Sofa und hatte die nackten Füße über den Tisch ausgestreckt, der voller klebriger Ränder von Gläsern und mit Tabakkrümeln übersät war. Sandy sah mit ihren langen, hell blondierten Haaren und den schlanken, gebräunten Beinen wie die typische kalifornische Beach-Barbie aus den Fernsehserien aus - nur ihr meist glasiger Blick passte nicht dazu. Ihren Eltern gehörte das Haus und sie lebte von der Untermiete, die ihr Bill und Tom zahlten. Den Job als Hotdog-Verkäuferin hatte sie zum Kerleaufreißen angenommen, aber seit sie regelmäßig trank, war ihr die Mühe meist zu groß. Zwischen Sandys Schenkeln wartete wie immer eine Flasche darauf, gelehrt zu werden, heute war es amerikanischer Whiskey, mit dem sie sich zudröhnte.

Aber irgendetwas ist heute an Sandy anders, dachte Joan und ging zum Kühlschrank. Irgendwie sieht sie anders aus als sonst. Doch sie konnte nicht ausmachen, was es war.

Jemand hatte einen Weihnachtsmann-Aufkleber, der Werbung für Bier machte, auf die Kühlschranktür geklebt, denn das Fest der Liebe stand kurz bevor.

"Was esst ihr heute zu Abend?", fragte Joan und blickte in das Innere des Kühlschranks, der außer zwei Sixpacks, mehreren gekeimten Zwiebeln, einem Tetrapack Orangensaft und einer angebrochenen Packung fettfreier Milch nichts zu bieten hatte.

"Whiskey", lallte Sandy.

"Und Chips", rief Tom. Er hatte also doch nicht geschlafen. "Es sind noch welche im Schrank. Bedien dich!"

Was Bill antwortete, war wegen der Stöpsel in seiner Nase und wegen Guns N' Roses nicht zu verstehen.

Wie hatte sie es hier bloß zwei Monate aushalten können, fragte sich Joan zum hundertsten Mal seit ihrem Unfall vor zwei Wochen. Und warum?

"Und ihr wollt nichts anderes? Ich würde was kochen."

Es kam keine Antwort.

Joan ging in den verwilderten Garten. Sie hatte immerzu das Verlangen nach frischem Obst, Salat und Gemüse, aber da sie kein Geld hatte, warum auch immer, war sie auf den guten Willen der anderen angewiesen. Zum Glück gab es hinter dem Haus einige verwilderte Bananen- und Papayastauden. Sie würde eben ein neues Rezept erfinden. Der Magen hing ihr schon in den Knien.

Sie pflückte sicherheitshalber genug Bananen, um für mehrere Personen kochen zu können, falls die anderen ihre Meinung änderten.

Doch ihre Mitbewohner blickten nicht auf, als Joan zurückkam und anfing, die Mahlzeit zuzubereiten.

Sie zündete den Gasherd an und kochte Wasser in einem Topf, der aussah, als hätte er den Angriff auf Pearl Harbor live miterlebt. Sie gab Gemüsebrühepulver hinzu – davon hatte sie ein paar Päckchen im verstaubten Regal gefunden, das Ablaufdatum lag gerade mal zwei Monate zurück. Dann hackte sie zwei der Zwiebeln aus dem Kühlschrank und schwitzte sie in einer alten hohen Pfanne in etwas Öl an. Ihr fiel der Knoblauch ein, den ihr ein drahtiger Gesundheitsfreak vor ein paar Tagen in Haleiwa geschenkt hatte, als sie von draußen durchs Fenster in den Naturkostladen geschaut hatte. Sie schälte und zerdrückte zwei Zehen und gab sie zu den Zwiebeln.

Mangels Mehl müsse es heute ohne Mehlschwitze gehen, sagte sie zu ihren Mitbewohnern, aber niemand hörte ihr zu.

Während sich langsam ein köstlicher Duft im Raum ausbreitete, rührte Joan nach und nach die Gemüsebrühe in die Zwiebeln.

"Wollt ihr vielleicht doch mitessen?", fragte sie, während sie die Bananen schälte. Tom schüttelte langsam den Kopf wie in Zeitlupe, die anderen reagierten gar nicht.

Joan legte eine halbe Banane zur Seite, den Rest zerdrückte sie und gab die Masse zu der köchelnden Suppe. Sie rührte um und schaltete den Herd zurück.

Wie sie die Suppe leise vor sich hinblubbern sah, machte sich ein warmes Gefühl in ihr breit. Es schien ihr so vertraut, was sie gerade tat: in den Garten gehen und ernten, Gemüse schnippeln und zubereiten. Sie seufzte, aber war das hier wirklich ihr Zuhause?

Während sie die Suppe etwas einkochen ließ, hackte Joan das Zwiebelgrün und schnitt die halbe Banane in Scheiben. Sie presste die Suppe durch ein feines Sieb, gab die Bananenscheiben dazu und ließ sie noch einmal aufkochen.

"Von den Chips nehme ich gerne ein paar!", rief sie zu ihren Mitbewohnern hinüber, die unbeweglich wie Puppen vor dem Fernseher saßen.

Sie schmeckte die Bananensuppe mit Orangensaft, Salz und einer höllisch scharfen Chilisoße, die Sandy am Hotdog-Stand abgestaubt hatte, ab.

"Fertig!", rief sie zufrieden, aber die Puppen bewegten sich nicht.

Als sie keinen Schöpflöffel fand, goss sie etwas von der Suppe vorsichtig in einen tiefen Teller und bestreute sie mit dem gehackten Zwiebelgrün.

Sieht aus wie ein richtiges Essen und riecht wie ein richtiges Essen, dachte Joan mit erwartungsfrohen Magen, als sie sich mit dem Teller und einer angebrochenen Packung Tortilla-Chips an den wackeligen, kleinen Küchentisch setzte. Joan genoss ihre sämig fruchtige, scharfe Suppe. Endlich was Nahrhaftes im Bauch, dachte sie. Nur schade, dass ihr niemand Gesellschaft leistete.

Bananensuppe

Zutaten für vier Personen
Butter oder Pflanzenöl
2 Zwiebeln, fein gehackt
1 Frühlingszwiebel, fein gehackt
1-2 Zehen Knoblauch gepresst oder zerdrückt
½ bis ¾ Liter Gemüsebrühe
4 mittelgroße Bananen (1 fast grün, 2 gelbreif, 1 sehr reif)
½ bis 1 Chilischote, fein geschnitten (je nach Sorte, Schärfeverträglichkeit und Geschmack mehr oder weniger, ersatzweise Chilisoße)
50-100 ml Orangensaft
Salz, Pfeffer

Zubereitung
In einer hohen Pfanne: Zwiebeln in Fett andünsten. Knoblauch dazugeben. Langsam die Brühe eingießen. Bananen schälen. 3 1/2 Bananen mit einer Gabel zerdrücken (Hälfte einer gelbreifen Banane aufheben) und in die Suppe geben, Chili dazugeben und alles bei milder Hitze 15 Minuten köcheln lassen. Mit dem Pürierstab pürieren oder durch ein feines Sieb drücken. Die restliche Banane in Scheiben schneiden, in die Suppe geben und diese noch mal kurz aufkochen lassen. Zwiebelgrün fein hacken und kurz beiseitestellen. Suppe mit Orangensaft, Salz und Pfeffer abschmecken. In Teller geben und mit Zwiebelgrün bestreuen.

Nachdem sie ihre Mahlzeit beendet und abgespült hatte, setzte sich Joan zu den anderen an den Wohnzimmertisch. Es kostete sie Überwindung, auf dem fleckigen, orangeroten Polstersessel Platz zu nehmen, sie wünschte, ihre lange Hose wäre bereits trocken genug, um sie anzuziehen, damit ihre Oberschenkel nicht mit diesem Möbelstück in Berührung kommen mussten. Doch da es nicht mal ein sauberes, trockenes Handtuch gab, blieb ihr nichts anderes übrig, als sich mit den nackten Beinen auf das Polster einzulassen.

    Sie versuchte, an etwas anderes zu denken und schaute die anderen erwartungsvoll an. Plötzlich erkannte sie, was an Sandy heute anders war: Sie trug große, silberfarbene Kreolen.

"Deine Ohrringe sind schön, Sandy", sagte Joan.

Sandy drehte ihr langsam den Kopf zu und sah sie mit verschwommenem Blick an. "Sie gefallen dir?" Plötzlich fing sie an zu gackern. "Na klar!"

Joan hatte Sandys merkwürdiges Verhalten nur in den ersten Tagen nach ihrem Unfall befremdlich gefunden, mittlerweile hatte sie sich daran gewöhnt.

"Habt ihr Lust, diese Woche mal in die Pearl Ridge Mall zu fahren?", fragte Joan. Sie hatte von dem großen Einkaufszentrum in der Zeitung gelesen, die sie am Strand im Papierkorb gefunden hatte.

Keiner reagierte.

"Es ist doch merkwürdig, dass ich mich immer noch nicht an meine Vergangenheit erinnern kann", fuhr sie in der Hoffnung fort, dass ihr doch jemand zuhörte. "Mein Gedächtnis müsste doch langsam wiederkommen, wenn der Bootsunfall schon zwei Wochen her ist. Ich glaube, ich sollte zu einem Arzt gehen, in dem Einkaufszentrum gibt es vielleicht auch Ärzte."

Bei dem Wort Arzt drehte Tom den Kopf. Er wollte etwas sagen, aber Sandy kam ihm zuvor. "Wie soll dir ein Arzt denn helfen? Der weiß doch nichts von dir." Sie gackerte wieder.

"Ein Arzt kostet Geld", sagte Bill, ohne die Augen vom Bildschirm zu wenden.

Sandy schwenkte die Flasche Whiskey. "Frag doch uns nach deiner Vergangenheit. Wir helfen dir umsonst." Sie kicherte und nahm einen Schluck.

"Vor allem muss ich wissen, woher und wie ich hierher kam." Und warum ich ausgerechnet hier geblieben bin, ergänzte sie für sich und hatte dabei ein wenig ein schlechtes Gewissen.

Sandy setzte die Flasche ab und stieß Tom kichernd in die Seite. "Los, wir erzählen ihr jetzt die Wahrheit."

"Ich finde das keine gute Idee", sagte Tom, der jetzt auch seinen Blick vom Fernsehgerät losriss. "Das kann uns allen ziemliche Schwierigkeiten einhandeln."

"Ach Quatsch, lass mich den Anfang machen." Sandy versuchte sich in Position zu setzen, kippte dabei aber auf Bill, worauf sie erneut einen Lachanfall bekam.

"Wieso, was ist denn mit meiner Vergangenheit, das ihr mir noch nicht erzählt habt?"

"Also, meine liebe Joan." Sandy stützte sich auf Bills Oberschenkel ab. "Du kamst nach Hawaii, um dich zu verstecken, weil du in Deutschland etwas verbrochen hast."

Jetzt verstand Tom Sandys Absicht. "Joan, du warst auf der Flucht, wie Doktor Kimble. Und auf einmal standest du vor unserer Tür hier."

"Auf der Flucht? Aber wieso und vor wem? Und wer ist Doktor Kimble?" Sie hatten ihr bisher gesagt, sie sei eine von diesen jungen Europäern, die alleine um die Welt reisten und in Hawaii Zwischenstation machten, bevor sie weiter nach Australien weiterflogen. Von denen gab es hier viele, sie blieben ein paar Tage, besuchten die Inseln und fanden Gleichgesinnte in den Hostels. Ihr aber hätte Hawaii so gut gefallen, dass sie den Aufenthalt verlängert hätte.

Sandy grinste. "Ja, tut uns leid. Du solltest nach deinem Unfall erst wieder richtig gesund werden, bevor wir dir das sagen: Die Polizei hat dich gesucht."

"Aber ... wieso? Und wie kam ich hierher – außerhalb von Haleiwa, von irgendeiner Ortschaft?"

Tom zuckte mit den Schultern. "Du hast das Haus vom Bus aus gesehen und bist einfach ausgestiegen und hergekommen."

"Und wir haben dich aufgenommen. Wir sind gute Menschen", sagte Sandy.

"Und wir haben dich durchgefüttert", ergänzte Bill. "Dafür putzt du für uns."

"Ja, du putzt und wäschst für uns." Sandys Augen leuchteten. So wach hatte Joan sie noch nie gesehen. Sie schaute entgeistert. "Ich bin eure ... Putzfrau?"

"Genau. Wir haben dich jetzt nur die zwei Wochen nach deinem Unfall geschont." Bill kratzte sich wohlig die nackte Brust. Die Idee gefiel ihm.

"Aber langsam könntest du wieder was tun als Gegenleistung fürs Essen", ergänzte Sandy.

Welches Essen?, dachte Joan. Die Bananen aus dem Garten? Aber sie wollte nicht ungerecht sein, letzte Woche hatten sie ihr zwei Äpfel und mehrere Dosen Thunfisch aus dem Supermarkt mitgebracht.

"Ich könnte mir da auch noch was anderes als Gegenleistung vorstellen", grinste jetzt Bill und ließ seine Augen über Joans Busen streifen. "Schließlich hast du ja früher auch dein Geld auf so ne Weise verdient."

Joan Magen verkrampfte sich. "Was für ne Weise meinst du?", fragte sie.

"Na rate doch mal." Sandy lachte und machte ein paar zuckende Bewegungen mit ihrem Unterleib Richtung Flasche, dabei verlor sie wieder das Gleichgewicht.

Joan schaute sie entsetzt an. "Was willst du damit sagen?" Ihr Traum fiel ihr ein und plötzlich wurde ihr schlecht.

"Du warst ne Nutte!", Sandy und Bill lachten, bis ihnen die Tränen über die Wangen liefen, und auch Tom konnte sich ein Grinsen nicht verkneifen.

3 Drogen, Geld und kalte Füße
Romantikthriller

Lance Wickman stieg aus seinem violetten Camaro Cabrio. Der Braut des Tages, die auf dem Beifahrersitz in einem knappen Jeansmini und einem pinkfarbenen, bauchfreien Top mit Herzchenstickerei saß, nickte er nur kurz zu. "Warte hier auf mich und rühr dich nicht von der Stelle." Dass er ihr damit befahl, in der prallen Mittagshitze auszuharren, interessierte ihn nicht. Wahrscheinlich war er sich nicht einmal bewusst, welchen seiner Hasen er heute bei sich hatte: Minnie, Sally, Michele oder wen von den Chicks auch immer, die sich ihm so zahlreich an den Hals warfen - alles Teenies mit wenig Selbstbewusstsein, die ihn für einen tollen Hecht hielten und denen niemand sagte, dass sie etwas Besseres verdient hatten als ihn.

Lance war lang und schlank; er war nicht schön, aber wegen seiner Größe zog er die Blicke auf sich. Sein Gesicht hatte trotz seiner 35 Jahre etwas Pausbäckiges, weswegen manche dachten, er sei weich und harmlos. Seine Knopfaugen standen ein wenig zu eng beieinander, weswegen er oft unterschätzt wurde, doch die Flinkheit, mit der er sie bewegte, gab einem genaueren Beobachter einen Hinweis darauf, wie schnell er eine Situation erfassen und nach Vorteilen für sich abklopfen konnte.

Lance warf die Tür des Wagens zu und schlenderte zum Eingang des abgewirtschafteten Hauses, das da in einem ungepflegten Garten stand und dessen dunkelrote Farbe an vielen Stellen das rohe Holz hervorscheinen ließ. Seine silberbeschlagenen Cowboystiefel aus Schlangenleder, die ihm ein Freund aus Las Vegas geschenkt hatte, klackten auf den Holzstufen, Lance war wahrscheinlich der einzige Mensch an der North Shore, der Nordküste von Oahu, der lange Hosen und Stiefel trug.

Er war noch nicht die Holzstufen des kleinen Bungalows hinaufgegangen, als sich die Tür schon öffnete und Bill heraustrat.

"Ey Lance-Man, wurde auch Zeit. Wir sitzen hier schon seit Stunden auf dem Trockenen", sagte Bill.

Tom tauchte hinter Bill auf und schob ihn von der Tür weg.

"Hey Lance. Komm rein. Wir waren schon drauf und dran, nach Honolulu reinzufahren und uns selbst auf die Suche nach Dope zu machen."

"Relax, Man", sagte Lance und trat ein. "Nirgendwo kriegt ihr guten Stoff so günstig wie bei mir. Und ich liefere ins Haus."

Die Männer begrüßten sich mit coolen Handschlagritualen und gingen nach drinnen durch die Küche ins Wohnzimmer.

"Ich hab heute einen eins a Stoff dabei. Ihr werdet sehen, das Warten hat sich gelohnt."

"Wie wär's mit nem Probejoint?", sagte Tom. Wenn er nüchtern war, war er clever.

"Ja genau", sagte Bill. "Denn diesmal wollen wir größer einsteigen."

"Ihr habt Kohle?"

"Ja, wir haben ..."

Tom schlug Bill auf den Rücken. "Wir haben ein bisschen gejobbt."

"Okay, Ihr kriegt euren Probejoint." Lance griff in eine der ausgebeulten Taschen seiner Weste aus Fallschirmseide, die er über nacktem Oberkörper trug. Er zog eine Tüte mit Marihuana aus der Tasche und legte sie auf den Tisch zum Tabak und den Zigarettenpapierchen, die schon dort lagen.

"Okay, einen Probejoint. Danach sagt ihr mir, wie viel ihr anlegen wollt." Lance setzte sich auf den Polsterstuhl und legte die Füße mit den schweren Stiefeln auf den Tisch. Er sah Bill beim Drehen zu.

"Wo sind denn die Frauen heute? Sandy und ... wie hieß noch mal die Neue?"

"Joan", sagte Tom und kramte in seiner Hosentasche nach seinem Feuerzeug.

"Woher kommt die?", fragte Lance, dem Joans Dialekt aufgefallen war.

"Aus Deutschland." Tom gab Bill Feuer, der den Rauch tief einsog.

"Und was macht sie bei euch?", fragte Lance.

Bill und Tom sahen sich an.

"Sie ist unsere Putze", sagte Tom.

"Ihr seid ja echt cool drauf." Offensichtlich hatte er ihre finanziellen Verhältnisse falsch eingeschätzt, kalkulierte Lance.

Bill reichte Tom den Joint. Er hielt den Atem an, um den wertvollen Rauch möglichst lange in der Lunge zu behalten.

"Fast hätten wir sie überzeugen können, uns noch andere Dienste zu leisten", sagte Tom. Vor Lance gab er gerne ein bisschen an. Bills Kopf schwoll an, doch er riss sich zusammen, bei der Erinnerung an Joans Entsetzen nicht loszuprusten. Bloß nicht das wertvolle Dope verschwenden.

"Was für Dienste?", fragte Lance.

Bill ließ den Rauch heraus und sank tiefer in das Sofa. "Ach. Wir haben ihr gesagt, dass sie eine Nutte war."

"Und war sie?"

Bills Lider waren plötzlich schwer. "Sind das nicht alle Chicks?", murmelte er.

"Sie wird doch wissen, wer sie ist, oder ist die so abgedriftet?", wandte Lance sich an Tom. "Wie könnt ihr der Tusse irgendetwas einreden?"

Tom war mit Ziehen beschäftigt und gab keine Antwort.

"Ey Mann", brummte Bill. "Sie hat doch ihr Gedächtnis verloren."

"Wow, cool." Lance war beeindruckt. "Wo habt ihr sie aufgerissen? Ich kann auch ne Putze ohne Gedächtnis brauchen. Dann kann ich immer sagen, ich hab sie schon bezahlt." Er schlug sich auf die Schenkel.

"Ey neeee!" Bill sprach jetzt im Zeitlupentempo. "Nicht aufgerissen. Wir ham se gefunden … im Meer."

"Ja, sie trieb im Meer und wir haben sie aufgefischt", sagte jetzt Tom. Wenn schon, dann wollte er der Mann sein, der die interessanten Dinge erzählte. "Es war an dem Tag, als das Flugzeug abgestürzt ist. Wir waren zu breit, um sie zur Küstenwache oder Polizei zu bringen."

Lance grinste. "Also habt ihr sie hierher gebracht. Wow! Und wisst ihr, wer sie ist?"

"Sie hatte 'ne Bauchtasche an. Da waren Pass und Kohle und so drin."

"Deshalb ham wir jetzt Geld für Dope. Mehr Dope." Bills Lider waren inzwischen geschlossen und seine letzten Worte waren kaum zu verstehen.

"Das Geld steht euch ja auch zu", nickte Lance. "Schließlich füttert ihr sie durch."

"Ey Lance-Man, du has' … ech' … 'n Durchblick", waren Bills letzte Worte, bevor er tief schlafend ins Sofa sackte.

Lance und Tom wickelten den Deal ohne Bill ab. Lance Gedanken waren jedoch nicht bei der Sache. Er überlegte fieberhaft, wie er selbst auch einen Nutzen aus dem Gedächtnisverlust dieser abgestürzten Schlampe ziehen konnte.

Währenddessen hatte Joan den Tag damit verbracht, nachzudenken. Die Worte ihrer Mitbewohner gestern Abend über ihre Vergangenheit als Prostituierte waren ihr nicht aus dem Sinn gegangen. Mal war sie belustigt, überlegte, dass Sandy und die anderen ihr einen Streich spielen wollten, dann wieder machte ihr die Vorstellung, dass es wahr sein könnte, was sie gesagt hatten, eine Heidenangst. Wie verkaufte man denn seinen Körper? Wie brachte man es über sich, sich von Fremden, die man vielleicht nicht mal mochte, an den intimsten Stellen berühren zu lassen. Sie schauderte. Das passte doch gar nicht zu ihr. Oder?

Sie musste die Wahrheit über ihre Vergangenheit herausfinden, bald, sonst würde sie noch verrückt werden. Aber wie? Sie konnte doch niemanden fragen, schon gar nicht die Polizei, denn was würde mit ihr passieren, wenn Sie tatsächlich gesucht wurde?

Sie hatte die Nacht kaum schlafen können und am Morgen hatte sie nichts mehr im Haus halten können. Sie war mit ein paar Bananen Proviant und einer Flasche Wasser ins Blaue losgelaufen. Automatisch hatte sie den Weg nach Haleiwa eingeschlagen. Die Straße durch den Ort war von T-Shirt-Shops, Surfshops, Imbissstuben und Supermärkten gesäumt. Vor dem Anahulu-Fluss mit seiner schönen, weißen Bogenbrücke am Ortsausgang auf der anderen Seite von Haleiwa war sie links abgebogen und am Hafen gelandet.

Es war ein kleiner Hafen, durch Wellenbrecher und einer Mole vor den Launen des Pazifiks geschützt. Zahlreiche Fahrzeuge – Pickups, Limousinen, Vans – waren an der asphaltierten Straße entlang der Anlegestellen geparkt. Viele der Boote, die dort ankerten, gehörten Sportfischern, aber es gab auch ein paar Segel- und Motorjachten.

Als sie die Boote aufgereiht an ihren Liegeplätzen sah und das Pling-Pling der Fallen in den Masten hörte, hatte sie sich ganz seltsam zu Hause gefühlt.

Joan war vorgelaufen bis zur äußersten Spitze der Mole und hatte von einem Platz zwischen den Felsen aus eine Zeit lang über das Wasser geschaut. Der Himmel war strahlend blau heute, aber ihr fiel auf, dass das Meer unruhiger war als an den Tagen davor - das war wohl auch der Grund, dass kaum eines der Boote den Hafen verließ.

Später, als die Sonne brennender wurde, war sie um den kleinen Hafen herumgegangen und hatte sich auf der anderen Seite ein Plätzchen unter einem Baum gesucht. Während sie ihren Gedanken nachhing, hatte sie das Treiben am Hafen beobachtet, dass zum Nachmittag hin lebhafter wurde. Sie sah immer wieder neue Autos zum Hafen kommen, Leute aussteigen und aufgeregt auf das Meer hinausschauen, so als ob sie auf irgendetwas warteten. Joan konnte sich zunächst nicht erklären, was es war, doch dann hörte sie zwei junge Männer reden, die mit einem Pick-up gekommen waren, auf dem hinten zwei Surfbretter lagen: Die ersten, richtig großen Wellen des Jahres rollten aus den Weiten des Pazifiks heran - in den nächsten Tagen sollten sie endlich hier an der Nordküste ankommen.

Joan genoss die Atmosphäre der Anspannung und der Geschäftigkeit – die Boote wurden gesichert und die Halteleinen überprüft, jeder bereitete sich auf irgendeine Weise auf die Ankunft der Wellen vor. Doch immer wieder kehrten ihre Gedanken zurück zu dem, was ihre Mitbewohner gestern zu ihr gesagt hatten.

Was sollte sie tun? Auch wenn ihre drei Mitbewohner die meiste Zeit freundlich zu ihr waren, waren sie tatsächlich ihre Freunde?

Aber sie hatte sonst niemanden auf der Welt, jedenfalls nicht, soweit sie wusste und nicht hier. Was *konnte* sie also tun außer Abwarten, bis ihr Gedächtnis von alleine zurückkam? Solange sie für die Wohngemeinschaft putzte, hatte sie ein Dach über dem Kopf und ab und zu etwas zu essen. Wenn sie wegginge, hätte sie nichts mehr. Und wohin sollte sie auch gehen?

Am Ende des Tages war sie mit ihren Grübeleien nicht wirklich weiter gekommen. Die Vorstellung vielleicht noch Wochen oder gar monatelang so wie jetzt leben zu müssen, drückte ihre Stimmung zu Boden.

Als sie sich gegen Abend auf den Heimweg machte - erschöpft, aber ohne die Befriedigung, wirklich etwas getan zu haben, kam sie an einem Maler vorbei, der mit konzentriertem Gesichtsausdruck vor seiner Stafelei stand. Sie schaute ihm über die Schulter und sah, dass er den Blick über das Treiben am Hafen, die Boote und den dahinter aufblühenden Sonnenuntergang malte.

Es musste schön sein, etwas Kreatives zu tun, dachte sie im Weitergehen, etwas zu dem man sich berufen fühlte. Ob es so etwas für sie in ihrem früheren Leben gegeben hatte?

Sie würde so gerne lesen. Bücher hatten ihr früher etwas bedeutet, das wusste sie, seit sie im Supermarkt den Ständer mit den Taschenbüchern und den Hawaii-Reiseführern gesehen hatte. Aber sie hatte kein Geld, um sich ein Buch zu kaufen. Alles, was sie hatte, war sie selbst, ihre Träume und ihre Fantasie.

Plötzlich war Joans Niedergeschlagenheit verflogen und ihr Schritt wurde schneller. Ja, das war es. Sie würde schreiben! Einen Kuli hatte sie in der Küche im Regal gesehen und Papier würde sie auch irgendwo finden. Es war, als hätte jemand ein Feuer in ihr entfacht.

Als Joan eine halbe Stunde später nach Hause kam, war sie guter Dinge. Es störte sie nicht, dass ihre Mitbewohner auf der Couch lagen und schliefen und dass sie im Kühlschrank nichts fand außer einem Sechserpack Bier und einem verklebten Glas Mayonnaise, Letzteres hatte Sandy wahrscheinlich vom Hotdog-Stand mitgehen lassen. Sie hatte jetzt sowieso keine Zeit, eine Mahlzeit zuzubereiten, sie wollte schreiben. Also holte sie sich zwei Papayas und eine Banane aus dem Garten, schälte sie und aß sie so, wie sie waren.

Als sie die Bananenschale in den Müll werfen wollte, sah sie darin eine zerknüllte Einkaufstüte, in denen ihre Mitbewohner das Bier nach Hause gebracht hatten. Sie angelte die Tüte heraus und strich sie glatt – da war ja ihr Schreibpapier. Sie fand noch zwei weitere Papiertüten im Haus verstreut und der Kugelschreiber war auch noch an dem Platz im Regal, wo sie ihn gesehen hatte. Mit Kuli und Papiertüten bewaffnet ging sie in ihr Zimmer und begann zu schreiben. Als Unterlage diente ihr ein alter Cornflakeskarton. Sie schrieb und schrieb - ihre Träume, ihre Erinnerungen, seit sie Erinnerungen hatte. Sie schrieb, bis sie schließlich erschöpft einschlief.

In dieser Nacht träumte Joan wieder den Traum. Wieder war sie in dem holzgetäfelten, kleinen Raum, das Licht schien warm auf ihren Körper. Sie lag schweißnass, nur mit einem Oberteil bekleidet auf dem Bett. Sie war erregt und sie fühlte sich gleichzeitig wie auf einer Wolke schwebend. In der Ferne war leises Donnergrollen zu hören, Blitze flackerten, aber das Gewitter schien noch weit weg. Sie wartete mit klopfendem Herzen, ihre Hände strichen unruhig über das Laken. Wann war er endlich wieder da? Eine Tür klappte und kurz darauf fühlte sie, wie ein leiser Lufthauch über ihre feuchten Oberschenkel und ihre Scham strich. Endlich hörte sie die ersehnten Schritte, nackte Füße auf Holz, die die Treppe hinunterkamen. Sie stützte sich auf, sah seinen Schatten und lächelte ihm entgegen. Sie konnte sein Gesicht nicht erkennen, denn die Lampe war hinter ihm und daher seine Vorderseite in Schatten getaucht. Aber sie konnte an seinen Umrissen erkennen, dass er nackt war, groß, mit breiten Schultern.

Sie wollte etwas zu ihm sagen, doch er war schon über ihr und verschloss ihren Mund mit einem Kuss, sein Gewicht drückte sie in die Kissen. Sein Kuss fühlte sich gut an, sein Körper fühlte sich gut an und sie drängte sich ihm entgegen.

Seine Lippen wanderten von ihrem Mund zu ihrem Hals. "Mahalo, mein Schatz", flüsterte er ihr ins Ohr. "Mahalo, dass es dich in meinem Leben gibt."

Joan gab sich ganz dem wohligen Gefühl hin, ihre Hände glitten über seine Haut den Rücken hinunter. Gleich, gleich würde sie ihn in sich spüren.

Doch plötzlich war da ein Blitz hinter ihren Lidern und im nächsten Moment ein Knall und die Szene war fort.

Joan war hellwach, ihr Herz raste. Ihr Körper war noch in dem Traum gefangen, sie spürte noch die starke, sehnsüchtige Erregung, doch ihr Verstand war in der Gegenwart.

Was war das gerade gewesen? Das gehörte nicht zu dem Traum, oder?

Sie horchte in die dunkle Stille. Nichts, das Haus war ruhig.

Sie richtete sich auf und lauschte wieder. Alles schien in Ordnung - doch da war etwas, da atmete noch jemand in diesem Zimmer.

Mit einem Schlag war auch der letzte Nachklang des wohligen Traumgefühls fort. Stumme Panik ergriff sie. Sie lauschte noch mal – vielleicht hatte sie sich getäuscht. Nein. Ganz eindeutig, da atmete noch jemand.

"Tom? Bill?" Keine Antwort.

Wer war da?

Vorsichtig tastete sie mit den Händen umher, aber fand den Lichtschalter ihrer Nachttischlampe nicht. Sie befühlte den Karton, den sie zum Nachtschränkchen umfunktioniert hatte. Die ganze Nachttischlampe war fort.

Fieberhaft überlegte sie, was sie tun konnte. Es war stockdunkel und sie konnte nichts erkennen. Hatte sie irgendetwas in greifbarer Nähe, das sie als Waffe benutzen konnte? Sie tastete um das Bett herum, doch außer dem Kugelschreiber war da nichts.

"Wer ist da?", rief sie unsicher in die Dunkelheit. Es kam keine Antwort.

Sie drückte sich an die Wand, sodass sie wenigstens zu einer Seite Deckung hatte, falls jemand sie angreifen sollte. Sie wartete. Doch nichts passierte.

Sie überlegte, ob sie schreien sollte, die Mitbewohner könnten ihr helfen. Aber ob die, betrunken oder stoned, wie sie waren, aufwachen würden?

Während sie noch nach einem Ausweg suchte, hörte sie, wie die Tür geöffnet und wieder geschlossen wurde. Und dann war das andere Atmen fort.

Sie wartete noch einen Moment, dann kroch sie zum Lichtschalter neben der Tür. Sie merkte in ihrer Angst nicht, dass sich ein paar Glassplitter in ihre nackten Knie bohrten. Als das Licht aufflammte, stellte sie fest, dass ihre Nachttischlampe, die nur aus einer nackten Glühbirne auf einem Lampenfuß bestand, am Boden lag, die Glühbirne war zersplittert. Im gleichen Moment hörte sie, wie vor dem Haus ein Wagen angelassen wurde.

Sie sprang zum Fenster, doch bis sie das Folienfenster aus dem Rahmen herausgehoben und sich aus dem Fenster gebeugt hatte, um nach dem Wagen zu sehen, der da davonfuhr, war es zu spät – sie konnte nur noch die Rücklichter erkennen, die sich in Richtung Haleiwa entfernten.

Es schneite im Moment nicht, aber ein eisiger Wind blies über den träge daliegenden, grauen Chiemsee. Lange würde es nicht mehr dauern und das Wasser würde anfangen, zuzufrieren.

"Kaum zu glauben, dass wir im Sommer über fünfunddreißig Grad hatten und wochenlang blauen Himmel", sagte Melzer und rubbelte sein Gesicht mit einem winzigen Handtuch trocken.

Melzer und Jan standen links und rechts in den Türen von Jays Wagen auf dem Parkplatz des um diese Jahreszeit verwaisten Jachthafens am Nordufer des Sees.

"Da hätte das Tauchen jedenfalls mehr Spaß gemacht", sagte Melzer noch etwas außer Atem und zog vorne am Reißverschluss seines Taucheranzugs, den Rest besorgte sein Bauch und drückte den Verschluss mit einem Ratsch ganz auf. Melzer befreite sich aus der engen Neoprenhülle.

"Hauptsache ist, dass es geklappt hat!" Auch Jay schälte sich aus seinem Taucheranzug. Sie hatten sich Trockenanzüge ausgeliehen und trugen darunter Wärmekleidung, um im eisigen Dezemberwasser ihren Tauchversuch unternehmen zu können. Zwei Freunde von Melzer von der Wasserschutzpolizei hatten Melzer mit dem Motorboot an die Fahrrinne der Irmingard gebracht und dann aus fünfzig Meter Entfernung mit dem Fernglas beobachtet, wie Jay von der Irmingard aus ins eisige Wasser sprang. Sie hatten darauf bestanden, dass Jay eine Boje an sich befestigte, damit sie beobachten konnten, wie die beiden unter Wasser Richtung Ufer schwammen, und um notfalls eingreifen zu können.

"Was die Machbarkeit anbetrifft, daran habe ich nicht gezweifelt", sagte Melzer und wühlte in dem Klamottenberg auf dem Beifahrersitz. "Aber dass wir es gleich beim ersten Versuch hinkriegen würden, hätte ich nicht gedacht."

"Gottseidank. Ich glaube, Hannes und Rudi hätten das kein zweites Mal mitgemacht."

"Die hatten wirklich mehr Muffensausen als wir. Aber ich bin auch froh, dass ich nicht noch mal da rein muss."

"Ja, ich auch. Du bist exakt im richtigen Moment gesprungen. Ich hab dich vor mir eintauchen sehen." Jay zog die Jeans und den dicken Wollpullover gleich über die Wärmekleidung.

"Ja, ich bin gesprungen, als mein Standpunkt auf dem Dampfer und die zwei Markierungspunkte, die wir gestern bestimmt haben, genau in einer Linie lagen." Melzer zog einen riesigen weißen Overall an.

"Ja, es lief super, weil der Dampfer auch genau seine Route eingehalten hat." Jay zog seinen Parka über und sprang auf der Stelle, um sich aufzuwärmen.

"Ich war trotzdem nervös, ob du schnell genug zur Stelle sein würdest, um mir Luft aus deiner Flasche zu geben und mich unten zu halten." Melzer zog seinen Mantel über den Overall und verwandelte sich wieder in einen Eisbären.

"Jedenfalls wissen wir jetzt, dass Richard Brown seinen Tod mit mindestens einem Komplizen zusammen vorgetäuscht haben könnte." Jay zog seine Boots an.

"Ja. Und die amerikanischen Kollegen müssten nur noch herausfinden, wann und wo Brown schwimmen und tauchen gelernt hat." In einem feierlichen Akt setzte Melzer seine Fellmütze auf, dann verzog er sich in den Wagen auf den Beifahrersitz.

"Ich frag mich, ob und wie viel Ahnung seine Frau von dem Ganzen hatte", sagte Jay und schlüpfte auf der anderen Seite in den Wagen. Sie schlossen die Türen. "Aber ich werde es herauskriegen, wenn ich sie übermorgen besuche."

Melzer sah Jay überrascht an. "Du fliegst nach Kalifornien?"

"Ja." Jay ließ den Wagen an und setzte zurück. "Ich fliege morgen früh nach Los Angeles. Besorg mir die Adresse von Browns Frau und ich statte ihr einen Besuch ab. Anschließend mache ich mich auf die Suche nach Jana."

"Jana ist in Kalifornien?" Melzer nahm die Fellmütze wieder ab und kratzte sich am Kopf.

"Ja. Ich hab mit ihrem Chef in Weihenstephan gesprochen. Der sagt, er habe eine Karte aus L.A. bekommen, so eine Hotelpostkarte – Red Dragon hieß das Hotel. Und zwar schon wenige Tage nach unserem … unserem Hochzeitstermin." Jays Wange zuckte.

"Und was macht sie in L.A.?"

"Das weiß er auch nicht. Sie hat nur geschrieben, dass sie unvorhergesehenerweise weg musste und dass sie sich in den nächsten Tagen wieder melden würde."

"Und, hat sie?"

"Was?"

"Sich wieder gemeldet."

"Nein." Jays Gesichtsausdruck schwankte zwischen grimmig und schmerzverzerrt, wodurch sein Gesicht seltsam schief wirkte. "Sie hat sich nicht mehr gemeldet. Ich hab in dem Hotel angerufen, aber sie war nur eine Nacht da."

"Wussten Sie, wohin sie von da aus gefahren ist?"

"Nein. Aber ich werde es rausfinden."

"Du bist also entschlossen, dich auf die Suche zu machen."

"Ja. Ich muss wissen, was sie macht und wie es ihr geht. Und ich will hören, warum sie davongelaufen ist und was sie jetzt vorhat."

"Und du willst ihr dabei in die Augen sehen."

Jay sah ihn an. "Ich wusste, du verstehst das. Also besorgst du mir nun die Adresse von Frau Brown?"

Melzer seufzte. Dann grub er in den Tiefen des Eisbärfells herum, bis er sein Handy zutage förderte. "Auf deine Verantwortung", sagte er und wählte die Nummer.

Seht Euch das an, Leute! Seht Euch das an! Unglaublich. Einfach unglaublich, welche Manöver Kelly Slater auf dieser Welle vorführt. Oh, woooowwwww! Und nun gleitet er noch mal die Welle hinauf, Drehung über der Wellenkante und wieder hinunter. Hier seht ihr einen Surfer, der weiß, wie man eine Welle reitet! Hier wird Geschichte gemacht, hier an der Nordküste von Oahu, in Hawaii, dem Mutterschoß des Wellenreitens. Für die, die jetzt erst angekommen sind: Dies ist das Finale des Triple Crown of Surfing, die Pipe Masters 1995. Nur noch wenige Minuten bis zum Ende und Kelly Slater liegt in Führung. Kann er den ersten Platz halten? Den hawaiianischen Champion Sunny Garcia hat er bereits gestern hinter sich gelassen. Noch 50 Sekunden. Leute, dieser Wettbewerb am Pipeline Beach ist der Wahnsinn. Pipe, das heißt Röhre. Hier verschwinden die Wellenreiter in einer Röhre, einer Tonne aus Wasser. Und die Röhre wird sie wieder ausspucken ... Wuuuuuusch ... Wenn sie Glück haben. Noch zwanzig Sekunden. Es sieht so aus, als wenn es bei diesem Ergebnis bleibt. Kelly Slater aus Florida! In Führung! Zweiter Mark Occhilupo aus Australien. Noch 5 Sekunden. Leute, haltet eure Ohren fest, sonst fliegen sie davon. Drei. Zwei. Eins.

Joan hielt sich die Ohren zu, denn das Signal zum Ende des Finales war ohrenbetäubend und übertönte die Rockmusik bei Weitem, die während des ganzen Wettbewerbs aus den Lautsprechern neben der Bühne schallte. Sie saß vorgebeugt im hellen, warmen Sand und hatte die Ellbogen auf die Knie gestützt. Aufgeregt beobachtete sie, wie die beiden Finalisten sich mit der Gischt der auslaufenden Wellen auf ihren Brettern Richtung Strand tragen ließen.

Wow. Waren das nicht Helden?

Joan liebte es, den Profis beim Wellenreiten zu zuschauen. Doch nicht nur sie. Die ganze Nordküste war im Surffieber, seit die Winterstürme im Pazifik endlich für die ersehnten hohen Wellen sorgten. Von überall her waren die Zuschauer herbeigeströmt - Menschen in abgeschnittenen Jeans oder Bermudashorts mit Bikinioberteilen oder luftigen Hemden darüber, auf dem Kopf die obligatorische Sonnenbrille. Sie kamen einzeln oder in Gruppen; auch ganze Familien waren da und breiteten ihr Picknick auf den mitgebrachten Decken aus. Alle genossen das Spektakel. Heute waren die Wasserwände bis zu vier Metern hoch und jeder wollte etwas abhaben von dem Glanz der wagemutigen Wellenreiter. Jeder wollte sehen, wie sie in den Röhren, die sich am Riff kurz vor dem Strand bildeten, verschwanden - und als Helden wieder herauskamen.

Die beiden Männer der Finalrunde kamen die letzten Meter ans Ufer zurückgepaddelt, sie trugen hauteng schwarze Trikots mit den knallig bunten Nummernschildern darüber und die Wasserperlen glänzten auf ihren muskulösen, gebräunten Armen. Beide lachten, denn sie hatten tolle Wellen gehabt und ihr Können gezeigt. Sie wurden sofort von Presse- und Kameraleuten umringt und auf der kleinen Bühne am Strand wurde die Siegerehrung vorbereitet.

Joan sog die Meeresluft ein, die von einem Hauch Kokos-Sonnenmilch gefärbt war, und genoss die Atmosphäre.

Neben ihr saß eine hawaiianische Familie, jedenfalls ließen ihre dunkle Haut und die schönen, runden, braunen Augen der Gruppe darauf schließen, dass sie zu den wenigen gehörten, die noch hawaiianisches Blut in sich hatten. Als die beleibte Mutter ihren Kindern große, fleischige Ananasstücke aus einer großen Kunststoffschüssel anbot, griffen diese willig zu und jeder nahm ein dickes Stück in die kleine Kinderfaust.

"Mahalo", sagte die Tochter mit kindlicher Stimme und lächelte dabei. Jana sah sie erschrocken an. Mit einem Schlag war der Traum von heute Nacht wieder da, den sie für die letzten beiden Stunden völlig vergessen hatte.

"Mahalo", sagte jetzt auch der kleine Junge zu seiner Mutter und wieder verspürte Jana den Stich.

Der Mann in ihrem Traum hatte Mahalo in ihr Ohr geflüstert. Sie merkte, wie sie unwillkürlich flacher atmete, wie um einen Schmerz zu unterdrücken.

Mahalo, das war hawaiianisch und hieß Danke. Sie hörte es hier andauernd, ein wunderschönes Wort, aber was bedeutete es für sie?

War sie in ihrem Leben vor dem Gedächtnisverlust eine Prostituierte gewesen, wie ihre Mitbewohner nach wie vor behaupteten, und der Mann aus ihrem Traum ein Kunde? Ein Kunde, für den sie Gefühle hatte, denn wieso sonst hatte sie diese Sehnsucht und Begierde verspürt und etwas, was wehtat in ihrer Brust und gleichzeitig schön war.

Mahalo ...

Nein. Das war kein Kunde gewesen. Aber wer dann?

Die hawaiianische Frau bemerkte Joans unglücklichen Gesichtsausdruck und hielt ihr die Schüssel mit den frischen Fruchtstücken hin. Joan liefen die Augen vor Freude über. So eine Kostbarkeit, dachte sie und nahm ein Stück, denn Ananas waren auch in Hawaii sehr teuer. Sie bedankte sich und erklärte der Frau, sie würde es für das Abendessen aufheben. Die Frau lachte und gab ihr eine kleine Plastiktüte mit noch ein paar weiteren Stücken Ananas. Die seien aus ihrem eigenen Garten, sagte die Frau, als sie sah, dass Joan zögerte, sie anzunehmen.

Danke, sagte Joan, ohne es zu merken, auf Deutsch. Danke.

Ihre Aufmerksamkeit wurde zur Bühne gezogen, wo gerade die Siegerehrung begann. Die Helden erhielten Blumenkränze und Küsse von strahlenden, jungen Frauen. Einer nach dem anderen hielt einen Pokal hoch für die Fotografen, während die Zuschauer johlten und lachten. Plötzlich hielt Joan inne. Den ganzen Tag lang hatte ihre ganze Aufmerksamkeit nur dem Meer und den Wellen gegolten. Jetzt sah sie an der Rückwand der Bühne über den Köpfen der Gekrönten einen Schriftzug. Chiemsee Pipe Masters, las sie auf dem großen Plakat. Dass sie hier bei den Pipe Masters war, wusste sie. Hier an diesem Strandabschnitt bildeten sich ab einer bestimmten Wellenhöhe Wasserröhren - Pipes, mit denen sich Spitzensurfer in den Olymp der Surfgötter erheben konnten.

"Was bedeutet Chiemsee?", fragte sie die hawaiianische Mutter neben sich. Das Wort brachte etwas in ihr zum Klingen.

"Das ist der Sponsor. Chiemsee ist eine Marke für Sportklamotten und so."

"Klingt gar nicht hawaiianisch!"

"Die sind aus Europa", erklärte die Frau und nahm das Mädchen in den Arm, das zu weinen begonnen hatte, weil ihr Ananasstück beim Spielen mit dem Bruder in den Sand gefallen war.

Joan wartete noch das Ende der Siegerehrung ab, dann verabschiedete sie sich, um nach Hause zu gehen. Sie freute sich auf das Abendessen, endlich würde es mal wieder etwas anderes geben außer Bananen und Papaya. Sie hatte gesehen, dass Tom ein paar Dosen Kidneybohnen und auch Nudeln gekauft hatte, mit den

Ananasstücken zusammen, konnte sie daraus einen tropischen Nudelsalat zubereiten.

Joan winkte der fremden Familie zum Abschied. Mahalo, sagte sie jetzt auch. Mahalo für Ihre Freundlichkeit.

Joan stapfte durch den warmen Sand vor zum Kamehameha Highway, der um den gesamten nördlichen Teil der Insel führte und das ländlichere Oahu mit Honolulu verband. Sie folgte der Straße auf der dem Meer zugewandten Seite Richtung Haleiwa. Sie dachte immer noch darüber nach, wer der Mann in ihrem Traum war, sodass sie nicht bemerkte, dass sie beobachtet wurde.

Lance saß mit seinem neuesten Mädchen, Elvira in seinem violetten Cabrio, das er am Straßenrand geparkt hatte. Seine Augen hinter der Sonnenbrille hatten einen merkwürdigen Glanz, während er Joan hinterhersah. Als Elvira ihm die Sonnenbrille von den Augen schob, um ihn zu küssen, dachte sie schon, er wäre scharf auf sie. Schließlich hatte sie schon den ganzen Tag darauf hingearbeitet, ihn heiß auf sie zu machen. Doch Lance stieß sie weg und ließ das Auto an. Zwar war sein nächtlicher Besuch gestern in Joans Zimmer nicht erfolgreich gewesen, denn er hatte nichts gefunden, das sich irgendwie verwerten ließ, aber plötzlich wusste er, was er mit dieser Joan anfangen würde.

Nudelsalat exotisch

Zutaten für vier Personen
1 Dose Kidneybohnen, abgetropft
500 g Nudeln (Farfalle, Conchiglie, Fussili eignen sich am besten)
Kleine Fruchtstücke einer ½ Ananasfrucht
1 Bund Frühlingszwiebeln, fein geschnitten
5 EL Öl,
8-10 EL Apfelessig oder Zitronensaft von 1-2 Zitronen
Salz, Pfeffer

Zubereitung
Nudeln in Salzwasser mit einem Esslöffel Essig kochen. Abkühlen lassen. Nudeln, Kidneybohnen, Ananas und Frühlingszwiebeln mischen. Aus Essig, Öl, Salz und Pfeffer eine Vinaigrette herstellen. 2/3 der Vinaigrette über die Nudelmischung geben und untermischen. Salat mindestens 4 Stunden in den Kühlschrank stellen. Abschmecken.

4

Drogen, Geld und kalte Füße
Romantikthriller

Jay fuhr langsam auf dem Highway 1 Richtung Norden. Er war in Los Angeles gestartet, San Simeon hatte er vor einiger Zeit passiert, die nächsten Orte, die er dem Namen nach kannte, waren Carmel und Monterey weiter im Norden. Doch so weit musste er nicht, hier irgendwo sollte die Abzweigung zum Haus der Browns sein.

Die Big-Sur-Küste war heute in Nebel gehüllt, der selten den Blick auf die Landschaft freigab. Es war nicht einfach, sich auf den kurvenreichen, im Nebel kaum erkennbaren Verlauf der Küstenstraße zu konzentrieren und gleichzeitig zu schauen, ob irgendwo ein Briefkasten am Straßenrand auf eine Einfahrt hinwies. Die Leute hier lebten gerne zurückgezogen und so führten oft nur wenig einladende Geröllwege zu den abgelegenen Häusern.

Jay fuhr eine Weile weiter, doch irgendwann war ihm klar, dass er die Abzweigung verpasst hatte. Er wendete in der nächsten Parkbucht und versuchte es erneut, diesmal aus der anderen Richtung.

Wieder hielt er Ausschau nach der Einfahrt zum Brownschen Anwesen, doch er fand sie nicht. Als er aus einer der zahlreichen Kurven herauskam, riss die Nebeldecke gerade wieder auf und legte einen atemraubenden Blick auf die wilde Felsenküste frei.

Jay hielt an einer Stelle, wo der Seitenstreifen verbreitert war, und stieg aus. Die Luft war kühl und salzhaltig, doch die Sonnenstrahlen wärmten sein Gesicht. Vor ihm fiel das Land steil ab und unter ihm tobte das Meer. Er sah sich um und registrierte in der Ferne ein einsames Haus, das wie eine Trutzburg auf einem Felsvorsprung stand.

Das könnte das Haus der Browns sein, dachte er. Abgeschieden und wie eine Festung. Melzer hatte erzählt, dass das Haus früher einer Diva gehört hatte, die sich zurückgezogen hatte, als ihre Schönheit zu verblassen begann. Später hatten es die Browns offensichtlich ebenfalls als Rückzugsort gewählt.

Jay nahm sich noch ein paar Minuten, um die ungezähmte Landschaft und den tosenden Ozean unter ihm zu genießen. Nur Wasser von hier bis Japan, dachte er, und dazwischen ein paar Inselgruppen.

Sein lang gehegter Traum war es, von Kalifornien aus über den Pazifischen Ozean zu segeln. Jana hatte sich auch dafür begeistert.

"Und dann machen wir Pause in Hawaii, hatte sie gesagt, denn sie liebte diese Inselgruppe, sie war schon öfter dort gewesen.

Jana. Er hatte vom Hotel die Telefonnummer des Taxiunternehmens erfahren, das sie für Jana angerufen hatten, bevor sie abgereist war. Wenn er heute Abend nach L.A. kam, würde er den Taxifahrer treffen, der sie gefahren hatte und er würde herausfinden, wo sie sich hatte hinfahren lassen.

So schnell wie der Nebel aufgerissen war, verschluckte er plötzlich wieder Küste und Meer und Jay stieg wieder in seinen Wagen.

Jetzt, wo er wusste, in welcher Entfernung das Haus der Browns lag, fiel es ihm leichter, die unscheinbare Abzweigung zu finden, und wenige Augenblicke später rollte sein gemieteter Chevy über den holprigen Feldweg.

Er parkte den Wagen in einiger Entfernung vom Haus, weil er sich ein wenig die Füße vertreten wollte, bevor er mit der Hausherrin sprach. Als er ausstieg, klatschte ihm der feuchte Nebel ins Gesicht und er nahm seinen Parka von der Rückbank und zog ihn über, bevor er langsam auf das Haus zuging.

Das Gebäude wirkte trotz seiner Schönheit leblos, es strahlte soviel Willkommen aus wie ein mit Pflaster zugeklebter Mund. Da war kein Garten, kein Zaun, nichts als das Haus selbst mit weiß gestrichenen Gittern vor den Fenstern.

Als Jay vor der Eingangstür stand, war da keine Klingel, sondern ein Türklopfer aus Metall. Niemand öffnete auf sein Klopfen.

Jay beschloss, sich ein wenig draußen umzusehen und ging um das Haus herum, das nackt auf dem Felsvorsprung hockte und dem Wind trotzte.

Der Nebel verhüllte jetzt den Blick über den Pazifischen Ozean und schien auch die Geräusche zu schlucken. Jay kämpfte sich gegen den härter werdenden Wind vor zur Kante, die steil nach unten abbrach. Er hoffte, dass die Nebelwand noch einmal aufriss und den Blick über das Meer freigab.

Der dumpfe Schlag in den Rücken traf ihn völlig unvorbereitet. Im nächsten Moment fand er sich auf dem Bauch liegend auf dem Felsvorsprung wieder und ein Gewicht drückte ihn nieder. Er drehte er sich mit all seiner Kraft auf den Rücken und blickte in die gefletschten Zähne einer Deutschen Dogge über ihm. Ihre dunklen Lefzen glänzten und hingen ihm bis ins Gesicht.

Noch bevor Jay irgendwie reagieren konnte, hörte er ein helles, hysterisches Lachen, dann zog jemand den Hundekopf zur Seite. "Aber Gonzolein, du hättest den Mann beinahe den Felsen heruntergeschupst. So etwas tut ein lieber Hund doch nicht."

Jay spürte den Luftzug in seinem Haar und ihm war klar, dass er mit dem Kopf direkt über dem Abgrund lag. Als er sich vorsichtig aufrichtete, sah er eine sehr zierliche Frau, die einen riesigen braunen Hund tätschelte, der ihr im Sitzen bis zur Brust reichte. Sie trug beigefarbene Denim-Jeans und einen übergroßen, gerippten roten Rollkragenpulli. Mit den am Oberkopf zusammengebundenen Haaren wirkte sie wie ein Schulmädchen – aber nur, solange man nicht das ausgemergelte Gesicht sah.

Als ob sie Jay bereits vergessen hatte, nahm sie ihren Hund am Halsband und wandte sich zum Gehen. "Ist ja schon gut, Gonzolein, du hast es ja nicht mit Absicht gemacht."

"Frau Brown?"

Sie drehte sich nicht um.

"Hallo, sind Sie Frau Brown?"

Erst beim dritten Mal reagierte sie auf Jays Rufen und drehte sich um.

"Ach, da sind Sie ja wieder. Wo waren Sie denn bloß?", fragte sie mit einer Kleinmädchenstimme.

Jay schaute verwirrt. "Frau Brown, ich habe Sie von Deutschland aus angerufen. Sie haben sich bereit erklärt, mit mir über ihren Mann zu sprechen."

Sie strahlte plötzlich. "Ach ja, mein Mann. Er ist tot, wissen Sie. Ist das nicht wunderbar?"

Jay hatte mit vorgespielter Trauer gerechnet, da er annahm, dass sie in Richard Browns Pläne eingeweiht war. "Ja, also ...Ich weiß nicht, ob man das so sagen kann."

"Doch, das kann man. Gott hatte ein Einsehen und hat ihn weggeholt, bevor er noch mehr Schaden anrichtet, wissen Sie."

"Könnten wir uns darüber vielleicht in Ruhe drinnen unterhalten?"

"Sicher. Sie, Gonzolein und ich machen jetzt eine Kaffeepause. Es ist wichtig, dass ich meinen Tag genau strukturiere, wissen Sie. Das hat mein Arzt gesagt."

Jay folgte der Frau und Gonzolein ins Haus.

Während er hinter den beiden herging, die irgendwie eine Einheit zu bilden schienen, fiel ihm auf, dass die Frau nicht zierlich, sondern extrem dünn und zerbrechlich war - das konnte auch der riesige Pullover nicht verbergen.

Sie schloss die schwere Tür auf und ließ ihn eintreten. Jay sah sich um. Vom Flur aus hatte er einen Blick in ein enorm großes Wohnzimmer, die Wand auf der gegenüberliegenden Seite war eine einzige Fensterfront, wenn auch vergittert, die den Blick auf das Meer freigab, wenn auch der Nebel dies zuließ. Jay bemerkte, dass

Gonzolein an ihm vorbei spurtete und zu einem übergroßen, rosafarbenen Wassernapf neben einem rosa karierten Hundekissen lief. Der Napf fasste mindestens 3 Liter Wasser und sein Hundekissen hatte die Größe eines Kingsize-Bettes, doch in dem riesigen, in Weiß und Beige gehaltenen Salon wirkten beide trotzdem nur wie zwei kleine Farbflecke.

"Kann ich vielleicht kurz ihr Badezimmer benutzen und mir die Hände waschen?" Jay zeigte auf seine vom Sturz aufgeschürften Handflächen.

Die Frau deutete den Gang entlang und ging selbst in die andere Richtung.

Jay wusch sich die Hände und hielt auch seinen Kopf kurz unter den Wasserhahn, dann trocknete er sich mit einem der weißen Gästehandtücher ab.

Als er im Spiegel über dem Waschbecken sein Gesicht sah, erschrak er und wunderte sich, dass die Frau nicht gezögert hatte, diesen unrasierten Fremden mit dunklen, tiefen Augenringen in ihr Haus mitzunehmen, obwohl sich Gonzoleins Beschützerinstinkt schon erschöpft hatte.

Jay kämmte mit den Fingern durch seine Haare, aber das half wenig, seinen optischen Eindruck zu verbessern.

Als er sich gerade zum Gehen wenden wollte, fiel ihm auf, dass der Spiegel zu einem Spiegelschrank dahinter gehörte. Er öffnete die Tür und es fielen mehrere Packungen mit Medikamenten heraus. Im Inneren des Schränkchens war jedes Fach bis unter die Decke mit Schachteln und Pillengläsern vollgestopft.

Er überflog hastig die Beschriftungen. Mittel gegen Depressionen, gegen Herzrhythmusstörungen, Psychosen, Depressionen, Krampfanfälle, Gedächtnisschwund, Schmerzen. Er quetschte die herausgefallenen Schachteln zurück in die Fächer und schloss die Schranktür.

Als er in die Küche kam, die er erst im dritten Anlauf fand, weil alle Türen gleich aussahen, war seine Gastgeberin gerade an der chromblitzenden Kaffeemaschine zugange. Die Küche war weiß und wirkte steril, sogar der Fußboden war weiß gefliest. Nur dank der gemusterten Küchenplatte konnte man überhaupt die Orientierung behalten, wo oben und unten war.

Die Frau, die in ihrer eigenen Küche so fremd wirkte wie eine Klatschmohnblüte in der Antarktis, drehte sich um und blickte ihn erstaunt an. Im ersten Moment schien sie sich nicht an ihn erinnern zu können, doch sie überbrückte diesen Augenblick mit einem zu einem Lächeln verzerrten Gesicht.

Jay sah, dass auf der Ablageplatte ein halb leeres Glas Wasser stand und eine geöffnete Tablettenschachtel mit einem der Antidepressiva daneben lag, die er vorher auch im Medikamentenschrank über dem Waschbecken gefunden hatte. Sie folgte seinem Blick. "Die muss ich alle 4 Stunden nehmen", sagte sie mit einem Schulterzucken.

Die Kaffeemaschine begann beim Durchlaufen des Wassers röchelnde Geräusche zu machen und Kaffeeduft durchzog den Raum.

"Wie sagten Sie noch, ist ihr Name?" Ihre Stimme war jetzt voller und fester als vorhin, obwohl sie immer noch schmal und zerbrechlich wirkte, und sie schien sich besser konzentrieren zu können.

"Oh, entschuldigen Sie, dass ich mich nicht richtig vorgestellt habe, es war nur, ich lag halt mit dem Gesicht im Dreck. Mein Name ist Bergmeister, Jürgen Bergmeister."

"Ach ja, Sie haben mich vor ein paar Tagen angerufen, nicht wahr? Ich bin Loreley Brown. Sagen Sie doch Loreley zu mir."

"Dann nennen Sie mich Jay."

"Sie kommen aus Deutschland?"

"Genau. Sie haben sich freundlicherweise bereit erklärt, sich mit mir über Ihren Mann zu unterhalten."

"Ja, mein Mann ist tot!" Auch jetzt wieder sagte sie es, als sei es eine Befreiung für sie.

Anscheinend bemerkte sie sein Erstaunen.

"Sie müssen wissen, mein Mann war nicht gut. Er hat viele Leute in die Sucht geführt. Und nur aus reiner Geldgier. Er war schon immer ehrgeizig. Seine Familie hat ihm Druck gemacht. Geld war für sie alles, egal mit welchen Mitteln. Ich dachte, er sei anders, hätte Werte, würde nicht andere Leute ausnutzen, weil es ein leichter Weg für ihn war, zu Geld zu kommen. Aber dann ... Wissen Sie, was das heißt, kokainsüchtig zu sein? Wenn man so richtig drauf ist?"

Sie wartete seine Antwort nicht ab. "Das heißt Stimmungsschwankungen zwischen Euphorie und Depression, Anfälle von Todesangst und Wahnvorstellungen. Es ist die Hölle. Und mein Mann hat sie den Menschen gebracht. Es ist gut, dass damit endlich Schluss ist."

Schön wäre es, wollte Jay gerade sagen, als sie seine Gedanken unterbrach. "Wissen Sie, ich dachte, wenn ich meinem Mann das Elend vorführe, wenn er sähe, dass die Drogen jemanden, den er liebt, umbringen, dann würde er verstehen, dass es nicht richtig ist, was er tut. Aber ..." Ihre Stimme brach.

"Sie haben Kokain genommen, um ihrem Mann zu zeigen, wie es wirkt?"

"Ja, um ihm zu zeigen, wie es Menschen zerstört. Damit er aussteigt."

"Sie haben ihr Leben aufs Spiel gesetzt, um ihren Mann auf einen anderen Weg zu bringen?" Er sah sie plötzlich mit anderen Augen. Sie war gar nicht so schwach und zerbrechlich. Sie war eine entschlossene Kämpferin für ihre Sache.

"Am Anfang hat er noch versucht, mich davon abzubringen", fuhr sie fort. "Wissen Sie, wir kannten uns schon von der Highschool und haben uns einmal geliebt. Unsere Hochzeit war das Ereignis des Jahres in Wakefield/Colorado. Ja, am Anfang hat es ihm vielleicht noch weh getan, mich so zu sehen. Ich glaubte jedenfalls, er sei nahe dran, mit dieser Sache aufzuhören, egal wie viel Geld er damit machte. Aber später ist er dann einfach nicht mehr nach Hause gekommen – dann musste er mein Elend nicht sehen und konnte sein Geld genießen."

"Sie meinen, das Geld hätte ihn verdorben?"

"Nein. Geld ist so gut oder so schlecht wie seine Besitzer. Er hatte seine Werte aufgegeben. Seine Eltern haben letztendlich gewonnen. Für sie rechtfertigte Geld alle Mittel."

Die Kaffeemaschine war still geworden, der Kaffee schien jetzt fertig zu sein. Und auch sie schwiegen eine Weile.

"Lassen Sie uns ins Wohnzimmer gehen", schlug sie vor und stellte Tassen, Kaffeekanne und Zubehör auf ein Tablett. Jay nahm es und folgte ihr ins Wohnzimmer zu einer weißen Leder-Sitzecke neben einem gigantischen, in Marmor gefassten Elektrokamin.

Gonzolein öffnete kurz ein Auge, als sie an seinem Kingsize-Hundebett vorbeikamen, dann schlief er weiter.

Während Loreley Brown den Kaffee einschenkte, sah Jay sich im Wohnzimmer um. Auf dem Kaminsims entdeckte er neben allerlei dekorativem Krimskrams das Bild eines Mannes in einem silberfarbenen Rahmen. Er hatte volles, braunes Haar, das an den Schläfen ergraut war und das ihm über den Rand seines Kragens reichte. Sein Lächeln wirkte aggressiv und unterstrich die Kühle seiner stahlblauen Augen.

"Mein Mann", sagte Loreley und meinte das Bild. Jay nickte und setzte sich zu ihr auf die Couch. Eine Weile saßen sie schweigend da und tranken ihren Kaffee.

"Nehmen Sie immer noch Kokain?", fragte Jay.

"Nein. Als ich vom Tod meines Mannes hörte, habe ich mich in eine Klinik begeben. Doch es war zu spät."

"Was meinen Sie damit, es war zu spät?"

Sie presste die Lippen aufeinander und schüttelte den Kopf. In diesem Moment hörten sie ein Geräusch an der Tür. Gonzolein schien es auch gehört zu haben und er sprang auf. Seine Pfoten kratzten über den Marmorboden, als er zur Haustür raste. Sein wedelnder Schwanz und ein tiefes, freudiges Bellen deuteten daraufhin, dass jemand kam, den er kannte und den er mochte.

"Das wird Jerry sein, mein … Leibwächter", sagte Loreley. "Er war in Monterey."

Jay tat so, als hätte er ihr Zögern nicht bemerkt.

Sie konnten vom Wohnzimmer aus sehen, wie sich die Haustür öffnete.

"Loreley, alles in Ordnung?", rief eine Männerstimme von der Tür her. "Was ist das für ein fremder Wagen da draußen?"

"Alles in Ordnung, Jerry. Ich habe Besuch aus Deutschland."

Der Mann zu der Stimme trat in den Flur, sein Gesicht war hart und verschlossen und er hatte mit der rechten Hand unter sein Jackett gegriffen, wie wenn er dort eine Waffe trug.

Jay wollte aufspringen, doch Loreley hielt ihn am Arm. "Keine Sorge, Jerry tut Ihnen nichts."

Jerry kam ins Wohnzimmer, seine Hand ließ er an der Waffe.

"Was wollen Sie von Loreley?", fragte er und machte sich nicht die Mühe, Freundlichkeit vorzutäuschen.

Jay hob beschwichtigend die Hände. "Ich wollte mich nur mit ihr über ihren Mann unterhalten."

"Was fällt Ihnen ein? Die Frau hat schon genug Sorgen. Lassen Sie sie in Ruhe. Und wer sind Sie überhaupt?"

Jay wollte antworten, dass es Zweifel am Tod von Robert Brown gab, doch beim Blick in Loreleys von Krankheit gezeichnetes Gesicht, schwieg er.

"Jay wollte gerade gehen, nicht wahr, Jay?", sagte Loreley Brown und erhob sich.

"Ja, sicher, Loreley", sagte Jay. Er wusste, was er wissen wollte. "Ich helfe Ihnen noch, das Geschirr in die Küche zu bringen."

Sie räumten die Tassen, Zucker und Milch auf das Tablett. Jerry ließ sie nicht aus den Augen und folgte ihnen auch in die Küche.

Loreley stellte Milchkännchen und Zuckerdose in die Spüle und wollte die schmutzigen Tassen gerade in den Kühlschrank stellen, als Jay sie ihr abnahm. "Lassen Sie, ich mache das. Ich räume es auf."

Jay sah, dass ihr Blick nervös hin und her flatterte und sich dann an der Kaffeemaschine festhielt. Die Wirkung des Medikaments, das sie vorhin eingenommen hatte, schien nachzulassen, dachte Jay und beobachtete sie aus dem Augenwinkel, während er die Milch in den Kühlschrank stellte. Er sah, wie ihr Blick auf die schwarz-grau gemusterte Küchenplatte fiel und wie sich ihre Augen weiteten. Sie griff nach einem Küchenhandtuch und begann damit auf die Platte zu schlagen.

Jerry war mit einem Satz bei ihr und hielt sie fest. "Was ist denn los, Loreley?"

"Kakerlaken siehst du sie nicht? Überall krabbeln diese Kakerlaken." Sie brach in hysterisches Schluchzen aus.

"Halten Sie sie kurz fest. Ich hole ihre Medikamente", wies der Mann Jay an. Als er wiederkam, hatte er eine der Medikamentenpackungen aus dem Spiegelschrank dabei. Mit eiligen Fingern riss er die Packung auf und drückte eine Tablette aus dem Blister. Die erste Tablette schlug sie ihm aus der Hand, die zweite warf er ihr in den Rachen, während Jay ihren Kopf hielt. Dann flößte er Wasser hinterher.

Nach einer Weile fühlte Jay, wie sie sich entspannte. Jerry hob sie auf seine Arme. Jay sah, dass ihre Augen jetzt völlig apathisch waren. Er sah Jerry fragend an.

"Sie wird jetzt eine Weile schlafen. Sie sollten fahren", sagte Jerry und verließ mit der Frau auf den Armen die Küche.

Doreen war kein schlechtes Mädchen und sie hatte es nicht verdient, mit 14 Jahren zu sterben. Sie fütterte ihr Zwergkaninchen regelmäßig, sie ging für ihre Großmutter zwei Mal pro Woche einkaufen und sie war in der Volleyballmannschaft ihrer Schule, dem Gymnasium in Freising in Oberbayern.

Auch ihre Eltern hatten das nicht verdient. Sie hatten getan, was ihnen möglich war, ihr ein schönes Zuhause gegeben, ihr unendlich viele Bücher gekauft, damit sie lernen konnte, wonach ihr der Sinn stand, und ihr – modern, wie sie waren - die Pille angeboten, falls sie Sex haben wollte. Doch all das schien Doreen gar nicht wichtig. In ihren Adern tobten die Pubertätshormone. Mal war sie himmelhoch jauchzend, dann tieftraurig. Was sie vor allem wollte, war Liebe, sich bedingungslos angenommen fühlen dürfen. Und hätte sie diesen Tag überlebt, dann würde sie sich sicher in einigen Jahren fragen, ob sie wirklich nicht genug Liebe bekommen hatte oder sie diese nur nicht hatte erkennen können, weil sie sich anders zeigte, als sie damals dachte, dass sich Liebe zeigen müsste.

Doch die Gelegenheit, sich solche Gedanken zu machen, würde Doreen nie haben.

Heute Mittag waren zu Hause mal wieder die Fetzen geflogen - sie konnte sich nicht mal an den Auslöser erinnern - sie hatte sich ungerecht behandelt gefühlt, kalt und unbarmherzig von der Mutter abgefertigt - und sie hatte ihren orangeroten Anorak genommen und war zur Haustür gerannt. Sie hatte mit verletztem und wütenden Gesichtsausdruck über die Schulter zurückgerufen, sie würde nie mehr nach Hause kommen. Dann hatte sie der Tür einen Tritt gegeben, damit sie krachend ins Schloss fiel. Die Mutter war ihr hinterher gelaufen, hatte die Tür noch einmal keifend geöffnet und ihr hinterher geschrien, sie würde schon sehen, wie sie dann zurechtkäme. Doreen hatte sie ignoriert und war davongestampft.

Solche Worte waren schon oft gefallen und niemand hatte gedacht, dass sie diesmal wahr werden sollten.

Doreen war bei klirrender Kälte durch Freisings Gassen zu Isi gegangen. Isi wohnte in der Kammergasse und bei ihr war wie immer tagsüber sturmfreie Bude, denn ihre Eltern arbeiteten beide. Meistens konnten sich die Eltern auf Isis Vernunft verlassen. Und wenn sie mal irgendeine Regel verletzte, dann gehörte das eben zum Erwachsenwerden und richtete bisher nie einen größeren Schaden an.

Bald waren auch Bernadette und Biggi aufgetaucht. Die vier Mädchen waren seit einem halben Jahr enge Verbündete und bauten sich gegenseitig auf, wenn reihum eine von ihnen das heulende Elend kriegte, oder hielten ihr beim Kotzen den Kopf, wenn sich eine auf dem Schulfest betrunken hatte.

Sie hatten an diesem Nachmittag einige Zeit über die Verständnislosigkeit ihrer Eltern geschimpft, weil die nicht kapieren würden, um was es im Leben ging, dann hatten sie das Thema gewechselt und sie hatten über die Jungs von ihrer Schule gesprochen. Doreen hatte wie schon so oft von Jakob geschwärmt, Bernadette von Lukas. Biggi hatte damit angegeben, dass Boris, der zwei Klassen über ihnen war, endlich auf ihre schmachtenden Blicke reagiert und sich mit ihr unterhalten hatte.

"Er hat mir sogar was geschenkt", sagte sie und kramte in ihrer Schultasche. Sie förderte zwei kleine Plastikbeutel zutage. In dem einen befanden sich einige winzige, schmutzig-weiße Bröckchen, in dem anderen eine kleine Pfeife.

"Was ist das?", fragte Isi.

"Kräck oder so ähnlich. Das wird geraucht."

"Ist das Rauschgift?", fragte Doreen entsetzt und fasziniert zugleich.

"Ihr spinnt wohl, ihr könnt doch kein Rauschgift hierher bringen. Rauschgift macht süchtig." Isi geriet in Panik, was, wenn die Mutter das mit dem Rauschgift herausfände?

"Nur Morphium und Heroin machen süchtig. Das hier ist aber was anderes. Vollkommen harmlos, hat Boris gesagt, aber super. Er raucht das selbst auch. Sogar ziemlich oft, und es schadet ihm überhaupt nicht, sagt er." Biggi packte das Pfeifchen aus.

"Ich würd's probieren", sagte Doreen.

"Ich auch", sagte Bernadette, die grundsätzlich alles ausprobieren würde.

"Entweder alle oder gar nicht", bestand Biggi.

"Bist du sicher, dass das harmlos ist?", fragte Isi.

"Sonst hätte Boris mir das doch wohl nicht gegeben. Außerdem, Melanie raucht es auch, hat er gesagt." Melanie war das angesagteste Mädchen der Schule und alle wollten so sein wie sie.

Biggi legte eines der Steinchen in den Pfeifenkopf.

"Dann müssen wir aber auf die Terrasse gehen. Meine Mutter will nicht, dass man hier drin qualmt."

"Wer will als Erste?", fragte Biggi, als sie wenig später in den Anoraks auf der Terrasse standen, um sie herum der verschneite Garten.

"Wir können ja auslosen!", sagte Bernadette.

Sie spielten Schere-Stein-Papier und Biggi gewann den ersten Zug. Doch dann traute sie sich nicht.

"Jetzt mach doch endlich. Wir erfrieren sonst hier draußen", sagte Doreen.

"Dann mach du es doch als Erste, wenn du keine Angst hast."

"Okay, ich mach es", sagte Doreen und griff nach der Pfeife.

"Ich geb dir Feuer", sagte Bernadette. Später würde sie das ihr Leben lang bereuen.

Doreen nahm die Pfeife an die Lippen und sog kräftig ein. Dann wartete sie. Die anderen sahen sie gespannt an.

Die Wirkung des Kokains setzte ein wie ein Schlag. Es war ein kurzes euphorisches Gefühl, doch sofort wandelte es sich in Panik. Doreen vertrug kein Crack: Ihr Herz begann zu rasen, ihr wurde schlecht und heiß und ihr Körper wurde von Zuckungen geschüttelt. Sie sah die anderen entsetzt an. Das Licht schien plötzlich greller und da war ein rasender Schmerz in ihrem Kopf. Sie hatte den Eindruck, dass der Schnee fluoreszierend leuchtete, bis sie schließlich nur noch weiß sah. Sie fiel ins Koma.

Doreen sollte nie mehr aufwachen. Der Arzt würde später Kokainvergiftung mit Herz- und Kreislaufversagen feststellen.

Zehn Stunden nachdem er Loreley Brown verlassen hatte, stand Jay in einer Warteschlange in einem der vielen Terminals des Los Angeles Airports. Der Saison entsprechend war der Schalterraum mit Weihnachtsmotiven geschmückt, Weihnachtsmusik lag in der Luft und Plakate, die von der Decke hingen, wünschten den Reisenden eine fröhliche Weihnachtszeit.

Vor ihm konnte sich ein älteres Ehepaar nicht entschließen, ob sie lieber vorne oder hinten im Flugzeug sitzen wollten. Jay wartete geduldig und beobachtete in der Zwischenzeit die Frau hinter dem Schalter. Sie war der Typ Service-Barbie: blondes Haar perfekt gestylt, die Uniform saß wie angegossen, sie hatte ein Lächeln aufgesetzt.

Jay hatte herausgefunden, dass Jana nach einer Übernachtung im Hotel mit dem Taxi zurück zum Flughafen gefahren war. Doch der Taxifahrer hatte nur das Terminal, aber nicht das Ziel gekannt.

Endlich war das Ehepaar fertig und Jay durfte vorrücken. Barbie hatte den großen, dunkelhaarigen Mann schon längst bemerkt und setzte nun ein strahlenderes Lächeln auf. Auch Jay lächelte. "Ich bin auf der Suche nach meiner Verlobten, Diana Reissig, aus Deutschland. Könnten Sie in ihrem Computer nachsehen, ob sie mit Ihrer Fluggesellschaft geflogen ist? Es muss am Sonntag, den 3. Dezember gewesen sein. Wahrscheinlich nach Hawaii."

Schon bei dem Wort "Verlobte" löste sich Barbies strahlendes Lächeln auf. Auch Jays Lächeln verschwand, er sah ihr an, dass sie ihm nicht helfen würde.

"Das Herausgeben solcher Informationen ist nicht gestattet", schnappte Barbie und blickte an Jay vorbei nach den nächsten Passagieren.

Jay war versucht, seinen Dienstausweis hervorzuholen und Barbie unter Druck zu setzen. Aber wahrscheinlich wusste sie, dass er als deutscher Kripobeamter hier nichts zu sagen hatte, schon gar nicht, wenn es um eine Privatangelegenheit ging.

Er nickte ihr zu und zog sich zurück. Verdammt. Nächstes Mal war er schlauer, schwor er sich und ging einen Kaffee trinken.

Eine halbe Stunde später versuchte er sein Glück erneut. Barbie war inzwischen von einer Latino-Schönheit abgelöst worden.

"Helfen Sie mir bitte, die Verlobte meines besten Freundes zu finden. Sie hat ihn vor dem Altar stehen lassen und er ist deswegen am Boden zerstört. Ich war sein Trauzeuge und möchte ihm helfen."

Die glutäugige Schönheit lächelte ihn gerührt an. "Aber was kann ich denn tun?"

"Ich möchte die Verlobte finden, damit sie ihm wenigstens sagt, warum sie ihn verlassen hat. Das würde ihm helfen, darüber hinwegzukommen."

"Aber ich verstehe immer noch nicht ..."

"Wahrscheinlich ist sie von Los Angeles nach Hawaii geflogen. Könnten Sie mal nachsehen?"

"Wie ist denn der Name der Dame? Und wann soll sie geflogen sein?"

Jay nannte ihr Janas Nachnamen und das Datum. Die Latino-Schönheit, auf deren Namensschild Claudia Vasquez stand, begann in die Tastatur zu trommeln.

Was, wenn sie Janas Namen nicht fand, fragte sich Jay, während er ihr zusah, wie sie den Bildschirm aufmerksam musterte. Wo sollte er dann weitersuchen?

Plötzlich hielt die Frau inne. "Hier ist der Name, sie war auf dem Flug … Oh Gott." Sie brach ab, schaute Jay mit entsetztem Gesicht an, dann wieder in den Monitor. "Oh Gott, die Verlobte ihres Freundes war in der Maschine …"

In diesem Moment verband auch Jays Hirn die losen Enden und plötzlich war da ein weißes Rauschen in den Ohren, während Gedankenfetzen an ihm vorbeitrieben und Nachrichtenmeldungen über eine abgestürzte Maschine vor Hawaii in seinen Ohren dröhnten.

Die Welt um Jay schien im Nebel zu versinken. Er hörte die Stimme der Frau am Schalter, die dumpf zu ihm vordrang. Jay hielt sich an der Schaltertheke fest. "Was ist mit den Passagieren?", hörte er sich mit fremder Stimme fragen. "Es hieß, es gab Überlebende. Ist Diana Reissig dabei?"

Jay saß alleine in dem schlichten Büro und wartete. Nirgendwo war ein Fenster, nur wenige Büromöbel standen im Raum verteilt, darauf ein paar Monitore, Computerterminals und Aktenordner. Claudia Vasquez hatte ihren Chef geholt, und der hatte ihn hierher geführt. Anschließend war er nervös an seinem Jackett zupfend aus dem Zimmer verschwunden, um Beamte vom FBI herzurufen.

Jays Gesicht war grau. Jana durfte nicht tot sein, war alles, was er denken konnte. Nicht auch noch Jana.

Als sich die Tür öffnete, sprang Jay auf, doch die beiden Männer, die hereinkamen, drückten ihn auf den Stuhl zurück. Nachdem sie seinen Ausweis kontrolliert hatten, stellte sich der kleinere der beiden breitbeinig vor ihn, der andere setzte sich hinter Jay auf einen niedrigen Büroschrank.

"Sie sind also ein Freund von Diana Reissigs Verlobtem?", fragte der FBI-Mann vor ihm.

"Nein. Ich hatte das nur der Frau am Schalter gesagt, damit sie mir hilft. Ich selbst bin der Verlobte. Jetzt sagen Sie mir endlich …"

"In welcher Angelegenheit war Frau Reissig auf dem Weg nach Hawaii?"

"Es gab keine Angelegenheit. Sie hat mich vor dem Standesamt stehen lassen und ist nach Hawaii geflogen."

"Sie hat doch damit deutlich gemacht, was sie will und was nicht. Warum reisen Sie ihr nach?"

„Sie hat eben kalte Füße bekommen. Das war Panik. Jetzt sagen Sie mir doch endlich, ist sie bei den Überlebenden?" Er versuchte gar nicht, die bange Atemlosigkeit in seiner Stimme zu verbergen.

Der kleine FBI-Mann sah ihm prüfend in die Augen, dann drehte er den Kopf weg.

"Nur vier Passagiere konnten lebend geborgen werden. 149 Leichen oder das, was die Haie übrig gelassen hatten, wurden vor der Oahu Nordküste gefunden. Der Rest der Passagiere gilt als vermisst."

"Jana ist also nicht bei den Vieren?", flüsterte Jay. Doch er kannte bereits die Antwort.

Sie ließen ihm Zeit, sich zu sammeln. "Sie war nicht bei den Geretteten aber auch nicht bei den geborgenen Leichen", hörte er den Mann hinter ihm sagen. "Aber die Chance, dass jemand von den Vermissten noch lebt, ist gleich null."

Die Worte schienen in Jays Ort nachzuklingen, es war wie ein unendliches Echo.

"Möchten Sie vielleicht ein Glas Wasser?", fragte der kleine FBI-Mann wie in einem amerikanischen Kinofilm. Als wenn Wasser irgendetwas heilen oder wegschwemmen würde.

Jay stand auf und begann im Zimmer auf und ab zu laufen. Anzuhalten tat zu weh. "Wieso wurden die Angehörigen nicht informiert? Wieso wissen Frau Reissigs Eltern von nichts? Sie haben doch die Pflicht …"

Die FBI-Männer beobachteten ihn mit zusammengekniffenen Augen. "In diesem Fall nicht", sagte der größere der beiden FBI-Männer und zündete sich eine Zigarette an.

Jay blickte ihn fragend an. "Wieso nicht?"

"Das kann ich Ihnen nicht sagen."

"In den Nachrichten hieß es, der Unfall sei durch eine unglückliche Verkettung technischer Probleme verursacht gewesen."

Der Mann stieß den Rauch aus. "Genau." Er gab dem anderen Mann ein Zeichen.

"Das ist nicht die wahre Ursache, oder?"

Jay erhielt keine Antwort.

"Es steckt etwas anderes dahinter. Sagen Sie mir, was. Ich bin selbst Kriminalbeamter, Sie können mir vertrauen." Er wusste, dass sie das nicht durften.

Der Mann hinter Jay stand auf und trat zu ihm. Er klopfte ihm auf die Schulter. "Wir helfen Ihnen jetzt, Ihren Rückflug nach Deutschland zu organisieren."

Jay hielt inne. "Ich fliege nicht nach Hause! Auf keinen Fall."

"Es wäre besser für Sie."

Jay ging zur Tür. "Das sehe ich nicht so. Und Sie können mich nicht zwingen!"

"Seien Sie doch vernünftig."

"Keine Chance." Keine Chance, dass er dem FBI die Ermittlungen überließ und dann das glaubte, womit sie die Öffentlichkeit füttern würden.

Jay trat hinaus. Er schloss die Augen und holte tief Luft. Dann ging er, ohne sich noch einmal umzudrehen, zurück zum Schalter von Claudia Vasquez.

Nur wenn er selbst ermittelte, hatte er eine Chance auf die Wahrheit. Sein Ziel hieß Hawaii.

Als Sandy in der Hotel Street in Honolulu aus dem Bus stieg, betrat sie eine ihr unbekannte Welt und sie wusste nicht, ob sie sich mit dieser anfreunden wollte. Sicherheitshalber nahm sie einen Schluck aus der Whiskeyflasche, die sie in eine braune Papiertüte eingewickelt hatte, damit sich niemand mokierte, dass sie Alkohol in der Öffentlichkeit trank.

Sandy hatte zwar schon von Honolulus Chinatown gehört, aber sich nur in Zusammenhang mit Drogen darüber Gedanken gemacht – wenn eine Überschrift des Honolulu Star Bulletin über eine Razzia berichtete. Und auch als Lance anrief und sie fragte, ob sie sich mit ihm in Chinatown treffen wolle, hatte sie an Drogen gedacht – vermutlich wollte er einen Fick für ein paar Joints. Na und wenn schon, hatte sie gedacht, war mal eine Abwechslung, statt immer nur an der Nordküste mit den anderen Freaks abzuhängen.

Sie hatte keine Ahnung, wo die Bar war, zu der Lance sie bestellt hatte, aber sie hatte noch jede Menge Zeit und eine halbe Flasche Whiskey. So ließ sie sich durch die Straßen und über die üppigen Lebensmittelmärkte treiben, um sie herum überwiegend asiatische Gesichter, chinesische Schriftzeichen – oder was sie dafür hielt – und befremdliche Auslagen in chinesischen Apotheken. Als ihr klar wurde, dass sie so nirgendwo ankam, ging sie in den nächsten Laden, um nach dem Weg zu fragen.

Der Raum war vollgestopft mit Ramsch, der an Touristen verkauft werden sollte. Eine weißhaarige, zahnlose Oma bewachte die Kasse.

Sie sprach kein Englisch, aber rief nach jemandem. Eine jüngere Frau tauchte aus einem der vielen Winkel auf – vermutlich die Tochter oder Schwiegertochter der Alten.

Als Sandy nach der Bar fragte, blickten die beiden Frauen missbilligend, aber die jüngere erklärte ihr den Weg, es war in der Nähe.

Sandy winkte zum Abschied mit der Flasche und bog drei Häuser weiter um die Ecke. Chinesische Schriftzeichen und das Wort Bar blinkten ihr in Leuchtschrift entgegen.

Sie zögerte nicht lange und ging hinein.

Die Bar war dämmrig und ziemlich leer, drei junge asiatische Männer spielten Billard in einer Ecke, auf der Theke stand ein künstlicher Weihnachtsbaum mit leuchtenden Plastikkugeln. Es war noch früh, trotzdem konnte man vor lauter Rauchschwaden kaum bis zum anderen Ende des Raumes sehen.

Sandy erblickte Lance hinten an der Bar - er hielt einen Cocktail in der einen Hand und an seine andere Seite schmiegte sich Little Chinagirl - ein mandeläugiges, schwarzhaariges Mädchen von höchstens sechzehn Jahren. Sandy schwenkte die Flasche in der Papiertüte und ging hinüber, argwöhnisch beäugt von dem Mann hinter der Bar.

"Hi Sandy!" Lance machte sich von dem Mädchen an seinem Arm los und sah Sandy auffordernd an. Sandy wollte ihm eigentlich nur einen Kuss auf die Wange geben, aber er zog sie mit einer Bewegung an sich und zwängte seine Zunge zwischen ihre Lippen. Als Sandy trotz des überraschenden Vorgehens bereitwillig den Mund öffnete, ließ er seine Hand über ihren Hintern die Beine hinunter und dann vorne über die Oberschenkel wieder hinauffahren, wobei er einen kurzen Augenblick auf ihrer Scham verweilte – lang genug, dass sie die Wärme seiner Hand durch den Stoff spürte. Es war seine Standard-Anmache für alkoholisierte oder anders bedröhnte Frauen, die subtilere Gesten nicht mehr mitkriegen würden.

Sandy presste sich an ihn, ihr gefiel die Aussicht auf Sex. "Sex and Drugs and Rock'n Roll, dafür bin ich hier", sang sie und Lance lachte, er wusste, er würde einfaches Spiel mit ihr haben.

Little Chinagirl war wenig begeistert, dass sie jetzt beiseitegeschoben wurde und versprühte hasserfüllte Blicke.

"Was möchtest du trinken, Sandy? Ich lad dich ein!", sagte Lance. Er wartete ihre Antwort nicht ab, sondern bestellte einen Happy-Hour-Rum-Cocktail. Sandy zuckte kurz, aber sie war es gewohnt, dass sie Männern nicht viel wert war.

"Und wie geht's so an der Nordküste?", fragte Lance, während sie auf den Cocktail warteten.

"Cool, wie immer. Du weißt schon: Take it easy - all day long." Sie betonte das looooong und versuchte einen zweideutigen Blick, aber es sah aus, als würde ihr schlecht.

"Und die neue Mitbewohnerin? Joan, glaube ich, heißt sie." Lance legte seine Hand auf ihren Arm und berührte dabei wie zufällig ihre Brust.

"Ach die." Sandy streckte den Oberkörper ein wenig vor. "Sie ist langweilig, sie hat keine Lust auf Hang Loose und Party, ständig rennt sie irgendwo in der Gegend rum."

"Ihr lasst sie alleine weggehen?" Lance strich ihr mit den Fingern über die Brustwarze.

"Klar. Warum nicht? So vermiest sie uns wenigstens nicht die Stimmung." Sie bewegte ihren Oberkörper entgegen der Strichrichtung seiner Finger, um die Berührung auszukosten.

"Hm. Aber sie kommt immer wieder?" Er zwickte sie kurz in den Nippel, bevor er die Hand wegnahm, weil der Barkeeper den Cocktail brachte.

"Wo soll sie sonst hin? Sie kennt hier ja niemanden." Sandy nahm das Schirmchen aus dem Glas mit der pinkfarbenen Flüssigkeit und warf es ohne Sentimentalität in den nächsten Aschenbecher. Dann dockte sie am Strohhalm an.

"Ich weiß, sie hat ihr Gedächtnis verloren. Aber was ist, wenn sie sich wieder erinnert?" Lance sah zu, wie der pinkfarbene Pegel im Glas in Nullkommanichts zum Boden sank.

"Dann geht sie eben und wir haben keine Putzfrau mehr. Na und?" Sandy zuckte mit den Schultern, dann saugte sie geräuschvoll die letzten Tropfen der pinkfarbenen Flüssigkeit aus dem zerstoßenen Eis.

"Hör mal, Sandy." Er griff ihr mit der Hand in den Nacken und zog ihren Kopf zu sich herüber. Er wollte ihr ungeteilte Aufmerksamkeit.

"Ich fände nicht gut, wenn Joan verloren ginge."

"Wieso? Was willst du von ihr?" Er wollte doch wohl nicht diesen Partypupser ficken.

"Nichts von ihr, aber vielleicht von ihrer Familie."

Sein Gesicht war kurz vor ihrem und er zwang sie, seinen Blick zu halten.

"Und was willst du von ihrer Familie? Du kennst sie doch gar nicht." Sie blinkte, ihre Augen konnten auf die kurze Entfernung und mit der Menge Alkohol im Blut nicht fokussieren.

"Geld, Sandy. Ihre Familie würde bestimmt Kohle lockermachen, um sie zurückzubekommen." Seine Stimme war heiser, aber sie wusste, es war nicht, weil er scharf auf sie war.

"Klar. Vielleicht. Aber was hat das mit uns zu tun?" Sie wünschte, er würde wieder mit ihrem Nippel spielen.

"Sie würden uns vielleicht richtig viel Geld geben, Sandy. Und das sollten wir so schnell wie möglich herausfinden."

"Wie meinst du das?" Sie spürte, wie er den Griff um ihren Nacken verstärkte und Sandy begann, sich unwohl zu fühlen.

Er zog sie noch näher heran, bis sein Gesicht nur wenige Millimeter vor ihrem war.

"Wir werden von ihren Eltern oder anderen Verwandten Lösegeld fordern."

Es kam öfter vor, dass Melzers Telefon mitten in der Nacht klingelte, so war das eben, wenn man bei der Kriminalpolizei arbeitete. Doch es war ungewöhnlich, dass sich der Mensch am anderen Ende erst ein paar Sekunden Zeit ließ, bevor er sprach.

"Melzer, ich habe schlechte Nachrichten."

Es war Jay und Melzer wusste sofort, dass die schlechten Nachrichten mit Jana zu tun hatten.

"Jana war in dem Flugzeug, das vor Hawaii abgestürzt ist. Es wurden nur vier Überlebende gefunden."

Melzer wartete. Aber er wusste, was kam.

"Jana war nicht dabei."

Melzer schloss die Augen. "Jay, das ist furchtbar. Es tut mir so leid."

"Ja." In dem einem Wort lag so viel Schmerz.

"Jetzt ist klar, warum sie sich nicht gemeldet hat."

"Ja. Sie hätte sich mit mir ausgesprochen, wenn sie nicht ..."

"Wo bist du, Jay?"

"In Hawaii, in Honolulu. Die Leute streifen in Shorts durch die Einkaufsstraßen, überall Weihnachtsdekoration und aus jedem Laden schallt "Jingle Bells". Es hätte ihr gefallen, sie mochte diesen Kitsch."

"Komm doch nach Hause, Jay."

"Nach Hause ..." Melzer hörte die Verzweiflung am anderen Ende der Welt.

"Oder soll ich nach Honolulu kommen? Ich hab noch den Urlaub der letzten zwei Jahre, ich könnte sofort ..."

"Melzer, du kannst mir besser von Rosenheim aus helfen. Du musst für mich deine Beziehungen spielen lassen."

"Wieso, was hast du vor?"

"Ich brauche die Namen der Überlebenden. Ich will mit ihnen reden."

Melzer überlegte einen Augenblick. "Okay." Vielleicht war das Jays Art, Janas Tod zu begreifen.

"Es ist nicht nur, weil ich etwas über Jana erfahren möchte - wie es ihr ging, bevor sie ... bevor sie abstürzten."

"Das verstehe ich."

"Nein, Melzer, an der Sache ist irgendetwas faul. Und ich muss herausfinden, was es ist."

Melzer seufzte.

"Jay, meinst du nicht, dass du erst mal Abstand brauchst?"

"Ja, ich weiß, du denkst, ich spinne. Das würde ich an deiner Stelle wahrscheinlich auch. Aber ich bin sicher, dass der Absturz sich nicht aufgrund technischer Probleme ereignete, wie es in den Medien verbreitet wird."

"Was bringt dich darauf?"

"In Los Angeles am Flughafen kam das FBI herbeigeeilt, weil ich nach Jana gefragt hatte."

"Das FBI ist als Bundesbehörde für alles Mögliche zuständig, Strafverfolgung, Inlandsgeheimdienst und was weiß ich noch alles."

"Sie haben nicht mal die Angehörigen der Leute in dem Flugzeug informiert, denn sonst hätten Janas Eltern Bescheid gewusst, als ich sie angerufen habe, ob sie was von Jana wüssten."

"Das ist in der Tat merkwürdig."

"Sag ich doch. Melzer, bitte finde für mich heraus, welche FBI-Abteilung sich mit der Sache beschäftigt. Und ich brauche eine Liste der Überlebenden und eine Liste aller Passagiere. Ich will herausfinden, was da los ist."

"Okay. Ich werde sehen, was ich tun kann. Wie kann ich dich erreichen?"

Jay gab ihm die Adresse und Telefonnummer seines Hotels in Waikiki.

"Wie verlief eigentlich dein Gespräch mit Browns Frau?", fragte Melzer.

"Wenn Browns Tod nur vorgetäuscht war, dann hatte sie davon ganz sicher keine Ahnung. Sie war glücklich, dass Gott ihren Mann aus dieser Welt geholt und der Menschheit damit einen Gefallen getan hat."

"Nicht gerade die typische trauernde Witwe."

"Sie hat sich systematisch mit Koks kaputtgemacht, um ihren Mann dazu zu bewegen, mit den Drogengeschäften aufzuhören."

"Eine ganz neue Art Märtyrerin."

"Ja, aber leider nicht erfolgreich."

"Also kommen wir über sie nicht an ihren Mann?"

Es dauerte eine Weile, bis Jay antwortete. "Vielleicht doch. Sie hat da so einen Body Guard, Jerry, der sie bewacht, und ich frage mich, wer den bezahlt."

Melzer machte sich eine Notiz.

"Übrigens, die Drogenfahndung hat feststellen müssen, dass mit dem Tod von Blend die Drogenversorgung hier keineswegs versiegt ist. Im Gegenteil, es ist schlimmer geworden. Schlimmer und anders."

"Was genau heißt das, Melzer?"

"Die neueste Droge hier auf dem Markt heißt Crack – kleine weiße Steinchen aus Kokain und Backpulver hergestellt."

"Ich hab darüber gelesen. Die Crack-Steine werden geraucht. Crack wirkt viel schneller und hat ein höheres Suchtpotenzial als normales Kokain."

"Ja. Und plötzlich sind da neue Einfuhr- und Verteilerstrukturen. Mit Kokain wurde bisher die Promi-Szene bedient und wird sie wohl auch weiterhin. Doch nun versucht jemand, mit Crack an die Schulen zu kommen. Noch gibt es kaum Drogentote unter den Schülern, aber das ist nur eine Frage der Zeit."

"Und du meinst, Blends Tod hat vielleicht den Weg für die Einführung der neuen Droge freigemacht?"

"Genau, so sieht das für mich aus."

Joan und Sandy saßen im Schatten einer der Königspalmen, welche die Einfahrt zum Waimea Falls Park säumten. Jemand hatte den Palmen riesige rote Schleifen um die Stämme gebunden, schließlich war Weihnachten und sie befanden sich im fünfzigsten Bundesstaat der USA. Hier blieben weder Haustiere noch Topfpflanzen von Weihnachtsschmuck verschont.

Joan und Sandy ruhten sich aus. Sie hatten am frühen Morgen den Linienbus von Haleiwa nach Waimea genommen und waren anschließend dem Weg am Fluss entlang gefolgt, der sie weg von der türkisblauen Waimea-Bucht zu dem in die Hügelkette geschmiegten botanischen Garten geführt hatte.

Schon vorher, wenn Joan zu den Surfmeisterschaften gelaufen war, war sie an dem Schild zum Waimea Falls Park vorbeigekommen, und von Mal zu Mal hatte sie der Name neugieriger gemacht. Gestern sah sie dann eine Anzeige in einem der Gutscheinhefte für Touristen, die überall auslagen. Mit reißerischen Angeboten wie "Buy one - get one free", "20 % Rabatt auf alle Artikel", "Ein Geschenk beim Kauf von …" buhlten die Touristenattraktionen um die Aufmerksamkeit der Gäste aus aller Welt. Zwanzig Prozent Rabatt auf einen Artikel aus dem Souvenirladen hatte der Waimea Falls Park angeboten. Aber Joan hatte kein Geld für Souvenirs, sie hatte nicht mal das Geld für den Eintritt in den Park. Trotzdem hatte sie beschlossen, dorthin zu wandern. Vielleicht würde sie auch von außen etwas sehen können oder etwas über das Konzept des botanischen Gartens erfahren, auch wenn sie nicht wusste, warum sie das eigentlich interessierte.

Als Sandy von Joans Plänen hörte, wollte sie sie unbedingt begleiten. Joan war verdutzt, Sandy hatte sich bisher nicht für sie oder für das, was sie so tat, interessiert. Aber wenn Sandy schon mal etwas mit ihr gemeinsam unternehmen wollte, wollte sie sie nicht vor den Kopf stoßen.

Als Joan Sandy dann am Morgen bei Sonnenaufgang geweckt hatte, sah Sandy allerdings nicht so aus, als wolle sie ihren Plan tatsächlich in die Tat umsetzen. Ihr Gesicht war blass und die Augen rot unterlaufen. "wie viel später können wir aufbrechen, wenn wir den Bus nehmen?", hatte sie gefragt.

"Aber ich kann mir den Bus nicht leisten", hatte Joan gesagt.

"Ich lad dich ein", hatte Sandy gesagt und war wieder eingeschlafen.

Eine Stunde später waren sie dann doch endlich aufgebrochen und waren noch relativ früh zum Park gekommen.

"Schau mal diese große, verwilderte Bougainvillea da vorne an dem Felsen. Sieht das nicht irrsinnig schön aus, diese pinkfarbenen Blätter vor dem rostroten Gestein?" Joan war begeistert, wie üppig grün dieses Tal und die umrahmenden Hügel bewachsen waren, wie idyllisch sich der Fluss hindurchschlängelte und welche tropischen Schmuckpflanzen es auch außerhalb des Parks zu sehen gab. "Und siehst du da vorne den Schlafenden Hibiskus? Oder da den Rühreier-Strauch?" Joan zeigte nacheinander auf zwei Sträucher, einen Hibiskus mit hängenden korallenroten Blüten und eine Kassie mit leuchtend gelben Blütenbüscheln. Woher sie all die Namen bloß kannte?

"Ja, ja. Und was machen wir jetzt?", fragte Sandy gelangweilt und streichelte die Flasche in der Papiertüte vor ihr.

"Hier noch ein wenig rumspazieren", antwortete Joan. "Vielleicht kann man ja von draußen ein bisschen was sehen. Vielleicht sogar den Wasserfall."

Sandy nahm vor Schreck einen Schluck aus der Flasche, die heute mit Wodka gefüllt war. "Mach du das mal. Ich warte hier im Schatten und döse noch ein wenig."

"Okay."

Joan stand auf und strich ihr T-Shirt glatt. Sie fragte sich, warum Sandy überhaupt mitgekommen war, wenn sie all das hier nicht interessierte. Aber Bill und Tom wollten heute mit dem Boot raus und vielleicht bekam Sandy Depressionen, wenn sie alleine zu Hause war.

"Aber bleib nicht zu lange weg", brummte Sandy und verschränkte die Hände hinter ihrem Kopf. "Denk dran, du wolltest heute noch die Wäsche waschen."

Wollte sie?

"Ja, schon gut." Joan schlenderte in Richtung der frisch gestrichenen, hübschen Eingangsgebäude aus Holz, deren tief gezogene Dächer kühlenden Schatten versprachen und in denen ein Restaurant und ein Andenkenladen untergebracht waren. An der Kasse standen nur einige wenige Touristen, die großen Tourenbusse von Waikiki im Süden der Insel waren noch nicht da.

Neben dem Hauptgebäude waren die Durchlässe für die Leute, die bereits eine Eintrittskarte hatten, an jedem war ein Kartenabreißer postiert. Joan versuchte einen Blick an einem der uniformierten Männer vorbei in den Garten zu erhaschen, doch außer grüner Wiese und einem radschlagenden Pfau, der von einem kleinen, juchzenden Mädchen in einem rosafarbenen Kleidchen bewundert wurde, konnte sie nichts sehen.

Sie nickte dem Kartenabreißer zu und ging zu den Prospektständern. Joan blätterte sich durch die bunten Broschüren und fand heraus, dass der Park neben botanischen Themengärten auch Hula-Shows und Informationen zur hawaiianischen Kultur bot. Wie gerne hätte sie das live gesehen.

Als sie alles durchstöbert hatte, wollte sie zurück zu Sandy. Aber ihre Blase machte sich bemerkbar und sie schaute sich nach einer Toilette um. Hier vorne sah sie nichts, also ging sie um das Gebäude herum. Dort an der Seitenwand fand sie zwar kein Klo, aber ein Schwarzes Brett, das offensichtlich mehr für eingeweihte Anwohner gedacht war als für die üblichen Touristen.

Die mit Reißzwecken befestigten Zettel waren teilweise schon von der Witterung verblichen, aber Joan konnte noch erkennen, dass es sich vor allem um Informationen von lokalen Naturschutzinitiativen und Bekanntmachungen der Parkverwaltung handelte.

Ihre Augen blieben an zwei nebeneinander hängenden Zetteln hängen – es waren zwei Stellenangebote. In dem ersten wurde eine Bedienung für das Restaurant im Park gesucht, in dem zweiten Stellenangebot wurde ein Gärtner oder eine Gärtnerin gesucht – mit Unterkunft im Park! Joans Herz klopfte plötzlich schneller und aufgeregt las sie weiter.

Bei der Gärtnerstelle ging es um die Arbeit an einem Projekt zur Bewahrung ursprünglicher hawaiianischer Pflanzen. Das, was in Hawaii von Weitem den Eindruck von ursprünglicher, üppiger Wildnis machte, waren überwiegend eingeschleppte Pflanzen, die sich unkontrolliert vermehrt hatten und nun die einheimischen Pflanzen verdrängten, las Joan und sah die üppig bewachsenen Berge um sich herum plötzlich mit anderen Augen. Bei dem Projekt ging es darum, gefährdete, einheimische Pflanzen geschützt zu vermehren und dann wieder an die ursprünglichen Standorte auszuwildern.

Sie riss die Augen auf: Das war ihr Traumjob!

Aber wie konnte sie das wissen, wenn sie nicht wusste, wer sie war, woher sie kam und welche Interessen sie hatte? Doch einiges hatte sie ja schon herausgefunden. Schreiben mochte sie – jeden Abend saß sie in ihrem Zimmer und schrieb ihre Gedanken und Erlebnisse auf. Und auch Pflanzen kannte und mochte sie.

"Hey, wo bleibst du denn so lange?" hörte sie plötzlich Sandys Stimme neben sich - sie war eine Nuance schärfer als sonst und ihr warmer Atem roch stechend nach Alkohol.

"Ich schau mich nur um." Sie wusste nicht warum, aber Joan hoffte, dass Sandy bereits genug getankt hatte und die blasse Schrift der Stellenanzeige nicht entziffern konnte. Irgendetwas hinderte sie daran, mit ihr über ihre Überlegungen zu sprechen, genauso, wie sie ihren Mitbewohnern nicht von ihrer neuen – oder wiederentdeckten? – Leidenschaft, dem Schreiben, erzählt hatte.

"Ich hatte schon Angst, ich hätte dich verloren", sagte Sandy und stützte sich mit der Hand an der Wand ab, um das Schwanken als Nachwirkung des Alkoholkonsums abzubremsen.

Joan blickte überrascht. Sie hatte gedacht, Sandy sei mehr oder weniger alles egal, außer wo sie den nächsten Stoff – Drogen oder Alkohol – her bekam.

Sandy hatte trotz Rausch Joans Blick bemerkt, schließlich hatte Lance ihr eingeschärft, sie nicht aus den Augen zu lassen. Sie legte ihr zögernd die Hand auf die Schulter.

"Wir wollen dir doch helfen. Du hast doch niemanden außer uns."

Joan blickte beschämt zu Boden. Sie wünschte, sie könnte Sandy vertrauen.

Aber mit einem hatte Sandy auf jeden Fall recht. Sie hatte sonst niemanden auf dieser Welt. Und sie sollte nicht riskieren, die einzige Verbindung zu ihrer Vergangenheit zu durchtrennen.

"Bennylein! Guten Morgen!"

Benjamin blinzelte wie ein blinder Maulwurf in das grelle Licht der Deckenleuchte, die seine Mutter angeschaltet hatte, dann zog er sich die Decke über den Kopf.

"Ich glaube, ich bin krank", brummte er aus den blauen Tiefen seiner Lieblingsbettwäsche mit den Tieren aus Moglis Abenteuern darauf. "Ich kann heute nicht in die Schule gehen."

"Ach was. Du brauchst doch vor dieser Schularbeit keine Angst haben." Die Mutter setzte sich auf sein Bett und tätschelte ihn da, wo sie seine Schulter unter der Decke vermutete.

"Ich bin wirklich krank", versuchte er es noch einmal. Und draußen war es dunkel und kalt, dachte er. Im Winter kam ihm der Weg zur Schule besonders weit vor: zuerst die lange Straße mit den vielen Einfamilienhäusern und den Gärten drum rum, wo er mit seiner Familie wohnte, dann die große Straße mit den vielen Autos, dann wieder durch eine andere Wohngegend, bis er irgendwann endlich bei der Grundschule ankam.

"Schatz, du hast doch so viel gelernt. Die Arbeit wird dir leicht fallen. Komm, zieh dich an."

"Und was, wenn ich wirklich krank bin?" Es war eigentlich nicht der weite Weg zur Schule, der ihn schreckte, denn schließlich traf er da immer seine Freunde. Aber dieses Grummeln im Bauch wegen dieser blöden Mathearbeit machte ihn ganz verrückt.

"Du schaffst das", hörte er jetzt seinen Vater, der auf dem Weg vom Elternschlafzimmer ins Badezimmer am Kinderzimmer vorbeikam.

Aber warum wurde ihm dann vor Aufregung heiß und kalt, wenn er nur daran dachte?

"Maaaann, stell dich nicht so an", mischte sich jetzt auch noch sein 16 Jahre alter Bruder Manuel ein. "Du bist neun Jahre alt und ein Super-Schüler. Selbst wenn du mal eine Arbeit verhaust, werden dich immer noch alle als Wunderkind anbeten."

"Wenn du dich etwas mehr anstrengen würdest, Manuel, dann würden wir dich genauso bewundern", hörte Benjamin jetzt seinen Vater sagen. "Aber du mogelst dich ja lieber durch. Wieso bist du eigentlich schon fertig mit Mantel und Schal angezogen?"

"Ich fahr einen Bus früher", hörte er seinen Bruder antworten. "Hab vor der Schule noch etwas zu tun."

"Ich will aber noch mit dir reden. Das wollte ich schon gestern, aber du bist ja erst so spät nach Hause gekommen."

"Worüber denn?"

"Zum Beispiel darüber, womit du deinen neuen CD-Player bezahlt hast."

"Ich hab halt gejobbt."

"Aha. Und wo und was hast du genau getan?"

"So dies und jenes halt."

"Was ist dies und jenes genau? Und wieso wissen deine Mutter und ich nichts darüber?"

"Ich muss aber jetzt weg. Ich habe was ausgemacht."

"Dann machen wir jetzt auch was aus: Du bist heute Abend um Punkt acht Uhr zu Hause, damit wir uns unterhalten können."

Benjamins hörte seinen Bruder leise schimpfen und dann fiel die Haustür mit einem Riesenkrachen zu.

"So Benny, und nun zu dir!" Sein Vater zog ihm die Bettdecke von seinem Gesicht und er musste wieder in das Licht blinzeln. "Dein Bruder hat recht: Auch wenn du die Arbeit verhaust, sind wir stolz auf dich, denn wir wissen, du hast dich angestrengt und tust dein Bestes. Nur darauf kommt es an. Also, mach dich jetzt für die Schule fertig!"

Benny gab sich geschlagen und trottete ins Badezimmer. Warum hatte er bloß immer so eine Angst vor den Klassenarbeiten? Er wünschte, er wäre wie sein Bruder – der war groß und schlank und stark und er hatte seit Neuestem vor gar nichts mehr Angst. Er, Benny, dagegen war klein und ein wenig speckig und es gab viele Sachen, die ihm Angst machten.

Als Benny sich wenig später im Bad die Zähne putzte, hatte er eine Idee. Er würde sich von seinem Bruder eines seiner coolen Käppis ausleihen, dann wäre er so wie Manuel – unverwundbar.

Er schlich sich mit der Zahnbürste im Mund in Manuels Zimmer und schaute sich in dem Durcheinander seines großen Bruders um. Er suchte ein ganz bestimmtes Käppi: das rote mit dem Ferrari-Aufdruck. Erwischen lassen durfte er sich von Manuel nicht, aber er wollte das Käppi ja nur ausleihen und nach der Schule wieder zurücklegen.

Doch Benny konnte das Käppi nicht finden. Er schaute auf der Kommode, im Kleiderschrank, auf dem Kleiderschrank, in allen Schubladen. Schließlich legte er sich auf den Bauch und schaute unter dem Bett nach. Tatsächlich, da lag es.

Benny robbte unter das Bett. Zwischen all den Dingen, die dort lagen, fischte er das rote Ferrari-Käppi hervor und kroch zurück.

Aber warum hatte sein Bruder eine Packung Cornflakes unter dem Bett versteckt? Benny liebte Cornflakes.

Benny robbte noch einmal in die Tiefen unter das Bett und griff mit der Hand nach der Schachtel. Als er sie herauszog, fühlte sie sich komisch an, irgendwie weniger raschelig wie sonst.

Als er hineinschaute, sah er jede Menge Cornflakes, aber in der Mitte schimmerte etwas Plastikfolie hervor. Neugierig geworden, grub er mit seinen Babyspeckfingern danach. Er fand einen kleinen Beutel, der mehrere helle Steinchen enthielt. Er drehte den Beutel hin und her. Was das wohl war? Vielleicht Kandiszucker? Er grub weiter und fand noch mehr solcher Tütchen zwischen den Cornflakes.

"Benny, wo bleibst du denn?", hörte er seine Mutter aus der Küche rufen.

Schnell stopfte er die Beutel zurück in die Cornflakes-Schachtel und schob sie unter das Bett. Doch zwei der Beutelchen behielt er in der Hand und lief damit in sein Zimmer. Flink steckte er sie in das Seitenfach seines Schulranzens, dann rannte er ins Bad und spülte sich den Mund aus.

"Ich bin gleich fertig, Mama! Gleich bin ich soweit."

Wenig später kam Benny mit seinem Schulranzen die Treppe hinuntergesprungen. Er ging in die Küche. Er strahlte über das ganze Gesicht.

"Na, deine Stimmung hat sich ja erheblich verbessert. Du wirst sehen, die Klassenarbeit wird dir leicht fallen. Du brauchst vor nichts und niemanden Angst haben. Du bist doch unser Benny, auf den wir super stolz sind."

Ja, sagte Benny. Jetzt fühlte er sich groß und stark, denn er hatte zwei Dinge in seinem Ranzen, die ihn heute unbesiegbar machen würden: das rote Käppi und die kleinen Steinchen aus Manuels Versteck.

5 Drogen, Geld und kalte Füße
Romantikthriller

Obwohl die Sonne längst untergegangen war, schob Richard Brown eine dunkle Sonnenbrille vor seine stahlblauen Augen, als er mit seinem Samsonite-Aktenkoffer in der Hand die Gangway der Boeing hinunterschritt. Unten wartete bereits der Flughafenbus, der die Passagiere zum Ankunftsbereich des Honolulu Airports bringen sollte.

Brown war gerade mit einer Air-New-Zealand-Maschine aus Auckland eingetroffen. Der gefälschte Pass, den er in der Innentasche seines beigefarbenen Sommer-Anzuges griffbereit hatte, lautete auf den Namen Dick Blacksmith. Doch im Innenfutter seines Koffers hatte er noch zwei weitere Pässe versteckt. Unter einem dieser Namen hatte er in Auckland einen Sekretariatsservice beauftragt, ihm für vierzehn Tage eine Motorjacht mit einem Liegeplatz im Ala-Wai-Harbor in West Waikiki zu organisieren. Von einem anderen Sekretariatsservice hatte er sich unter anderem Namen eine Penthouse-Suite in einem der Honolulu Yacht Harbor Towers nicht weit vom Jachthafen mieten lassen. Hier am Rande von Waikiki würde er seine Operationszentrale einrichten - vorübergehend – er hatte nicht vor, sich lange in Hawaii aufzuhalten.

Es war schlimm genug, dass er überhaupt hierher kommen musste, dachte Brown. Eigentlich sollte die Drecksarbeit längst erledigt sein. Erst dann konnte er seinen neuen Posten als Sicherheitschef des Kartells antreten – ein Posten, der ihm Macht und Geld bringen würde.

Aber dieser verdammte Idiot, der den Zeitzünder bereits in L.A. aktiviert hatte, statt, wie geplant, nach der Landung und vor dem Transport zum Ala Moana Shopping Center, hatte ihm einen Strich durch die Rechnung gemacht. Brown ballte immer noch die Fäuste, wenn er nur daran dachte.

Wie erwartet, ging bei der Immigration und beim Zoll alles glatt und so trat Brown bereits eine halbe Stunde später mit seiner Samsonite-Aktentasche und einem Samsonite-Koffer aus dem Flughafengebäude in den lauen Abendwind. Er schaute sich um und sah die bestellte Limousine mit den fast schwarz getönten Scheiben, die jeden Blick ins Innere verwehrten.

Ein uniformierter Fahrer stand neben dem Fahrzeug und musterte die Passagiere, die ins Freie traten. Als er sah, dass Brown auf den Wagen zuging, machte er eine Art Salutzeichen und öffnete ihm die Tür hinten für den großen Fahrgastraum.

Brown setzte sich in den Wagen, der angenehm klimatisiert war. Auf den grauen Lederpolstern saßen bereits zwei Männer – wie erwartet. Der eine war groß und Mitte 40, er hatte einen verkniffenen Mund und aschblonde Haare. Der andere war kleiner und untersetzt und seine Glatze wurde von einem dunklen Haarkranz umrahmt.

Brown gab dem Fahrer ein Zeichen, dass er die Zwischenwand zur Fahrerkabine hochfahren solle und dann losfahren könne.

"Wo steht mein Wagen?", fragte Brown, als die Limousine losrollte, und nahm sich eine Dose Diät-Cola aus dem kleinen Kühlschrank.

"Auf dem Parkplatz vom Ala Moana Shopping Center, gleich um die Ecke von den Harbour Towers." Der Große übergab ihm den Schlüssel und eine zusammengefaltete Karte. "Es ist ein beigefarbener Cadillac Allante."

"Okay." Brown schob den Schlüssel in die Hosentasche, die Karte legte er auf seinen Aktenkoffer. "Und ihr?"

"Wir haben einen weißen Dodge Pickup Truck. Es ist noch ein Aufkleber drauf vom Vorbesitzer "Aloha Spirit Landscaping"."

"Gar nicht schlecht zur Tarnung. Und was habt ihr inzwischen über den deutschen Schnüffler herausgefunden?"

"Er hat bei seiner Ankunft ein Hotel- und Mietwagen-Paket am Flughafen gebucht, hatte Glück – schließlich steht Weihnachten vor der Tür – und ist im Queen-Kapiolani-Hotel in Waikiki untergekommen."

"Mittelklasse. Zweite oder dritte Reihe vom Strand", ergänzte der kleinere Mann.

"Und was tut er?" Die Coladose zischte, als Brown sie öffnete.

"Er besucht die Überlebenden und fragt sie nach seiner Verlobten aus." Der Aschgraue schaute durstig auf die Dose, an der Tautropfen glänzten, doch er wagte nicht, sich in Anwesenheit seines Chefs auch eine zu genehmigen.

"Und? Kann er irgendetwas herausfinden?" Brown nahm einen Schluck.

"Nein. Glaube ich nicht." Der Aschgraue schluckte auch.

"Glauben heißt nicht wissen!", sagte Brown genervt.

"Aber wie soll ein Passagier etwas über den Sprengsatz in der Skulptur wissen können?"

"Jemand könnte bei der Verladung irgendwas mitbekommen haben", warf der kleinere Mann ein.

"Bei der Verladung der Skulptur? Wie soll das gegangen sein? Die Skulptur war doch verpackt." Der Aschgraue war wütend. Als er mit seinem Kollegen eben über die Sache gesprochen hatte, hatte der überhaupt keinen Mucks gemacht und nun wollte er sich hier vor dem Boss wichtig machen. "Nicht mal das FBI hat herausgefunden, dass der Sprengsatz in der Skulptur war."

"Ja, wir hatten Glück, dass viele Teile des Flugzeugs draußen auf dem offenen Meer versunken sind. Sie werden mit großer Sicherheit niemals gefunden, denn schon 8 Meilen vom Ufer entfernt ist es 500 Faden tief." Was immer das auch genau bedeutete, dachte Brown, aber es war auf jeden Fall sehr, sehr tief, hatte ihm sein Informant gesagt.

Der kleine Mann hob vorsichtig die Hand, als wenn er in der Schule wäre und etwas sagen wollte.

"Was?", nickte Brown ihm zu.

"Die Frau, die der Schnüffler morgen besucht, ist aus Hollywood. Sie arbeitete dort in einer Detektei …"

Der Aschgraue sah den kleinen Mann hasserfüllt an.

Brown sah aus dem Fenster.

"Dann solltet ihr sicherstellen, dass sie diesem Deutschen nichts erzählen kann."

Joan stand am Fenster ihres Zimmers und suchte Abkühlung. Den plastikbespannten Holzrahmen hatte sie herausgehoben und die milde Nachtluft strömte herein.

Sie hatte wieder von dem unbekannten Mann geträumt und war schweißgebadet aufgewacht. Wie die beiden Male vorher war sie in dem holzgetäfelten Raum gewesen, hatte wartend auf dem Bett gelegen. Aber dieses Mal hatte sie mehr Details wahrgenommen. Draußen war es dunkel. Sie erinnerte sich an hellblaue Vorhänge vor kleinen Fenstern, fernes Donnergrollen und Blitze hinter den Vorhängen. Der Mann, mit dem sie sich gerade dem Liebesspiel hingegeben hatte, war nach oben gegangen. Sie hörte nackte Füße über sich. Es klang wie ein Holzboden. Waren sie auf einem Boot? Er hatte gesagt, er wolle sicherheitshalber die Taue überprüfen und die Sitzpolster reinholen, weil ein Gewitter aufzog.

Sie wartete und dann endlich kam dieser Mann die Treppe wieder hinunter, nackt, und zu ihr auf das Bett. Wieder sah sie zunächst nur seine Umrisse gegen die Lampe.

Sie freute sich auf seine Berührung, und er legte sich halb auf sie, aber so, dass sein Gewicht sie nicht zu sehr drückte, und sie küssten und liebkosten sich. Sie hörte seine Stimme und fühlte den warmen Atem an ihrem Hals, während sie gar nicht genug von ihm unter ihren

Händen und von seiner Haut auf ihrer Haut fühlen konnte. Sie war glücklich.

Wieder ein Blitz und bald darauf ein Donner, jetzt stärker. Die Spannung des Gewitters setzte sich in ihren Körpern fort und suchte nach Entladung. Sie drängten zueinander, versuchten es noch herauszuzögern, es auszukosten, bis sie nicht mehr länger warten konnten. Er ließ sich zur Seite gleiten und zog sie mit seinen starken Händen über sich.

Nun, da sein Kopf auf dem Kissen lag, fiel das Licht der Deckenleuchte auf sein Gesicht. Im Traum war es ein vertrautes Gesicht und auch jetzt, wo sie sich das Gesicht vor ihr geistiges Auge rief, kam es ihr bekannt vor, ohne dass sie eine Ahnung hatte, wer er war. Seine Züge waren markant, fast hart, mit einem energischen Kinn und Wangenknochen, die sich durch die Haut abzeichneten. Er hatte braune Augen, die sie jetzt begehrend und doch zärtlich ansahen.

Gerade, als sie nicht mehr länger warten konnte und sie ihn unbedingt in sich spüren wollte, hörten sie die Schritte. Schwere Schritte genau über ihnen.

"Warte, Sonja! Da ist jemand." Der Mann hielt sie fest, sodass sie sich nicht mehr bewegen konnte und lauschte.

Mit einem Schlag war jedes gute Gefühl aus ihrem Körper gewichen. Von da an hatte sich der Traum wie ein Albtraum angefühlt.

"Ich muss nachsehen, wer da ist!", sagte er und schob sie bestimmt zur Seite. "Bleib du hier unten."

Er hatte die Shorts übergezogen, die im Laufe des Abends wie der Rest ihrer beider Kleidung achtlos vor dem Bett auf dem Boden gelandet waren, und war die Treppe hinaufgegangen.

Wieder hatte sie auf ihn gewartet. Nur dieses Mal war ihre Stimmung nicht mehr sehnsüchtig und glücklich.

Sie hatte Männerstimmen über sich gehört und Lachen. Und dann plötzlich blitzte und donnerte es gleichzeitig und ein Mann schrie auf.

Im Traum war sie vor Schreck aufgesprungen.

In Wirklichkeit war sie aufgewacht.

Was war in dieser Nacht geschehen?

Jay schaltete das Radio seines Leihwagens an und suchte nach einem Musiksender mit Rockmusik. Er musste sich in eine andere Stimmung bringen, dachte er. Und er musste das schaffen, bevor er die Nordküste Oahus erreichte und Jennifer White im Turtle Bay Hilton gegenübertrat.

Er wollte alle Einzelheiten über die letzten Stunden, Minuten und Sekunden von Janas Leben aufsaugen, und dafür musste er wach und aufmerksam sein - und nicht verwundet und in sich zusammengezogen, wie er sich jetzt fühlte.

Er war vor gut einer Stunde in Waikiki im Süden von Oahu losgefahren, aber sobald er einmal auf dem richtigen Weg, der Straße um die Insel, war, erforderte die Strecke keine große Aufmerksamkeit mehr von ihm und so war er in ein dumpfes, brütendes Gefühl von Trauer geglitten. Er war die Ostseite entlang gefahren und hatte nicht einmal bemerkt, wie sich die Landschaft veränderte; erst jetzt fiel ihm auf, dass zu seiner Linken nicht mehr steile Berghänge emporragten, sondern sich sanfte Hügel erstreckten.

Eben hatte er auf dem Kamehameha Highway den kleinen Ort Kahuku durchquert, tatsächlich aufgefallen war ihm nur die kleine Polizeistation so weit weg von der Zentrale in Honolulu. Ein kurzer Blick auf die Inselkarte, die ihm die Mietwagenfirma zur Verfügung gestellt hatte, zeigte ihm, dass es nicht mehr weit bis zum Turtle-Bay – Hilton-Hotel am nördlichsten Punkt der Insel sein konnte.

Jennifer White war der letzte Name auf der kurzen Liste der Überlebenden, die ihm Melzer gefaxt hatte, die anderen drei hatte er gestern besucht. Alle drei erinnerten sich an zwei Detonationen im Abstand von mehreren Sekunden. Alle drei hatten schwarzen Rauch gesehen und das Gefühl gehabt, dass das Flugzeug nach der ersten Detonation schneller wurde. Jay vermutete, dass die erste Detonation ein Sprengsatz gewesen war und bei der zweiten der Tank in die Luft gegangen war. Dass es schien, als hätte die Geschwindigkeit des Flugzeuges nach der ersten Detonation zugenommen, könnte daher rühren, dass auch an der Außenhaut etwas abgesprengt worden war und sich daher das Fluggeräusch verändert hatte.

Jay hatte gehofft, dass sich jemand an Jana erinnerte, ihm irgendetwas von ihr erzählen konnte. Doch nur einer von den Befragten meinte, Jana beim Einchecken in Los Angeles gesehen zu haben, die anderen beiden hatten den Kopf geschüttelt, als er ihnen sein liebstes Foto von Jana gezeigt hatte: Jana auf der Mahalo, wie sie versuchte, einen Fender seemännisch anzubinden. Er erinnerte sich, dass sie am Schluss den Fender ungeduldig ins Wasser geworfen hatte, weil ihr das misslang, und dann voll bekleidet wütend hinterher gesprungen war.

Jay spürte bei der Erinnerung an Janas Temperamentsausbruch ein Lachen und gleichzeitig tiefe Traurigkeit emporsteigen. So etwas würde er nie mehr mit ihr erleben können.

Er holte tief Luft. Er wollte jetzt keine Gefühle, er wollte nüchtern ermitteln. Zeit für Gefühle würde er sich erst nehmen, wenn er alles wusste, was mit Janas Flucht und dem Flugzeugabsturz zu tun hatte.

Jay hatte Jennifers Befragung absichtlich bis zum Schluss aufgehoben. Sie würde sich bestimmt gut an Jana erinnern, schließlich hatten die beiden laut Passagierliste nebeneinandergesessen. Irgendwie fürchtete er sich vor dem, was sie ihm vielleicht berichten würde, aber Jay war keiner, der kniff, wenn etwas schwierig wurde.

Aus dem Radio klang jetzt November Rain von Guns N' Roses – auch nicht wirklich erheiternd, dachte Jay, aber er hatte keine Lust weiter nach einem Sender zu suchen, so ließ er ihn. Er bemühte sich, von seiner Trauer weg zu denken, seine Aufmerksamkeit nach außen zu richten. Vor ihm waren wenige Autos auf der Küstenstraße unterwegs und im Rückspiegel sah er, dass auch da die Autos in lockerem Abstand hintereinander fuhren. Nur der dunkelblaue Lincoln hinter ihm fuhr ziemlich nah auf.

Auf Jays linker Seite ragten jetzt die modernen Windmühlen eines Windparks aus den grünen Hügeln, wie aufgespießte Propeller ohne Flugkörper. Rechts von ihm - zwischen der Straße, auf der er fuhr, und dem Meer erstreckten sich große rechteckige Wasserbecken. Eine Tafel erklärte, dass es sich bei dem Gelände um eine Shrimps-Farm handelte, ein Verkaufswagen am Straßenrand bot frische Shrimps-Gerichte an.

Jays Magen signalisierte Hunger – er hatte in den letzten 24 Stunden fast nichts gegessen – doch Jay ignorierte seinen Magen, er wollte jetzt sobald wie möglich Jennifer White treffen.

Als aus einer Seitenstraße plötzlich ein weißer Dodge vor ihm einscherte, trat Jay auf die Bremse und sah gleichzeitig in den Rückspiegel, ob auch seine Hintermänner rechtzeitig reagierten. Der Lincoln hinter ihm bremste im letzten Moment ab und er konnte die Gesichtszüge zweier Männer in dem Wagen erkennen.

Jay fuhr weiter.

Wenige Minuten später erreichte er den äußersten östlichen Zipfel des Turtle-Bay-Golfplatzes. Die Anlage war von kilometerlangen Hibiskushecken gesäumt. An manchen Stellen war die Hecke voller handtellergroßer, korallenroter Blüten, an anderen Stellen fast kahl, so stark war sie zurückgeschnitten worden.

Wenn Jana das sehen könnte, würde sie sich fragen, wer es über sich brachte, solch eine wundervolle Hecke so stark zu stutzen, dachte Jay. Sie würde sie lieber verwildern lassen.

Als Jay die Zufahrt des Turtle Bay Hilton erreichte, bog er rechts ein und folgte dem palmengesäumten Weg zum Besucherparkplatz vorne am Meer bei den Hauptgebäuden. Als er eingeparkt hatte und die Tür des klimatisierten Wagens öffnete, traf ihn die Nachmittagshitze mit voller Wucht. Beim Aussteigen erhaschte er einen Blick auf die kleine, von vorgelagerten Felsen geschützte Bucht, wo sich einige Touristen in der abgemilderten Brandung vergnügten, doch die meisten Gäste ruhten sich wohl irgendwo im Schatten aus.

Jay folgte dem Schild vom Parkplatz zur Rezeption. Als er die Eingangsstufen hinaufging, blickte er zurück und sah den Lincoln die Zufahrt hinaufrollen.

An der Tür wurde er von einem Portier in einem dunklen Anzug und von zwei Gepäckträgern in roter Uniform begrüßt. Bei ihrem Anblick war Jay froh, dass er sich gegen Bermudashorts zum zerknitterten Hemd entschieden hatte und statt dessen eine lange Sommerhose trug. Er nickte den Männern zu und ging zur Rezeption, wo zwei dunkelhaarige, asiatische Schönheiten mit gelbweißen Frangipaniblüten im Haar auf ihn zu warten schienen. Er entschied sich für die ältere der beiden, weil sie wirkte, als habe sie eine höhere Position inne.

"Jennifer White?", wiederholte sie den Namen, nach dem Jay sie gefragt hatte, und machte sich am Computer zu schaffen. "Wissen Sie die Zimmer- oder Suitennummer oder den Namen der Strandvilla der Dame?"

"Nein, tut mir leid. Jennifer White ist auch kein Gast, sondern sie arbeitet hier seit Kurzem, möglicherweise als Sekretärin, aber genau weiß ich es nicht." Jay wusste von Melzer, dass Jennifer White in Kalifornien bei einem Privatdetektiv als Sekretärin gearbeitet hatte, deshalb vermutete er, dass sie hier eine ähnliche Tätigkeit angenommen hatte.

Die Rezeptionistin durchsuchte wieder ihre Datenbank im Computer, doch sie gab nach ein paar Minuten auf. "Ich kann leider keine Jennifer White finden. Aber warten Sie einen Augenblick, ich frage mal bei der Personalmanagerin nach."

Während sie mit irgendjemandem telefonierte, schaute sich Jay in der Empfangshalle um. Er war froh gewesen, dem ganzen Weihnachtsrummel in Waikiki entkommen zu sein, "White Chrismas" und "Jingle Bells" unter tropischer Sonne waren für ihn einfach nicht mehr zu ertragen, aber hier war er wieder mittendrin: Rote Schleifen, goldene Glöckchen, lachende Weihnachtsmanngesichter und Rentiere glotzten von überall. Doch ansonsten gefiel ihm die Lobby. Der Übergang von der Rezeption zu dem hoteleigenen Shopping-Bereich mit kleinen, edlen Boutiquen war fließend. Schilder an den Wänden wiesen zudem auf Spa-Angebote, Bars, Restaurants, Luaus und viele andere Touristenangebote hin.

Sofern man das nötige Kleingeld hatte und bereit war, für alles entsprechend zu zahlen, konnte man es sich hier sicherlich gut gehen lassen, sagte sich Jay. Sein Ding wäre es allerdings nicht, er durchstreifte lieber die Natur und versuchte mit Einheimischen in gewachsenen Orten in Kontakt zu kommen als auf einer künstlichen Insel, wie dieses Hotel eine war, den Urlaub zu verbringen.

"Wir haben eine Jennifer White, die als Feuerspuckerin bei einer unserer Shows arbeitet", unterbrach die Empfangsdame seine Gedanken. "Sie ist erst ganz neu bei uns und deshalb noch nicht im Computer."

"Haben Sie eine Adresse von ihr?"

"Tut mir leid, aber ich darf keine privaten Adressen hergeben. Kommen Sie doch einfach heute Abend zur Sonnenuntergangshow. Dort werden Sie sie sehen."

Jay bedankte sich und sah auf die Uhr. Es war erst drei Uhr nachmittags und so musste er bis zum Sonnenuntergang noch einige Stunden totschlagen. Verharren und warten hielt er nicht aus, so beschloss er, noch ein paar Kilometer weiter Richtung Westen zu fahren. Irgendwo dort mussten die Teile des Flugzeugs ins Meer gestürzt sein. Irgendwo da draußen vor der Küste war Janas Grab und das all der anderen, die den Flugzeugabsturz nicht überlebt hatten, aber nicht gefunden werden konnten.

Jay stieg in seinen Wagen und fuhr los.

Er folgte der Straße um die Insel entgegen dem Uhrzeigersinn. Nur wenige Kilometer weiter sah er Wellenreiter wie Treibgut in den Wellen liegen und auf einen guten Ritt warten. Doch der Ozean enttäuschte sie heute.

Jay wusste, die Nordküste von Oahu gehörte zu Janas Lieblingsorten und es tröstete ihn ein wenig, zu wissen, dass sie vermutlich da begraben lag, wo es ihr immer gefallen hatte und wo sie hingefahren war, um Kraft zu tanken.

Jay parkte seinen Wagen am Straßenrand in eine Lücke zwischen zahlreichen anderen Autos, die dort geparkt waren, und ging zu Fuß den Strand hinunter.

Irgendwoher dröhnte Rockmusik. Er sah sich um und entdeckte eine Bühne. Sie war leer, also war das, was immer hier stattgefunden hatte, vermutlich bereits vorbei. Ein Plakat offenbarte ihm, worum es hier gegangen war: Triple Crown of Surfing, Chiemsee Pipe Masters. Auf einer Tafel stand ein paar Tage altes Datum und darunter waren drei Namen aufgelistet, offensichtlich die Gewinner des Wettbewerbs.

Also waren die da draußen vermutlich ein paar Jungs und Mädels auf den Spuren ihrer Idole, die sie hier bewundert hatten, dachte Jay. Doch so wie es aussah, hatten sie heute keine Chance auf einen guten Ritt und konnten nur hoffen, dass die Haie sie nicht mit Robben verwechselten.

Jay sah dem Geplänkel in den seichten Wellen eine Weile zu, doch es deprimierte ihn, Menschen dabei zu zuschauen, wie sie umsonst auf etwas warteten, was offensichtlich nicht kam.

Er beschloss, noch ein Stück weiter die Küste entlang zu fahren. Er hatte auf der Karte gesehen, dass es da einen kleinen Ort mit Jachthafen gab. Haleiwa. Vielleicht würde er sich in den nächsten Tagen ein Boot mieten und zu der Stelle hinausfahren, wo er Janas letzte Ruhe vermutete. Ja, das schien ihm eine gute Idee. Er würde Melzer bitten, ihm die genauen Koordinaten durchzufaxen.

Jetzt würde er sich erst einmal in Haleiwa umsehen und sich auf die Suche nach etwas Essbarem machen, denn sein Verstand sagte ihm, dass er etwas essen musste, wenn er leistungsfähig sein wollte - und er hatte wenig Lust auf ein Dinner im Turtle Bay Hilton mit Hotelgästen, die sich am Abend um die Wette in Schale warfen und mit teuren Düften besprühten.

Als er aus der Parklücke am Straßenrand herausfuhr, sah er im Rückspiegel, drei Fahrzeuge hinter seinem Wagen, einen blauen Lincoln stehen. Soweit er erkennen konnte, saßen darin zwei Männer, die die Scheiben heruntergelassen hatten und ihre Arme im Rahmen aufstützten, was ohne Verbrennungen nur funktionierte, weil sie – wahrscheinlich als Einzige an der gesamten Nordküste – langärmelige Hemden trugen.

FBI, dachte Jay sofort. Doch er ließ sich nicht anmerken, dass sie seine Aufmerksamkeit erregt hatten, und fuhr zügig aus der Parklücke. Er gliederte sich in den jetzt dichten Verkehr auf dem Kamehameha Highway ein und fuhr im Strom mit.

Im Rückspiegel sah er, dass der Lincoln zurücksetzte, um aus seiner Lücke auszuparken, doch es gelang ihm nicht schnell genug, sich in die Schlange einzufädeln, und Jay war im Nu außer Sichtweite.

Jetzt hätte er die Möglichkeit, sie abzuhängen, dachte Jay. Doch was würde ihm das bringen? Er war sicher, sie wussten bereits, dass er Jennifer White heute Abend treffen wollte, sie kannten seinen Leihwagen und sicher auch sein Hotel in Waikiki. Besser, er ließ sie in dem Glauben, sie seien geschickte Verfolger und er hätte sie nicht bemerkt. Das ließ ihm die Möglichkeit, seinen Trumpf zu gegebener Zeit gewinnbringend auszuspielen.

Jay fuhr entspannt in der Autokolonne mit und schaute sich um. Wie in den meisten Gegenden der USA standen neben den Straßen überall Masten, an denen Strom- und Telefonkabel oberirdisch geführt wurden. Doch wenn man das ignorierte, war der Ausblick auf das wunderbare, unendliche Meer und die tropische Landschaft ein Genuss.

In Haleiwa ließ Jay sich langsam von der Straße in eine Zufahrt zu einem Parkplatz rollen. Neugierig sah er sich um. Haleiwa schien ein kleines Nest zu sein. Ein paar Supermärkte, Surfshops, ein Naturkostladen und ein paar Möglichkeiten, sich den Magen zu füllen. Jay parkte auf dem Supermarktparkplatz und stieg langsam aus dem Wagen. Im Augenwinkel sah er den Lincoln heranrollen, er hoffte, sie sahen ihn rechtzeitig.

Er schaute sich um, welche Arten von Restaurants es in der Nähe gab. Weder McDonald's noch die Pizzeria mit Extra-viel-Käse-Angeboten konnten ihn locken. Obwohl er im Gegensatz zu Jana, die eine Veranlagung zu Fettpölsterchen hatte, schlank war, hatte er sich mit Jana zusammen eine gesunde Ernährung angewöhnt. Er entschied sich für ein koreanisches Imbissrestaurant gleich am Parkplatz.

Jay ging auf das Gebäude zu. Im Schaufenster spiegelte sich das Geschehen auf dem Parkplatz und er sah, dass der Lincoln einen Parkplatz gefunden hatte, jedoch niemand ausstieg.

Jay betrat das kleine Lokal und wurde von einem älteren, zierlichen Koreaner in Kochuniform begrüßt. Der vordere Teil des Lokals bestand aus ein paar einfachen, blank gewienerten Hochtischen, an denen man auf Barhockern saß, im hinteren Teil befand sich die Kochecke, abgetrennt durch eine Theke, über die die Mitnahmegerichte ausgegeben wurden.

Jay setzte sich auf einen Hocker an einen der Tische und postierte sich mit dem Rücken zur Wand, so konnte er den Parkplatz überblicken und auch dem Koch bei der Arbeit zusehen. Er studierte die bunten Abbildungen der Gerichte über der Theke und als der Koreaner ihn nach seinen Wünschen fragte, bestellte er einen Eistee und zeigte auf eines der Bilder.

"Teriyaki-Hühnchen mit Krautsalat und Reis", sagte der Koch in akzentfreiem amerikanischen Englisch und Jay wurde bewusst, dass viele asiatisch aussehende Menschen in Hawaii geborene amerikanische Staatsbürger waren, viele die Nachfahren chinesischer Kaufleute oder importierter Plantagenarbeiter.

Während er seinen Eistee trank, beobachtete Jay den Koch. Der Mann nahm drei Spieße mit Hühnchenfleisch, die in einer dunkelbraunen Marinade in einer großen Schüssel lagen, und verteilte sie auf ein Backblech, welches er in einen vorgeheizten Backofen schob. Während das Hühnchenfleisch garte, kochte er eine braune Flüssigkeit in einer Pfanne auf und rührte etwas Pulvriges hinein, wodurch die Soße dick wurde. Jede der Bewegungen war gezielt, kein überflüssiger Handgriff.

Die Tür ging auf und drei dickliche Teenager, zwei dunkelhaarige Mädchen und ein blonder Junge betraten die Imbissstube. Der Koch stellte die Pfanne mit der Soße zur Seite und nahm ihre Bestellungen auf. Jay warf einen Blick auf den Parkplatz. Dort hatte sich nichts verändert, der Lincoln stand am gleichen Platz und die beiden Männer saßen im Wagen.

Die Teenager setzten sich an einen der Tische neben der Tür und versperrten Jay einen Teil seiner Sicht, doch da er nicht damit rechnete, dass ihm die FBI-Männer verloren gingen, störte ihn das nicht weiter. Er schaute wieder dem Koch zu, der jetzt einen Teller von einem Tablett nahm, auf dem vorbereitete Teller mit einer Portion Krautsalat standen. Mit einer Kelle holte er eine Portion Reis aus einem riesigen, dampfenden Blechtopf und platzierte sie neben dem Krautsalat. Dann schaute er in den Backofen. Das Hühnchen war inzwischen fertig gegart und er legte die Fleischstücke neben den Reis und gab einige Löffel von der dunklen Soße aus der Pfanne über das Fleisch.

Langsam fühlte auch Jay so etwas wie Appetit und als der Koreaner ihm den duftenden Teller vorsetzte, war sein Widerwille gegen Nahrungsaufnahme gebrochen.

Teriyaki-Hühnchen

Zutaten für vier Personen
6 Hähnchenbrustfilets o. Ä.
300 ml Wasser
200 ml Sojasoße
4 EL flüssiger Honig
2 EL Sesamöl
1 Chilischote fein gewiegt
2 Knoblauchzehen, zerdrückt
1 TL geriebener, frischer Ingwer

Zubereitung
Wasser, Sojasoße, Honig, Sesamöl, Chili, Knoblauch und Ingwer mischen. 1/3 der Mischung beiseitestellen, den Rest für die Marinade verwenden. Die

Hähnchenfilets in große Stücke schneiden, die Stücke in die Marinade legen und 2 bis 4 Stunden unter mehrmaligem Wenden im Kühlschrank ziehen lassen.
Beschichtete Pfanne erhitzen und das Fleisch darin etwas anbraten. Dann Marinade hinzufügen und einkochen lassen. Restliche Soßenmischung über die Fleischstücke geben, kurz erwärmen und dann servieren.
Dazu passen klebriger Reis und amerikanischer Krautsalat (Coleslaw – mit Buttermilch, Joghurt, Sahne und/oder Joghurt statt Öl).

Während Jay sein Hühnchen mit mehr Genuss, als er es sich vor einer Stunde noch hatte vorstellen können, verspeiste, wanderten seine Augen immer wieder zurück zum Parkplatz, wo sich die Nachmittagssonne in den Metallteilen der geparkten Autos spiegelte. Immer wieder gingen Passanten vor dem Fenster des koreanischen Lokals vorbei: Eis schleckende Kinder, vollgepackte Muttis, aufgetakelte ältere Damen, Handwerker, die sich ein Erfrischungsgetränk im Supermarkt gekauft hatten.

Jay achtete gar nicht auf die einzelnen Personen, bis plötzlich zwei Frauen seine Aufmerksamkeit erregten, die vor dem Fenster standen und zu diskutieren schienen. Die eine hatte fast weiß blondierte Haare und trug silberne Ohrringe, solche wie Jana sie immer getragen hatte. In der Hand hielt sie eine Papiertüte, wahrscheinlich mit einer Flasche, jedenfalls ließ ihre Handhaltung darauf schließen. Jays Blick fiel auf die andere Frau, die von ihm weggedreht stand und deren Kopf zu einem Teil von dem blonden Teenager verdeckt war, der inzwischen schmatzend über seinem Essen hing. Die Frau trug ein leichtes Sommerkleid, ihre honigblonden Haare fielen ihr weit über die Schultern. Als dem Teenager die Serviette vom Tisch rutschte und er sich danach bückte, glaubte Jay seinen Augen nicht zu trauen.

"Jana!" Er sprang vom Stuhl, der nach hinten umfiel, und wollte zur Tür rennen, doch der koreanische Koch war schneller und hielt ihn fest.

"Sieben Dollar dreißig", verlangte er. "Sie zahlen jetzt sofort oder ich hole die Polizei."

Gleich, wollte Jay sagen. Aber er sah in den Augen des kleinen Mannes viele Jahre schlechte Erfahrung mit dieser Art Versprechen und die Entschlossenheit, sich das nicht mehr gefallen zu lassen. Es war die schnellere Lösung, sofort zu bezahlen, und so zog er rasch sein Portemonnaie hervor und nahm einen Zwanzigdollarschein heraus, während er die beiden Frauen draußen im Auge behielt, die streitend über den Parkplatz gingen.

"Behalten Sie den Rest", sagte er und rannte hinaus.

Vor der Tür blickte er sich um. Er sah die Frauen weiter vorne an der Straße heftig diskutierend in einen Bus steigen. Immer noch hatte die zweite Frau ihm den Rücken zugewandt, aber er war sich sicher, das war Jana. Die gleichen Haare, nur etwas länger, die gleiche Haltung, aber irgendwie schlanker als vor ein paar Wochen, als er sie am Tag vor ihrer geplanten Hochzeit das letzte Mal gesehen hatte.

Jay hechtete zwischen den Autos hindurch Richtung Bushaltestelle, doch als er sie erreichte, fuhr der Bus ab.

Er rannte zurück über den Parkplatz zu seinem Wagen, sprang hinein. Jana lebte, er musste den Bus verfolgen. Doch er stellte fest, dass der geparkte Lincoln ihm den Weg versperrte und dass die beiden FBI-Männer nirgendwo zu sehen waren.

"Verdammt, verdammt, verdammt", schrie er. Er rannte wieder vor zur Straße und versuchte ein Auto anzuhalten.

Doch der aufgeregte Mann jagte den Leuten Angst ein, sodass niemand ihn mitnahm und er schließlich aufgeben musste.

"Verdammt", schimpfte auch Joan. "Wie soll ich denn eure Bude putzen und Wäsche waschen, wenn du keine Putzmittel und keine Waschmittel kaufst, sondern das Geld versäufst?"

Joan hatte es langsam so satt. Sie stampfte wütend den Weg von der Bushaltestelle zum Haus hinter Sandy her.

"Nimm halt eine Bürste und schrubb die Sachen", schrie Sandy über die Schulter zurück. "Dann brauchst du nicht soviel Waschpulver. Wegen dir verzichte ich doch nicht auf meinen Wodka."

"Was heißt hier wegen mir? Ich habe gerade mal ein Kleid und eine Hose. Ich brauche das Waschmittel für *eure* Sachen." Joan war so wütend, dass ihre Stimme überschnappte.

"Ach leck mich doch …", schrie Sandy. "Du bist eine pingelige Kuh!"

"Und du eine versoffene Schlampe! Und weißt du was: Ich werde ausziehen. Ich werde einen Job finden und ausziehen!"

Joan wollte Sandy überholen und zum Haus vorlaufen, um ihre wenigen Sachen zu holen, aber Sandy hielt sie am Arm fest.

"Oh nein, das wirst du nicht. Du bleibst hier." Sie schien plötzlich völlig nüchtern.

"Wie willst du mich hindern, wegzugehen? Ich bin doch nicht eure Gefangene." Auch Joan war plötzlich ruhig.

Sandy kaute mit zusammengekniffenen Lidern auf ihren Lippen. "Du schuldest uns was. Wir haben dich aufgenommen, als du nichts und niemanden hattest!"

"Was habt ihr mir denn gegeben? Das bisschen Essen und ein Dach über dem Kopf? Und dafür habe ich ja auch gearbeitet."

"Du musst bleiben! Nur noch eine Weile." Sandys Stimme war jetzt eindringlich, fast bittend.

Joan holte tief Luft. Auch wenn Sandy versoffen war und das Haus ein Dreckloch, es war ihr Heim. Sie hatten ihr darin Schutz und Zuflucht geboten.

Verdammt ja, so sehr sie es auch, hasste, sie schuldete Sandy und ihren Mitbewohnern was.

Jay ging zu einer Telefonzelle. Er musste unbedingt mit jemandem sprechen. Als sich auf Melzers Büronummer niemand meldete, rief er dessen Handynummer an.

"Jana lebt. Ich habe sie gesehen", schrie er in den Hörer, kaum, dass Melzer sich gemeldet hatte.

"Jay! Wie ist das möglich? Was hat sie gesagt und wie geht es ihr?" Melzer brüllte ins Telefon, als müsse er irgendwelche Nebengeräusche übertönen.

"Das weiß ich nicht. Sie stieg mit einer anderen Frau zusammen in einen Bus und ich habe sie nicht mehr rechtzeitig erreicht. Der Bus fuhr weg. Es war der Bus, der um die halbe Insel fährt, ich habe keine Ahnung, wo sie hinfuhr."

"Hat sie dich denn nicht gesehen?"

"Nein, sie hatte mir ja den Rücken …" Jay hielt inne.

Melzer schwieg am anderen Ende.

Konnte er sich getäuscht haben?, fragte sich Jay. Er war sich doch so sicher gewesen.

"Jay, du weißt, es kommt sehr oft vor, dass Menschen glauben, ihre Vermissten oder Verstorbenen wieder zu sehen. Und dann drehen die sich um, und …"

"Ich weiß, Melzer. Red nicht weiter." Auch Jay war das passiert. Damals als er seine erste Frau verloren hatte, hatte er sie im ersten Jahr danach ständig irgendwo gesehen. Aber da er sie, an dem Tag als sie starb, tot in den Armen gehalten hatte, wusste er, dass er sich täuschte, dass sein Gehirn und sein Herz einfach Zeit brauchten, bis sie die Tatsache akzeptierten.

Melzer wartete.

"Ich war so sicher, dass sie es war", sagte Jay. "Es waren die gleichen Haare, zwar etwas länger, die gleiche Haltung. Aber sie schien mir etwas schlanker."

"Gab es irgendetwas an der Frau, das zwingend darauf hinwies, dass es Jana war? Irgendein Muttermal, vielleicht am Bein, das du sehen konntest?"

Jay überlegte. Eben war er sich noch so sicher gewesen, aber jetzt geriet er ins Wanken. In Gedanken scannte er die Erscheinung der Frau, die er von hinten gesehen hatte, wieder und wieder ab.

"Jana hat einen Leberfleck auf dem linken Unterarm, aber die Frau hielt den Arm in einer Position, in der ich die Stelle nicht sehen konnte."

"Es ist also nicht ausgeschlossen, dass du dich getäuscht hast, oder?" Melzer ließ ihm Zeit, zu überlegen.

"Nein", sagte Jay schließlich. "Es ist nicht ausgeschlossen, dass ich mich getäuscht habe." Und wenn es nicht ausgeschlossen ist, dann ist es wahrscheinlich, dass ich mich getäuscht habe, dachte Jay. Es waren nur vier Überlebende gefunden worden, und Jana war nicht dabei gewesen. Wenn sie überlebt und irgendwie an Land gekommen war, dann hätte sie sich doch gemeldet.

"Tut mir echt leid, Jay."

"Schon gut. Ist ja nicht deine Schuld, Melzer."

Es herrschte einen Moment Schweigen. Jay hörte Stimmen, dann hielt Melzer die Muschel zu.

"Sorry, das war der Schaffner", sagte Melzer, als er wieder dran war. "Ich bin auf dem Weg nach München zu einer Demonstration."

"Du gehst demonstrieren?"

"Nein, ich will dort ermitteln. Gestern wurde ein Mädchen ins Krankenhaus eingeliefert, eine 14-jährige Schülerin aus Freising. Sie hatte eine Kokainvergiftung, ihr Kreislauf war nach dem Rauchen von Crack zusammengebrochen, wahrscheinlich hatte sie eine Herzschwäche. Als sie eingeliefert wurde, war sie schon im Koma. Sie ist wenig später gestorben. Heute früh demonstrieren Schüler, Eltern und Lehrer am Münchner Marienplatz. Sie wollen, dass die Polizei mehr Informationsarbeit an den Schulen zum Thema Drogen leistet. Gerade, wenn neue Drogen auftauchen, so wie jetzt das Crack müssen Eltern und Kinder sofort informiert werden."

"Und was willst du da ermitteln? Du bist doch nicht für Freising zuständig und abgesehen davon auch nicht bei der Drogenfahndung."

"Ich will mit den Schülern sprechen. Ich will wissen, was das für Typen sind, die ihnen Drogen anbieten. Es ist auffällig, wie aggressiv die Dealer derzeit versuchen, Schüler und die junge Partyszene anzuwerben."

"Du denkst, das hat noch mit dem Dealermord und dem fingierten Tod von Brown zu tun?"

"Es sieht wirklich so aus, als hätte das eine große Wende in der Drogenszene eingeläutet."

"Hm."

"Da ist etwas, was du wissen solltest."

"Und was?"

"Ich habe die amerikanischen Kollegen informiert, dass der Ertrinkungstod von Richard Brown wahrscheinlich vorgetäuscht war, woraufhin sie auch nach Big Sur hinausgefahren sind. Sie wollten auch mit Browns Frau sprechen."

"Und? Hat sie ihnen was erzählen können?"

"Loreley Brown und ihr Leibwächter haben sich in Luft aufgelöst, es fehlt jede Spur von ihnen."

"Vielleicht ist sie nur in irgendein Krankenhaus gegangen ist, um ihre Ruhe zu haben."

"Ja, möglich."

"Mit dem Riesenhund sollte sie nicht so schwer zu finden sein."

"Sie könnte ihn weggegeben haben."

"Glaub ich nicht, sie hing sehr an dem Tier. Vielleicht ist aber auch alles ganz anders. Das FBI spielt nicht mit offenen Karten, vielleicht auch dir gegenüber nicht."

"Wie kommst du darauf?"

"Hier stehen zwei Typen nur wenige Meter von mir entfernt an einen Lincoln gelehnt und beobachten mich aus den Augenwinkeln. Sie verfolgen mich schon seit einiger Zeit."

"Und du hältst sie für FBI-Leute?"

"Ganz sicher. Ich kann die Ausbuchtungen unter ihren Jacken bis hierher sehen."

"Na auch gut, dann weiß ich dich unter Polizeischutz."

"Ha, das meinst du doch nicht im Ernst, oder? Ich kann froh sein, wenn sie mich bei meinen Ermittlungen nicht behindern. Und vor allem kann ich nur hoffen, dass sie mich nicht aus Versehen erschießen."

Als Jay sich von Melzer verabschiedet hatte, sah er auf die Uhr. Schon nach 17 Uhr. Zeit für ihn, sich auf den Weg zu Jennifer White im Turtle Bay Hilton zu machen. Für den Jachthafen von Haleiwa blieb ihm jetzt keine Zeit mehr.

Inzwischen saßen auch die FBI-Leute wieder in ihrem Wagen. Als sie sahen, dass er zu seinem Auto zurückkam, ließen sie den Wagen an und fuhren los. Im Augenwinkel sah er sie einmal den Parkplatz umrunden und dann an der Seite halten.

Auch Jay ließ den Wagen an und fuhr vom Parkplatz. Er fädelte sich in den Verkehr auf dem Kamehameha Highway ein, diesmal in die Richtung, die im Uhrzeigersinn um die Insel führte. Als er in den Rückspiegel blickte, sah er den Lincoln drei Wagen hinter ihm.

Die Fahrt zum äußersten Norden der Insel verlief ohne größere Zwischenfälle, nur gelegentlich stockte die Blechschlange, wenn ein Surfer mit seinem Brett oder bepackte Badegäste die Straße an einem der Zebrastreifen überquerte. Jay sah aufs Meer, die Brandung schien ihm jetzt stärker als vorhin. Vielleicht hatten die Kids heute doch noch Glück und konnten ein wenig surfen.

Um 17.35 Uhr parkte Jay seinen Wagen auf dem Parkplatz des Turtle Bay Hilton. Dass der Lincoln ihm auch hierhin wieder folgen würde, daran hatte er nicht den geringsten Zweifel. Er schaute sich nicht einmal um.

Jay erkundigte sich an der Rezeption, wo die Sonnenuntergangsshow stattfinden würde, und schlenderte dann zur Poollandschaft westlich des Hotels. Die Badegäste hatten sich bereits mehr oder weniger zurückgezogen, in den Stühlen und an der Bar warteten rotgesichtige, frisch geduschte Gäste in gepflegter Abendgarderobe bei einem Aperitif auf das Spektakel, das ihnen das Gedulden auf das Abendessen versüßen sollte. Aus den Lautsprechern über der Bar drangen leise Steelguitar-Klänge im hawaiianischen Stil.

Jay setzte sich an ein freies Tischchen etwas abseits. Die Sonne stand inzwischen schon tief und warf lange Schatten. Es konnte nicht mehr lange dauern, bis die Show anfing.

Als der Kellner kam, bestellte er sich ein Mineralwasser. Er schaute sich um, ob er die FBI-Leute irgendwo sah, tatsächlich, sie saßen auf der anderen Seite an der Bar. In diesem Moment setzten Trommeln ein und mit Blätterrock und Stirnband bekleidete, braun gebrannte Männer sprangen auf eine kleine Bühne, die seitlich platziert war, sodass sie den Blick auf den Sonnenuntergang über dem Meer nicht behinderte. Die Männer trommelten eine Weile mit wildentschlossenen Gesichtern, sie steigerten das Tempo zu einem Höhepunkt, an dem sie abrupt abbrachen. Dann begannen sie leise und sanfter von vorne und nun tanzten drei Hulatänzerinnen, ebenfalls mit Blätterrock bekleidet, heran. Sie trugen Blumen im Haar und ihre Brüste waren in Büstenhalter aus halbierten Kokosnüssen gesteckt. Sie wiegten ihre Hüften sanft und ließen ihre Hände Geschichten erzählen. Der Rhythmus der Trommeln schwoll an, wurde dann wieder langsamer, und die Hüften der Frauen bewegten sich entsprechend mal schneller, mal langsamer, während der Himmel erglühte und die Sonne langsam im Meer versank.

Zu einer anderen Zeit hätte Jay die Show vielleicht genießen können, aber jetzt konnte er kaum den Blick vom Meer abwenden, das seine Geheimnisse unter weißen Schaumkronen verbarg, die auf sie zuzulaufen schienen. Irgendwo da draußen lag Jana, war alles, was er denken konnte.

Jay wartete. Er hatte keine Ahnung, wie Jennifer White aussah, aber als Feuerspuckerin wäre sie auf jeden Fall nicht zu übersehen.

Als die Hula-Show zu Ende war, sah Jay sich nach den FBI-Männern um und wunderte sich, als er einen von beiden mit einem anderen Mann, der offensichtlich zum Hotel gehörte, hektisch davoneilen sah.

Er drehte sich zurück zur Bühne. Nach den Hulatänzern sollten erst die Akrobaten und dann die Feuerspucker auftreten. Doch es kam eine Schlangentänzerin und anschließend ein Sänger, der Lieder aus Elvis Presleys Hawaiiphase sang.

Jay sah sich nervös um. Wo war Jennifer White?

Er winkte dem Kellner und bezahlte sein Wasser. Dann ging er durch das Hotel zurück zur Empfangshalle.

Als er bei der Rezeption ankam, sah er, dass die Besetzung gewechselt hatte. Es war nun eine reifere, gepflegte Blondine, welche die Gäste bediente. Gerade als er sie nach Jennifer White fragen wollte, öffnete sich eine Tür in der Vertäfelung hinter ihr. Heraus trat die Rezeptionistin von heute Nachmittag zusammen mit einem Mann in dunkelblauer Uniform - Honolulu Police stand auf der Marke an seiner Brust. Ihr Gesicht war blass, aber als sie Jay sah, wurde sie ganz aufgeregt und zeigte mit dem Finger auf ihn.

"Das ist der Mann", rief sie und rüttelte den Polizisten am Arm, als ob er sie überhören könnte. Jeder im Raum drehte sich nach ihm um.

"Das ist der Mann, der nach Jennifer White gefragt hat."

Sandy lauschte, ob Joan noch unter der Dusche stand. Sie hatte sich bemüht, heute bis zum Abend einigermaßen nüchtern zu bleiben, denn Lance hatte ihr Anweisungen gegeben, was sie als Nächstes zu tun hatte.

Als sie im Bad das Wasser laufen hörte, ging sie zurück ins Wohnzimmer zu Bill und Tom, die vor dem Fernseher saßen und sich eine Wiederholung einer alten Al-Bundy-Folge reinzogen.

"Hey Guys", begann sie das Gespräch. Doch die Männer reagierten nicht. Sie versuchte es noch einmal lauter, doch erntete nur ein leichtes Schulterzucken. Sie ging zur Steckdose und zog den Stecker des TV-Gerätes raus. Ihre Mitbewohner schauten sie mit vor Horror geweiteten Augen an.

Sandy ließ sich nicht beirren.

"Jungs. Ich muss euch etwas sagen."

"Geht das nicht morgen? Diese Folge ist so cool", nörgelte Bill.

Auch Tom war verärgert. "Was ist los, Sandy? Willst du die Miete erhöhen? Um es gleich zu sagen: Ich kann nicht mehr Knete abdrücken." Er lehnte sich mit verschränkten Armen zurück.

"Ich will kein Geld von euch", versuchte sie ihre Untermieter und Mitbewohner zu beruhigen. "Aber Lance weiß eine Möglichkeit, wie wir alle zusammen schnell viel Geld verdienen können."

"Lance? Wann war er denn hier?" Bill kratzte sich im Schritt.

"Ich hab mich mit ihm getroffen. In Chinatown. Und heute Morgen hat er hier angerufen und mir gesagt, was wir tun sollen, damit wir zu Geld kommen."

"Hey. Was geht denn da ab zwischen euch?" Bill hatte Angst, den ein oder anderen Joint verpasst zu haben.

"Das geht dich nichts an. Aber jetzt hört endlich zu, was Lance für eine Idee hatte."

"Ja, jetzt sag schon endlich, was du sagen willst. Wir wollen fernsehen." Tom fand Lance nur als Drogenlieferant brauchbar, andere Fähigkeiten waren ihm an dem Typen noch nicht aufgefallen.

"Es geht um Joan." Tom horchte auf.

Sandy lauschte sicherheitshalber noch einmal Richtung Badezimmer, bevor sie weitersprach. "Lance will herausfinden, wer Joans Angehörige sind. Die wollen sie doch bestimmt zurückhaben."

"Was ist daran toll? Dann sind wir unser "Mädchen für alle Fälle" los." Bill träumte immer noch von Sex mit Joan.

"Ja, hab ich auch erst gesagt. Aber wir könnten von den Angehörigen viel Geld bekommen, wenn wir sie ihnen zurückgeben, davon könnten wir uns zwei Putzfrauen leisten, vielleicht sogar ein neues Haus."

"Du meinst Kidnapping?" Tom war jetzt hellwach. "Sag mal spinnst du? Das ist kriminell. Das kann uns lebenslange Haft und in manchen US-Staaten sogar die Todesstrafe einbringen."

"Nein, das wäre doch gar kein Kidnapping. Sie trieb ja sozusagen von alleine an. Wir würden nur aufpassen, dass sie nicht wegläuft. Und Lance würde doch nur ne Gebühr verlangen, dafür, dass er den Angehörigen sagt, wo sie ist."

"Hör auf, Sandy. Du spinnst. Bei so was mache ich nicht mit. Ich will noch was von meinem Leben …"

In diesem Moment hörten sie die Badezimmertür – offensichtlich war Joan im Bad fertig und würde jetzt in ihr Zimmer gehen, um sich anzuziehen.

"Vergiss es", flüsterte Tom und stand auf. Er steckte den Stecker des Fernsehgerätes in die Steckdose und Al Bundy war wieder da.

"Bill, wie siehst du denn die Sache?" Sandy wollte nicht so schnell aufgeben. Doch Bill hob nur kurz die Schultern und konzentrierte sich wieder auf die Comedy-Serie.

Sie hörten, dass sich Joans Tür öffnete und sie den Flur entlang kam.

"Ihr könnt es euch ja noch überlegen", flüsterte Sandy. "Jedenfalls sagt Lance, dass wir durch Joan richtig reich werden können."

Joan betrat zögernd das Zimmer. Sie hatte ihren Namen gehört – die Mitbewohner hatten über sie gesprochen. Doch jetzt, wo sie von einem zum anderen schaute, wichen sie ihrem Blick aus.

"Ist irgendwas?", fragte sie in die Runde.

Tom und Bill zuckten nur mit den Schultern und konzentrierten sich auf den Fernseher.

Sie schaute zu Sandy.

"Nichts Besonderes", antwortete die. "Wir haben nur überlegt, ob es dir auch wirklich gut geht bei uns."

"Ihr macht euch Gedanken um mich? Das finde ich aber echt lieb."

"Doch sicher. Also sag, wenn du irgendetwas brauchst."

Joan druckste herum. "Na ja, da wär schon was."

"Ja? Spuck es ruhig aus, sag schon!" Sandy versuchte, sich ihre aufkeimende Nervosität nicht anmerken zu lassen.

Joan holte tief Luft, schließlich wollte sie ihre Mitbewohner nicht vor den Kopf stoßen.

"Umsonst wohnen gegen Putzen ist fair, wirklich."

"Aber? Du willst doch nicht weggehen, oder?"

"Es muss ja nicht gleich sein, aber …"

"Was muss nicht gleich sein?" Sandy Stimme ging immer ein wenig nach oben, wenn sie sich aufregte.

"Ich hab mir überlegt, dass ich einen richtigen Job möchte! Einen Job zum Geldverdienen."

"Aber dann wärst du ja außer Haus!" Und sie hätten keine Kontrolle mehr über sie. Das würde Lance gar nicht gut finden, überlegte Sandy. Und dann wäre es aus mit Sex und ab und zu einem Extra-Joint.

"Na ja schon, aber ich hätte dann Geld für Miete, für Essen und für Kleidung. Ich könnte ja trotzdem noch hier wohnen und für euch putzen."

"Ich glaube nicht, dass du schon soweit bist!", sagte Sandy schärfer, als sie beabsichtigt hatte.

"Wieso? Ich bin doch gesund. Jedenfalls bis auf mein Gedächtnis. Wenn ich hier putzen kann, dann kann ich doch auch eine richtige Arbeit …!"

"Ich finde, du solltest noch warten", sagte Sandy und ging zum Kühlschrank. Sie brauchte jetzt unbedingt den Martini, der dort schon den ganzen Tag auf sie wartete.

"Ja, aber worauf denn? Mein Gedächtnis kommt vielleicht nie zurück. Dann muss ich mir trotzdem ein Leben aufbauen."

Sandy nahm einen großen Schluck aus der Flasche, bevor sie antwortete.

"Das geht nicht. Noch nicht." Sandy suchte fieberhaft nach Argumenten, doch ihr fiel nichts ein. Am liebsten würde sie sich im Martini ersäufen.

"Aber wieso?" Joan sah, wie Sandy sich wand.

"Ich lasse es eben nicht zu. *Wir* lassen es eben nicht zu!" Bill und Tom, die die ganze Zeit so getan hatten, als bekämen sie gar nichts mit, drehten sich jetzt zu Sandy.

"Lass uns aus dem Spiel, Sandy!", sagte Tom und warf Sandy einen bösen Blick zu.

"Waaas?" Jetzt waren bei Joan die Lampen angegangen. "Was heißt das, du lässt das nicht zu?"

"Ich verbiete es dir!" Sandy nahm noch einen Schluck.

"Also hör mal, du durchgeknallte Schnapsdrossel." Jetzt waren bei Joan die Sicherungen kurz vor dem Durchbrennen. "Du kannst vielleicht deine Meinung sagen, aber du kannst mir nichts verbieten!" Sie wollte wütend aus der Tür rennen.

"Warte. Da ist etwas, was du nicht weißt!" Sandy überlegte fieberhaft, wie sie Joan aufhalten konnte.

"Dann sag's mir, verdammt noch mal!"

"Du hast es mir damals im Vertrauen erzählt, als du zu unserem Haus kamst."

"Was denn?"

"Du musstest dich verstecken, weil … Du jemanden umgebracht hast. Du hast es mir selbst gesagt. Du sagtest, du hättest einen Freier umgebracht." Sandy bekam jetzt Oberwasser.

"Du spinnst ja!" Joan wollte nach draußen rennen, aber Sandy packte sie am Arm.

"Überleg doch. Du hast gar nichts aus deiner Vergangenheit, nicht mal einen Ausweis. Deine Klamotten sind vom Flohmarkt, deine einzigen Schuhe sind die Flipflops für 1 $ vom Supermarkt."

"Ja, und? Was soll das beweisen?" Jana kniff die Augen zusammen und musterte Sandy, dann drehte sie sich zu Bill und Tom, die den Streit jetzt gespannt verfolgten. Doch die beiden sagten kein Wort.

"Du hast alles vernichtet, woran man erkennen könnte, wer du bist!" Sandy nahm noch einen Schluck Martini. "Joan, wenn du von der Polizei geschnappt wirst, musst du ins Gefängnis. Ich will doch nur, dass dir das erspart bleibt. Und wenn du arbeiten willst, dann musst du dir erst die Genehmigung bei den Behörden holen und dann würden sie herausfinden, dass du ..." Sie hielt bedeutungsvoll inne. Gott, war sie heute gut, fand Sandy.

Joan konnte es nicht fassen. Wenn das wahr war. Aber warum sollte sich Sandy so etwas ausdenken. Joan überlegte. Und es war eine logische Erklärung. Möglicherweise hatte sie ihren Pass und alles von früher vernichtet, damit niemand ihre Identität herausfand.

"Oh Sandy, wenn das so ist ... Entschuldige bitte, dass ich so gemein war!"

"Schon gut, Joan." Sandy tätschelte ihr kurz den Arm und entspannte sich dann mit einem langen Zug aus der Flasche. Ihre Augen begannen langsam, die Wirkung des Martinis zu zeigen.

Joan bemerkte es nicht, sie war zu schockiert. Wenn das stimmte, ging es ihr durch den Kopf. Oh mein Gott, konnte sie denn wirklich jemanden umbringen? Ihr fiel die Szene mit Bill im Bad ein, sie hätte ihn ohne Weiteres auch zu Boden werfen können.

"Entschuldigt mich. Ich ... ich glaube, ..."

Joan lief in ihr Zimmer, Sandys Worte dröhnten ihr in den Ohren. Sie hatte Freier gehabt und sie hatte einen ermordet. Was für ein Mensch war sie denn bloß?

Joan merkte nach wenigen Minuten, dass es ihr nicht reichte, sich den Frust von der Seele zu schreiben, wie sie es in letzter Zeit öfter getan hatte. Sie hielt es in dem kleinen Raum nicht aus. Sie lauschte. Aus dem Wohnzimmer hörte sie Sandy betrunken lachen. Ihre Mitbewohner würde sie jetzt nicht aus der Nähe ertragen – sie wollte Raum und sie wollte Bewegung.

Sie nahm den plastikbespannten Rahmen aus dem Fenster und atmete erleichtert auf, als die Luft hereinströmte.

Es war bereits dunkel, doch die Dunkelheit war ihr heute egal, genauso wie Mungos oder andere Tiere, die ihr begegnen konnten. Sie kletterte aus dem Fenster und ging zur Straße.

Zuerst ging sie, dann lief sie Richtung Haleiwa. Immer schneller, bis sie außer Atem war.

Als sie die ersten Häuser erreichte, fühlte sie sich etwas besser. Es war das erste Mal, seit sie sich erinnern konnte, dass sie im Dunkeln draußen war und erst jetzt sah sie die Weihnachtsbeleuchtung überall - in manchen Gärten war jeder Strauch mit farbigen Lämpchen geschmückt, in den Fenstern und an den Dächern blitzten Leuchtgirlanden.

Im Zentrum von Haleiwa, rund um die Supermärkte herum, herrschte noch reges Treiben - jeder kaufte ein, als stände nicht Weihnachten, sondern eine Hungersnot vor der Tür. Joan ging weiter, es zog sie zum Jachthafen.

Sie ging am Anahulu-Fluss entlang vor bis zu den Anlegestellen. Jetzt am Abend waren dort nur wenige Fahrzeuge geparkt, die Tagesausflügler waren weg.

Einige der Boote waren beleuchtet, Menschen saßen an Deck zusammen, lachten und tranken. Joans Herz und Magen verkrampften sich, als ihr der Geruch von Gegrilltem in die Nase stieg. Sie fühlte, das kam nicht nur vom Hunger - die Atmosphäre hier, das entspannte Zusammensitzen im Dunkeln am Wasser, schienen ihr so vertraut und weckte Sehnsucht danach, tatsächlich Vertrauen zu empfinden und sich in einem Freundeskreis fallen lassen zu können. Doch sie wusste ja nicht einmal, ob sie wirkliche Freunde hatte. Auch wenn Sandy und die anderen ihr offensichtlich helfen wollten, aus irgendeinem Grund fühlte sie sich ihnen nicht nah.

Sie ging an den Booten und Jachten vorbei Richtung Mole, auf deren Rückseite sie schon einmal alleine gesessen und gegrübelt hatte und wo sie auf jeden Fall unbeobachtet sein würde.

Sie sah, dass vor der Mole jetzt eine einzelne weiße Motorjacht lag, die vorher noch nicht da gewesen war. Sie wirkte fast ein bisschen fehl am Platz, fand Jana, so neu und weiß und schnittig.

'Hawaiian Star' las Joan auf der ihr zugewandten Seite der Jacht im flackernden Lichtschein einer Straßenlaterne, die noch nicht zu wissen schien, ob sie funktionieren wollte. An Deck war niemand und auch hinter den getönten Scheiben des Kabinenaufbaus schien alles dunkel, doch im Vorbeigehen meinte Joan einen Lichtschein hinter einem der kleinen Fenster im Rumpf des Schiffes zu sehen.

Jana ging zu dem Platz auf der Rückseite der Mole, wo sie beim letzen Besuch einen bequemen Felsen gefunden hatte. Sie schaute über das Meer, das, obwohl es hier außerhalb des Hafens wild und ungestüm war, in der mondlosen Nacht schwer und ölig wirkte. Sie wünschte, es könnte ihr eine Antwort geben auf die Fragen zu ihrer Vergangenheit.

Der Fußmarsch und der lange Tag hatten sie müde gemacht. Mit der Zeit lullte sie das Schlagen der Wellen auf die Felsen der Mole ein, beruhigte ihre aufgewühlten Nerven. Sie legte sich zurück gegen den Felsen und starrte in den Himmel. Sie atmete tief ein. Da war so eine Sehnsucht in ihr.

Über ihr funkelten die Sterne und immer wieder entdeckte sie Sternschnuppen.

Was sie sich wünschte, war immer das Gleiche:

Dass sich der Vorhang über ihrer Vergangenheit endlich lüften würde.

Jay hatte zwar schon immer mal ein amerikanisches Polizeirevier von innen sehen wollen – aber nicht heute Abend und nicht als Verdächtiger, für was auch immer man ihn verhaftet hatte. Er wusste nur, dass es irgendetwas mit Jennifer White zu tun hatte. Kaum hatte die Rezeptionistin mit dem Finger auf ihn gezeigt, wurden ihm von einem zweiten Mann in Uniform seine Arme nach hinten gebogen und er fühlte, wie ihm Handschellen um die Handgelenke gelegt wurden. Er hatte wahrscheinlich noch Glück, dass man ihn nicht mitten in der Hotelhalle auf den Boden geworfen und durchsucht hatte. Das kam erst, als er mit den beiden Uniformierten draußen außer Sichtweite der Hotelgäste war.

Als sie ihn wieder auf die Füße stellten, spuckte er erstmal Gras und Sand und er hoffte, das Gras war nicht erst vor Kurzem mit Pestiziden behandelt worden. Dass ihn solche Gedanken in so einer Situation befielen, war Janas Einfluss zu verdanken, dachte er. Wie oft hatte sie über den unüberlegten Einsatz von Chemie in Gartenbau und Landwirtschaft gewettert.

Auf seine Frage, was man ihm vorwerfe, antworteten die beiden nicht, sondern warfen ihn zu seinem Erstaunen in einen weißen Dodge Pickup Truck, der auf dem Parkplatz nicht weit von der Rezeption stand. Jay konnte sich gerade noch drehen, um zu verhindern, dass er mit dem Kinn auf die Gangschaltung knallte. Als er schaute, was da Weiches unter seinen Händen war, stellte er fest, dass auf dem Fahrersitz ein weißer Weihnachtsmannbart und eine rote Zipfelmütze lagen.

Jay setzte sich auf. Der größere der beiden Polizisten kam auf die Fahrerseite, warf Bart und Mütze in den Fußraum auf der Beifahrerseite und setzte sich ans Steuer. Der andere Mann quetschte sich zu seiner Rechten auf die Sitzbank.

Die beiden Uniformierten sprachen nicht mit ihm. Sie fuhren langsam die Hoteleinfahrt hinunter. Als sie den Highway erreichten, kamen gerade zwei Polizeiwagen mit laufenden Blaulichtbalken herangerast und bogen in die Einfahrt. Sie kamen von der Ostseite der Insel und Jay rechnete damit, dass man ihn auch nach Kahuku zum nächsten Revier bringen würde, doch sein Wagen bog nach rechts ab und fuhr Richtung Westen die Küste entlang.

Jay beobachtete die Männer aus dem Augenwinkel. Der Fahrer hatte seine Uniformmütze abgenommen und auf die Ablage gelegt. Im Licht der entgegenkommenden Scheinwerfer sah Jay, dass er graues, kurz geschnittenes Haar hatte. Seine Uniform saß eng und am Bauch schien ein Knopf zu fehlen. Mit zusammengekniffenen Augen blickte er beim Fahren in den Gegenverkehr. Der Mann rechts neben ihm war kleiner und kräftiger. Sein Gesicht verschwand fast unter der Polizeimütze auf seinem Kopf. Auch er blickte angespannt aus dem Fenster.

"Wer seid ihr und was wollt ihr von mir?", fragte Jay. Es war offensichtlich, dass die Männer nicht in diese Uniformen gehörten.

"Das wirst du schon noch früh genug erfahren", antwortete der Fahrer.

"Seid ihr vom FBI? Gehört ihr zu den zwei Typen, die mich heute Nachmittag beschattet haben?"

Die beiden sahen sich an und lachten. "Halt jetzt die Schnauze, Freundchen. Du wirst später genug Zeit zum Reden haben!", sagte der Fahrer.

"Jede Menge Gelegenheit. Viel mehr als dir lieb sein wird", ergänzte der andere.

Jay sah aus dem Fenster. Wo wollten sie ihn hinbringen?

Jetzt wäre ihm das Polizeirevier doch lieber als diese Fahrt ins Ungewisse.

6 Drogen, Geld und kalte Füße

Romantikthriller

Die Schüler der dritten Klasse der Grundschule in Rosenheim wurden mucksmäuschenstill, als sich die Tür öffnete und der Rektor zusammen mit ihrer Klassenlehrerin Frau Steiger das Klassenzimmer betrat. Sie hatten schon auf Frau Steiger gewartet, denn normalerweise war sie sehr pünktlich, aber jetzt war es bereits fünf Minuten nach acht.

Es kam äußerst selten vor, dass Frau Steiger sich verspätete, aber noch seltener kam der Rektor in ihr Klassenzimmer. Wenn, dann hatte er meist schlechte Nachrichten. Sie schauten sich um, wer heute fehlte. Zwei Kinder waren noch nicht da: die zarte Anna und der pummelige Benjamin. Die beiden kamen meist zusammen, da sie den gleichen Schulweg hatten.

Während Frau Steiger ihre große Aktentasche neben das Pult stellte und ihren Mantel auszog, sah sich der Rektor im Klassenzimmer um: An der Wand hingen Selbstporträts der Schüler, die sie zum Schuljahresanfang mit Wasserfarben gemalt hatten, in den Fenstern leuchteten selbst gebastelte Weihnachtsmotive aus transparentem Buntpapier in Gold, Rot und Grün.

"Guten Morgen, Kinder!", sagte Frau Steiger, nachdem sie ihren Mantel an die Garderobe gehängt hatte.

"Guten Morgen, Frau Steiger!", antworteten die Kinder wie jeden Tag.

"Der Rektor möchte euch etwas Wichtiges sagen."

"Guten Morgen, Kinder!", sagte jetzt auch der Rektor.

"Guten Morgen, Rektor Albrecht!", sagten die Kinder und warteten, was er ihnen zu sagen hatte.

"Ich muss euch leider eine traurige Mitteilung machen, Kinder. Frau Landa ist krank geworden, deshalb wird sie für den Rest des Monats keinen Mathematikunterricht halten können. Es ist nichts Schlimmes, sie wird wieder gesund. Sie hat sich nur den Fuß gebrochen."

Na, wenn es weiter nichts ist, dachten die Kinder erleichtert. Einige hätten Frau Landa gestern schon eine kleine Krankheit gewünscht, dann wäre die Mathearbeit bestimmt ausgefallen.

"Ich werde den Unterricht für Frau Landa ab nächste Woche übernehmen, bis sie wieder gesund ist."

Bei diesen Worten wurden einige der Kinder leicht grün im Gesicht, denn vor dem Rektor hatten sie einen Heidenrespekt.

"Für heute mussten wir uns allerdings etwas anderes einfallen lassen. Ihr hättet heute ja in der dritten und vierten Stunde Mathematik", fuhr der Rektor fort, doch er wurde von einem zaghaften Klopfen an der Tür unterbrochen.

"Herein", riefen die Lehrerin und der Rektor gleichzeitig.

Die Tür öffnete sich und herein traten Benjamin und Anna. Als sie den Rektor vor der Klasse stehen sahen, wären sie am liebsten im Erdboden versunken.

"Setzt euch auf eure Plätze", sagte Frau Steiger. "Der Rektor hat uns gerade gesagt, dass Frau Landa krank ist."

"Ja, setzt euch, Kinder. Über das Zuspätkommen könnt ihr mit eurer Lehrerin später sprechen."

"'Tschuldigung", murmelte Benjamin und zwängte sich zwischen die Reihen zu seinem Stuhl. Und auch Anna schlüpfte schnell zu ihrem Platz.

"Also, ihr habt heute statt Mathematik Heimat- und Sachkunde. Und da die Schulküche heute frei ist, dürft ihr dort mit Frau Steiger kochen oder backen."

Die Kinder waren selig, Kochen und Backen mit Frau Steiger liebten sie – meistens jedenfalls; nicht so sehr wenn es Wirsingeintopf gab, das stank so beim Kochen. Aber das Plätzchenbacken vor zwei Wochen hatte ihnen großen Spaß gemacht.

"Wir sehen uns dann also nächste Woche zum Mathematikunterricht", sagte der Rektor und verabschiedete sich.

"Und wir überlegen uns schon mal, was wir nachher kochen, damit uns der Hausmeister noch die Zutaten besorgen kann", übernahm die Lehrerin. "Es sollte wie immer zur Jahreszeit passen, also Obst oder Gemüse beinhalten, das im Herbst geerntet wurde und jetzt über den Winter gelagert wird, zum Beispiel Kraut als Sauerkraut."

Die Kinder erinnerten sich an den Wirsingeintopf und dachten angestrengt nach, um eine bessere Idee zu finden.

"Können wir nicht wieder Plätzchen backen?", fragte Janina aus der hintersten Reihe.

"Beim Plätzchenbacken wart ihr sehr gut. Aber heute wollen wir doch wieder etwas Neues lernen."

Der Blick der Lehrerin fiel auf Benjamin.

"Hast du eine Idee, Benny?"

Benjamin wurde ganz rot. Er hatte nicht aufgepasst, er war noch zu sehr mit dem Streit beschäftigt, der heute Morgen beim Frühstück zwischen seinem Vater und seinem Bruder getobt hatte. Der Bruder hatte den Vater offensichtlich angelogen, wie er das Geld für den CD-Player verdient hatte und der Vater hatte das gemerkt. Wegen des Krachs zu Hause war er zu spät losgegangen, und da Anna auf ihn gewartet hatte, waren die beiden gemeinsam zu spät zur Schule gekommen.

Benjamin schüttelte den Kopf. Frau Steiger sah ihn prüfend an, und als sie merkte, dass mit ihm etwas nicht in Ordnung war, ließ sie ihn in Ruhe.

"Hat sonst jemand eine Idee?"

Regina aus der dritten Reihe meldete sich.

"Meine Mama hat letzte Woche Bratäpfel mit Füllung gebacken. Die Äpfel waren aus unserem Lager im Keller."

"Bratäpfel? Das hört sich nach einem sehr guten Vorschlag an. Wir haben hier auch noch Äpfel im Lager, die wir im Schulgarten geerntet haben. Wir könnten verschiedene Apfelsorten testen und beurteilen, wie gut sie sich für Bratäpfel eignen."

Die Idee gefiel auch den Kindern.

"Also, dann lasst uns überlegen, was wir noch alles brauchen für unsere Bratäpfel. Der ein oder andere von euch hat sicher schon mal welche gegessen."

"Rosinen", sagte Bernhard. Rosinen fanden nicht bei allen Anklang.

"Marzipan."

"Nüsse und Mandeln."

"Sehr gut", sagte Frau Steiger.

"Und Zucker", sagte Regina.

Bei dem Wort Zucker fielen Benjamin plötzlich die beiden Tütchen mit den hellen Steinchen in seinem Ranzen ein. Das war bestimmt ein ganz besonderer Kandiszucker, sonst hätte sein Bruder den nicht unter dem Bett versteckt. Benjamin öffnete das Seitenfach seines Schulranzens und erforschte den Inhalt des Faches. Als er die Beutel mit den Steinchen mit den Fingern erfühlte, strahlte er.

Mit diesem Kandiszucker würden die Bratäpfel bestimmt ganz besonders gut schmecken.

Joan bekam zuerst nicht mit, dass ein Wagen die Mole hinaufgefahren kam. Erst als hinter ihr eine Tür zugeschlagen wurde und plötzlich Männerstimmen durcheinander riefen, wurde sie aufmerksam und spähte vorsichtig über die Felsen nach hinten. Der Hafen lag fast dunkel da. Im Flackern der Straßenlampe direkt vor der Motorjacht stand jetzt ein heller Pickup Truck. Zwei Männer in Polizeiuniform rannten hinter einem gebückt fliehenden Mann her, der seine Arme merkwürdig nach hinten hielt. Der Mann hatte einen Vorsprung von mehreren Metern und kam genau in ihre Richtung gelaufen. Wollte er ins Meer springen? Er war nur noch wenige Meter von Joan entfernt, rannte genau auf sie zu. In diesem Moment hatte sich die Lampe dafür entschieden, zu scheinen - als habe sie ihre Kräfte für diesen Augenblick gesammelt.

Der Mann war jetzt schon fast bei ihr, er keuchte und achtete beim Laufen nur darauf, wo er hintrat. Jetzt sah er auf und erblickte sie und sie sahen sich für einen Augenblick in die Augen. Es war, als würde die Zeit stehen bleiben. Der Mann stockte mitten in der Bewegung und sowohl seine als auch Joans Augen öffneten sich in ungläubigem Erstaunen.

Es war der Mann aus ihrem Traum.

Der Mann zögerte einen winzigen Augenblick, dann wechselte er die Richtung und rannte von ihr fort. Jetzt von hinten sah sie, dass seine Hände mit Handschellen hinter seinem Rücken zusammengebunden waren. Er war schnell, aber seine Verfolger schnitten ihm den Weg ab.

"Stehenbleiben", rief der größere der beiden Männer mit gedämpfter aber scharfer Stimme und Joan sah, dass er eine Pistole in der ausgestreckten Hand hielt.

Der gefesselte Mann blieb stehen. Die beiden Uniformierten gingen auf ihn zu. Der kleinere Mann sagte etwas, das Joan nicht verstand, dann boxte er den Wehrlosen mit der Faust in den Magen. Der Gefangene versuchte auszuweichen und der größere Uniformierte nutzte die Gelegenheit und schlug ihn mit dem Pistolenknauf auf den Hinterkopf.

Der Mann mit den Handschellen sackte in sich zusammen.

Joans Herz raste und ihr Atem ging flach und schnell. Polizisten schlugen einen wehrlosen Mann zusammen. Was konnte sie bloß tun?

Die uniformierten Männer schauten sich um und Joan zog schnell den Kopf zurück. Hatten sie sie gesehen?

Sie wartete. Als nichts passierte, spähte sie vorsichtig wieder hinter ihrem Felsen hervor. Die beiden Männer in Uniform packten gerade den regungslosen Körper des Gefangenen und zogen ihn zu der Motorjacht. Nun öffnete sich die Kajütentür und aus dem unbeleuchteten Salon trat ein weiterer Mann. Im Licht der Laterne sah Joan, dass er mit Bermudashorts, Polohemd und Bootsschuhen bekleidet war. Er half den beiden anderen, den leblosen Mann an Deck zu hieven und in die Kajüte zu bringen.

Der große Mann in Polizeiuniform und der Mann in Bermudashorts blieben im Innenraum der Jacht. Der Kleine kam heraus und schloss die Tür hinter sich. Es blieb weiterhin dunkel hinter den großen, getönten Scheiben im oberen Teil der Jacht, doch die kleinen Fenster im Rumpf waren mit einem Schlag beleuchtet.

Sie sah, dass der Mann an Deck mit den Augen den Hafen durchforstete. Wahrscheinlich wollte er feststellen, ob sie beobachtet worden waren, dachte Joan, aber die anderen Boote waren zu weit weg, vermutlich hatte niemand außer ihr etwas bemerkt.

Joans Gedanken rasten. Der Mann, den sie aus ihrem Traum kannte, hatte sie auch erkannt. Sie wusste nicht, wer er war, aber er musste etwas mit ihrer Vergangenheit zu tun haben.

Er war von ihr weggelaufen, als er sie gesehen hatte. Warum?

Und wer waren die Männer, die ihn gefangen genommen und zusammengeschlagen hatten? Sie hatten Polizeiuniformen an, aber der Wagen war kein Polizeiwagen.

Was sollte sie bloß tun? Zur Polizei gehen und erzählen, was sie gesehen hatte? Aber wo war hier auf der Insel überhaupt eine Polizeistation und wer würde ihr glauben, wenn sich herausstellte, dass sie keinen Pass hatte und nicht wusste, wer sie selbst war. Oder noch schlimmer, wenn sich herausstellte, dass Sandy die Wahrheit gesagt hatte und sie eine Prostituierte war, die jemanden umgebracht hatte.

So konnte sie dem Mann nicht helfen. Sie musste eine andere Lösung finden.

Joan beobachtete den kleinen, dicklichen Mann an Deck der Jacht, der sich jetzt eine Zigarette anzündete. Für einen Moment wurde sein Gesicht in Licht getaucht.

Sie würde es bestimmt schaffen, diesen Mann abzulenken, vielleicht auch einen zweiten vom Boot zu locken. Aber alle drei? Und was dann? Sie konnte keinen bewusstlosen, großen Mann auf die Schultern nehmen und irgendwohin tragen.

In diesem Moment öffnete sich die Kabinentür und der Polohemd-Mann und der Große kamen heraus. Der Große trug jetzt Jeans und T-Shirt. Sie berieten kurz zu dritt, aber es war offensichtlich, dass der Polohemd-Mann das Sagen hatte, er gab jetzt dem kleinen Uniformierten ein Bündel. Der stieg von Board und setzte sich in den Pick-up.

Er ließ den Wagen vorsichtig an. Ohne das Licht einzuschalten, fuhr er den Pickup Truck zurück Richtung Anahulu-Brücke. Weit konnte Joan seinen Weg nicht verfolgen, die anderen Jachten und einige geparkte Autos versperrten ihr die Sicht.

Joan beobachtete die beiden Männer, die jetzt an Deck rauchten und sich ansonsten anschwiegen. Offensichtlich warteten sie.

Jetzt waren es nur noch zwei, dachte Joan mit klopfendem Herzen. Jetzt könnte sie vielleicht doch etwas unternehmen.

Aber während sie noch überlegte, sah sie den kleinen Mann zu Fuß zurückkommen. Auch er trug jetzt Jeans - die ihm zu lang waren -, und dazu ein T-Shirt. Das waren keine Polizisten, da war sich Joan jetzt sicher.

Als die beiden Männer an Deck der Motorjacht ihren Kumpan zurückkommen sahen, begannen sie, die Leinen zu lösen.

Sie wollen davonfahren, durchfuhr es Joan. Was sollte sie bloß tun?

Der dritte Mann kletterte an Board und half den anderen, das Boot klar zu machen.

Der Polohemd-Mann verschwand in der Kabine. Wahrscheinlich ging er nach vorne in den Führerstand.

Joan hörte, wie der Motor angelassen wurde. Das Boot begann, sich zu bewegen.

'Yacht-Charter Honolulu' stand in großen Lettern auf dem Schild am Heck.

Joan sah hilflos zu, wie das Boot langsam und ohne Licht aus dem Hafen fuhr und den einzigen Schlüssel zu ihrer Vergangenheit mitnahm.

Joan blickte dem Boot nach. Langsam glitt es durch die Dunkelheit, an der Mole vorbei, aus dem Hafen. Sobald es den Schutz des Hafens verlassen hatte, begann es, in den Wellen zu rollen. Doch die Dunkelheit verschlang es nach und nach mehr, bald konnte sie es nur noch erahnen.

Als Joan meinte, sie hätte die Jacht völlig aus den Augen verloren, schaltete jemand die Bootslichter ein. Joan hörte aus der Ferne, wie der Motor beschleunigte und sah, dass es schaukelnd an Fahrt zulegte.

Was sollte sie bloß tun? Zurück in die WG und ihre Mitbewohner um Hilfe bitten? Aber die würden sie bestimmt davon abhalten wollen, etwas zu unternehmen.

Aber was dann? Anonym bei der Polizei anrufen? Aber sie hatte nicht einen Cent.

Sie verfolgte mit den Augen, wie die Jacht sich parallel zur Küste Richtung Westen entfernte. Fuhr das Boot nach Honolulu? Honolulu Yacht Charter, hatte sie auf dem Schild gelesen. Und sie kannte auch den Namen des Bootes: Hawaiian Star.

Sie musste nach Honolulu und den Liegeplatz des Bootes finden. Vielleicht fand sie dann einen Weg, den Mann zu befreien.

Doch wie kam sie dahin? Honolulu und Waikiki lagen im Süden der Insel und sie war hier an der Nordküste.

Sie hatte kein Geld für den Bus. Und die Vorstellung, sich in ihrem kurzen Kleidchen um diese Uhrzeit an den Kamehameha Highway zu stellen, um per Anhalter nach Honolulu zu fahren, verursachte ihr Übelkeit. Sich begaffen und dann von irgendeinem Fremden mitnehmen zu lassen, den sie vorher durch die getönten Scheiben und die schlechte Straßenbeleuchtung nicht richtig sehen konnte, war nicht gerade verlockend. Am Ende landete sie bei so einem Freak wie ihrem Mitbewohner Bill.

Doch sie musste nach Honolulu, sie war vielleicht die einzige Chance, die der Mann aus ihrem Traum hatte. Und er war vielleicht die einzige Chance für sie, Zugang zu ihrer Vergangenheit zu finden.

Dann hatte sie eine Idee.

Joan lief den Anahulu-Fluss entlang zurück zur Brücke und bog dann nach links zu Jameson's By The Sea ab. Sie hatte das Restaurant auf der anderen Seite der Brücke schon oft im Vorbeigehen gesehen, wenn sie zu den Surfstränden weiter im Norden gegangen war. Und das Lokal warb in vielen Touristenbroschüren, hier würde sie vielleicht eine Mitfahrgelegenheit nach Honolulu finden.

Joan wartete nervös auf dem Parkplatz und beobachtete die mit unzähligen Lämpchen geschmückte Restaurantterrasse. Hoffentlich fand sie jemanden, der normal, freundlich, anständig war.

Die Fahrzeuge auf dem Parkplatz ließen kaum Rückschlüsse auf die Gäste zu. Sie hoffte auf Tagesausflügler aus Honolulu und Waikiki, die einen Ausflug an die Nordküste mit einem Meeresfrüchte-Dinner abschlossen.

Die ersten zwei Paare, die sie auf dem Parkplatz ansprach, waren aus der näheren Umgebung, und wiesen sie bedauernd ab. Der Nächste, der zu seinem Auto ging, war ein einzelner, etwa dreißigjähriger Mann mit einer Figur wie ein Bodybuilder. Das T-Shirt spannte sich gefährlich über seinen breiten Schultern, man erwartete, dass er es jeden Moment sprengte und ihm dann die Stofffetzen um die Schulter hingen.

Nein, nicht mit dem, sagte sie sich. Sie tat so, als warte sie auf den Fahrer des Wagens, neben dem sie zufällig stand. Der Bodybuilder stieg in ein Cabriolet und brauste davon.

Dann kam eine ganze Zeit niemand.

Sollte sie doch zur Straße gehen und trampen? Sie konnte doch den verschleppten Mann nicht im Stich lassen.

Joan wollte gerade zur anderen Straßenseite gehen, als sie Schritte hörte. Endlich kam wieder jemand. Es war ein einzelner Mann, er trat zu einem blauen Pick-up nicht weit von ihr.

Pick-up-Fahrer sind entweder Gärtner, Handwerker oder Surfer, sagte sich Joan und ging schnell zu ihm hinüber.

"Guten Abend. Ich muss ganz dringend nach Honolulu, könnten Sie mich vielleicht mitnehmen?"

Der Mann sah sie erstaunt von oben bis unten an. Das Kleid schien ihm zu gefallen.

"Klar", sagte er und nickte in Richtung Beifahrertür.

Joan ging um das Auto herum und stieg ein.

"Mein Name ist Bob", sagte der Fremde und ließ den Wagen an.

Jay lag auf der Seite auf dem Boden. Das Erste, was er sah, als er die Augen öffnete, waren ein Paar schwarze Armeestiefel vor seinem Gesicht. Sein Schädel tat ihm weh und im nächsten Moment erinnerte er sich daran, was passiert war, bevor er das Bewusstsein verloren hatte. Der zweite Mann hatte ihn niedergeschlagen, als er versuchte, dem Fausthieb des Kleinen auszuweichen.

Plötzlich hatte er das Gefühl, der Boden unter ihm bewegte sich. War er auf einem Boot? Dann fiel ihm das Wichtigste ein und Wärme durchflutete seinen Körper. Er hatte Jana gesehen. Jana lebte – und dieses Mal war er sich sicher.

Einer der Stiefel vor seinem Gesicht begann sich zu bewegen. Jay war noch zu benommen, um sich zu schützen, aber er hätte es auch nicht gekonnt, weil seine Hände hinter dem Rücken zusammengebunden waren. Er dachte noch, dass man auf einem Schiff keine schweren Stiefel trug. Im nächsten Moment verspürte er einen Schlag vor der Brust. Der Stiefel hatte ihn getreten - nicht so fest, dass etwas gebrochen oder er ernsthaft verletzt war, aber doch so, dass es höllisch wehtat.

"Auch wieder wach", hörte er eine Männerstimme. Er sah an dem Stiefel entlang nach oben und stellte fest, dass der größere der beiden Männer, die ihn entführt hatten, jetzt Jeans trug und von oben auf ihn herab blickte.

Jay drehte den schmerzenden Kopf ein Stückchen weiter und sah noch zwei Gesichter über ihn gebeugt - der kleine Dicke von vorhin und ein Mann, dem er bisher nicht begegnet war, den er aber auf einem Bild gesehen hatte – auf dem Kaminsims im Wohnzimmer von Loreley Brown.

"Was wolltest du von Jennifer White?", fragte Richard Brown.

"Dasselbe könnte ich euch auch fragen", antwortete Jay und erntete einen weiteren Tritt.

"Sag uns, was du über den Flugzeugabsturz weißt."

"Nur das, was das FBI sagt: Es war eine unglückliche Verkettung technischer Probleme, die schon einzeln so gut wie nie auftreten."

"Verarsch uns nicht!"

Der Stiefel trat ihn erneut. Jay krümmte sich, doch gleichzeitig arbeitete sein Gehirn fieberhaft.

Wieder trat der Stiefel zu. Doch Jay ließ den Schmerz nicht an sich heran. Er fühlte plötzlich eine unendliche Ruhe. Er wusste, sie würden ihn nicht töten. Jedenfalls nicht, solange er nicht geredet hatte. Sie wollten etwas von ihm. Der Gedanke gab ihm ein Gefühl der Unbesiegbarkeit – solange sie nicht wussten, dass er nichts zu sagen hatte.

Wieder und wieder traf der Stiefel und stellten sie ihm Fragen. Aber was mit ihm geschah, war weit weg.

Als ihn ein Tritt am Kopf traf, erlöste ihn die Bewusstlosigkeit.

7 Drogen, Geld und kalte Füße
Romantikthriller

Melzer war heute undercover. Er trug ein rotes Kopftuch wie Hulk Hogan am Hinterkopf verknotet, dazu ein beigefarbenes Cordhemd und helle Denimjeans. Er sortierte Süßigkeiten im Kiosk seines Freundes Karl nicht weit vom Bahnhof in Rosenheim. Durch eine Lücke zwischen Prinzenrollen und Schokoriegeln hatte er einen guten Blick auf die Umgebung mit den hübsch renovierten mehr oder weniger historischen Geschäftshäusern. Auf der anderen Straßenseite hingen ein paar Jugendliche ab, die jetzt, um kurz nach 9 Uhr, eigentlich in der Schule sein sollten. Zwei etwa vierzehnjährige Mädchen schlotterten rauchend vor sich hin, sie hatten keine Handschuhe und keine Mützen an und ihre Nasen leuchteten rot wie die von Rudolf Rotnase. Warum waren junge Mädchen so verrückt, sich aus Eitelkeit nicht ordentlich anzuziehen?, fragte sich Melzer. Er war froh, dass im Kiosk ein Heizlüfter zu seinen Füßen für erträglichere Temperaturen sorgte. Eine Gruppe von drei Jungen im gleichen Alter hielt sich etwa zehn Meter von den Mädchen entfernt mit Scheinklopfereien und lautem Grölen warm, offensichtlich wollten sie die Mädchen beeindrucken, während die so taten, als bemerkten sie es nicht.

Jungs, ihr hättet bessere Chancen, wenn ihr euch nicht so bescheuert aufführen würdet, brummte Melzer.

Doch mehr als an diesen fünf Jugendlichen war er an einem schlaksigen, etwa 16-jährigen, hoch aufgeschossenen Jungen interessiert, der ein Stückchen weiter mit dem Rücken zu ihm vor einem Schaufenster stand. In dem Schaufenster waren Gesundheitsschuhe weihnachtlich dekoriert und es war klar, dass der Junge nur deshalb dort stand, weil er so die Passanten in der Spiegelung des Schaufensters beobachteten konnte. Er stand bereits seit zehn Minuten fast unbeweglich da, nur seinen Kopf drehte er ab und zu ganz leicht, wenn er jemanden mit den Augen verfolgte.

Er müsste langsam zu einem Eisblock erfroren sein, dachte Melzer und suchte, wo man die Verpackung der Kekse, die er gerade in der Hand hielt, am besten aufriss. Beobachten machte Hunger, sagte sich Melzer und entschied sich für rohe Gewalt.

Als er die Packung mit seinem Taschenmesser in der Mitte durchtrennte und dann einen Keks herausnahm, war er für einen Augenblick abgelenkt. Und als er wieder zu dem Jungen hinschaute, stand neben diesem ein Mann Mitte zwanzig in einer schwarzen Lederjacke. Der Mann hatte eine Plastiktüte in der rechten Hand und auch er beobachtete in der Spiegelung des Fensters, was hinter ihm passierte. Melzer legte fluchend den Keks zur Seite, den er gerade in den Mund schieben wollte, und konzentrierte sich ausschließlich auf die beiden vor dem Schaufenster.

Die Lederjacke hatte den Kopf geneigt, als höre er dem Jungen zu. Melzer konnte auf die Entfernung in der Fensterspiegelung nicht erkennen, ob sich die Lippen des Jungen bewegten. Dann völlig unerwartet packte der Lederjackentyp blitzschnell mit der Linken die ihm zu gewandte Hand des Jungen und bog sie im Handgelenk um, so als ob er sie brechen wollte. Der Junge ging sofort in die Knie.

Melzer war mit einem Satz bei der Tür. Sein Freund Karl schaute nur kurz von seinem Kreuzworträtsel auf, er war von Melzer jede Art Überraschung gewöhnt.

Melzer sprang aus der Hintertür des Kiosks und rannte einen Mann um, der sich dort gerade erleichtern wollte und mit seinem Reißverschluss beschäftigt war.

Melzer schob den Mann erbarmungslos aus dem Weg. "Hey. Gehen Sie gefälligst zum Bahnhofsklo zum Pinkeln", brüllte er und rannte um den Kiosk herum. Als er zu der Stelle vor dem Schaufenster hinüberschaute, waren der Junge und die Lederjacke weg.

Verdammt. Melzer sprang auf die Straße und suchte die Bürgersteige links und rechts mit den Augen ab. Von dem Mann keine Spur. Den Jungen entdeckte er zu seiner Linken, wie er sich mit dem dünnen Passantenstrom entfernte, der aus Richtung Bahnhof gekommen war. In der Hand trug er die Plastiktüte, die der Lederjackentyp dabei gehabt hatte.

Melzer entschied sich, dem Jungen hinterher zu laufen. Er musste ihm die Drogen abnehmen, bevor sie an ihren Bestimmungsort kamen – in die Hände von Kindern.

Die Morgenkälte drang innerhalb weniger Sekunden durch das Hemd. Scheiße, dachte Melzer, warum hatte er die Jacke nicht angelassen.

Er folgte dem Jungen zuerst in einiger Entfernung, dann holte er langsam auf, bis er nur wenige Schritte hinter ihm ging. Als sie einen Hauseingang passierten, packte Melzer ihn mit einer seiner großen Pranken am Genick.

Der Junge schrie vor Schreck auf.

Melzer zog ihn in den Hauseingang. "So, mein Junge. Jetzt mal her mit deiner Plastiktüte."

"Da ist nur eine Packung Cornflakes drin."

"Ach ja? Und du hasst Cornflakes so sehr, dass dir einer erst fast die Hand brechen muss, damit du sie annimmst?"

"Nein. Ja …" Der Junge zitterte vor Angst.

"Was jetzt?", fragte Melzer drohend.

Einige Passanten blieben stehen. "Lassen Sie den Jungen in Ruhe", schimpfte ein älterer Mann und fuchtelte mit einem Schirm in Melzers Richtung.

"Der Bub ist nicht mal halb so breit wie Sie, Sie Feigling", schimpfte auch seine Begleiterin. Die anderen nickten zustimmend.

Melzer fingerte mit der freien Hand seinen Dienstausweis aus der Brusttasche und streckte ihn der Frau, die ihm am nächsten stand, entgegen. Mit der anderen Hand hielt er den Jungen an der Kehle fest.

"Alles in Ordnung. Ich bin von der Kripo. Bitte gehen Sie sofort weiter. Wir wollen kein Aufsehen erregen."

Er steckte den Ausweis wieder ein und nahm dem Jungen die Tüte ab. Die Passanten rührten sich nicht von der Stelle.

"Gehen Sie sofort weiter", schimpfte nun Melzer. "Sie schaden dem Jungen, wenn Sie hier stehen bleiben."

Zögernd gingen die Leute weiter.

Melzer wandte sich wieder dem Jungen zu.

"Ich weiß, du heißt Manuel Obreiter und gehst auf das Gymnasium. Was ist mit diesen Cornflakes?"

"Sie dürfen mir die Schachtel nicht wegnehmen." Die Augen des Jungen wurden feucht und seine rot gefrorene Nase fing an zu laufen. Rotz tropfte auf Melzers Hand.

"Ich bin Kommissar Melzer und ich darf das." Der Rotz und die Tränen liefen jetzt wie ein Strom. Melzer wünschte, er hätte Handschuhe an.

"Aber sie werden mich umbringen." Der Junge fing an, laut zu heulen.

"Wer wird dich umbringen?"

Der Junge schluchzte, aber er antwortete nicht.

"Sag mir, wer die sind. Dann kann ich dir vielleicht helfen."

"Ich weiß ja nicht, wie sie heißen. Ich arbeite für sie."

"Du arbeitest also für jemanden, von dem du nicht einmal den Namen weißt. Und dann bedrohen sie dich auch noch. Was ist in den Cornflakes versteckt?"

"Crack." Aus den Augen des Jungen strömten die Tränen jetzt ohne Unterbrechung.

"Aha, jetzt reden wir langsam Tacheles. Für wen ist dieses Crack?"

"Für andere Schüler. Ich soll es verkaufen."

"Hast du schon welches verkauft?"

Der Junge nickte.

"Verdammt! Warum? Weißt du nicht, dass du mit Rauschgift Leute krankmachst? Dass man daran sogar sterben kann?"

"Ich dachte, Crack sei nicht so schlimm. Nun habe ich darüber in der Zeitung gelesen. Aber die wollen nicht aufhören."

Melzer ließ den Jungen los.

"Doch sie werden damit aufhören, dafür werden wir sorgen. Und du wirst uns dabei helfen, Manuel!"

Mit seiner schlanken Figur und wegen seiner geringen Körpergröße hatte Bob zuerst zart auf Joan gewirkt, doch jetzt, als sie seine kräftigen Arme am Lenkrad sah, musste sie diesen Eindruck revidieren.

Bob war fünfzig und pensionierter Soldat, erfuhr sie während der Fahrt durch Haleiwa. Er jobbte ab und zu als Tellerwäscher im "Jameson's By The Sea" um eine Abwechslung zu haben und um etwas Taschengeld zu seiner Rente dazu zu verdienen; ansonsten frönte er dem Wellenreiten – deshalb auch die muskulösen Arme und der Pickup Truck für das Surfboard. Heute hatte er früher freigenommen, weil er seine Schwester vom Flughafen abholen wollte, die sich bei ihm eine Woche lang von ihrer Scheidung erholen wollte.

Er habe vorhin ihren Namen nicht richtig verstanden, unterbrach Bob seinen Monolog, als sie auf die Straße nach Wahiawa abbogen.

Joan zögerte.

"Ich heiße Sonja", antwortete sie dann. So hatte der Mann in ihrem Traum sie genannt - vielleicht war das ja ihr richtiger Name.

Bob war anscheinend froh, jemanden gefunden zu haben, der seinen Ausführungen zum Leben nicht entfliehen konnte, was Joan nach einiger Zeit wirklich in Erwägung zog - aber rechts und links von der Straße waren nichts als Felder, die sich in die Dunkelheit streckten.

Es blieb ihr nichts anderes übrig, als zuzuhören, warum er kein Fleisch aß - wer Schwein isst, wird ein Schwein-, warum er darauf achtete, kein Fett anzusetzen - der Körper ist der Tempel der Seele, die Seele will nicht in Fett gepackt werden, und warum er jeden Abend eine Tasse warme Milch mit einem Teelöffel naturreinen Honig trank – weil dadurch die Giftstoffe über Nacht gebunden wurden und sich Seele und Geist über Nacht optimal regenerieren konnten.

Joan seufzte. Sie hatte zu Anfang überlegt, ob sie ihm von der Entführung, die sie beobachtet hatte, erzählen sollte, doch sich anders entschieden. Der Mann schien genug mit sich selbst beschäftigt zu sein, sie traute ihm keine guten Entscheidungen zu. Und wenn er von der Entführung einmal wusste, konnte sie ihn nicht mehr daran hindern, etwas Dummes zu tun - zum Beispiel sie bei der Polizei abliefern.

Während Bob ununterbrochen redete, überlegte Joan, was sie tun konnte, wenn sie erst einmal in Honolulu war. Wie sollte sie das Boot finden, auf dem der entführte Mann war? Es gab doch sicherlich mehrere Häfen in Honolulu und Waikiki – falls die Motorjacht überhaupt nach Honolulu gefahren war.

"Bald gibt es richtig große Wellen", hörte sie Bob gerade sagen.

"Was?" Das war ein Thema, das sie interessierte. "Aber wir haben doch schon seit Wochen immer wieder große Wellen! Ich hab die Chiemsee-Pipe-Masters gesehen." Da war wieder dieses merkwürdige Vertrautheitsgefühl beim Wort Chiemsee.

"Ach, das ist doch noch nichts im Vergleich zu dem, was da bald kommt. Sie haben vorhin in den Nachrichten gesagt, dass sich ein Monstersturm im nordwestlichen Pazifik zusammenbraut, und durch den könnten die richtigen Riesenwellen entstehen."

"Und wie groß sind die dann?"

"Na ja, so um die 30 Fuß hoch!"

Etwa neun Meter, rechnete Joan. "Dann gibt es morgen also hohe Wellen?"

"Morgen sind sie noch nicht hier. Es dauert ja eine Zeit, bis die Wellen quer über den Pazifik gereist sind."

"Und wann sind sie dann hier?"

"Der Höhepunkt wird erst in ein paar Tagen, also etwa zu Weihnachten sein."

"Sind dann wieder Wettbewerbe am Ehukai Pipeline Beach Park?"

"Vergiss Ehukai Beach Park. Wenn die richtig großen Wellen kommen, dann bricht Waimea." Hm. Sie hoffte, dass bis dahin alles wieder soweit in Ordnung war, dass sie sich das Spektakel anschauen konnte.

"Was ist mit den Segelbooten und Motorjachten, wenn die hohen Wellen kommen?"

"Besser sie verziehen sich solange auf die andere Seite der Insel."

"Ich suche nämlich ein Boot. Es heißt Hawaiian Star."

"Was für eine Art Boot ist es denn?"

"Eine Motorjacht. Honolulu Yacht-Charter stand hinten auf einem Schild. Ich muss sie so schnell wie möglich finden."

"Hm. Ich kenne nur den Ala Wai Harbor in Honolulu. Ist in der Nähe vom Ala Moana Shopping Center. Ich kann dich da absetzen. Allerdings, bis wir da sind, ist da vielleicht keiner mehr wach."

"Das macht nichts, es ist ja warm." Und sie konnte sich notfalls irgendwo verstecken, bis es hell wurde.

"Du hast wohl keine Wohnung?", fragte Bob mit Blick auf die ausgebleichten Farben ihres Kleides.

"Doch doch. Ich wohne in einer Wohngemeinschaft bei Haleiwa."

"Ach so."
Sie schwiegen eine Weile. Bob schien etwas zu überlegen.
"Ich fahr aber noch kurz bei einem Hotdog-Laden vorbei, bevor ich dich absetze. Da können wir was zum Essen kaufen, die haben die ganze Nacht auf."
"Warum hast du nicht im Jameson's gegessen?"
"Ne, heute nicht, ich möchte einen Hawaiian Hotdog. Ich komme so selten nach Honolulu, das will ich ausnutzen."
"Mich wundert, dass du Fleisch isst", sagte Joan.
"Nein, ich esse kein Fleisch, niemals. Wie kommst du da drauf? Ich esse nichts, was Augen hat."
"Du isst den Hotdog ohne Wurst?" Joan unterdrückte ein Lachen.
"Mit Soja-Wurst! Das ist ein Gesundheits-Fastfood-Laden."
"Ach so." Er war also nicht völlig verrückt.

"Es gibt dort auch Hotdogs mit Geflügelwurst, wenn du das lieber magst."
"Ich hab kein Geld, weißt du. Deshalb musste ich trampen. Ich arbeite nur für Logis. Kost und Logis." Sie seufzte. "Kost nur manchmal."
"Versteh schon. Ich lad dich ein, wir haben heute einen Bonus bekommen, weil ja bald Weihnachten ist."
"Das ist total nett von dir. Aber kommst du denn dann noch rechtzeitig zum Flughafen, um deine Schwester abzuholen?" Joan machte sich aber mehr Gedanken um den entführten Mann, aber das konnte sie Bob nicht sagen.
"Hast Recht. Besser wir nehmen den Drive-in und essen im Auto, sonst wird's zu knapp."
Das war ihr nur recht, dachte Joan, so würden sie nur wenige Minuten verlieren.

Spezial Hotdog

Zutaten für vier Personen
8 Hotdog-Brötchen
8 Würstchen (normale, Geflügel- oder Sojawurst)
400 g rohes oder leicht gekochtes Sauerkraut (abgekühlt)
8 Teelöffel fein gehackte Peperoni
8 Esslöffel fein gehackte saure Gürkchen
8-10 Teelöffel geröstete, feingehackte Zwiebeln
Ketchup

Zubereitung
Würstchen erwärmen (zum Beispiel in beschichteter Pfanne oder auf dem Grill braten). Brötchen erwärmen (z. B. antoasten oder auf dem Grill). Brötchen auf einer Seite der Länge nach aufschneiden (falls es nicht schon auf einer Seite offen ist). Brötchen mit Sauerkraut, gehackten Peperoni, Gürkchen und Würstchen belegen. Ketchup nach Geschmack darübergeben. Zusammenklappen.

Es war kurz vor 23 Uhr, als Bob am Straßenrand des Ala Moana Boulevard hielt. Ihre Hotdogs hatten sie unterwegs mit Genuss vertilgt.
Joan sprang bei laufendem Motor aus dem Wagen und winkte den davonbrausenden Rücklichtern hinterher. Dann schaute sie sich um. Riesige Appartmenthäuser ragten hier in den sternenklaren

Nachthimmel von West-Waikiki, einige der Fenster waren beleuchtet, die anderen dunkel, weil die Bewohner entweder nicht da waren oder schon schliefen. Die Kokospalmen, die vor den Wohntürmen am Straßenrand standen, wirkten im Schein der Straßenlaternen wie Zwerge, die im lauen Wind wie in Zeitlupe ins Weltall um Hilfe winkten – aber keiner kam, um sie zu retten.

Joan überquerte die breite Straße und folgte der Richtung, die Bob ihr gezeigt hatte. Irgendwo hinter den Hochhäusern sollten das Meer und der Jachthafen sein.

Sie war der einzige Mensch, der hier um die Zeit zu Fuß unterwegs war, und nur ab und zu fuhr ein Wagen an ihr vorbei. Die Luft war lau und trug einen leichten Geruch von Algen und Fisch mit sich. Es konnte nicht mehr weit sein.

Joan erschrak, als plötzlich ein schwarzer Wagen neben ihr hielt, die getönte Scheibe auf der Fahrerseite war heruntergelassen und der Fahrer, ein schmierig wirkender Mann mit aufgedunsenem Gesicht, fragte, ob sie mit ihm kommen wolle. Nein, winkte sie ab, nein, sie habe schon was vor.

Sie ging weiter, der Wagen folgte ihr.

Verdammt, was wollte der noch? Sie hatte doch Nein gesagt. Aber ihr flaues Gefühl im Bauch sagte ihr, dass sie damit rechnen musste, dass ihn ihr Nein nicht interessierte. Eine Szene wie aus einem Krimi blitzte vor ihr auf: wie sie in den Wagen geworfen und verschleppt wurde. Und später würde man sie irgendwo in einem Müllcontainer finden. Nein. Sie schaute sich um, ob es irgendwo Schutz oder Hilfe gab. Sie sah nichts, was sie ermutigte.

Trotzdem tat sie unbeeindruckt und ging mit erhobenem Haupt weiter. Bloß keine Nervosität zeigen, sagte sie sich, doch ihre Augen suchten die Gegend ab, während der Wagen ihr im Schritttempo folgte. Sie ging schneller, doch der Wagen holte auf und jetzt sah sie im Augenwinkel, dass inzwischen auch die hinteren Fenster heruntergekurbelt waren und im Auto drei weitere Männer saßen, die sie begafften.

Verdammt. Was sollte sie jetzt tun?

Vor allem ruhig weitergehen, sagte sie sich. Sie sah weiter vorne in einem der Wohntürme unten Licht. Wenn sie Glück hatte, war das eine Lobby. Sie zwang sich, ruhig zu atmen und ihr Tempo zu halten. Noch 100 Meter. Ja, es war eine Empfangshalle und sie war sogar besetzt – sie konnte den alten Herrn, der hinter der Rezeptionstheke saß und in einen Monitor schaute, klar erkennen. Als sie zielstrebig auf den Eingang des Hauses zuging, wurden die Fenster des Autos wie von Zauberhand hochgefahren und der Wagen fuhr davon.

Kaum war der Wagen außer Sichtweite, sprang Joan in den Schatten eines geparkten Autos und verbarg sich dort. Ihr Herz klopfte. Sie hatte sich vorher gar keine Gedanken darüber gemacht, wie alleine und auf sich gestellt sie in der Nacht bei ihrer Suche nach der Jacht mit dem entführten Mann sein würde.

Sie wartete. Als ihre Verfolger nach fünf Minuten nicht wiedergekommen waren, schlich sie aus ihrem Versteck hervor und ging weiter.

Der Hafen musste gleich hier irgendwo sein, dachte sie gerade, und schon im nächsten Augenblick sah sie am Ende der Straße die ersten Boote im Licht der Kaibeleuchtung. Aus ihrer Perspektive wirkte es, als seien die Boote direkt an der Uferstraße festgemacht.

Sie ging vor zu den Anlegestellen und folgte der Straße nach Osten, wo sich - wie sie von Bob wusste - Waikiki befand. Joan musterte jedes Boot, das sie passierte. Die Hawaiian Star war nicht dabei.

Die Straße machte einen Knick nach rechts, plötzlich war auch auf der linken Seite Wasser und dahinter glitzerte die nächtliche Hotelskyline von Waikiki - wie festlich beleuchtete Bienenstöcke, die sich im Meer vor ihnen spiegelten.

Sie erschrak kurz, als ein Wagen an ihr vorbei rollte. Doch erleichtert stellte sie fest, dass es ein anderer war, und er hielt nicht, sondern fuhr weiter.

Sie erreichte den Parkplatz des Jachthafens. Er lag wie eine quadratische, betonierte Insel vor West-Waikiki und von ihm aus erstreckte sich rechts ein schmaler Steg und links eine breite Beton-Pier. Die Straße, auf der sie hergekommen war, führte am Parkplatz vorbei zu einer weiteren Pier und zu den Anlegestellen auf der Leeseite der Mole. Alles war so, wie Bob es ihr auf der Fahrt erklärt hatte. Zwischen der breiten Pier und dem Holzsteg, die sich vom Parkplatz aus nach Westen erstreckten, gab es eine Rampe. Nicht weit von der Rampe thronte das Hafenbüro, das aber jetzt nicht besetzt war.

Joan schaute sich um, der Parkplatz war nur zu einem Drittel belegt, die Autos standen teils in Gruppen, teils einzeln verstreut. Die meisten der geparkten Wägen standen dunkel da, in anderen brannte Licht. Wahrscheinlich Liebespaare, dachte Joan, und sie wünschte, sie hätte auch so einen angenehmen Grund, hier zu sein. Zwischen den Autos standen ein paar einsame Palmen und gaben Zeichen, dass sie auch hier mit Mühe und Not die Stellung hielten.

Joan blickte in die Richtung der Piere zu ihrer Rechten: So weit das Auge und die Beleuchtung reichten, stakten Masten in den Himmel, die Mehrzahl der Boote waren offensichtlich Segelboote. Auch hier wieder verursachte das metallische Pling-pling der Taue in den Masten, wenn der milde Abendwind und die leichten Wellen die Boote bewegten, in Joans Bauch ein vertrautes, heimeliges Gefühl. Das Gefühl verschwand, als sie aus dem Inneren des verbeulten, hellblauen Wagens neben ihr ein Zischen vernahm, das sich nach einer Bierdose anhörte, die gerade geöffnet wurde. Dann sah sie eine Zigarette aufglimmen.

Mit einem Satz sprang sie von dem Wagen fort.

Hier sollte sie nicht stehen bleiben, überlegte sie. Sie war für alle sichtbar, doch sie konnte hinter den meist getönten Scheiben der Autos nichts erkennen.

Was sollte sie tun? Offen von Liegeplatz zu Liegeplatz gehen, als sei es das normalste der Welt, spät nachts ein Boot zu suchen? Oder versuchen, sich zu verbergen - von Schatten zu Schatten schleichen? Doch wer wusste, was sich in den Schatten verbarg?

Der Geruch von warmer Butter und gebratenen Äpfeln kroch unter der Tür der Schulküche hervor und breitete sich langsam in den anliegenden Gängen aus. Der Rektor, der gerade sein Büro verließ, um sich auf den Weg zu einer Besprechung beim Bürgermeister zu machen, lächelte in sich hinein. Er wusste, dass die Schüler der dritten Klasse mit ihrer Lehrerin Frau Steiger in der Schulküche um den großen Tisch herumsaßen und darauf warteten, dass ihre Bratäpfel endlich fertig wurden. Er war froh, dass sie diese Lösung als Ersatz für den ausgefallenen Mathematikunterricht gefunden hatten. Den entfallenen Unterrichtsstoff würde er mit den Kindern in der nächsten Woche nacharbeiten. Zufrieden verließ er das Haus.

"Ich hab schon Hunger", sagte gerade Anna in der Schulküche zu Frau Steiger. "Es riecht so lecker. Da läuft mir das Wasser im Mund zusammen."

"Es dauert aber noch ein kleines bisschen", sagte Frau Steiger.

Bratäpfel mit Marzipanfüllung

<u>Zutaten für vier Personen</u>
Pro Person 1 bis 2 große, säuerlich-saftige Äpfel (z. B. Boskop)
Marzipanfüllung:
150 g Marzipanrohmasse
100 ml Apfelsaft (oder Rum bei erwachsenen Essern)

50 g Mandelsplitter
1 EL Butter
50 g helle Rosinen

Zubereitung
Rosinen oder fein gehackte getrocknete Aprikose im Apfelsaft mindestens 30 Minuten einweichen, auf einem Sieb abtropfen lassen und mit den anderen Zutaten vermengen. Äpfel waschen und Kernhaus entfernen, mit der Masse füllen und Schale einritzen. Die Äpfel in eine gebutterte Bratenform setzen und im vorgeheizten Backofen bei 200 Grad ca. 30 Minuten backen.
Dazu passt Vanillesoße oder Vanille(joghurt)eis.

"Aber wir können in der Zwischenzeit schon mal den Tisch decken. Und wer es vor Hunger gar nicht aushält, der kann ein paar Apfelschnitze oder von den Nüssen dort drüben essen." Die Lehrerin zeigte auf Körbe mit Nüssen auf der Fensterbank, wo auch ein Nussknacker lag.

"Ich hole die Teller", sagte Benny und sprang von seinem Stuhl. Er war ganz gespannt, wie seine Bratäpfel schmecken würden. Jedes Kind hatte zwei Äpfel füllen dürfen. Und dann, als keiner hinsah, hatte er heimlich in jeden seiner beiden Äpfel ein Steinchen von Manuels Spezialkandis hineingesteckt. Seine Bratäpfel würden bestimmt die süßesten und leckersten von allen sein.

Während Benjamin die Teller holte und Tobias das Besteck, naschten die anderen Kinder noch ein paar von den Nüssen.

"Jetzt müssten die Äpfel aber gleich fertig sein", sagte Anna und hüpfte zum Backofen.

"Noch fünf …", Minuten, wollte Frau Steiger gerade sagen, als sie von einem dumpfen Knall am Fenster unterbrochen wurde. Im Augenwinkel nahm sie gerade noch einen schwarzen Schatten so groß wie ihre Hand wahr, der vom Fenster abprallte und nach unten fiel.

"Ein Vogel. Da ist ein Vogel gegen das Fenster geflogen", riefen die Kinder. Frau Steiger ging ans Fenster und schaute nach unten. Die Schulküche lag im ersten Stock mit Blick auf den Schulhof und sie konnte den Vogel bewegungslos auf dem weißen Neuschnee liegen sehen.

Frau Steiger griff nach ihrem Mantel, der an der Garderobe neben der Tür hing. "Ich geh nach unten und schaue, was mit dem Vogel ist. Ihr bleibt solange vom Backofen fern. Du auch, Anna." Anna nickte, aber hinter dem Rücken hielt sie die Finger verkreuzt.

Als Frau Steiger zwei Minuten später zusammen mit dem Hausmeister zu dem Vogel trat, hatte sein kleines Herz schon aufgehört zu schlagen.

"Ich werde ihn in die Mülltonne werfen", sagte der Hausmeister, während er versuchte, die Jacke über seinem dicken Bauch zu schließen, denn die Lehrerin hatte ihn aus seiner Mittagspause geholt.

Die Lehrerin sah nach oben, wo die Gesichter der Schüler hinter der Fensterscheibe klebten.

"Ich fürchte, so einfach wird das nicht", seufzte sie. "Wir werden den Vogel mit einer Zeremonie beerdigen müssen. Tun sie ihn in eine Schachtel, bitte. Ich werde mit den Schülern reden, wann und wo wir ihn begraben."

In diesem Moment hörten sie, wie oben das Fenster geöffnet wurde.

"Frau Steiger, Frau Steiger. Schnell, kommen Sie. Die Anna. Sie liegt auf dem Boden und atmet so komisch."

"Kommen Sie mit", rief die Lehrerin dem Hausmeister zu und stürzte ins Schulgebäude. Sie nahm immer zwei Stufen die Treppe hinauf, gefolgt von dem keuchenden Hausmeister, der es sonst lieber gemächlich mochte.

Oben an der Tür stand schon Benjamin und hielt ihr mit angsterfüllten Augen die Tür auf. "Sie hat sich an den Hals gefasst und dann fing sie an so zu schnaufen und dann plötzlich lag sie auf dem Boden."

Frau Steiger und der Hausmeister rannten sofort zu Anna, die mit aufgerissenen Augen röchelnd auf dem Boden vor dem Backofen lag.

"Laufen Sie ins Lehrerzimmer und rufen Sie den Notarzt", wies Frau Steiger den Hausmeister an und kniete sich neben Anna. "Schnell."

Der Hausmeister eilte sofort los.

"Anna, was ist los? Hast du dich verschluckt?", fragte Frau Steiger, während sie sich gleichzeitig den Heimlich-Handgriff in Erinnerung rief.

Anna zitterte und röchelte, sie konnte nicht sprechen, aber sie schüttelte den Kopf.

Also blockierte kein Fremdkörper die Luftröhre, dachte Frau Steiger. Aber sie wusste nicht, was sie tun konnten, außer auf den Notarzt zu warten. Sie strich dem Kind über den Kopf, um es zu beruhigen.

"Wird sie wieder lebendig?", fragte Benjamin mit tränenerstickten Stimmchen.

"Sie ist doch lebendig, Benjamin. Sie ist nur krank. Aber gleich kommt der Arzt und wird ihr helfen."

Die Lehrerin nahm Anna in den Arm, durch den Stoff konnte sie spüren, wie schwer das Kind um Atem rang und jetzt auch von Krämpfen geschüttelt wurde.

Sie warteten. Eine Minute. Zwei Minuten. "Wo bleibt bloß der Notarztwagen", sagte der Hausmeister, der zurückgekommen war und jetzt mit den Kindern zusammenstand und auf Anna und die Lehrerin hinab sah. Anna schien es von Minute zu Minute schlechter zu gehen.

Die Sekretärin des Direktors war dem Hausmeister gefolgt und steckte den Kopf durch die Tür.

"Suchen Sie bitte die Telefonnummern von Annas Eltern heraus", sagte Frau Steiger. "Anna Friedrichs lautet ihr voller Name." Sie wunderte sich selbst, wie klar ihr Kopf war. Jetzt nahm sie auch den Geruch von verbrannten Äpfeln war.

"Benjamin, mach bitte den Ofen aus. Einfach den Schalter auf null drehen."

Dann hörten sie, wie sich ein Martinshorn näherte.

"Der Notarztwagen. Ich gehe raus und zeige den Leuten den Weg", sagte der Hausmeister und lief aus dem Klassenzimmer.

Wenig später eilten zwei orange-weiß gekleidete Männer mit einer Trage in die Schulküche. Der eine schien der Notarzt zu sein, denn er legte Anna flach auf den Boden und untersuchte sie, während der andere die Trage vorbereitete.

"Ihr Kreislauf ist kurz vor dem Kollaps. Wir müssen sie stabilisieren und dann sofort in die Klinik mit ihr." Der Arzt nickte seinem Helfer zu und zusammen legten sie Anna vorsichtig auf die Trage.

"Was hat sie gegessen?", fragte er an die Lehrerin gewandt.

"Wir haben Bratäpfel gemacht und wollten sie gleich essen. Sie hat nur ein paar Nüsse …"

"Möglicherweise Nussallergie, anaphylaktischer Schock", sagte der Arzt zu seinem Helfer. "Ich hänge sie im Wagen an den Schlauch, Adrenalin intravenös. Du gibst in der Klinik Bescheid."

Die Bewegungen der beiden Männer waren schnell und effizient. "Jemand muss sofort den Eltern Bescheid geben, Vater oder Mutter sollen sofort ins Krankenhaus kommen." Dann hatten sie auch schon mit Anna den Raum verlassen.

Die Sekretärin und der Hausmeister blieben bei den Kindern, während die Lehrerin versuchte, die Eltern zu erreichen.

Als sie wenige Minuten später zurückkam, konnte sie ihnen berichten, dass die Mutter auf dem Weg ins Krankenhaus war.

"Wird Anna bald wieder gesund?", fragte Benny.

"Das wünschen wir ihr ganz fest, Benny", sagte Frau Steiger. Sie musste an den kleinen, toten Vogel denken, der noch unten im Schnee lag und den sie noch beerdigen mussten. Es war kein guter Tag für kleine Tiere und kleine Menschen.

Sie ging zum Ofen und schaute hinein. Die Äpfel waren zu schwärzlichen Häufchen zusammengeschrumpelt.

"Die können wir wohl vergessen, Kinder."

Aber es hatte sowieso niemand mehr Hunger.

Die kleine Anna starb um 11.30 Uhr im Klinikum Rosenheim.

8 Drogen, Geld und kalte Füße
Romantikthriller

Auf der Suche nach der Hawaiian Star war Joan zunächst den Steg, der parallel zur Uferstraße verlief, abgelaufen. Er war nicht beleuchtet, doch die Stadt warf genug Licht auf ihn, sodass sie die Hawaiian Star auf jeden Fall gesehen hätte, wenn sie da gewesen wäre. Doch sie war es nicht.

Auf den Booten war es still gewesen, in nur wenigen Kajüten hatte Licht gebrannt.

Leute, die auf einem Boot lebten, gingen in der Regel früh zu Bett, hatte ihr Bob gesagt. Und sie standen morgens früh auf, denn unter Deck wurde es schnell unangenehm heiß.

Joan dachte an ihre Mitbewohner an der Nordküste. Ob sie gemerkt hatten, dass sie fort war? Wenn schon, sie konnten ihr nicht vorschreiben, was sie tat und was nicht. Und sie musste die Hawaiian Star finden.

Sie erinnerte sich wieder daran, wie der Mann, den sie aus einem Traum kannte, bei seinem Fluchtversuch im Hafen von Haleiwa auf sie zu gerannt kam. Er hatte sie gesehen und war dann in eine andere Richtung gelaufen. Er hatte sie schützen wollen. Sie bedeutete ihm etwas. Und so wie ihr Herz schlug, wenn sie an ihn dachte, bedeutete er ihr auch etwas.

Joan sah zum Parkplatz hinüber. Dort hatte sich in der letzten Viertelstunde nicht viel verändert. Die meisten Wagen waren wohl leer, aber in einigen Autos schienen Leute zu übernachten oder einen Platz gefunden zu haben, an dem sie ungestört waren – für was auch immer.

Sie musste ihn gut kennen, diesen Mann aus ihrem Traum, dachte Joan, wenn sie so entblößt und erregt auf dem Bett auf ihn gewartet hatte. Oder war das doch nur ein Traum, hatte die Szene in der Realität nie stattgefunden? Der Gedanke machte sie irgendwie traurig.

Joan ging weiter. Sie hielt sich am äußersten Rand des Parkplatzes, als sie die Rampe überquerte und zu der Pier ging. Sie versuchte sich außerhalb des Scheins der Straßenlaternen zu bewegen und hoffte, dass niemand von den anderen nächtlichen Besuchern auf sie achtete.

Die Pier war sehr breit, es gab eine Straße, die rechts auf der Pier nach vorne führte und links wieder zurück zur Rampe. Dazwischen gab es Parkplätze und beleuchtete Gebäude, wahrscheinlich die Marina, dachte Joan. Auf dem Weg zur Spitze wollte sie die rechte Seite absuchen und auf dem Rückweg die linke Seite. Aber neugierig, wie sie war, konnte sie es nicht lassen, schon auf dem Hinweg immer mal wieder einen Blick auf die andere Seite zu werfen. Rechts wie links sah sie Segelboote, Motorjachten und Katamarane, glänzend mit wundervoll klingenden Namen. Die Hawaiian Star war nicht dabei.

Ihr Schritt wurde langsamer, zögernder. Was, wenn sie das Boot nicht fand? Hatte sie die falsche Entscheidung getroffen, als sie sich gegen die Polizei und für die eigenmächtige Verfolgung entschied? Hatte sie damit das Leben dieses Fremden riskiert?

Kurz vor Ende der Pier hatte Joan die Hawaiian Star zwar immer noch nicht gesehen, doch sie stellte erleichtert fest, dass von hier aus ein Weg zu drei weiteren Stegen mit Anlegestellen wegführte. Noch mehr Chancen, die Motorjacht zu finden, beruhigte sie sich. Und vielleicht war das Boot ja auch noch gar nicht angekommen, überlegte sie. Sie hatte schließlich keine Ahnung, wie schnell so eine Motorjacht fuhr und wie lange sie von der Nordküste bis hier unten in den Süden der Insel benötigte.

Sie würde auch diese Stege abgehen und auch die von dem nächsten Pier und auch die Anlegestellen an der Mole. Und sie würde die Einfahrt im Auge behalten.

Noch war gar nichts verloren.

Joan war gerade beim zweiten Steg, den sie von der Pier aus erreicht hatte, als sie ein Motorengeräusch hörte. Sie schaute zur Hafeneinfahrt und sah, dass dort gerade ein Boot mit gedrosseltem Motor hereintuckerte. Es war eine weiße Motorjacht, soviel konnte sie sehen, aber nicht, ob es sich um die Hawaiian Star handelte.

Als sie sich auf die Zehenspitzen stellen wollte, um besser durch das Dickicht der Boote zur Hafeneinfahrt zu sehen, legte sich von hinten eine raue Hand auf ihren Mund und etwas drückte sich in ihren

Rücken. Das Ding in ihrem Rücken klickte und sie wusste, es war eine Waffe. Ihr blieb das Herz stehen.

"Was machst du hier?" Es war eine barsche Männerstimme.

Nicht nur wegen der Hand auf ihrem Mund konnte sie nicht antworten, sie war einfach starr und steif vor Angst und nicht in der Lage zu sprechen.

Die Hand ließ sie los und drehte sie im nächsten Moment mit einem groben Ruck an ihrer Schulter um. Im Licht der Buglampe des Bootes neben ihnen, sah sie einen wettergegerbten, bärtigen Mann mit nacktem, braunen Oberkörper über einer Bermudashorts, die früher mal rot gewesen sein mochte, jetzt aber zu einem blassen rosa verblichen war. Seine grauen Haare standen wie Gestrüpp kreuz und quer.

"Ich …" Jetzt sah sie die Pistole auf sich gerichtet. Sie wirkte klein und schwarz und irgendwie harmlos in seiner Hand, doch Joan wusste, wie schnell damit ein Leben ausgelöscht werden konnte. Aber mehr noch als die Waffe entsetzte sie eine lange, tiefe Narbe in seinem Bauch, die aussah, als schnüre ihn ein Stacheldraht ab.

"Ich …", mehr bekam sie nicht heraus, sie war wie hypnotisiert.

"Eine Kriegsnarbe", sagte der Mann und seine Augen blitzten wütend unter dem Haargestrüpp hervor, während er ihr mit der Pistole vor der Nase herumfuchtelte. Joan fragte sich, welchen Krieg er meinte.

"Du hast wohl gedacht, die Boote hier sind ein Selbstbedienungsladen und du guckst mal, ob du was findest, was du gebrauchen kannst."

"Nein, ich wollte nichts stehlen", gelang es ihr zu sagen.

"Das solltest du auch nicht wagen, mein Boot ist bewacht." Er zeigte nach unten und jetzt erst sah Joan den kleinen weiß-schwarz gefleckten Struppi neben seinen großen, breiten Füßen. Wie um seine Worte zu bekräftigen, kläffte der Hund sie an, doch er wedelte dabei mit einem weißen Stummelschwanz.

Sie wollte sich bücken, um den kleinen Kläffer zu streicheln.

"He he, das ist ein Wachhund und kein Schmusetier", entrüstete sich der Mann und sie zog die Hand zurück.

Aber der Hund hielt seine Wachhundsarbeit für getan und begann ihre Zehen in den Flipflops zu lecken.

"Ich wollte wirklich nichts klauen, ich suche ein Boot."

"Wenn du einen Übernachtungsplatz brauchst, dann geh zu einem Obdachlosenprogramm der Kirche und schleich nicht auf fremdes Eigentum. Du könntest erschossen werden." Er wedelte wieder mit der Waffe.

"Ich suche keinen Platz zum Schlafen. Ich suche ein bestimmtes Boot."

"Ach, mitten in der Nacht?" Der Mann runzelte skeptisch die Stirn, doch seine Augen blickten neugierig.

"Es ist heute Abend in Haleiwa weggefahren und müsste doch jetzt ankommen, oder?"

"Ein Segelboot? Wohl kaum."

"Nein, eine Motorbootjacht, die Hawaiian Star. Sie sah schnell aus."

"Hier ist heute Abend keine Hawaiian Star angekommen."

"Dann kommt sie vielleicht noch."

Der Mann musterte sie zweifelnd von oben bis unten.

"Das hast du doch gerade erfunden, damit ich dich nicht zur Polizei bringe." Der Hund wollte zeigen, dass er auch noch da war, und bellte kurz auf.

Auf einer Jacht zwei Liegeplätze weiter flammte das Licht hinter den Kajütenfenstern auf und eine Frauenstimme keifte, dass der blöde Köter nachts ruhig sein soll.

"Schnarch doch selbst nicht so laut, damit wir auch mal schlafen können", rief der Mann mit der Narbe und der Hund stimmte ihm jetzt kräftiger bellend zu.

"Nein, ich hab das nicht erfunden", versuchte Joan wieder zum Thema zu kommen. "Ich habe gesehen, wie das Boot in Haleiwa weggefahren ist. Zwei Männer haben einen dritten zusammengeschlagen und ihn dann aufs Boot geschleift, wo noch ein Mann wartete." Wieso vertraute sie diesem kriegsgeschädigten Mann vor ihr, der sie mit einer Waffe bedrohte?

"Du hast wohl zu viel Gras geraucht?"

"Nein, es ist wahr. Bitte, lassen Sie mich jetzt gehen. Ich muss mit dem entführten Mann sprechen. Er weiß wahrscheinlich, wer ich bin."

"Mädchen, du solltest wirklich mit den Drogen aufhören."

"Ich nehme keine Drogen. Ich hatte einen Unfall."

"Lass sie endlich gehen", keifte jetzt die Frauenstimme vom anderen Boot. "Was geht dich so eine Durchgeknallte von der Nordküste an."

"Liza, halt endlich die Klappe."

"Halt du die Klappe, damit ich schlafen kann."

"Bitte, ich hab wirklich nur nach dem Boot gesucht, dann wollte ich wieder vom Steg gehen. Ich wollte hier nichts klauen und auch nicht hier schlafen."

"ICH will hier schlafen", brüllte Liza.

Der Kriegsveteran schien noch zu hadern. Es machte ihm offensichtlich Spaß, Liza nachts wach zu halten.

"Darf ich bitte jetzt gehen?" Sie nickte zu der Waffe in seiner Hand. Der Mann sah auf die Pistole und sicherte sie.

"Na gut, Mädchen", sagte er und klemmte die Waffe vorne zwischen Bermudashorts und vernarbtem Bauch.

Der Hund hatte kapiert, dass die Zweibeiner zu einem Ergebnis gekommen waren und er sprang freudig an ihren Beinen hoch. Joan bückte sich zu ihm hinunter und streichelte ihn. Zum Dank leckte er ihr die Finger ab.

"Jetzt verschwinde, Mädchen, und lass uns hier in Ruhe", sagte der Mann.

"Na endlich", sagte Liza und das Licht in ihrer Kajüte ging wieder aus.

"Vielen Dank." Joan ging vorsichtig an dem Mann vorbei und winkte dem Hund noch mal zu.

"Pass auf dich auf, Mädchen", rief der Mann hinter ihr her. "Und trampel das nächste Mal nicht so, sonst hören die Leute, dass du kommst, bevor du sie überhaupt gesehen hast."

Zehn Minuten später war Joan an der äußeren Pier. Diese Pier war etwas schmaler, es gab nur eine Fahrbahn, die zur Spitze führte, wo man wenden konnte.

Wieder graste sie mit den Augen Jacht um Jacht ab. Die hier an dieser Pier waren größer und luxuriöser als die, die sie bisher gesehen hatte, und einige würden auch als Raumschiffe durchgehen, dachte sie.

Sie war fast am Ende der Pier angelangt, als sie das Boot sah, das sie suchte. Die Hawaiian Star.

Sie lag da, in voller Beleuchtung, ganz am Ende des Piers. Sie war mit dem Heck an der Anlegestelle festgemacht und die Tür ins Innere stand offen.

Im ersten Moment wollte Joan auf die Jacht zu eilen, endlich hatte sie sie gefunden, doch dann hielt sie mitten in der Bewegung inne. Die Entführer hatten nicht so ausgesehen, als könne sie da einfach mal so vorbeispazieren und Fragen stellen.

Sie sprang zurück und drückte sich in den traurigen Schatten einer kränkelnden Palme neben einem überquellenden Papierkorb.

Sie hockte sich nieder und wartete. Doch nichts passierte. Die Hawaiian Star lud mit ihrer vollen Beleuchtung und den geöffneten Türen zum Betreten ein, aber niemand kam und niemand zeigte sich an Deck.

Nach einer Viertelstunde hielt Joan es nicht mehr aus und kroch hinter dem Mülleimer hervor. Als sie die Beine strecken wollte, fiel sie fast um, beide Füße waren eingeschlafen.

Sie sah sich um, doch niemand war da, niemand schien sie zu beobachten. Sie begann vorsichtig auf der Stelle zu hüpfen, denn das Kribbeln hatte sich in Schmerz verwandelt und sie wollte die Blutzirkulation wieder in Gang setzen. Gleichzeitig war sie bereit, davon zu laufen, falls von irgendwoher Gefahr drohen sollte. Doch nichts geschah. Nirgendwo bewegte sich etwas und nichts war zu hören außer einem Generator irgendwo in der Umgebung und den weiter entfernten Geräuschen der Stadt.

Als sich ihre Beine wieder normal anfühlten, ging sie vorsichtig näher an die Jacht heran. Auf ihr Hallo kam keine Reaktion. Sie wiederholte es, wartete, aber niemand antwortete. Sie stieg hinüber auf die Jacht, lauschte wieder. Nichts.

Vorsichtig ging sie auf die geöffnete Salontür zu und warf einen Blick hinein. Der Raum war mit einem dichtflorigen, gemusterten Teppichboden ausgelegt, auf dem üppige blaue und beigefarbene Plüschsofas und –sessel standen. Der Fernseher und die Stereoanlage fügten sich perfekt in die Schrankwand aus amerikanischer Kirsche. Weiter hinten sah sie ein paar Stufen, die nach oben und eine Treppe, die nach unten in den Bauch der Jacht zu den Kabinen führte.

Joan fühlte sich magisch angezogen und setzte einen Fuß in den Salon. Sie blickte sich um in diesem unerwarteten Luxus und hätte sich nicht gewundert, wenn plötzlich eine perfekt frisierte und geschminkte Dame des Hauses in Begleitung ihres perfekt gebügelten Gatten erscheinen und ihre Gäste begrüßen würde.

Aber irgendetwas stimmte nicht. Jana tat einen Schritt nach vorne. Hinter einem der Plüschsessel sah sie einen Schuh hervorlugen. Das passte nicht zu der perfekten Ordnung, die hier ansonsten herrschte. Joan ging zu dem Schuh hinüber und sah neben ihm einen zweiten. Als sie noch einen Schritt weiter ging, stellte sie fest, dass ein Mann in diesen Schuhen steckte.

Es war der kleinere der beiden Entführer. Er lag auf dem Rücken und starrte an die Decke. In seiner Stirn befand sich ein Loch, das sich da zu seinen Lebzeiten nicht befunden hatte.

Joan schrak zurück. Sie sollte hier weg, schoss es ihr durch den Kopf. Sie sollte sich in Sicherheit bringen. Was hatte sie schon mit all dem hier zu tun? Aber ihre Neugier siegte. Sie holte tief Luft und ging an dem Toten vorbei. Sie sah jetzt, dass die Stufen nach oben zu einem zweiten, kleineren Salon führten. Dort vor einem Panoramafenster befand sich auch das Cockpit des Kapitäns.

Sie ging leise und vorsichtig die Stufen hinauf, um sich blickend, auf jede Art Überraschung gefasst. Aber hier schien alles in Ordnung zu sein.

Joan ging zurück in den großen Salon und schaute von dort aus die Treppe hinunter. Von da unten aus würde es keine Fluchtmöglichkeit für sie geben, wenn jemand auf das Schiff kam, dachte sie.

Trotzdem, sie musste wissen, was da unten war.

Vorsichtig schlich sie die Stufen hinunter, hielt inne und lauschte, ob sie irgendetwas hörte. Aber da war nichts. Unten im Flur zögerte sie. Was mochte sich hinter diesen Türen verbergen?

Sie öffnete die erste Tür und sog sofort erschreckt die Luft ein: Auf dem Bett lag ein Mann mit dem Gesicht nach unten, seine Armeestiefel ragten über die Bettkante hinaus. Die Tagesdecke um ihn herum war dunkel gefärbt und jemand hatte mit Blut "Drugs kill" – Drogen töten - auf seinen nackten Rücken geschrieben. Joan war sicher, dass der Mann tot war, denn sein Hinterkopf war eine blutige Masse. An den aschblonden Haaren in dem roten Brei erkannte sie, dass es der zweite Entführer war, der dort lag.

Joan ging rückwärts aus dem Raum und lehnte sich um Luft ringend mit dem Rücken an die Wand. Was war hier passiert?

Sie öffnete die nächste Türe, doch da war nur eine gepflegte Kabine mit einem unberührten Bett. Sie verließ erleichtert den Raum und betete, dass auch hinter der letzten Tür nichts war, was da nicht hingehörte, vor allem keine toten Menschen.

Als sie die Hand nach der letzten Klinke ausstreckte, hörte sie über sich ein Geräusch. Das Blut schien ihr in den Adern zu gefrieren und ihr stockte der Atem. Jemand war im Salon.

"Hallo ist da jemand?"

Es war die Stimme des alten Mannes, mit dem sie vorher auf dem Steg gesprochen hatte. Joan drückte sich mit dem Rücken an die Wand.

"Verdammt, was ist denn hier passiert?", hörte sie den Kriegsveteranen sagen und sein Hund antwortete mit seinem Struppibellen.

Sie hatten die Leiche im Salon entdeckt.

"Das Mädchen muss durchgedreht sein."

Nein, war sie nicht, wollte Joan rufen, aber sie hielt es für besser, sich versteckt zu halten. Sie war nicht sicher, ob sie den Alten ein zweites Mal von ihrer Unschuld überzeugen konnte.

"Komm weg da", hörte sie den Mann sagen. "Wir müssen uns verkrümeln. Wir wollen keinen Ärger mit der Polizei."

Ja, geht weg, dachte Joan, damit ich hier raus kann. Und wirklich, während der Mann weitersprach, entfernte sich seine Stimme, bis Joan ihn nicht mehr verstehen konnte.

Doch sie hatte sich zu früh gefreut. Gerade als sie hervortrat, kam Struppi die Treppe hinuntergelaufen und auf sie zugesprungen.

"Geh weg", flüsterte sie dem Hund zu und zeigte zur Treppe nach oben. Aber Struppi blieb stummelschwanzwedelnd vor ihr stehen.

"Oscar, jetzt komm!", hörten sie die Stimme des Herrchens. Und Gott sei Dank, mit einem Wuff rannte der Hund nach oben, und es wurde still.

Joan zählte bis 10. Oben blieb es ruhig.

Sie musste hier raus. Der alte Mann würde es sich vielleicht doch anders überlegen und zum nächsten Telefon gehen, um die Polizei zu rufen, wahrscheinlich war gleich vorne am Hafenbüro ein Telefon oder sogar auf der Pier irgendwo. Dann wären sie im Nu hier und was sollte sie dann sagen?

Joan öffnete noch schnell die letzte Tür. Sie war froh, als sie sah, dass auch diese Kabine unbenutzt war. Dann stieg sie die Stufen nach oben und schaute von Board.

Weiter vorne auf der Pier sah sie den alten Mann und seinen Hund, sie folgten der Straße zurück zum Parkplatz. Joan kletterte von Board und verbarg sich in ihrem alten Versteck im Schatten der Palme und des Mülleimers, bis der Veteran und sein Hund sie nicht mehr sehen konnte. Dann ging auch sie auf der Pier zurück Richtung Parkplatz.

Sie sah von hier aus die beleuchtete Skyline von Waikiki. Das Touristenmekka schien so nah und verhieß ein Untertauchen in der Anonymität. Doch wie kam sie dahin? Sie wusste von Bob, dass sich an den Jachthafen ein großes Hotelareal, das Hawaiian Village Hilton, anschloss. Wahrscheinlich hatte das Hotel Sicherheitspersonal, das auch nachts die Strände überwachte, überlegte sie, sodass sie da nicht einfach am Strand vorbeispazieren konnte. Den Weg, den sie gekommen war, wollte sie auch nicht zurückgehen, damit sie nicht versehentlich noch einmal dem alten Mann und seinem Hund begegnete. Es gab nur einen Ausweg.

Joan fackelte nicht lange, sondern ging statt links zum Parkplatz geradeaus weiter vor ans Meer. Der Sand kroch in ihre Flipflops und sie kam nur noch mühsam voran. Schließlich zog sie sie aus und nahm sie in die Hand.

Vorne angekommen schaute sie über den wie endlos wirkenden Ozean, den die Lichter der Stadt anzuknabbern schienen. Sie band die Flipflops mit dem Gürtel ihres Kleides an ihrem Körper fest. Dann watete sie bekleidet, wie sie war, ins Meer.

Das Wasser empfing sie seicht und warm und ihr Kleid umschwebte ihre Beine wie ein Schleier. Eine Welle, die ein Boot weiter draußen verursacht hatte, schwappte über ihren Kopf und sie musste ein Husten unterdrücken. Doch bald hatte sie den richtigen Rhythmus heraus und sie schwamm in die Nacht hinaus. Jede Welle trug sie ein Stück weiter weg vom Ala Wai Jachthafen und in Richtung Waikiki.

Ein paar Stunden später bereitete sich Richard Brown in seinem Penthouse-Appartement auf sein allmorgendliches Joggen vor. Er trank ein Glas Voss-Mineralwasser, das er sich extra hatte liefern lassen, in kleinen Schlucken und stellte sich dabei seinen Körper als drahtige Kraftmaschine vor, die er nur mit dem edelsten Treibstoff betankte und der er jeden Tag die notwendigen Trainingseinheiten angedeihen ließ.

Brown liebte seinen Job schon deshalb, weil er die größte Disziplin erforderte. Er ließ sich durch nichts von einem einmal gesetzten Ziel und den notwendigen Maßnahmen abbringen. Disziplin unterscheidet den Menschen von den niederen Lebewesen, war sein Motto.

Brown kannte keine Gefühle, keine Befindlichkeiten, keine Gnade – diese Schwächen hatte er abgelegt, als er sich für eine Karriere in einem Drogenimperium entschied. Man hatte ihm seine Möglichkeiten aufgezeigt und er hatte zugesagt. Es waren keine Drohungen und keine Erpressung notwendig gewesen. Geld hatte gereicht, um ihn zu überzeugen.

Zunächst arbeitete er hauptsächlich als Kontaktmann zur Geschäftsanbahnung mit Mittelsmännern, doch er überzeugte seine Bosse durch die Konsequenz, mit der er arbeitete. Er tat, was getan werden musste - erfolgreich und ohne viel Aufhebens. Sicher, er hatte Leute, die für ihn die Drecksarbeit erledigen konnten. Aber manchmal war es besser, Dinge selbst zu tun, damit sie sauber und diskret erledigt wurden.

Demnächst würde er einen neuen Höhepunkt in seiner Laufbahn erreichen, einen neuen Aufgabenbereich übernehmen – als Chef der gesamten Sicherheitsabteilung. Doch bis es soweit war, mussten noch ein paar Dinge bereinigt und ein paar Leute beseitigt werden. Er wollte einen sauberen Abschluss: Aus Jennifer White und diesem Deutschen mussten sie herausholen, was er und damit wahrscheinlich das FBI über den Flugzeugabsturz wusste. Daraus würde sich ihr weiteres Vorgehen ergeben, vor allem hinsichtlich Rosenberg. An Jennifer White kamen sie im Moment nicht heran, aber wenigstens den Deutschen hatten sie. Und den würden sie schon noch zum Reden bringen.

Brown stellte das leere Glas ab und zog seine 300-Dollar-Laufschuhe an. Seine Frau Loreley kam ihm in den Sinn, die ihm vor vielen Jahren kurz nach der Hochzeit sein erstes Paar Laufschuhe geschenkt hatte, damit er etwas für seine Gesundheit täte und sie ein langes Leben zusammen hätten.

Sie könnte sich heute so ein schönes Leben leisten, dachte Brown. Aber nein, statt ihn und seine Karriere zu unterstützen, wie sie ihm bei der Hochzeit versprochen hatte, spielte sie den Moralapostel und Anwalt für Leute, die es nicht wert waren. Für den Abschaum. Als wäre es sein Fehler, dass die sich zugrunde richteten. Hätten diese Leute Disziplin, würden sie keine Drogen nehmen. Es war nicht seine Schuld, dass sie sich kaputtmachten und ruinierten. Man gab ja auch nicht Häusern die Schuld, wenn sich Menschen von ihnen hinunter in den Tod stürzten.

Er nahm den Schlüssel vom Tisch. Das Kartell bediente schließlich nur die Nachfrage von Dummköpfen, sagte er sich. Und sie wären selbst dumm, wenn sie die Nachfrage nicht bedienten.

Am Anfang hatte er noch eine leichte Bitterkeit darüber verspürt, dass seine Frau so versagte, aber ein Mann musste eben tun, was ein Mann tun musste, um Erfolg zu haben. Und so hatte er auch diese Gefühle abgelegt. Und seit er sie mit Jerry in Big Sur in das abgelegene Haus einquartiert hatte, konnte sie wenigstens nicht mehr in der Nachbarschaft über ihn reden.

Brown konnte und wollte eine gewisse Zufriedenheit mit sich selbst nicht unterdrücken. Da hatte er wieder einmal zwei Fliegen mit einer Klappe geschlagen. Nicht nur seine Frau hatte er unter Aufsicht, er hatte auch Jerry, den aus der Art geschlagenen Neffen seines neuen Chefs so untergebracht, dass er keinen größeren Schaden anrichten konnte.

In diesem Moment öffnete sich die Verdunkelung des Panoramafensters. Brown sah auf die Uhr. Es war kurz vor sieben, so wie er gestern die Zeitschaltuhr programmiert hatte – pünktlich zum Sonnenaufgang.

Brown schaute aus dem Fenster, wo die Skyline von Waikiki mit dem anbrechenden Tag langsam schärfere Konturen annahm. Auf den Straßen herrschte bereits reger Verkehr. Die Leute fuhren zur Arbeit und die Hotels wurden beliefert.

Er würde die Parallelstraße zum Strand Richtung Waikiki nehmen und den Rückweg im Sand laufen, sagte sich Brown. Das wäre ein gutes Training für die Waden. Auf seinem Rückweg würde er auch am Jachthafen vorbeilaufen und die beiden Idioten überprüfen, die er mit dem gekidnappten Deutschen auf der Jacht zurückgelassen hatte. Brown mochte es, seine Mitarbeiter mit Überraschungsbesuchen in Panik zu versetzen, und die beiden waren von der einfachen Sorte, die immer mal wieder den Stiefel im Nacken spüren mussten.

Er schaute nach unten und wurde bleich. Im Ala-Wai-Hafen brannten noch die Straßenlampen, doch da waren auch andere Lichter, die seiner Ansicht nicht da hingehörten. Rotierende Blaulichter.

Es waren mehrere Polizeiwägen, die kreuz und quer geparkt waren und es liefen eine Menge Uniformen herum. Er schaute zum Liegeplatz der Hawaiian Star, wo er sie gestern Nacht nach ihrer Ankunft verlassen hatte, um in seinem Penthouse-Appartement zu übernachten. Sie stand da in Festbeleuchtung, zwei Polizeiwagen und eine Ambulanz standen auf der Pier direkt davor.

Verdammt, was war passiert? Der Job, den er den beiden gegeben hatte, war doch ganz einfach gewesen, sie hatten nur dem Gefangenen alle paar Stunden eine Spritze geben müssen, damit er ruhig blieb. Wie hatten sie es bloß geschafft, das zu versauen?

Seine Augen wanderten unruhig hin und her, während er überlegte. Sollte er hinuntergehen und versuchen, etwas herauszubekommen? Doch da unten standen auch Fotografen und Kameraleute - die hatten bereits ihre Kabel und andere Technik rumliegen. Nein, zur Hawaiian Star konnte er jetzt nicht, die Gefahr war zu groß, dass er auf eines der Bilder oder einen der Filme käme.

Brown nahm die Fernbedienung vom Tisch und schaltete das Fernsehgerät ein. Er suchte in fieberhafter Eile den nächsten Nachrichten-Kanal. Einen Augenblick später sah er in die Gesichter seiner beiden Handlanger, deren Fotos nebeneinander eingeblendet wurden. Er sah sofort, dass es Bilder waren, die man von Toten gemacht hatte, ihre Augen waren halb geschlossen und ohne einen Blick darin.

Ihr verdammten Versager, fluchte Brown. Wäret ihr nicht schon tot, würde ich selbst dafür sorgen.

"Wer hat diese Männer schon einmal gesehen?", fragte die Nachrichtensprecherin gerade. "Ihre Identität ist unbekannt. Sie trugen gefälschte Papiere bei sich. Die Polizei ist für jeden Hinweis dankbar."

Verdammt, offensichtlich hatte er den Deutschen unterschätzt, fluchte Brown und begann im Raum auf und ab zu gehen. War er aufgewacht? Aber wie hatte er sich befreit und war an eine Waffe gekommen? Diese beiden verdammten Trottel, geschah ihnen recht, dass sie jetzt tot ... Plötzlich wurde ihm klar: Es waren seine Leute, die hier offensichtlich Mist gebaut hatten, genauso wie es seine Leute gewesen waren, die die Sache mit Rosenberg versaut und statt dessen ein Flugzeug in die Luft gejagt hatten. Seine Hintermänner würden ihm dies anhängen. Das konnte ihn nicht nur seine Karriere kosten, sondern auch das Leben.

"Die Jacht wurde von einem Mann namens Tom Roberts gechartert, der noch nicht gefunden werden konnte. Herr Roberts möchte sich sofort bei der Polizei melden", hörte er und blieb vor dem Fernsehgerät stehen.

Das wird er sicherlich nicht, sagte Brown zu der schönen Sprecherin, einer vollendeten Mischung aus hawaiianischen, philippinischen und japanischen Genen.

Doch für Schönheit hatte Brown jetzt keinen Sinn. Er eilte ins Schlafzimmer. Mit fliegenden Fingern holte er verschiedene Papiere und goldene Kreditkarten aus einem unsichtbaren Fach in seinem Koffer und steckte sie in einen Geldgürtel, den er verborgen unter seiner Kleidung tragen konnte. Er nahm ein Baseball-Käppi aus dem Schrank und setzte eine Sonnenbrille auf. Nun fehlte ihm nur noch eine Waffe. Mit einem wehmütigen Blick legte er seine Beretta in den Koffer. Verdammte Tropen, dachte er, unter der dünnen Kleidung ließen sich Schusswaffen so schlecht verbergen. Er nahm sein Springmesser aus einem anderen Nebenfach seines Koffers und steckte es in die Hosentasche.

Er würde die Sache in Ordnung bringen, dachte er, als er sich mit dem Aufzug auf den Weg nach unten machte. Und als Erstes würde er mit Rosenberg aufräumen, wie geplant, nur jetzt eben allein.

Auf das Ergebnis kommt es an, sagte er sich, das Ergebnis musste seine Bosse überzeugen.

Irgendwie gefiel ihm die neue Herausforderung und wie das Adrenalin jetzt durch seine Adern pumpte. Das war doch etwas anderes, als den Vertreter für Kleinelektroartikel zu geben. Er würde es allen zeigen. Gut, dass er damals, als er den Beruf wechselte, nicht nur schwimmen und tauchen gelernt, sondern auch ein Kampftraining absolviert hatte.

Er fühlte sich stark. So wie in Deutschland, als er den Dealer in Rosenheim erledigte, würde er auch Rosenberg, den unzuverlässigen Mittelsmann für Asien, erledigen. Sauber und ohne Spuren.

Als Brown Richtung Waikiki joggte, hatte er schon fast ein Siegerlächeln aufgesetzt. Und gleich danach würde er sich um den Deutschen kümmern, versprach er sich.

In Rosenheim war es, wie für die Jahreszeit typisch, bereits seit dem Nachmittag dunkel und wer konnte, hatte es sich zu Hause bei einer Tasse Tee gemütlich gemacht. Draußen herrschte heftiges Schneetreiben, aber viele der Menschen, die noch arbeiteten, würden es erst merken, wenn sie später die dicken, weißen Polster von ihren Autos schieben mussten, bevor sie nach Hause in ihre warmen Stuben fahren konnten.

Melzer trat in das Nebenzimmer des Verhörraums der Rosenheimer Kripo und sah seinem Kollegen Schulz über die Schulter. Auf dem Bildschirm vor ihnen konnten sie das Verhör, das gerade nebenan stattfand, verfolgen. Es schien, dass sich in den letzten Stunden nicht viel getan hatte: Meier, der Kollege von der Drogenfahndung stellte der Lederjacke Fragen und die Lederjacke antwortete nicht.

Verdammt, rede endlich, fluchte Melzer.

Der Raum war überheizt und die Luft trocken. Melzer zog seinen Pullover mit dem Norwegermuster aus und förderte ein orangerot kariertes Flanellhemd zutage.

"Soll ich uns Kaffee holen?", fragte er seinen Kollegen vor dem Monitor. Schulz nickte und Melzer machte sich auf den Weg zum Automaten, der seit gestern wieder funktionierte.

Hoffentlich bekam Meier ihn bald zum Reden, dachte Melzer. Je länger es dauerte, desto mehr Kinder und Jugendliche waren in Gefahr.

Es war kein Problem gewesen, die Lederjacke mit Manuels Hilfe in eine Falle zu locken. Schwieriger war es gewesen, dazu die Erlaubnis von Manuels Eltern zu erhalten. Sie wollten nicht, dass ihr Kind einer gefährlichen Situation ausgesetzt wurde. Erst als er ihnen erklärte, wie wichtig es auch für Manuels Psyche sei, dass er an der Schadensbegrenzung seiner Straftat mitwirkte, willigten sie ein.

Manuel hatte dann mittags in Melzers Anwesenheit die Nummer angerufen, die er für die Kontaktaufnahme vom Dealer erhalten hatte. Er sagte, er habe schon alles verkauft, was er als Letztes erhalten habe. Die Lederjacke hatte ihn daraufhin für vier Uhr nachmittags zum gewohnten Ort bestellt, um ihn mit Nachschub zu versorgen.

Diesmal war Melzer nicht alleine im Kiosk gewesen, um Manuel zu beobachten und auf den Dealer zu warten, sondern sein Kollege Meier von der Drogenfahndung war dabei gewesen und weitere Polizeibeamte hatten sie zur Verstärkung in der Nähe postiert.

Manuel hatte wie letztes Mal schlotternd vor Kälte und Angst vor dem Schaufenster mit den Gesundheitsschuhen gestanden und der Dealer hatte ihn warten lassen. Fünf Minuten, zehn Minuten – für Melzer war das keine Zeit, aber für den nervösen Jungen war es die Hölle. Immer wieder hatte Manuel Hilfe suchend zum Kiosk herübergeschaut, doch Melzer wollte noch nicht aufgeben. Er dachte an die Folgen, wenn sie den Dealer nicht schnappten.

Mit fünfzehn Minuten Verspätung war die Lederjacke schließlich gekommen und wie beim letzten Mal hatte er eine Plastiktüte mit einer Schachtel Cornflakes dabei gehabt.

Der Zugriff dauerte keine Minute, der Mann hatte keine Chance zur Flucht. In den Cornflakes waren 20 Tütchen mit Crack gewesen, mehr Beweise hatte der Staatsanwalt nicht gebraucht.

Das Problem war, sie wussten nicht, wie viel Crack die Lederjacke und seine Kumpane bereits verkauft hatten und in wessen Hände es gelangt war.

Melzers Kollegen hatten noch am Vormittag Manuels Abnehmer aufgesucht, alles Jugendliche in seinem Alter. Sie hatten ihnen das Crack abgenommen, soweit sie es noch hatten, und mit den Eltern geredet. Anschließend hatten sie die Jugendlichen im Krankenhaus untersuchen lassen.

Doch die Frage war, wer noch für die Lederjacke verkaufte und wer die Hintermänner waren. Sie mussten den Nachschub stoppen. Doch bis jetzt kannten sie nicht einmal die Identität des Mannes. Die Telefonnummer hatte sie in ein verwaistes Ferienhaus am Chiemsee geführt, wo die Lederjacke eingebrochen war und sich eingenistet hatte. Er hatte keinen Pass dabei, seine Fingerabdrücke waren nirgendwo gelistet und er schwieg. Die einzige Hoffnung, mehr über ihn in Erfahrung zu bringen, war der Autoschlüssel, den er dabei gehabt hatte.

Melzer kam mit zwei dampfenden Tassen Kaffee zurück. "Immer noch nichts Neues?"

"Er bleibt stur. Aber inzwischen haben sie sein Auto gefunden, es stand in einer Seitenstraße geparkt. Die Halterermittlung läuft gerade."

Doch sie hatten Pech, fünf Minuten später wussten sie, dass der Wagen gestohlen war.

Die Tür vom Verhörraum ging auf und Kommissar Meier trat heraus. "Der Geruch von eurem Kaffee kriecht unter der Tür durch. Los gib mir auch einen Schluck, Melzer."

"Der ist ein harter Brocken, was?", sagte Melzer und reichte ihm seinen Becher.

"Ja, verdammt, das ist er. Schleimen, Drohen, nichts hilft. Man könnte meinen, er verstehe kein Deutsch." Sie blickten auf den Monitor, wo die Lederjacke alleine am Tisch saß.

"Er hat mit Manuel gesprochen", sagte Melzer. "Und der sagt, er spricht akzentfrei."

"Keine Angst, wir werden ihn schon noch knacken."

"Aber wir haben keine Zeit, denk an die Kinder."

"Mensch, Melzer. Ich denke an nichts anderes."

"Versuch einen Deal zu machen ..."

"Verdammt, Melzer, hör auf, dich einzumischen! Ich weiß, was ich tun muss. Danke für deine Hilfe und danke für den Kaffee, aber jetzt musst du uns unsere Arbeit tun lassen. Ich dachte, du hast Urlaub. Also hau endlich ab."

"Ja, ist ja schon gut." Melzer griff nach seinem Pullover. Er wusste, Meier hatte recht, er sollte ihnen vertrauen, sie waren gute Polizisten.

"Na also." Meier winkte über die Schulter und ging zurück in den Verhörraum.

Melzer seufzte und ging zur anderen Tür hinaus.

Als Melzer wenig später, eingehüllt in seinen Mantel, die Tür nach draußen öffnete, wehten ihm dicke Schneeflocken ins Gesicht. Er genoss für einen Moment die kühlen Berührungen auf seiner von der Heizungsluft geröteten Haut, dann hielt er Ausschau nach seinem Auto.

Als er sah, dass sein Wagen unter einer dicken, weißen Decke begraben war, war die Freude am Schnee verflogen. Im Kofferraum seines Wagens fand er Kehrbesen und Scheibenkratzer und nach zehn Minuten Kehren und Kratzen konnte er sich endlich auf den Heimweg machen.

Der Scheibenwischer arbeitete pausenlos, während Melzer im Schneckentempo durch das dichte Schneetreiben fuhr.

Wie jeden Abend auf der Heimfahrt ging er den Tag noch einmal gedanklich durch. Er hatte Manuel nach dem Zugriff nach Hause gebracht. Beide Eltern waren da gewesen und hatte gewartet. Melzer hatte sich umgesehen. Die Wohnung wirkte sauber und freundlich, an den Wänden hingen gerahmte Kinderzeichnungen und in den Regalen standen Tiere aus Ton.

Es hatte, wie schon am Morgen in seinem Büro, Tränen und Schimpfen gegeben, aber auch die Aussicht auf Versöhnung und neue Chancen für Manuel. Die Familie schien ihm in Ordnung – aber auch solche Familien waren nicht sicher vor Drogen und das Leid, das sie mit sich brachten. Laut eigenen Angaben hatte Manuel selbst kein

Crack geraucht, das hatte auch der Drogentest bestätigt, den sie mit ihm gemacht hatten.

Melzer seufzte. Er hatte alles getan, was er tun konnte, oder nicht? Warum bloß konnte er sich nicht entspannen?

Als er wenig später in seine Wohnung trat, begrüßten ihn die zwei Taucheranzüge, die noch im Flur an der Garderobe hingen. Er war noch nicht dazu gekommen, sie zu der Tauchschule zurückzubringen, bei der er sie ausgeliehen hatte.

Jay fiel ihm ein. Er sollte dringend Jay anrufen, dachte Melzer, während er seine Jacke auszog und sie über den letzten freien Bügel hing. Er sah auf die Uhr, in Honolulu musste es etwa 8 Uhr morgens sein.

Er ging in die Küche und nahm eine Flasche Bier aus dem Kühlschrank, der so groß war, dass auch ein ganzes Wildschwein hineingepasst hätte. Er ging zu seinem Schreibtisch und suchte zwischen den Tausend Zetteln, die da lagen, den, auf den er die Nummer von Jays Hotel in Honolulu gekritzelt hatte.

Am Ende fand er ihn unter dem Tisch, wo ihn wahrscheinlich ein Lufthauch hingeweht hatte.

Mit der Telefonnummer, dem Telefon und der Flasche Bier ausgerüstet, machte er es sich auf der Couch bequem.

Es dauerte, bis jemand den Hörer abnahm. Es war die Hotelrezeption.

Melzer verging die Lust an seinem Bier, als er hörte, dass Jay seit gestern nicht ins Hotel zurückgekommen war.

Während Bennys Mutter sich an der Tür mit seiner Lehrerin unterhielt, die ihn gerade nach Hause gebracht hatte, ging Benny an den Kühlschrank und nahm die Milch heraus. Da niemand zu sehen war, setzte er die Flasche gleich an den Mund: Wer brauchte schon ein Glas.

Plötzlich fiel ihm auf, dass die Küche irgendwie anders wirkte, so aufgeräumt. Das war ein Zeichen, dass entweder Besuch da gewesen war oder dass es dicke Luft gegeben hatte. Beides löste bei seiner Mutter einen Putzfimmel aus.

Benny stellte die Milch zurück in den Kühlschrank und guckte in den Flur. Die Tür zum Zimmer seines Bruders war verschlossen. Es hatte also Ärger gegeben.

Normalerweise hätte das seine Neugier geweckt, aber heute nicht. Er war traurig, weil seine Freundin Anna tot war. Er konnte sich gar nicht vorstellen, sie nicht mehr wiederzusehen.

Die Lehrerin hatte am frühen Nachmittag von Annas Tod erfahren und daraufhin bei allen Kindern aus Annas Klasse angerufen. Sie hatte sie für den Nachmittag in die Schule eingeladen, um über Annas Tod zu sprechen. Bennys Vater hatte ihn hingefahren und war eine Zeit dabei geblieben. Aber weil er wieder weg musste, hatte die Lehrerin sich angeboten, ihn am Abend heimzubringen.

Er lauschte und hörte, wie seine Mutter die Lehrerin verabschiedete, dann kam sie zu ihm in die Küche.

"Schatz, es tut mir so leid, dass deine Freundin gestorben ist. Deine Lehrerin hat mir erzählt, dass ihr heute Nachmittag viel über den Tod gesprochen habt und dass ihr Anna Abschiedsbriefe geschrieben habt."

Benny nickte. "Hoffentlich sagt der liebe Gott ihr, dass wir immer an sie denken."

"Bestimmt, Schatz."

"Ich versteh nicht, warum er es erlaubt hat, dass sie Nüsse isst. Er muss doch gewusst haben, dass Anna keine Nüsse verträgt."

"Ja, das ist sehr schwer zu verstehen. Ich frag mich, ob wir jemals so klug werden, das zu verstehen."

"Also verstehen Erwachsene das auch nicht?"

"Erwachsene verstehen auch nicht alles. Manchmal bleibt uns nur, uns gegenseitig zu trösten."

Benny nickte. "Meinst du, Anna geht es gut im Himmel?"

"Ja, das glaube ich." Sie strich ihm über den Kopf.

"Ich bin froh, dass es ihr gut geht, ich habe nämlich Hunger."

"Dann essen wir beide jetzt. Der Papa ist noch mal weg und Manuel bleibt heute Abend in seinem Zimmer."

"Gab es Ärger?"

"Ja, schlimmen Ärger. Aber davon wollen wir heute nicht reden, obwohl es ein wichtiges Thema ist, von dem du wissen sollst. Aber das verschieben wir noch ein oder zwei Tage."

"Heute trösten wir uns wegen Anna?"

"Genau. Heute trösten wir uns wegen Anna. Räum deine Schultasche auf, die du vorhin in den Flur geschmissen hast, ich mache inzwischen Abendessen für uns zwei."

Während seine Mutter einen vorgebackenen Pizzaboden mit Gemüse, Salami und Käse belegte, ging Benny mit seinem Schulranzen in sein Zimmer. Er nahm die Schulbücher heraus und legte sie auf den Schreibtisch. Dann fingerte er im Seitenfach. Da waren ja noch die restlichen Zuckersteinchen, stellte er zufrieden fest. Er war kurz versucht, eines in den Mund zu stecken. Ach nein, er bekam ja gleich was zu essen. Und so was Besonderes wollte er auch für eine besondere Gelegenheit mit seinen Freunden aufheben.

Als Joan aufwachte, war das Erste, was sie wahrnahm, modriger Pflanzengeruch. Sie blinzelte. Die Sonne stand bereits schräg am Himmel und schien durch das Blätterdach über ihr.

Sie war in der Nacht ein paar Hundert Meter Richtung Waikiki geschwommen und dann am Strand entlang noch ein Stück weiter Richtung Diamond Head, dem Vulkanberg, gelaufen.

Sie hatte erst gar nicht gemerkt, wie erschöpft sie vom Schwimmen war. Das Bild der zwei Toten war ihr nicht aus dem Kopf gegangen. Hatte der Mann, den sie aus ihrem Traum kannte, die beiden Männer umgebracht?

Am Ende hatte sie sich, entkräftet und nass, wie sie war, auf die Suche nach einem Versteck zum Übernachten gemacht. Sie hatte es schließlich in einem Hotelgarten in der dritten Reihe vom Strand zwischen ein paar Zierbananenstauden gefunden. 'Hawaiian Pearl Hotel", hatte sie über der Poolbar des Hotels gelesen.

Sie hatte nicht gedacht, dass sie in einer milden Hawaiinacht so frieren konnte, doch die über Stunden nassen Klamotten am Körper hatten sie ausgekühlt. Sie hatte nur wenig geschlafen, war immer wieder aufgewacht, nicht nur wegen der Kälte, sondern weil Träume sie quälten - zuerst war da wieder die lustvolle Szene mit dem Unbekannten gewesen, doch dann war da plötzlich Wasser um sie herum, überall nur Wasser, und es schwappte über ihren Kopf, sodass sie sich verschluckte und voller Panik aufwachte.

Jetzt war sie dankbar für die wärmenden Strahlen, die den Weg durch die Pflanzen zu ihr nach unten fanden.

Vorsichtig lugte sie aus ihrem Versteck. Das Hotel war frisch gestrichen, doch konnte die Farbe nicht über den baufälligen Zustand des Gebäudes hinwegtäuschen.

Behutsam, um nichts zu zerstören und um nicht entdeckt zu werden, kroch sie aus ihrem Pflanzennest. Zum Glück war ihr Kleid bunt gemustert und absolut bügelfrei, dachte sie, während sie sich abklopfte und Richtung Tor ging.

In diesem Moment hörte sie Klirren hinter sich und drehte sich um. Da kam jemand mit einem beladenen Tablett den Pfad entlang. Zum Verstecken war es zu spät.

Nur nicht auffallen, sagte sie sich und straffte ihre Schultern, während sie weiter auf den Ausgang zuschlenderte. Als der Kellner mit dem Tablett sie passierte, nickte sie nur freundlich und ging weiter.

Sie zählte bis zehn, bevor sie sich umdrehte. Sie sah, wie der Kellner an eine Tür klopfte und dann mit dem Tablett in dem Appartement verschwand. Jemand ließ sich offensichtlich das Frühstück im Zimmer servieren. Hungrig dachte Joan an den Orangensaft und das Omelett, das sie auf dem Tablett gesehen hatte. Doch von so etwas konnte sie nur träumen.

Sie sollte froh sein, dass man sie nicht entdeckt hatte und sich lieber so schnell wie möglich aus dem Staub machen, sagte sie sich und beschleunigte ihren Schritt ein wenig.

Als sie durch das Tor nach draußen auf die Straße treten wollte, wurde sie von einem Jogger angerempelt. Der Mann trug eine Baseball-Kappe und eine Sonnenbrille, unter den Arm hatte er eine Zeitung geklemmt.

"Oh, Entschuldigung", sagte Joan ganz automatisch, aber der Mann drehte sich stumm von ihr weg und verschwand in der Hotelanlage.

Joan zuckte mit den Schultern und ging die Straße vor bis zur nächsten Querstraße Richtung Strand. Sie hoffte, irgendwo eine Touristeninformation zu finden, denn sie brauchte einen Stadtplan und einen Inselplan, um ihren Weg von hier aus zurück an die Nordküste zu finden. Den Fremden aus ihrem Traum weiter zu suchen, schien ihr nicht ratsam. Offensichtlich hatte er einen Weg gefunden, sich selbst zu helfen, und dabei zwei Männer getötet. Sie schauderte, und mit so einem hatte sie geschlafen, jedenfalls in ihrem Traum. Wollte sie wirklich, dass dieser Mann ihr den Weg zu ihrer vergessenen Vergangenheit zeigte?

Als sie die Kalakaua Ave, die parallel zum Strand verlief, erreichte, waren schon viele Touristen unterwegs. Ein Sonnenbrand ließ sich eben am besten beim Shoppen in einem klimatisierten Einkaufscenter kurieren, dachte Joan und seufzte. Jedenfalls, wenn man Geld hatte.

Joan ließ sich ein Stück im Menschenstrom treiben und hielt Ausschau nach einem Zeitungsstand, vielleicht stand ja schon etwas über die beiden Toten von der Jacht in der Zeitung. Vielleicht auch über den Mann aus ihrem Traum.

Als sie schließlich einen Kiosk für Zeitungen und Mitbringsel fand, überflog sie schnell die Schlagzeilen in den Morgenzeitungen. Von den beiden erschossenen Männern auf der Hawaiian Star wurde nicht berichtet. Der Kriegsveteran hatte die Polizei also nicht sofort gerufen, dachte Joan, und so waren die Leichen entweder noch gar nicht oder zu spät für die Morgenzeitungen gefunden worden.

Die größte Schlagzeile der Lokalpresse war, dass sich der Todestag von Mark Foo morgen jährte - er war ein hawaiianischer Surfer und

Reporter gewesen, der im Jahr zuvor in Kalifornien von einer Riesenwelle erschlagen worden war.

Und nun erwartet Hawaii Riesenwellen, las Joan. Wenn Sie kamen, dann würde Waimea an der Nordküste von Oahu brechen. Da wo Mark Foo eigentlich zu Hause gewesen war.

Weiter unten auf der Frontseite des Honolulu Advertiser weckte ein Foto Joans Aufmerksamkeit. Es zeigte eine junge, hellhaarige Frau mit einem Pflaster an der Stirn und irgendetwas Merkwürdigem auf dem Kopf, die in einem Krankenhausbett saß. Glückspilz des Monats war die Überschrift. Jennifer White, las Joan unter dem Bild, hatte erst vor Kurzem einen Flugzeugabsturz überlebt und nun war sie Opfer eines Überfalls geworden. Joan suchte den dazu gehörenden Artikel. Jennifer White, las sie, arbeitete seit ihrem Flugzeugabsturz im Turtle Bay Hilton und wohnte in der Anlage mit einigen anderen Angestellten zusammen in einem Bungalow. Sie war dort von zwei als Weihnachtsmänner verkleideten Unbekannten überfallen worden. Ihre Rettung war ein Kollege, der kam, um sie zu ihrer Vorführung als Feuerspuckerin abzuholen. Die Weihnachtsmänner flohen unverrichteter Dinge.

Joan sah sich das Foto der Frau noch einmal genauer an: Das schienen Kopfhörer mit Ohren zu sein, die die Frau auf dem Kopf trug. Das eine Ohr stand steil nach oben gerichtet, das andere hing traurig herunter.

Plötzlich wurde Joan schwindelig und sie musste sich festhalten. Sie kannte die Frau! Aber als sie sie das letzte Mal sah, hatten beide rosafarbenen Plüschhasenohren kerzengerade vom Kopf weggestanden und die Frau hatte ihr beinahe über die Schuhe gekotzt. In einem Flugzeug.

9 Drogen, Geld und kalte Füße
Romantikthriller

Es war ein langer Fußweg gewesen, doch nun stand Joan endlich vor dem Krankenhaus in der South King Street in Honolulu. Auf der Karte, die sie im Touristenbüro erhalten hatte, sah sie, dass das Krankenhaus gar nicht weit von Chinatown lag. *Chinatown* erinnerte sie an chinesisches Essen und ihr Magen verkrampfte sich vor Hunger.

Joan war quer durch Waikiki zurück in Richtung Ala Wai und dann vom Strand weg ins Herz von Honolulu gegangen und überall hatte es nach gebratenem Speck oder Pfannkuchen mit süßem Sirup gerochen, jedenfalls war es ihr so vorgekommen. Ihre Füße taten weh, von den Sohlen ihrer Flipflops war nur noch wenig übrig. Es war, als liefe sie barfuß auf dem nackten Asphalt, und das rohe Fleisch trat hervor, da wo der Zehensteg die Haut weggerieben hatte.

Die Sonne hatte inzwischen beinahe den Höchststand erreicht und Joan fühlte sich heiß und erschöpft. Sie wusste, sie musste dringend etwas trinken, wenn sie nicht wegen Dehydrierung umkippen wollte.

Sie holte tief Luft und strich ihr Kleid glatt. Einen Fuß vor den anderen bewegte sie sich langsam in das Gebäude. Der Schatten tat ihr gut und der Geruch nach Sauberkeit und Desinfektionsmittel gaben ihr ein Gefühl von Sicherheit - für den Fall, dass sie tatsächlich umkippen sollte, wäre sie hier richtig.

Als sie sich in der Eingangshalle umschaute, sah sie als Erstes ein Schild, das zur Notaufnahme wies, und am liebsten wäre sie dorthin gegangen und hätte sich in helfende Hände fallen gelassen. Doch sie riss sich zusammen. Bevor sie nicht wusste, wer sie war, durfte sie niemandem vertrauen.

Sie atmete tief ein. Rechts von ihr war die Rezeption, eine Frau in einem weißen Kittel und streng zurückgebundenen schwarzen Haare konzentrierte sich auf den Computerbildschirm vor ihr. Joan sah sich nach einer Toilette um. Gott sei Dank, da vorne war ein Schild, das ihr die Richtung zeigte.

Die Dame im weißen Kittel am Empfang sah in diesem Augenblick auf. Joan nickte ihr lächelnd aber bestimmt zu, und sagte, sie käme gleich. Sie spürte die Blicke der Frau im Nacken, als sie mit trotzig erhobenem Kopf in der Damentoilette verschwand.

Sie konnte sich nicht erinnern, schon mal so glücklich gewesen zu sein, einen Wasserhahn zu sehen. Sofort ließ sie das süße, kühle Nass über ihr Gesicht, in den Mund, in den Nacken und über die Unterarme laufen. Immer wieder trank sie und am liebsten hätte sie sich nackt ausgezogen und in das Waschbecken gelegt. Gott, sie hatte sich noch nie so wohl gefühlt.

Sie merkte gar nicht, wie die Tür aufging und eine Mutter mit zwei kleinen Kindern den Waschraum betrat. Erst als sie zwischen den Schlucken die kleinen Füße neben den ihren am Boden sah, blickte sie auf.

"Mami, wieso hat die Frau so komische Haare?", fragte der etwa Fünfjährige seine Mutter in diesem Moment, und die Mutter nahm ihn bei der Hand und zog ihn von der Fremden weg. Seine kleine Schwester betrachtete sie neugierig, während sie in der Nase bohrte.

"Entschuldigen Sie bitte", sagte die Mutter und schob die beiden Kinder in die geräumige Kabine für Behinderte, wo sie zu dritt genug Platz haben würden, dann schloss sie die Tür.

Joan sah in den Spiegel, und wirklich, sie sah nicht gerade vertrauenerweckend aus, ihre honigblonden Haare waren ein wildes Gestrüpp über einem heiß geröteten Gesicht. Aber ihr fiel auch auf, dass ihr Gesicht in den letzten Wochen mehr Kontur gewonnen hatte. Das viele Zufußgehen und die obstreiche Ernährung hatten ihr wohl gut getan.

Sie seufzte zufrieden und spritzte sich noch einmal Wasser ins Gesicht und auf die Arme, dann begann sie, ihre Mähne mit den Fingern in Form zu ziehen. Mit wenig Erfolg. Sie zuckte die Schultern: Besser ging es jetzt eben nicht.

Sie verschwand in die zweite Kabine und schloss hinter sich ab. Nur zwei Minuten sitzen, schwor sie sich, dann würde sie Jennifer White suchen gehen.

Sie hörte, wie die Tür der Nachbarkabine geöffnet wurde, dann drehte jemand das Wasser auf, Mutter und Kinder wuschen sich offensichtlich die Hände. Als sie hörte, dass die Drei langsam zum Ende kamen, quälte sich Joan wieder auf ihre wunden Füße und wartete sprungbereit hinter ihrer Kabinentür. Als die Drei hinaus in den Krankenhausflur traten, folgte ihnen Joan direkt auf dem Fuße. Sie sah, dass ihre Vorsicht gar nicht notwendig war, denn die Dame am Empfang war gerade mit einem älteren Ehepaar beschäftigt, und so entging ihr, wie Joan zusammen mit der Mutter und den Kindern den nächstgelegenen Fahrstuhl betrat.

"Ich besuche meinen Opa", sagte sie, als müsste sie sich rechtfertigen, als die Mutter sie beunruhigt anschaute – wohl, weil sie mit ihnen zusammen den Fahrstuhl im zweiten Stock verließ.

"Auf der Entbindungsstation?", fragte die.

Jetzt erst sah Joan das Schild. "Ich meine, ich suche meinen Opa, weil er bei meiner Schwester zu Besuch ist." Bevor sie noch mehr Mist erzählte, trat sie schnell rückwärts in den Fahrstuhl zurück, dessen Türen, sich gnädig vor ihr schlossen.

In welche Abteilung werden Menschen nach einem Überfall gebracht?, fragte sie sich und studierte die Schilder neben den Knöpfen. Sie entschloss sich, es in der Unfallchirurgie zu versuchen, denn laut Zeitungsartikel hatte Jennifer White eine leichte Gehirnerschütterung.

Und sie hatte Glück. Als sie das nächste Mal aus dem Fahrstuhl in einen Flur trat und den Gang hinunterblickte, sah sie eine uniformierte Polizistin vor einem der Zimmer stehen.

Joan sprang zurück. Das war bestimmt Jennifer Whites Zimmer. Wahrscheinlich hielt man sie für gefährdet und hatte die Polizistin zu ihrem Schutz abgestellt.

Joan schaute wieder um die Ecke. Wie sollte sie bloß an der Polizistin vorbei zu Jennifer White kommen?

Doch darüber musste sie sich nicht lange Gedanken machen, denn die Tür ging auf und Jennifer White trat mit einem hellblauen, leichten Bademantel bekleidet und mit den asymmetrischen Plüschohr-Kopfhörern auf dem Kopf auf den Flur. Die Polizistin wollte sie zurück in das Zimmer drängen, doch Jennifer ließ sich nicht beirren. Sie sang zu einer Musik, die nur sie hörte, "I can't get no satisfaction" und kam geradewegs in Joans Richtung gewippt, während die Polizistin beschwörend auf sie einredete.

Joan wollte zurück in den Aufzug springen, aber bevor sie ihn erreichte, schloss sich die Tür hinter ihr und sie hatte keine Rückzugsmöglichkeit mehr.

In diesem Moment blickte Jenny auf und auf ihrem Gesicht wollte sich ein Ausdruck ungläubigen Erstaunens ausbreiten.

Oh nein. Joan gab ihr mit der Hand Zeichen, sie nicht zu verraten und drehte sich zum Fenster.

Jenny blinkte zweimal, dann ging sie weiter, als wenn nichts wäre.

Doch die Polizistin hatte ihr Zögern bemerkt und blickte jetzt auch zu ihr.

Joan tat so, als schaute sie gelangweilt aus dem Fenster. Im Augenwinkel sah sie, dass die Polizistin sie musterte und auf die andere Seite von Jennifer White wechselte, sodass sie eine Barriere zwischen Joan und Jenny bildete. Die beiden blieben gerade mal zwei Meter von Joan entfernt vor dem Fahrstuhl stehen.

Verdammt, wie kam sie bloß an die Plüschohr-Frau heran, fragte sich Joan. Jetzt war sie so nah und sie konnte nicht mit ihr sprechen.

Es schien eine Ewigkeit zu dauern, bis der Aufzug wieder kam - er surrte irgendwo hinter der Metalltür. Jenny hatte wieder zu singen begonnen, die Polizistin schnaufte. Dann endlich gongte es und der Aufzug war da.

Als Jenny und die Polizistin hinter der Aufzugtür verschwunden waren, schlenderte Joan zu Jennys Zimmertür. Sie sah sich um. Niemand sonst war auf dem Flur.

So ein Glück. Sie drückte die Klinke herunter und öffnete die Tür.

Sie würde schon einen Platz finden, wo sie auf Jennifer Whites Rückkehr warten konnte, sagte sie sich und verschwand in dem Zimmer.

Als Jay erwachte, war es um ihn herum dunkel, nur durch eine Ritze zwischen den schweren Vorhängen schnitt ein Lichtstreifen. Es dauerte einige Minuten, in denen Jay den tanzenden Staub in dem Lichtstreifen beobachtete, bis er soweit bei Bewusstsein war, dass er sich fragte, wo er hier war und was er hier machte. Draußen war anscheinend heller Tag und die Sonne schien, aber er war hier irgendwo, wo die Luft schwer und stickig und trotzdem kalt war.

Jay wollte sich aufrichten, doch schon bei der ersten Bewegung ließen ihn stechende Schmerzen in seinem Kopf und am Körper zurückzucken. Jedenfalls war er nicht gefesselt und er lag weich, wo auch immer das war, stellte er fest.

Jay atmete vorsichtig, während er versuchte, sich zu erinnern. Da waren schwere Schnürstiefel gewesen, die nach ihm traten, und Schmerzen, jede Menge Schmerzen. Er sah wieder die Gesichter der drei Männer über den Stiefeln und ihm fiel ein, dass ihn zwei der Männer gekidnappt und auf eine Motorjacht in Haleiwa verschleppt hatten. Mit einem Schlag wusste er wieder alles - dass er in Hawaii war und mit Jennifer White hatte reden wollen – die Frau, die Jana das letzte Mal gesehen und gesprochen hatte, bevor sie mit dem Flugzeug abgestürzt waren. Doch bevor er die Frau sprechen konnte, war er von den falschen Polizisten entführt worden.

Er sah wieder Janas Gesicht, wie es im Schein der Lampe plötzlich aufgetaucht war, als er im Hafen von Haleiwa vor den Männern fliehen wollte und zur Mole gerannt war. Gott sei Dank, Jana lebte. Aber was machte sie dort am Abend im Hafen von Haleiwa und warum hatte sie sich nach dem Flugzeugabsturz nicht gemeldet?

Jay wagte einen zweiten Versuch sich aufzusetzen, aber erst beim dritten Mal schaffte er es bis auf die Füße und humpelte barfuß in Richtung des Lichtscheins.

Als er die Vorhänge beiseiteschob, blendete ihn im ersten Moment die gleißende Helligkeit, die von draußen über ihn fiel, dann – als er seine Augen an das Licht gewöhnt hatte - war es der verzaubernde Anblick von Hibiskus und Bougainvillea und nebelverhangenen Bergen im Hintergrund.

Diese Berge hatte er schon vom Auto aus gesehen, als er von Waikiki Richtung Nordküste gestartet war, aber da war er viel weiter weg von ihnen gewesen. Er war hier also im Hinterland von Honolulu. Aber wie war er hier hergekommen?

Er sah sich um und stellte fest, dass er sich in einem großen Schlafzimmer befand. Da waren Zeichnungen mit Hula-Szenen und holzgeschnitzte Figuren im polynesischen Stil. Die Tagesdecke auf dem Bett war bunt bedruckt – ein Gemenge aus riesigen, grünen Blättern und roten Hibiskusblüten.

Er sah an sich herunter und war froh, dass er noch seine Kleidung trug, auch wenn sie verschmutzt und zerdrückt waren. Nur seine Schuhe standen ungewohnt ordentlich nebeneinander auf dem Bettvorleger.

An seinem Ärmel entdeckte er einen Blutfleck, und als er darunter die Haut untersuchte, fand er mehrere Einstichstellen. Sie hatten ihm also, nachdem sie ihn bewusstlos geschlagen oder getreten hatten, irgendetwas gespritzt.

Jay ging zur Tür und drückte vorsichtig die Klinke. Er hatte erwartet, dass die Tür verschlossen war – umso überraschter war er, dass sie sich öffnen ließ. Er durchquerte den Flur – auch hier war niemand. Als er an einem Spiegel vorbeikam, sah er in ein verbeultes, unrasiertes Gesicht. Schlimm, aber besser, als er erwartet hatte.

Die Tür zum Wohnzimmer stand offen und er ging hinein. Es wirkte hell und freundlich mit einer großzügigen Couchgarnitur und viel polynesischer Dekoration. Auch hier war niemand.

Offensichtlich wurde er hier in einem Haus gefangen gehalten, dachte Jay. Er ging zur Haustür am Ende des Flurs. Doch auch die ließ sich öffnen und schon stand er draußen blinzelnd im Sonnenlicht.

Irgendwo musste doch der Haken sein, sagte er sich. Doch da war kein Gartentor, nur eine niedrige, frisch gepflanzte Hibiskushecke, da war kein elektrischer Zaun, kein Wachhund – nichts, was ihm den Weg in die Freiheit versperrte. Als er zurück ins Haus ging, sah er außen an der Haustür eine schmiedeeiserne 5 an der Wand.

Wie kam er bloß hier her? Und warum war er hier?

Wieder ging er von Zimmer zu Zimmer, diesmal suchte er Hinweise auf Mitbewohner oder auf die Leute, die ihn hierher gebracht hatten. Doch da war nichts Persönliches, nichts, was irgendeinen Hinweis gab. Wer immer ihn hierher gebracht hatte, hatte darauf geachtet, nichts zu hinterlassen.

Neben dem Telefon fand er eine Liste mit Telefonnummern, darunter die Nummer einer Villenvermietung. Er wählte die Nummer und wartete, dass jemand abhob. Eine Mrs. Hawk von der Hibiskus-Ferienvillenzentrale meldete sich und erklärte ihm mit rauchiger Stimme, dass das Haus Nummer 5 von Mr. und Mrs. Smith aus Minnesota gemietet und im Voraus bezahlt worden war.

Er bedankte sich und setzte sich auf die Couch im Wohnzimmer.

Auf dem Tisch lag die Fernbedienung für das TV-Monstrum auf der gegenüberliegenden Seite des Raums. Er nahm sie und suchte einen Nachrichtensender. Werbung auf allen Kanälen. Er ging in die Küche und fand Portionspäckchen Nescafé und einen Wasserkocher.

Als er mit einer dampfenden Tasse Kaffee ins Wohnzimmer zurückkam, hatten die lokalen Nachrichten gerade angefangen und es wurden die zwei Opfer eines Doppelmordes auf einer Jacht im Ala Wai Hafen gezeigt. Jay hielt unwillkürlich die Luft an, als er seine Kidnapper erkannte.

Die Nachrichten wurden von einer Werbung für Windeln unterbrochen.

Verdammt. Was war seit gestern passiert? Doch das Letzte, an das er sich erinnerte, waren die Stiefel, die nach ihm traten. Da hatten diese Männer noch gelebt.

Nach Bildern mit glucksenden, fröhlichen Babys, die jetzt für eine Automarke warben, wurde die Nachrichtensendung fortgesetzt. Man hatte neue Informationen zu dem Doppelmord, der heute vor dem Morgengrauen entdeckt worden war, und bat die Bevölkerung um Mithilfe. Plötzlich war da ein Foto von ihm mit seinem Namen darunter. Dieser Mann werde im Zusammenhang mit dem Doppelmord auf der Jacht und dem Überfall auf Jennifer White am Vorabend auf dem Gelände des Turtle-Bay-Hilton-Hotels im Norden der Insel gesucht, sagte die Nachrichtensprecherin. Er sei möglicherweise selbst das Opfer einer Entführung, und die Entführer waren die beiden ermordeten Männer, die sich im Turtle Bay Hilton als Polizisten ausgegeben hatten. Ein Bild von Jennifer White wurde eingeblendet, es zeigte sie bei ihrer Genesung im Krankenhaus.

Jay schaltete den Fernseher aus und ging ins Bad. Was war mit dem dritten Mann auf der Jacht, mit Brown? Hatte der die beiden Männer umgebracht und ihn hierher verfrachtet?

Jay wusch sich das Gesicht. Er musste zu Jennifer White, musste hören, was die Männer sie gefragt hatten, als sie sie überfielen.

Jay schaute sich um. In einem der Spiegelschränkchen im Bad fand er eine Notfallbox mit Pflaster und Verbandszeug. Auch wenn er fand, dass er mit den Prellungen und dem Bartschatten im Gesicht kaum Ähnlichkeit mit dem gesuchten Mann auf dem Polizeifoto hatte, klebte er sich ein großes Pflaster über eine Augenbraue und wickelte sich einen Verband um den Kopf. So würde er in einem Krankenhaus nicht weiter auffallen.

Als er sich bückte, um die Verpackungsreste des Pflasters in den Abfalleimer unter dem Waschbecken zu werfen, sah er hinter dem Eimer etwas Rosafarbenes hervorblitzen. Er schob den Abfalleimer beiseite. Da stand ein großer, rosafarbener Hundenapf.

Jana hatte ihre Inselkarte in Jennifers Krankenzimmer vergessen und tausend Gedanken stoben ihr durch den Kopf, so bemerkte sie nicht, dass sie in ihren kaputten Flipflops nach Nordwesten in Richtung Chinatown stolperte, statt zum Ala Moana Shopping Center südöstlich der Klinik. Jenny hatte ihr ein paar Dollar gegeben, damit sie nicht trampen musste - am Ala Moana Shopping Zentrum sei ein großer Busbahnhof, hatte sie gesagt.

Jennifer hatte viel Licht in das Dunkel ihrer Erinnerungen gebracht. Wissen um ihr Leben, das sie schon längst hätte zurückhaben können, wenn ihre Mitbewohner ehrlich zu ihr gewesen wären, dachte Jana. Warum hatten sie sie Joan genannt statt Jana? Und warum hatten sie behauptet, sie hätte ihr Gedächtnis bei einem Bootsunfall verloren, statt ihr zu sagen, dass sie mit dem Flugzeug abgestürzt war? Vermutlich hatten ihre Mitbewohner sie nach dem Absturz irgendwo aufgefischt. Aber warum hatten sie ihr nicht die Wahrheit gesagt?

Jana, flüsterte sie. Sie horchte in sich hinein, ob der Name weitere Erinnerungen weckte, doch da war nichts. Immerhin wusste sie von Jennifer, dass sie nicht vor der Polizei davon gelaufen war, als sie nach Hawaii kam, sondern vor ihrem zukünftigen Ehemann.

Warum bloß? Das hatte Jenny ihr nicht beantworten können. Aber sie erinnerte sich an den Namen des Verlobten, den sie im Flugzeug erwähnt hatte: Jay. Sie hatte einen Jay vor dem Standesamt versetzt und sie war nicht glücklich gewesen, allerdings auch nicht besonders redselig.

Jana war in Gedanken und achtete kaum auf die Gegend, in der sie war. Erst als sie einen goldfarbenen Buddha vor einem Geschäft stehen sah und daneben brennende Räucherstäbchen, blickte sie sich um. Wo war sie hier?

Überall sah sie asiatische Schriftzeichen und es wurde ihr klar, dass sie hier falsch war. Sie sah sich um und war erleichtert, als sie gar nicht weit entfernt eine Bushaltestelle sah. Alle Buslinien fuhren zum Ala Moana Zentrum, hatte Jennifer gesagt. Und dort konnte sie dann den Bus nehmen, der an die Nordküste fuhr.

Sie stellte sich zu dem bunten Gemisch der Wartenden – die einen trugen bunt bedruckte Hemden und Shorts oder Kleider, die anderen waren in Business-Anzug oder -Kostüm gekleidet.

"Joan?" Beim Klang des Namens, an den sie sich inzwischen gewöhnt hatte, drehte sie sich um und sah Lance in seinem Sportwagen. Neben ihm hatte er wie immer eines seiner Mädchen dekoriert, die Heutige war blond und sah aus wie fünfzehn.

"Lance, was machst du denn hier?" Sie bemühte sich um einen freundlichen, unverbindlichen Ton, aber eigentlich mochte sie ihn nicht.

"Dasselbe könnte ich dich fragen. Wo ist Sandy?" Sein Lächeln schien ihr genauso falsch wie ihre aufgesetzte Freundlichkeit.

"Keine Ahnung. Ich nehme an zu Hause."

"Da fahren wir gerade hin. Steig ein, wir nehmen dich mit."

Das war verlockend, denn wenn Lance sie mitnahm, wäre sie viel schneller in Haleiwa – und noch viel schneller dort wieder weg, denn Jenny hatte ihr den Schlüssel zu ihrem Zimmer im Angestelltenbungalow des Turtle-Bay-Hilton-Hotels gegeben. Sie fragte sich nur, wo sie in diesem Zweisitzer Platz nehmen sollte.

Lance schien ihre Gedanken zu lesen. "Bellinda, steig aus."

Die junge Blondine sah ihn entsetzt an.

"Jetzt mach schon. Du kannst in meine Wohnung gehen, ich komm nach. Vögeln können wir auch da." Er griff über Bellinda hinweg und öffnete die Tür. Die sprang schnell hinaus – wahrscheinlich hatte sie die Erfahrung gemacht, dass er sie hinausschubsen würde, wenn sie nicht schnell genug war.

Jana zögerte kurz, dann nickte sie Bellinda entschuldigend zu und stieg ein. Kaum hatte sie sich in den kunstledernden Beifahrersitz fallen gelassen, ließ Lance den Wagen aufheulen und fuhr los. Jana beschlich ein ungutes Gefühl.

Als Jay unbemerkt in das Krankenzimmer schlüpfte, blätterte Jennifer White gerade in einem Klatsch-Magazin. Er hatte den Moment genutzt, als die Polizistin in der Damentoilette am anderen Ende des Ganges verschwunden war.

Jennifer bemerkte ihn erst gar nicht, denn sie hörte Musik über Kopfhörer, während gleichzeitig der Fernseher lief. Erst als sie im Augenwinkel eine Bewegung wahrnahm, schrak sie zusammen.

"Hab keine Angst." Jay hob beschwichtigend die Hände. "Ich bin der Verlobte von Jana Reissig, der Deutschen, die im Flugzeug neben Ihnen saß."

"Was?" Sie verstand kein Wort.

Er zeigte auf ihre Kopfhörer.

"Ach so." Sie nahm die Plüschhasenohren vom Kopf. Aber immer noch dröhnte der Fernseher. Während Jenny in den Falten der Bettdecke nach der Fernbedienung suchte, sah Jay, dass in den Nachrichten über den Mord an einem Hotelbesitzer in Waikiki berichtet wurde. Der Mann, Rosenberg war sein Name, war heute Vormittag in seinem Büro erstochen aufgefunden worden und neben ihm hatte man einen Artikel über eine islamische Terroristengruppe gefunden, herausgerissen aus der heutigen Tageszeitung.

Jennys Suche nach der Fernbedienung war schließlich erfolgreich und sie schaltete das Gerät auf stumm. Der Mund der Reporterin, die vom Tatort berichtete, bewegte sich tonlos.

"Wer sind Sie?"

Jay wiederholte seine Vorstellung.

Sie begann sofort, zu strahlen. "Ist das nicht wunderbar, dass Jana noch lebt?"

"Sie wissen das?"

"Ja, sie war eben hier."

"Hier im Krankenhaus?"

"Ja, hier im Zimmer. Vor einer halben Stunde ist sie weggegangen. Wir haben die Polizistin vor der Tür ganz schön ausgetrickst …" Sie schlug sich mit der Hand auf den Mund, als ihr einfiel, dass Jana ihr im Flugzeug erzählt hatte, dass ihr Beinahe-Ehemann bei der Kriminalpolizei arbeite.

"Geht es ihr gut? Wieso hat sie sich nicht bei der Polizei gemeldet? Warum will sie die ganze Welt in dem Glauben lassen, sie sei bei dem Absturz ums Leben gekommen?"

Jenny hörte Besorgnis, aber auch Traurigkeit und Enttäuschung. "Aber das wollte sie doch gar nicht." Sie legte ihre Hand auf seinen Arm.

"Sie hat ihr Gedächtnis verloren. Sie wachte nach dem Absturz bei irgendwelchen Freaks von der Nordküste auf und konnte sich an nichts erinnern."

Sie berichtete ihm, was sie zuvor von Jana über ihr Leben an der Nordküste erfahren hatte.

"Aber jetzt, wo sie weiß, wer sie ist, hätte sie sich doch sofort bei der Polizei melden können." Er zeigte in Richtung Tür. "Schließlich hätte sie nicht weit gehen müssen."

Jenny zuckte mit den Schultern. "Sie sagte, sie wolle zuerst Klarschiff mit ihren Mitbewohnern machen und sich dann erst bei der Polizei melden. Sie will sie nicht in Schwierigkeiten bringen, schließlich haben sie ihr das Leben gerettet, egal was für Idioten sie sonst so sind."

Als Jay Jenny verließ, sah er im Hinausgehen auf dem Fernsehbild eine Zeichnung eingeblendet, die offensichtlich nach einer Zeugenbeschreibung angefertigt worden war. 'Charterer noch immer gesucht', stand darunter. Die Zeichnung hatte große Ähnlichkeit mit Brown, fand Jay.

Es war Mitternacht und Melzer hing in den Seilen. Das war untypisch für ihn, denn Kommissar Melzer aus Rosenheim war aus Prinzip fröhlich und optimistisch – egal, was sein harter Arbeitsalltag ihm manchmal abverlangte. Aber jetzt machte er sich Sorgen und statt den freien Abend, den es selten genug gab, in seinem Schottenkaro-Morgenmantel und Plüschtigerpantoffeln zu verbringen, war Melzer beim Kofferpacken.

Den ganzen Abend hatte er versucht, Jay zu erreichen. Seit seinem Anruf, als Jay gemeint hatte, Jana an einer Bushaltestelle gesehen zu haben, hatte er nichts mehr von ihm gehört. Melzer hatte seinen Bekannten beim FBI angerufen, aber auch der konnte oder wollte ihm nichts sagen. Schließlich war Melzer zu dem Schluss gekommen, dass er nach Hawaii fliegen musste, um Jay wie auch immer beizustehen. Auf ein Weihnachten bei seiner Schwester, mit ihren rotzfrechen Kindern und dem tollen Hecht von einem Ehemann, hatte er sowieso keine Lust. Beim letzten Familientreffen hatten sie ihn überredet, in ihr Baumhaus zu klettern, und dann die Leiter versteckt.

Dieses Jahr hatte er wenigstens einen guten Grund, Schwesterchens Weihnachtsfeier fernzubleiben. Aber das schreckliche Hawaiihemd, das sie ihm letztes Jahr geschenkt hatte, würde er mitnehmen. Die Hawaiihemden in Hawaii würden sich vielleicht über einen Heimkehrer freuen und eine Party feiern. Würde ihn nicht wundern, wenn dabei eines über den Jordan ginge, nämlich seines.

Melzers Telefon klingelte. Das würde Marion, eine frühere Klassenkameradin sein, die inzwischen ein Reisebüro in Schwabing hatte. Sie wohnte gleich oben drüber und er hatte sie vor einer Stunde aus dem Bett geklingelt.

"Und? Hast du einen Platz für mich gekriegt?"

Er hatte sie überreden können, im Schlafanzug nach unten in ihr Büro zu gehen und die Buchungssoftware anzuwerfen.

"Ja sicher. Aber dafür schuldest du mir mindestens einen singenden Plastik-Weihnachtsmann für mein Büro."

"Alles, was du willst."

"Gut, das ist die richtige Einstellung. Dein Reisepass mit Dauer-Visum ist noch gültig, hast du gesagt. Also …", sie blätterte durch die Unterlagen. "Du fliegst morgen Vormittag um 11 Uhr los, und zwar über New York nach Los Angeles. Von da aus geht es dann weiter nach Honolulu."

"Super. Und wie komme ich an die Tickets?"

"Die werden am Schalter für dich bereitliegen."

"Danke, das hast du toll organisiert. Ich fahre mit der Bahn zum Flughafen, Lust auf nen Kaffee um 6.30 Uhr am Ostbahnhof?"

"Tsssss. Vergiss den Weihnachtsmann nicht." Dann legte sie auf.

Melzer packte noch fertig, dann legte er sich aufs Ohr und fiel bald in einen unruhigen Schlaf.

Endlich, dachte Jana erleichtert, als sie das Ortsschild von Haleiwa sah. Gleich würde sie Lance los sein. Die Sonne hatte ihren Höhepunkt schon überschritten und sie wollte vor dem Dunkelwerden in ihrer neuen Unterkunft sein.

Dass sie zu Lance ins Auto gestiegen war, statt mit dem Bus zu fahren, hatte sie auf der Fahrt schon mindestens hundertmal bereut. Seine Anzüglichkeiten, seine Tätscheleien, seine indiskreten Fragen – dabei wollte sie doch einfach nur ihren Gedanken nachhängen. Jenny hatte ihr erste Antworten zu ihrer Herkunft gegeben, aber damit waren tausend neue Fragen aufgetaucht. Eine der wichtigsten war: War der Mann aus ihrem Traum, den es tatsächlich gab und der vor ihren Augen gekidnappt worden war, ihr Verlobter? War er Jay?

Wenn ja, wo war er jetzt?

Der Verkehr war schleppend, sie und Lance waren gefangen in der Blechkolonne, die Richtung North Shore rollte, doch da vorne würden sie gleich links abbiegen können und dann waren es nur noch ein paar Hundert Meter bis zum Haus.

Janas Blick fiel auf ein junges Paar, das Hand in Hand am Straßenrand stand und darauf wartete, dass sie die Straße überqueren konnten. Beide waren barfuß, wahrscheinlich kamen sie vom Strand, so wie die vielen anderen Menschen, die zu Fuß unterwegs waren und die entweder gerade vom Strand kamen oder zum Strand gingen – jeder wollte die großen Wellen sehen, die im Anrollen auf die North Shore waren. Die junge Frau hatte lange, blonde Locken, die ihr über die Schulter fielen. Der Mann war vom italienischen Typ, dunkel, mit kurzen schwarzen Haaren, bekleidet mit Bermudashorts und weißem

T-Shirt. Jana konnte den Blick nicht abwenden. Die beiden unterhielten sich und scherzten, als wären sie alleine auf der Welt, während der Verkehr langsam an ihnen vorbeirollte. Als Jana und Lance im Wagen an ihnen vorbeifuhren, lachte der Mann gerade über etwas, was seine Freundin gesagt hatte und er beugte sich zu ihr herunter, um sie zu küssen. Jana verspürte ein starkes schmerzliches Ziehen in der Brust, aber sie konnte den Blick nicht abwenden.

Auch Lance beobachtet das Paar.

"Was hältst du davon, noch einen kleinen Umweg zu machen?", hörte Jana ihn fragen. "Ich kenne da einen Platz, wo wir ungestört wären und unseren Spaß haben könnten."

Jana reagierte nicht, Lance hatte ihr die Frage auf der Fahrt schon mindestens zwanzigmal gestellt und sich inzwischen wohl daran gewöhnt, dass sie nicht darauf einging. Jedenfalls schien nichts seiner guten Laune anhaben zu können.

Als Lance wenige Minuten später den Wagen vor dem Haus ihrer Wohngemeinschaft zum Stehen brachte, sprang Jana aus dem Wagen.

"Danke dir sehr fürs Mitnehmen." Sie lief schnell zur Tür.

Um Lance sollten sich jetzt ihre Mitbewohner kümmern. Sie würde ihre drei Sachen packen, und sobald Lance sein Dope losgeworden war oder was er sonst heute mit den anderen zu tun hatte, würde sie mit ihren Mitbewohnern ein klärendes Wort sprechen und dann auch verschwinden.

Auch wenn sie von ihren Mitbewohnern ziemlich veräppelt worden war, wollte sie sie doch nicht ans Messer liefern. Sie würde mit ihnen reden und anschließend würde sie mit dem Bus zu Jennys Bleibe fahren. Erst dort würde sie sich weitere Schritte überlegen - zum Beispiel, wie viel sie der Polizei erzählen würde.

Als Jana die Tür öffnete und ein Hallo ins Haus rief, antwortete niemand. Sie wiederholte ihren Ruf, aber Sandy, Tom und Bill waren ausgeflogen.

Verdammt. Sie drehte sich um.

"Du, tut mir leid, Lance, die anderen sind anscheinend nicht da. Guck doch mal in Haleiwa, bestimmt sind sie gerade im Supermarkt." Sie hob den Arm, um zum Abschied zu winken, doch Lance stieg aus dem Auto und kam dessen ungeachtet zur Tür. Seine Cowboystiefel, die er tagein tagaus wie ein Markenzeichen trug, hinterließen tiefe Abdrücke im roten Staub. Dann klackten sie die Holzstufen hinauf.

"Aber ich kann doch hier warten."

Bevor Jana etwas sagen konnte, schob er sie ins Haus und schloss die Tür hinter sich.

Jana war klar, sie konnte jetzt nichts tun, außer Lance hinhalten und hoffen, dass ihre Mitbewohner bald zurückkämen. Sie bot ihm Kräutertee an, dann Schnaps, aber er wollte nichts – wahrscheinlich hätte sie sowieso beides nicht im Hause gehabt, aber sie hätte so tun können, als suche sie danach.

Sie machte den Fernseher an. Es war kurz vor halb vier, sah sie an der Uhr auf dem Nachrichtenkanal. Sie musste sich beeilen.

Sie beschloss, Lance einfach zu ignorieren und ging in ihr Zimmer. Sie sah, dass jemand das Plastikfenster, das sie gestern Abend herausgehoben hatte, in seinen Rahmen zurückgesetzt hatte. Sie hatten also gemerkt, dass sie nicht da war. Sie begann ihre wenigen Sachen in eine Plastiktüte, die sie aufgehoben hatte, als Tom ihr Thunfischdosen mitgebracht hatte, zu packen. Dafür benötigte sie genau zwei Sekunden. Sie ging zum Bett, um ihre Notizen einzupacken, die sie unter dem Kopfkissen versteckt hatte, aber die beschriebenen Papiertüten waren fort. Sie wollte sich gerade darüber aufregen, als sie Lances heißen Atem im Nacken spürte.

"Was willst du?", fragte sie ihn barsch. Seine Nähe verursachte ihr ein unangenehmes, klebriges Gefühl. Am liebsten hätte sie eine Dusche genommen, doch daran war überhaupt nicht zu denken mit ihm im Haus und einer defekten Badezimmertür. Was wollte der bloß von ihr, er hatte doch tausend Frauen und die waren alle jünger, schöner, dünner als sie.

"Was genau machst du da?", fragte Lance, und irgendwie war sein Gesicht überhaupt nicht freundlich. "Gehst du zu einer Wäscherei?"

"So ähnlich. Ich ziehe aus."

Sie schaute sich um, ob noch irgendetwas in dem Zimmer ihr gehörte, und bemerkte nicht, dass sich Lances Gesichtsausdruck weiter verhärtete.

Sie fragte sich, ob sie noch irgendetwas dabei gehabt hatte, als ihre Mitbewohner sie gefunden hatten, wo immer und wie immer das auch vor sich gegangen sein mochte.

Sie ging ins Wohnzimmer und begann, alle Schränke und Schubladen zu durchsuchen. Nichts.

"Suchst du vielleicht das hier?", hörte sie plötzlich Lance hinter sich. Seine Stimme klang jetzt harsch.

"Was?"

Sie drehte sich um.

Da stand Lance, seine Augen waren schwarze Schlitze und er hielt ihr einen Pass geöffnet vor das Gesicht. Sie sah einer Frau in die Augen, die ihr sehr ähnlich sah, allerdings hatte sie leichte Pausbacken und etwas Doppelkinn.

Sie nahm Lance den Pass aus den Händen.

Diana Reissig, las sie und ihr wurde schwindelig. Diana – Jana.

"Das bin ja ich! Woher hast du den?"

"Den habe ich neulich Nacht gefunden."

Janas Gedanken schwirrten. "Neulich Nacht?" Neulich Nacht war jemand in ihrem Zimmer gewesen.

"Du ..." Er hatte etwas gesucht.

"Deine restlichen Sachen sind in Bills Zimmer."

"Aber wieso?" Wieso hatten sie ihre Sachen versteckt und ihr ihre Identität verheimlicht? Nur damit sie für sie putzte?

"Als wir dich auffischten, waren wir bekifft und konnten dich nicht zur Polizei bringen." Jana und Lance drehten sich um. Sie hatten gar nicht gehört, dass die anderen nach Hause gekommen waren. Tom, Bill und Sandy standen in der Tür. Tom hatte gesprochen, Bill hatte ein blödes Grinsen im Gesicht und Sandy hielt wie immer eine Papiertüte mit einer Flasche darin in der Hand.

"Ihr habt mich also aufgefischt? Ich hatte gar keinen Unfall?" Das hatte sie schon vermutet.

"Ja, am Tag, als das Flugzeug abgestürzt ist, waren Bill und ich mit dem Boot draußen", sagte Tom. "Du triebst an das Boot heran und wir haben dich reingezogen."

"Aber das hättet ihr mir erzählen müssen!"

"Tut mir leid." Tom kratzte sich am Kopf und sah zu Sandy hinüber.

"Na ja, du hattest diesen Putztick." Sandy nahm einen Schluck aus ihrer Flasche. "Kaum warst du aufgewacht, fingst du an aufzuräumen."

Janas Gesicht wurde heiß. "Und du dachtest, du könntest eine billige Putze brauchen, und hast mir deswegen nicht gesagt, wer ich bin?"

"Du hattest bei uns immerhin ein Dach über dem Kopf", schnappte Sandy.

Und sie hatten ihr das Leben gerettet, dachte Jana und ließ die Wut, die sie eben aufgebaut hatte, wieder entweichen. "Schon gut. Ich werde euch nicht verpfeifen."

Sandy, Tom und Bill atmeten aus.

"Aber ich ziehe heute noch aus." Sie wollte zurück in ihr Zimmer gehen, um die Plastiktüte mit ihren Sachen zu holen.

"Nein."

Jana blieb auf halbem Wege stehen. Alle drehten den Kopf zu Lance.

"Nein, sie bleibt hier", sagte der.

"Was? Was geht es dich an, was ich mache?", rief Jana. Auch ihre Mitbewohner waren von Lance überrascht.

Lance ignorierte Janas Einspruch. "Sandy, Bill und Tom, ich will euch alleine sprechen."

Jana war zu verblüfft, um zu reagieren. Bevor sie sich gefangen hatte, hatte Lance sie in ihr Zimmer gedrängt und ihre Tür von außen verschlossen.

"Verdammt. Was soll der Scheiß? Macht auf!" Jana hämmerte an die Tür. Doch niemand reagierte.

Das konnte doch wohl nicht wahr sein, Lance war wohl völlig durchgeknallt. "Hey! Lasst mich raus!"

Warum halfen ihr ihre Mitbewohner nicht?

Jana presste ihr Ohr an die Tür. Sie konnte Stimmen hören, aber vielleicht war es der Fernseher.

Jana setzte sich auf das Bett. Was war bloß in die gefahren?

Sie sah zum Fenster. Dort sah sie verschwommen hinter der Folie zwei Vögel nebeneinander auf einem Ast der Plumeria sitzen. Erst flog der eine weg, dann der andere.

Jana musste grinsen.

Warum reg ich mich eigentlich auf. Ich bin gestern hier weggegangen und das mache ich heute auch. Nur diesmal werde ich nicht mehr zurückkommen. Ihren Pass hielt sie noch in der Hand, damit würde sie ihre Identität beweisen können. Und von Jenny wusste sie, dass sie nicht von der Polizei gesucht wurde, sondern aus irgendeinem Grund kalte Füße vor ihrer Hochzeit bekommen hatte.

Sie hob den Rahmen mit der Plastikfolie aus dem Fensterrahmen, um hinauszuklettern. Nein, es war besser, wenn sie eine Hose anzog, wenn sie jetzt am Abend unterwegs war. Schnell schlüpfte sie aus dem Kleid und zog T-Shirt und Jeans an. Dann stopfte sie das Kleid in die Plastiktüte und rückte den Stuhl ans Fenster, um leichter hinausklettern zu können.

Sie saß im Fensterrahmen und hob gerade das zweite Bein hinüber, als sie meinte, Stimmen im Flur zu hören.

Jana sprang vom Fensterrahmen nach draußen und lief in gebückter Haltung um das Haus herum. Warum mit solchen Idioten noch diskutieren.

Sie wollte gerade vom Grundstück auf die Straße vor dem Haus treten, als sie hinter sich hastiges, lautes Atmen hörte. Als sie sich umdrehte, sah sie Bill, der hinter ihr her hechtete – soweit ihm das mit 30 kg Übergewicht möglich war.

Der hat keine Chance, dachte Jana. Schließlich hatte sie durch ihre vielen und weiten Spaziergänge eine wesentlich bessere Kondition.

Doch durch das Umdrehen übersah sie ein Loch im Rasen, und als sie hineintrat, stolperte sie. Plötzlich war das Gras direkt vor ihrem Gesicht.

Als sie sich umdrehte, um sich zu orientieren und wieder aufzustehen, sah sie einen von Bills riesigen, schwieligen Füßen auf sich zukommen. Er schob sie auf den Rücken und stellte sich auf ihren Brustkorb.

"Hey", brüllte Bill zum Haus rüber. "Hier ist sie. Sie wollte abhauen."

"Geh runter von mir", keuchte Jana, sie fühlte sich wie festbetoniert und bekam kaum Luft. Der Blick von unten in Bills Bermudashorts war auch nicht gerade erfreulich. Bill ignorierte sie und rief nochmals nach den anderen.

Die Haustür öffnete sich und Tom, Lance und Sandy traten heraus. Sie kamen herbeigelaufen und blickten auf Jana herab, die immer noch von Bills Fuß und Gewicht festgehalten im Gras lag. Keiner sagte etwas und Jana hatte keine Luft mehr, um etwas herauszubringen. Sie blickte auf Lance. Ihr schien, als überrage er die anderen.

"Bringt sie ins Wohnzimmer", sagte der. "Und holt mir ein paar Stricke."

Richard Brown schaltete das Fernsehgerät ab und ging ins Bad, das zu seinem neuen Hotelzimmer im Queen-Kapiolani-Hotel gehörte. Ein Fremder mit hellblonden, sehr kurzen Haaren und braunen Augen blickte ihn aus dem Spiegel über dem Waschbecken an. Nein, er hatte keine Ähnlichkeit mit dem Jacht-Charterer, den die Polizei über TV-Sender und Zeitungen mit Hilfe von Phantombildern suchte - Haarschnitt, Haarfarbe und farbigen Kontaktlinsen sei Dank. Auch seinen Kleidungsstil hatte er geändert und trug nun ein luftiges, weißes Hemd zu weißer Leinenhose.

Brown ging zurück ins Wohnzimmer und blickte angespannt aus dem Fenster. 12 Stunden würde es noch dauern, bis die Ersatzleute für seine unfähigen und inzwischen toten Handlanger eintreffen würden, dachte er. So lange konnte und wollte er nicht warten. Er hatte Rosenberg erfolgreich alleine ausgeschaltet, nun waren diese kalifornische Schlampe und dieser verdammte Deutsche dran. Was wussten sie? Er würde es herausfinden. Vor allem mit Letzterem würde er mit Freuden abrechnen.

Brown hielt inne. Er hatte ein Geräusch im Nebenzimmer gehört. Um sicherzugehen, ging er zum Schalter neben der Tür und schaltete die Klimaanlage ab. Das leichte Brummen, das vorher in der Luft gelegen hatte, verstummte.

Da. Er hörte es wieder. Jemand war im Nebenzimmer. Da waren Schritte und eine Tür quietschte. Endlich. Der Deutsche war in sein Hotelzimmer zurückgekehrt.

Um sicherzugehen, dass es nicht das Hotelpersonal war, öffnete Brown die Tür zum Flur: kein Wagen mit Handtüchern oder Putzutensilien, kein Schlüsselbund im Türschloss.

Brown begann zu grinsen. Wie eine Muräne, die aus ihrem Loch schaut. Er hatte geduldig gewartet. Als wenn ein Schalter umgelegt worden war, schoss nun das Adrenalin in Browns Adern und sein Puls und Atem gingen schneller. Er griff nach dem Messer in seiner Tasche. Es war soweit und er war bereit.

Jay hatte seine Kleidung auf dem Weg zum Badezimmer einfach abgeworfen und auf dem Boden liegen lassen, wo sie gelandet war. Jetzt genoss er, wie das Wasser über seinen Körper rann und den Schmutz und die Schmerzen fortspülte. Er war nur schnell ins Hotel zurückgekommen, um zu duschen und seine Kleider zu wechseln. Bis er fertig war, würde auch der neue Mietwagen gebracht worden sein, den er unten am Empfang bestellt hatte, dann konnte er sich auf den Weg zu Jana machen.

Jana. Sie lebte. Er konnte es nicht erwarten, mit ihr zu sprechen. Ach was, von wegen sprechen, dachte er, er konnte es nicht erwarten, sie in den Armen zu halten.

Er hoffte, er wurde nicht vorher von der hiesigen Polizei festgehalten, immerhin wurde nach ihm gesucht und möglicherweise hatte ihn einer der Hotelangestellten gemeldet. Falls ja, würde er das in Kauf nehmen. Aber lieber wäre ihm, wenn er mit Jana zusammen zur Polizei gehen würde, sobald er sie gefunden hatte.

Das Prasseln der Tropfen auf den Boden der Duschwanne übertönte jedes andere Geräusch und so hörte Jay nicht, dass die Zimmertür geöffnet wurde und jemand das Hotelzimmer betrat.

Richard Brown durchsuchte Jays Sachen. In der rechten Vordertasche der Jeans fand er einen Zettel mit zwei Adressen. Die erste Adresse war mit Jennifer White betitelt, die kannte er schon. Die zweite Adresse war eigentlich keine vollständige Adresse. Jana WG/Haleiwa, stand da, und daneben war ein großes Ausrufezeichen.

Brown steckte den Zettel ein und griff nach seinem Messer. Eins nach dem anderen erledigen, sagte er sich. Sauber und ordentlich, bis alle Spuren, die zu ihm und dem Kartell führten, ausradiert waren.

In diesem Moment hörte er ein Klopfen an der Tür. Als niemand antwortete, wurde ein Schlüssel umgedreht. Zimmerservice! Verdammt.

Er sah sich nach einem Versteck um, sah die Balkontür und war mit einem Satz draußen.

Von seinem Versteck aus musste er mit ansehen, wie Jay wenig später mit einem Handtuch um die Hüften aus dem Bad kam. Den zwei jungen Frauen, die inzwischen das Bett machten, war es etwas peinlich, dass sie nicht bemerkt hatten, dass der Gast im Bad war. Aber Jay hielt sie davon ab, zu gehen, schnappte sich ein paar Sachen aus dem Schrank und zog sich im Bad an. Er brauchte keine drei Minuten und war aus dem Appartement verschwunden, bevor der Zimmerservice mit dem Putzen des Bades begonnen hatte.

Als der Wecker klingelte, kam es Melzer vor, als sei er erst vor wenigen Minuten eingeschlafen, doch ein Blick auf den Reisewecker zeigte ihm, dass es schon 5 Uhr morgens war. Wieder versuchte er, Jay in seinem Hotel zu erreichen, doch wieder war der nicht da. Er fragte, ob Jay seit seinem letzten Anruf im Hotelzimmer gewesen sei, aber die Dame vom Empfang sagte, sie hätte gerade erst ihren Dienst angetreten und wüsste es nicht.

Melzer warf den Wecker in den Koffer und machte sich reisefertig. Eine halbe Stunde später stieg er in das Taxi, das ihn zum Bahnhof bringen sollte. Die Straßen und Bürgersteige hatten einen dicken Schneepelz vom Vorabend, doch jetzt fielen die Flocken leise und nur vereinzelt im Licht der Straßenlaternen und Scheinwerfer.

Das Taxi rollte leise durch Rosenheim Richtung Bahnhof und Melzer sah abwesend in die Morgenlichter der Stadt.

Irgendetwas hatte er vergessen, sagte ihm sein Gefühl. Aber dachte er das nicht immer, wenn er auf Reisen ging?

Als Melzer eine Stunde später am Ostbahnhof in München ankam und mit seinem alten, braunen Lederkoffer aus dem Zug stieg, blies ihm ein eisiger Wind um die Ohren. Er hatte zwar seinen weißen Flokatimantel an, aber seine Mütze hatte er vergessen. Ächzend schleppte er seinen Koffer die Treppe hinunter und ging zu einem der Münztelefone im Servicebereich unter dem Bahnhof, sein Handy hatte er zu Hause gelassen – es war nicht gerade das neueste Modell und kam mit den amerikanischen Netzen sowieso nicht klar.

"Mann, Melzer, jetzt vertrau uns doch mal." Meiers Stimme klang rau und übernächtigt aus der Muschel.

"Ich vertrau euch ja, aber ich will auf dem Laufenden sein."

"Damit du beruhigt bist: Ja, wir haben die Identität des Mannes. Ja, er hat eine Menge Dreck am Stecken: Menschenschmuggel, Drogen, Verdacht auf Mord ... Denk dir was aus, es ist bestimmt dabei!"

"Und er geht mit euch einen Deal ein?"

"Er will auspacken, wenn er dadurch Strafminderung erhält. Und er sagt, er kann das ganze Netz im bayerischen Raum auffliegen lassen."

"Hauptsache, ihr kriegt den Dreck so schnell wie möglich von den Straßen."

Meier fragte sich, ob Melzer damit die Drogen oder die Dealer meinte. Aber letztendlich war es egal.

"War der Staatsanwalt schon da?" Melzer wusste, dass der Staatsanwalt den Deal machen musste, und dass er danach eine richterliche Genehmigung beantragen musste, damit die Polizei die notwendigen Razzien und Durchsuchungen durchführen konnte.

"Noch nicht, Melzer. Aber er ist hierher unterwegs. Du siehst ja selbst, wie das Wetter ist, da geht alles etwas langsamer."

"Na dann hoffen wir, dass auch die Dealer langsamer sind."

"Jetzt hör aber auf, Melzer. Wir tun, was wir können."

"Ich weiß ja. Ich mach mir nur einfach Sorgen. Verdammt, sie haben Jugendliche als Zielgruppe ins Visier genommen. Dieses Crack macht einfach zu schnell süchtig und bei manchen kann es tödlich sein."

"Melzer, ich hab das Informationsblatt auch gelesen. Was ist denn mit dir los?"

"Ich weiß nicht. Ich hab nur so ein Gefühl …"

"Also, wenn es dich beruhigt: Ich bin sicher, wir werden noch heute zugreifen können. Wir haben den Staatsanwalt dahin gehend schon am Telefon angespitzt."

"Danke, Meier. Ich küsse dich."

"Bloß nicht. Tue mir einen Gefallen und hau endlich ab. Am besten in ein Land, wo es kein Telefon gibt und das dich nicht ausliefert." Damit legte er auf.

Als Melzer seinen Koffer wieder nach oben geschleppt hatte, ging es ihm etwas besser. Auf dem Bahnsteig waren inzwischen viele andere Reisende eingetroffen. Ihre Koffer türmten sich um sie herum und ihre Kinder standen mit großen, verschlafenen Augen daneben – so früh am Morgen waren sie noch überfordert von den Urlaubsplänen ihrer Eltern.

Als die S-Bahn endlich kam, fand Melzer einen Platz am Fenster. Er lehnte den Kopf an die kühle Scheibe, um sich wachzuhalten, doch das langsame Dahingezuckel der Bahn ließ ihn bald einnicken.

Während Melzer von crackrauchenden Jugendlichen am Rosenheimer Bahnhof träumte, durchzog die S-Bahn die schneebedeckten Felder der Münchner Schotterebene Richtung Flughafen wie eine leuchtende Schlange. Zwei Stationen, bevor sie den

Flughafen erreichten, wurde Melzer wach. Draußen hatte der Morgen angefangen zu dämmern.

Auch die Kinder der Mitreisenden waren inzwischen richtig wach und spielten Verstecken. Zwei Jungen, offensichtlich Brüder, stritten sich, wer den Bären zuerst gesehen hatte und sich daher in seiner Höhle verstecken dürfe.

Als er merkte, dass sie ihn mit dem Bären meinten und sich unter seinem Sitz verstecken wollten, schloss Melzer die Augen und tat so, als sei er nicht da. Kinder, dachte er. Aber sie sollten sich lieber noch hier austoben, bevor sie nachher alle in einer kleinen, fliegenden Blechkiste zusammengesperrt wurden.

Manuel fiel ihm ein. Der war fast noch ein Kind und hatte sich von einem Verbrecher verleiten lassen, selbst zum Verbrecher zu werden. Beinahe hätte er andere in die Sucht und damit ins Unglück gestürzt. Es war gut, dass sie ihn da rausgeholt hatten. Melzer begann die Zahl der Cracksteine, die sie bei Manuels Kunden eingesammelt hatten und die Angaben über den bisherigen Konsum zusammenzurechnen und in Gedanken mit den Mengen abzugleichen, die Manuel von seinem Dealer auf Kommission erhalten hatte. Mit einem Mal war er hellwach. Da fehlten Steine!

Noch bevor die S-Bahn in die Station am Flughafen einlief, stand Melzer mit seinem Koffer an der Tür und hielt nach dem nächsten Telefon Ausschau.

Auch der zehnjährige Benny hatte eine unruhige Nacht gehabt. Mehrmals war er von Albträumen geschüttelt aufgewacht. Die Träume hatten von seiner Freundin Anna gehandelt. Immer wieder hatte er sie am Boden liegen und um ihr Leben kämpfen sehen. Als seine Eltern ihn laut weinen hörten, hatten sie ihn zu sich ins Bett geholt und ihn getröstet, bis er schließlich wieder eingeschlafen war.

Als der Wecker um 6.15 Uhr geklingelt hatte, war die ganze Familie unausgeschlafen. Die Eltern und Benny waren von Bennys Träumen wach gehalten worden. Und Manuel hatte von seinen eigenen Albträumen geplagt schlecht geschlafen. So saßen sie schweigend um den Küchentisch beim Frühstück: Manuel schwieg, weil er sich schuldig fühlte. Und die Eltern wollten Benny nicht zusätzlich mit Manuels Crackgeschichte belasten. Sicher, sie würden mit ihm über Drogen sprechen, später – nach Weihnachten. Das hatte Zeit, er war ja noch so klein.

10 Drogen, Geld und kalte Füße
Romantikthriller

Langsam fand Jana die Situation gar nicht mehr komisch.

Die Sonne war schon vor Stunden untergegangen, und wie es aussah, musste sie die Nacht in dieser hilflosen Haltung verbringen. Sie hatten ihr erst die Hände hinter dem Rücken zusammengebunden und sie dann an den Stuhl im Wohnzimmer gefesselt. Dann hatten sie sich volllaufen lassen und waren einer nach dem anderen, da wo sie gerade saßen, eingepennt: Sandy und Bill auf dem Sofa, Tom auf dem Fußboden. Alle bis auf Lance - der versuchte, die Telefonnummer von ihren Angehörigen herauszufinden.

Ihre anfängliche Ungläubigkeit war Entsetzen gewichen, als sie hörte, dass Lance Lösegeld für sie erpressen wollte. Sie hatte gehofft, ihre Mitbewohner würden versuchen, ihn von seinem Plan abzubringen, doch Alkohol und Dope machte sie schnell gefügig.

Janas Muskeln und die Schultergelenke schmerzten vom langen, stillen Sitzen in der unbequemen Haltung. Sie versuchte das Blut mit Muskelanspannen zum Zirkulieren zu bringen, doch es half wenig.

Sie hatte Lance glauben machen können, dass sie sich nicht an die Vornamen und Telefonnummer ihrer Eltern erinnern konnte. Das hatte bis vor ein paar Stunden auch gestimmt. Doch durch das, was Jenny ihr erzählt hatte, tröpfelte nun ihre Vergangenheit langsam in ihr Bewusstsein zurück. Da waren plötzlich Bilder von ihr und Jay. Sie erinnerte sich, wie sie sich kennengelernt und zueinandergefunden hatten. Sogar wie sich seine Hände auf ihrer Haut angefühlt hatten, konnte sie abrufen.

Die Szene aus ihrem Traum war Realität gewesen – das wusste sie jetzt. Sie waren auf seinem Boot am Chiemsee gewesen. Ein Gewitter war aufgezogen und sie hatten ihr Liebesspiel unterbrechen müssen, weil Jay irgendetwas an Deck machen musste. Er war wieder gekommen. Dann hatten sie Schritte an Deck gehört und Jay hatte sich die Shorts übergezogen, um nachzuschauen, was da los war. Doch was war dann gewesen? Das wusste sie nicht. Noch nicht.

Dass ihre Erinnerungen zurückkamen, hatte sie Lance nicht gesagt, aber seit ihr die Telefonnummer ihrer Eltern eingefallen war, haderte sie mit sich selbst. Die Behörden hatten ihren Eltern bestimmt gemeldet, dass sie bei einem Flugzeugabsturz ums Leben gekommen war. Wenn sie Lance die Nummer gäbe und er sie anriefe, dann wüssten sie wenigstens, dass sie noch am Leben war.

Trotzdem, da waren so viele Unwägbarkeiten. Und die Nachricht, dass sie in den Händen von Erpressern war, wollte sie ihnen auch nicht zumuten.

Nein. Sie würde Lance die Nummer nicht geben. Sie musste sich selbst befreien. Irgendwie. Und das sollte bald sein, denn sie wollte Sandy, Bill, Tom und Lance nicht weiter ausgeliefert sein – wer wusste schon, wozu sie fähig waren.

Sie hörte, wie Lance am Telefon versuchte, irgendjemand namens Robert Reissig verständlich zu machen, dass er Verwandte von Diana Reissig suchte. Die Person auf der anderen Seite der Leitung verstand offensichtlich kein Englisch und so kam Lance nicht weiter.

Schließlich hörte sie, wie er den Hörer fluchend hinwarf. Dann kam er ins Wohnzimmer.

"Verdammt", schrie er sie an. "Wo wohnen deine Eltern?"

"Ich weiß nicht. Vielleicht da, wo ich geboren bin? In Deutz?" Natürlich wusste sie, dass ihre Eltern inzwischen am anderen Ende von Deutschland lebten.

"Du weißt also, wo du geboren wurdest?" Lance war hellhörig geworden und kam näher. Er packte sie am Kinn und bog ihren Kopf nach hinten. "Du verschweigst mir etwas. An was erinnerst du dich noch?"

"An nichts. Ich muss es auf dem Pass gelesen haben."

Er ließ sie los und Jana wollte schon aufatmen.

Lance griff nach hinten und zog den Pass aus seiner Gesäßtasche. Er blickte hinein und seine Augen zogen sich zu Schlitzen zusammen. "Hier steht Köln."

"Köln-Deutz ist ein Stadtteil von Köln."

Lance musterte sie. "Ich habe alle mit dem Namen Reissig in Köln angerufen. Sind da die aus Deutz mit eingeschlossen?"

Jana zuckte mit den Schultern. "Ich denke ja."

Sie versuchte seinem durchdringenden Blick standzuhalten, doch sie konnte ein Zucken des Augenlides nicht verhindern.

"Du belügst mich, verdammte Schlampe."

Der erste Schlag kam so schnell, dass sie keine Zeit hatte, ihm auszuweichen oder den Kopf wegzudrehen.

Jana riss entsetzt die Augen auf. Er hatte sie mit dem Handrücken getroffen und die Abdrücke seiner Fingerknöchel brannten auf ihren Wangenknochen.

"Du belügst mich. Du weißt sehr wohl, wer deine Eltern sind und wie ich sie erreiche. Rede oder ich werde dich schlagen, bis dich keiner mehr erkennt."

Sie straffte sich und holte tief Luft.

"Ich weiß nichts und ich kann dir nichts sagen", stieß sie wütend hervor und ihre Augen feuerten tödliche Blitze.

Lance sah mit zusammengekniffenen Augen auf sie herab.

"Du willst kämpfen, nicht wahr? Du meinst, du kannst mich verarschen. Aber du hast keine Ahnung: Ich weiß, wie ich jemanden zum Reden bekomme."

Jana hielt seinem Blick stand. Der würde schon sehen, dass er nichts aus ihr herausbekäme. So leicht war sie nicht zu beeindrucken.

In diesem Moment tauchte Bills breit grinsendes Gesicht hinter Lances Schultern auf.

Jay war mit seinem neuen Mietwagen an die Nordküste gefahren. Niemand hatte versucht, ihn aufzuhalten - was ihn darauf schließen ließ, dass weder das FBI noch die örtliche Polizei damit rechnete, dass er noch einmal lebend auftauchte, sonst hätten sie wohl jemanden vor seinem Hotel postiert. Während der Fahrt hatte er immer wieder in den Rückspiegel geschaut, aber niemand verfolgte ihn. Als er die Nordküste erreichte, war es bereits dunkel. Er hatte seinen Wagen außerhalb des Turtle-Bay-Hotelgeländes in einer unbeleuchteten Seitenstraße geparkt und war dann durch eine Lücke in der Hibiskushecke geschlüpft, die die Anlage umgab.

Den Zettel mit Jennifer Whites Tipps hatte er zwar vergessen, aber er konnte sich an ihre Beschreibung erinnern, wo er den Bungalow finden würde, in dem sie und ein paar andere der Saison-Angestellten des Turtle Bay Hilton untergebracht waren und zu dem auch Jana kommen würde.

Das Haus für die Angestellten stand etwas abseits und war durch eine hohe Hecke optisch abgegrenzt. Es war größer aber wesentlich schlichter als die Bungalows der Hotelgäste.

Jays Herz hüpfte vor Aufregung, als er auf das Gebäude zuging. Gleich würde er Jana wiedersehen und endlich mit ihr reden können.

Seine Enttäuschung war bitter, als Goran, Jennifers Feuerspucker-Kollege, der aus dem ehemaligen Jugoslawien stammte, ihm mitteilte, dass Jana noch nicht gekommen sei, dass ihm Jenny jedoch am Telefon gesagt hätte, dass er käme und in ihrem Zimmer warten könne.

Goran führte ihn durch einen Flur, von dem mindestens acht Türen abgingen. Während Jay hinter ihm herging, bewunderte er dessen breites Kreuz, das ihn ein wenig an Melzer erinnerte. Ein Mann wie ein

Schrank, dachte er. Kein Wunder, dass er die beiden Weihnachtsmänner, die Jenny überfallen hatten, in die Flucht schlagen konnte.

"Hier du kannst warten", sagte der Feuerschlucker und öffnete eine Tür. "Wenn du was brauchst, melden. Ich bin vorne im ersten Zimmer, linke Seite."

Jay bedankte sich und trat ein. Der Raum war nur wenig größer als das Bett, das darin stand, und hatte nur ein Fenster. Weil es etwas muffig roch, ging Jay zum Fenster und stellte die Lamellen auf Durchzug. Er sah durch die Schlitze nach draußen, doch da war nur das dunkle Blätterwerk der Sichtschutzhecke.

Er setzte sich auf den einzigen Stuhl und wartete. Die plötzliche Inaktivität und die Ruhe ließen ihn seine Schmerzen wieder fühlen. Um sich abzulenken, sah er sich im Zimmer um. Es war karg und enthielt wenig persönliche Sachen, was sicher daran lag, dass Jenny durch den Flugzeugabsturz einen Großteil ihres Hab und Guts verloren haben musste. Auf dem Nachttisch lag ein Hawaiiführer. Jay nahm ihn und blätterte darin. Jenny hatte die Stelle, an der sie aufgehört hatte zu lesen, mit einer Postkarte markiert, auf der einige hübsche Skulpturen abgebildet waren – die Form betonend durch künstlerische Schwarz-Weiß-Fotografie. Erst als er die Karte umdrehte, sah er, dass es sich um die Todesanzeige für den Künstler handelte, der die Skulpturen offensichtlich angefertigt hatte.

Jay sah auf die Uhr. Schon nach 21 Uhr. Was, wenn Jana beschlossen hatte, noch eine Nacht in Haleiwa zu verbringen? Er beschloss noch bis 22 Uhr zu warten, bevor er sich auf die Suche nach der Wohngemeinschaft machte - von Jenny wusste er so ungefähr, wo in Haleiwa das Haus sein musste. Er hatte nur nicht damit gerechnet, dass Jana sich so viel Zeit lassen würde.

Um sich wach zu halten, stand Jay auf und begann im Zimmer auf und ab zu gehen. Drei Schritte hin, drei Schritte zurück.

Dann endlich hörte er ein Klopfen draußen an der Haustür. Sein Herz machte Luftsprünge. Das war sie bestimmt.

Er hörte, dass jemand zur Tür ging. Wahrscheinlich der Feuerspucker, dachte Jay. Das Herz schlug ihm bis zum Halse hinauf und am liebsten wäre er selbst zur Tür gerannt.

Jetzt hörte er Stimmengemurmel und öffnete die Tür von Jennys Zimmer einen Spalt weit.

Er lauschte.

Das war wohl doch nicht Jana, dachte er, denn er hörte nur zwei Männerstimmen. Die eine gehörte dem Feuerspucker, aber auch die andere Stimme kam ihm bekannt vor. Im gleichen Moment erinnerte er sich, wo ihm die Stimme schon begegnet war, und mit einem Satz war er im Flur und rannte zur Haustür.

Der Mann an der Tür erkannte ihn sofort und trat die Flucht an. Jay wollte ihm hinterher, doch der Feuerschlucker hatte nur Jerrys überraschtes Gesicht gesehen und drehte sich verdutzt um. Mit seinem breiten Kreuz versperrte er Jay den Weg nach draußen. Jay versuchte, sich an Goran vorbeizuquetschen. Aber bis er den Feuerschlucker endlich aus dem Weg geschoben hatte, war Jerry in der Dunkelheit verschwunden.

Brown saß am Fenster des koreanischen Schnellrestaurants in Haleiwa und sah nach draußen. Auf den ersten Blick wirkte er wie ein harmloser Tourist, der sich in den Norden der Insel verirrt hatte. Aber Brown war auf der Jagd.

Brown hatte Kontakte und Möglichkeiten, Dinge herauszufinden. Die Organisation, für die er arbeitete, war ein weit gesponnenes Netz mit Fühlern an vielen Stellen. So wusste er inzwischen, dass der Deutsche ein deutscher Ermittler war, der eine Verlobte namens Diana Reissig hatte, die ihm davongelaufen war und zufällig neben Jennifer White im Flugzeug gesessen hatte. Es gehörte nicht viel dazu, zu kombinieren, dass diese Jana auf dem Zettel Diana Reissig war.

Das bedeutete, es gab eine weitere Überlebende, eine, von der man nicht wusste, was sie mitbekommen hatte, eine, von der das FBI und die Polizei, wie es schien, noch keine Kenntnis hatte.

Eine, von der das FBI und die Polizei auch niemals erfahren sollten.

Brown beobachtete den Parkplatz vor dem Fenster. Der Supermarkt nebenan hatte wegen des bevorstehenden Weihnachtsfestes bis 22 Uhr geöffnet. Jetzt, kurz vor Ladenschluss, herrschte auf dem Parkplatz immer noch reges Treiben. Die Menschen brachten jede Menge prall gefüllter Papiertüten zu ihren Autos.

Brown wusste inzwischen auch, wie Diana Reissig aussah, und er verglich jeden, der kam oder ging, mit diesem Bild, das er von ihr gesehen hatte.

Verdammt, er musste sie finden.

Mit den Angestellten des Supermarktes hatte er schon gesprochen, doch keiner hatte von einer Deutschen in einer Wohngemeinschaft gewusst. Auch den alten Koreaner hatte er versucht, auszuhorchen, aber der war verschlossen wie eine Auster. Brown hatte ihn sein Messer sehen lassen, aber das beeindruckte den Alten nicht weiter. Brown hätte ihm zwar gerne gezeigt, dass man sich ihm gegenüber nicht respektlos zeigte, aber er durfte jetzt nicht auffallen. Man sieht sich immer zweimal, tröstete er sich.

Brown sah auf die Uhr. Der Laden würde gleich zumachen.

Er warf einen Zwanzig-Dollarschein auf den Tisch und stand auf. Ohne den Koreaner noch eines Blickes zu würdigen, verließ er den Imbissladen.

Als Brown aus der Tür trat, rollte gerade ein violetter Camaro auf den Parkplatz. Ein dunkelhaariger Mann saß am Steuer, neben ihm eine Blondine, die ununterbrochen zu quasseln schien. Dem Mann schien das zu viel zu werden - nachdem er eingeparkt hatte, knallte er der Blonden eine. Die schaute ihn entsetzt an und Tränen begannen aus ihren Augen zu quellen. Der Mann drückte ihr einen Fünfziger in die Hand und schickte sie in den Supermarkt.

Brown verlangsamte seinen Schritt und beobachtete den Mann im Cabrio, der mit grimmigem Gesicht seinen Gedanken nachhing. Die Blonde kam nach einigen Minuten mit zwei riesigen Papiertüten zurück und stellte sie auf die schmale Bank hinter dem Beifahrersitz. Bevor sie Platz nahm, angelte sie sich noch eine Flasche Martini aus einer der Papiertüten.

Brown trat näher. Er sah, dass die Papiertüten voll mit alkoholischen Getränken und Tiefkühlpizzen waren.

"Darf ich Ihnen eine Frage stellen?"

Lance drehte sich nicht um, er sah nur in den Rückspiegel, als er Browns Stimme hörte.

"Wir haben kein Geld, Mann. Belästige jemand anderen." Dann wollte er den Wagen anlassen, doch da war schon Browns Messer an seiner Kehle.

"Blas dich nicht so auf, verfluchter Pimp", stieß Brown hervor. "Ich will von dir nur wissen, ob du hier in Haleiwa eine Wohngemeinschaft kennst, in der vor ein paar Wochen eine Deutsche aufgetaucht ist – klein, blond, so wie die da, aber nicht so runtergenudelt." Er nickte zu Sandy.

"Hey, schon gut, Mann. Nein, kenn ich nicht, Mann. Mit Sauerkrautfressern hab ich nichts zu tun."

Lance hatte gelernt, seine Mimik zu beherrschen. Doch nicht gut genug, um Brown zu täuschen. Der ließ ihn dennoch los.

"In Ordnung, Mann. Und sei beim nächsten Mal höflicher, wenn ich dich etwas frage." Er klappte sein Messer zu und schlenderte zu seinem Wagen. Er war auf der Hut. Dieser Pimp sah aus wie einer, der einem Wehrlosen von hinten ins Kreuz sprang.

Lance parkte aus und fuhr zur Straße vor.

Sobald der Camaro um die Kurve war, sprang Brown in seinen Wagen und fuhr ihm nach. Der Verkehr war inzwischen dünn und die Rücklichter des Camaro leuchteten ihm den Weg.

Melzer war todmüde und hungrig. Sein Anschlussflug von New York nach Los Angeles hatte fünf Stunden Verspätung gehabt. Nach deutscher Zeitrechnung hatte er bereits die Nacht durchgemacht, aber hier in Los Angeles war es erst Mitternacht. Er sah schon zum zweiten Mal in die Minibar seines Zimmers im Red Dragon in Los Angelos. Nur zwei Schokosnacks und jede Menge Miniaturfläschchen mit den verschiedensten Alkoholika. Okay, ihr habt gewonnen, sagte er und griff nach den Schokosnacks. Lieber wäre ihm etwas Deftiges gewesen.

Melzer hatte bewusst das gleiche Hotel wie Jana gewählt und den Portier beim Einchecken gefragt, ob er sich an Diana Reissig erinnere. Doch der war neu und konnte ihm daher nicht helfen.

Die zwei Schokoriegel hatte Melzer im Nu verdrückt, aber das Loch im Magen war geblieben. Er blinzelte zu der Speisekarte, die der Zimmerservice auf den obligatorischen Schreibtisch-Sekretär gegenüber vom Bett dekoriert hatte.

Er könnte ja nur mal schauen, was es so gab.

Zwei Minuten später hatte Melzer sich per Haustelefon ein Steak und eine Flasche Rotwein bestellt und 15 Minuten später klopfte es an der Tür.

Inzwischen hatte er geduscht und öffnete in Schlafanzug und Bademantel. Der junge, mexikanische Kellner sah so verschlafen aus, dass Melzer beinahe ein schlechtes Gewissen hatte. Melzer gab ihm ein saftiges Trinkgeld. Dann hatte er eine Idee. "Können Sie sich an diese Frau erinnern?" Er zeigte dem Kellner ein Bild, das ihn, Jay und Jana zeigte.

Der Kellner warf nur einen flüchtigen Blick auf das Bild. "Si, Senor. Ja, sie war hier! Vor ein paar Wochen. Ich kann mich an sie erinnern, weil sie sich zehn Schokoriegel über den Zimmerservice bestellt hat. Die Frau ist wohl eine Prominente in Deutschland? Una actriz?"

"Nein, sie ist keine Schauspielerin", sagte Melzer, der ein paar Brocken Spanisch verstand. "Wie kommen Sie darauf?"

"Porque ... weil so viel nach ihr gefragt wird."

Plötzlich war Melzer hellwach.

"Wer hat denn noch nach ihr gefragt?"

"Vor ein paar Tagen war dieser Mann hier. Er tippte auf Melzers Foto auf Jay. Prometido."

"Ja, ihr Verlobter, den kenn ich. Hat denn sonst noch jemand nach der Frau auf dem Bild gefragt?"

"Ein Mann vom FBI, er hatte eine Marke. Er sah gefährlich aus. Also hab ich ihm lieber gesagt, dass sie hier war."

"Das waren alle?"

"Nein, vorhin war noch mal einer da. Er sah auch aus wie vom FBI, so wie im Fernsehen, aber er hat keine Marke gezeigt. Er hatte noch ein Bild von einer anderen Frau dabei."

"Wie hieß die? Kannten Sie sie?"

"Nein. Die zweite hatte ich noch nie gesehen. Und über die andere konnte ich ihm auch nichts anderes erzählen als Ihnen. Sie hat sich vollgestopft mit Schokoriegeln und das war alles. Am nächsten Tag war sie schon wieder weg."

Kaum war der Nachtkellner gegangen, wählte Melzer die Nummer von Jays Hotel. Doch die Rezeptionistin sagte ihm, dass Mr. Bergmeister nicht im Hause war.

Verdammt Jay, wo bist du bloß immer? Melzer hinterließ ihm eine Nachricht, dass er auf dem Wege zu ihm sei, und legte auf.

Da war irgendwas im Gange, das sagte ihm sein Bauchgefühl. Und Jay war wahrscheinlich allein und auf sich gestellt gegen wen auch immer, denn dem FBI vertraute er nicht.

Melzer sah auf die Uhr. Verdammt. Noch 8 Stunden bis zu seinem Abflug nach Hawaii. Er hoffte, er käme nicht zu spät.

Jay fuhr auf dem Kamehameha Highway in die Kurve der Waimea Bucht. Hier an der Nordküste waren um diese Zeit nur noch wenige Autos unterwegs. Die Leute, die Jobs hatten, hatten sich schon nach Hause zurückgezogen. Auch die Surfer gingen früh zu Bett, damit sie bei Sonnenaufgang fit waren und sich den Herausforderungen des Meeres stellen konnten. Und die, die sich allabendlich zudröhnten, hatten schon längst ihren Platz zum Rauschausschlafen gefunden.

Jay fuhr automatisch langsamer und blickte über die Bucht. Das Mondlicht spiegelte sich auf dem Wasser und er sah, wie schwer die Wellen in die Bucht rollten. Es schien, dass die Vorhersage wahr wurde und die berühmten Riesenwellen im Anrollen waren.

Jay hatte nicht lange Zeit, den Anblick des Meeres zu genießen, er musste zu Jana.

Irgendetwas stimmte da nicht. Sie hatte Jenny gesagt, sie wolle heute noch in ihr Zimmer ziehen, aber sie war nicht gekommen. Er wusste, Brown hatte mit dem Flugzeugabsturz zu tun, warum sonst hatten seine Leute als Weihnachtsmänner verkleidet Jenny überfallen. Und auch die Fragen, die sie ihm gestellt hatten, als er auf der Jacht gefangen war, wiesen eindeutig darauf hin.

Goran hatte ihm gesagt, dass Jerry, Loreley Browns Leibwächter, nach einem Richard Brown gefragt hatte. Also lebte Brown und war nicht ermordet oder beiseitegeschafft worden, als Jerry ihn – vermutlich im Auftrag von Loreley - befreit und gerettet und die beiden Entführer auf dem Schiff getötet hatte. Und Jerry rechnete offenbar damit, dass jetzt Brown selbst auf der Suche nach Jennifer White war.

Warum war Jennifer White für Brown irgendwie wichtig?

Das schlechte Gefühl in seinem Magen nahm zu und Jay beschleunigte den Wagen. Was wenn Brown nicht nur auf der Jagd nach Jenny, sondern auch nach Jana war?

Jay drückte das Gaspedal noch etwas weiter durch und wenige Minuten später passierte er das Ortsschild von Haleiwa. Ein frei stehendes Haus auf der südlichen Seite von Haleiwa, hatte Jenny gesagt. Mehr wusste sie auch nicht.

Jay raste durch den Ort und hoffte, dass nicht irgendwo die Polizei auf der Lauer lag.

Was wenn Brown Jana schon gefunden hatte? Verdammt, er hätte nicht so lange untätig in Turtle Bay warten sollen.

Auch wenn ihm nicht ganz klar war, wieso Jana in Browns Fokus gerückt sein könnte, sein Gefühl sagte ihm, sie schwebte in Gefahr und er konnte sich keine weitere Verspätung leisten.

Jana saß noch immer in der gleichen Haltung angebunden auf dem Stuhl im Wohnzimmer. Die Haut über dem Wangenknochen, den Lance mit dem Handrücken getroffen hatte, war inzwischen rot und blau und das Auge darüber angeschwollen. Doch seit diesem Schlag hatte er sie nicht mehr angerührt. Nicht, weil er nicht wollte, sondern weil ihre Mitbewohner aufgewacht waren, als die Dröhnung nachgelassen hatte.

Bill hatte es gefallen, zu sehen, dass Lance mit Joan offenbar umzugehen wusste. Aber Tom war Lance in den Arm gefallen. Da wo er herkäme, schlüge man keine wehrlosen Frauen, hatte er heldenhaft hervorgebracht. Tom war nach dem Aufwachen fast nüchtern, und gegen einen nüchternen Tom traute sich Lance nicht, vorzugehen.

Lance hatte Jana seitdem einmal zur Toilette gehen lassen. In Begleitung. Bill hatte sich um den Job gerissen, aber Tom hatte sich durchgesetzt und Sandy mitgeschickt.

Anschließend hatten sie diskutiert. Lance wollte das Ding mit dem Lösegeld für Jana durchziehen, Tom war dagegen, und erst recht dagegen, dass Lance sie quälte, um an die Namen und Telefonnummern ihrer Angehörigen zu gelangen. Er fand, sie seien schon zu weit gegangen, als sie Jana an den Stuhl banden.

Sandy war zwiegespalten gewesen. Sie mochte Geld, denn Geld bedeutete genug Dröhnung für die langen Tage und Nächte, aus denen ihr Leben bestand. Und sie wollte gerne auf Lances Seite sein.

Lance war für sie der Siegertyp schlechthin – jemand der Dröhnung im Überfluss hatte. Andererseits war sie nicht gewalttätig veranlagt, und dass Joan gequält werden sollte, gefiel ihr nicht. Gab es denn keine Drogen, um sie zum Reden zu bringen?

Bill hatte kein Interesse an Diskussionen über richtig und falsch gehabt, er wollte einfach berauscht sein und sich frei von Verantwortung fühlen. Und er wünschte sich, Jana befingern zu dürfen.

Lance sagte, wenn Tom nicht einverstanden sei, dann würde er natürlich nichts machen, aber sie könnten ja morgen noch mal drüber reden. Er hatte vorgeschlagen, mit Sandy zum Supermarkt zu fahren und Nachschub an Getränken zu holen. Dafür mussten Tom und Bill versprechen, Joan zu bewachen und nicht loszubinden.

Den Preis fand Tom für Essen und Getränke tragbar. Deshalb ließ er sich von Janas Argumenten, sie gehen zu lassen, solange Lance weg war, nicht überzeugen.

Lance und Sandy waren mit jeder Menge Spirituosen und Tiefkühlpizza wieder gekommen. Zur Feier des Tages hatten sie sogar Gläser benutzt und jedes Mal, wenn sie die Gläser auffüllten und die Flüssigkeit hineinplätscherte, dachte Jana mit Unbehagen an ihre Blase.

Bald waren die Augen von Tom, Bill und Sandy wieder glasig geworden. Lance gab sich ganz entspannt, aber Jana war nicht entgangen, dass er immer noch am ersten Glas nippte.

"Wie wär's mit 'nem Joint?" Lance kramte in den Taschen seiner Weste.

"Tom, nein. Er will dich zudröhnen, damit er mit mir freie Hand hat", sagte Jana, als sie Toms Interesse sah.

Tom ignorierte Janas bittenden Blick und schielte zu der Tüte Gras, die Lance jetzt herauszog.

"Ach was, jetzt sei nicht paranoid", sagte er. "Wir haben die Sache besprochen, Lance tut dir nichts."

"Aber warum bindet er mich dann nicht los? Wenigstens damit ich ins Bad gehen kann."

"Sandy, geh mit ihr wieder aufs Klo", sagte Tom, ohne von dem Gras wegzuschauen.

Auch Sandy sah nur die Tüte mit dem grünlichen Inhalt. "Wart halt, bis wir geraucht haben, dann geh ich mit dir."

"Aber wenn ihr geraucht habt, dann …"

"Jetzt halt endlich den Mund." Sandy hatte jetzt ganz gierige Augen, während sie zusah, wie Lance Tom den Joint zum Anzünden gab. Der zog den Rauch ein, inhalierte tief und schloss die Augen. Dann ließ er sich nach hinten in die Couch sacken.

"Jetzt ich", sagte Sandy und nahm ihm die Tüte aus der Hand.

Auch sie inhalierte und mit einem Mal entspannten sich ihre Züge und sie sackte in sich zusammen.

Bill wollte nach dem Joint greifen, doch Lance hielt ihn zurück. Er nahm den Joint aus Sandys Hand und zwickte die Glut in den Aschenbecher.

Bill schaute ihn empört an.

"Warte", sagte Lance. Er ging zu Tom und hob sein Lid an. Der reagierte nicht. Dann machte er das Gleiche bei Sandy. Auch da keine Reaktion.

"Was ist mit ihnen? Das Gras muss ja verdammt gut sein."
"Das ist es. Spitzengras und ein bisschen Opium dabei."
"Wow, dass will ich auch."
"Du sollst deinen Teil haben und noch viel mehr – genug für die nächsten Wochen. Aber vorher hast du noch was zu tun." Er zeigte auf Jana, der das Herz stehen blieb.

Bill blickte vom Joint zu Jana Busen und zurück.

"Du kannst mit ihr machen, was du willst. Aber hinterher will ich den Namen und die Telefonnummer ihrer Eltern haben."

Bill machte ein Gesicht wie Weihnachten unter dem Tannenbaum, während sich Jana vor Entsetzen nicht bewegen konnte.

"Nein". War der erste Ton, den Jana herausbekam.

Bill stand auf und kam näher. Lance legte den Joint zur Seite und zündete sich eine Filterzigarette an. Er wollte das Schauspiel genießen.

Jana versuchte, sich aus ihren Fesseln zu winden. "Nein." Aber Bill ließ sich davon nicht aufhalten. Er ging auf sie zu und sein Grinsen wurde breiter und breiter.

Haleiwa war ein lang gezogenes Dorf an der Nordküste, durchschnitten von der Straße, die die gesamte Nordküste umrundete. Jay hatte den Ort - die Surfshops, Supermärkte und Schnellrestaurants - bald hinter sich gelassen. Die Abstände der Gebäude zueinander wurden größer. Am Ortsende angelangt, sah er die Lichter eines alleinstehenden Hauses, etwa einen halben Kilometer entfernt. Am liebsten wäre er geradewegs hingefahren und hätte an der Tür geklopft, aber er war darauf trainiert, vorsichtig zu sein.

Er ging etwas vom Gas und beobachtete das Haus, während er mit gleichmäßiger Geschwindigkeit darauf zu- und dann vorbeifuhr. Zwei Fenster waren beleuchtet, Rockmusik waberte nach draußen, hinter den Fenstern bewegten sich Schatten.

Vor dem Haus stand im Schein einer einsamen Straßenlaterne ein Cabrio. Sonst konnte er nichts erkennen.

Erst ein paar Hundert Meter hinter dem Haus nahm er die Geschwindigkeit vollends herunter und sah sich nach einem Versteck für seinen Wagen um.

Als er glaubte, eines hinter einem von Schlingpflanzen überwucherten Gebüsch in einem Seitenweg gefunden zu haben, sah er im Scheinwerferlicht, dass dort schon ein Wagen stand – ein heller Cadillac Allante. Der Innenraum schien leer.

Jay rollte den Seitenweg weiter. Das Gestrüpp links und rechts wurde dichter und ihm schlug ihm ein modriger Geruch entgegen, der nicht nur von vermoderndem Laub herstammte, sondern darauf schließen ließ, dass die Gegend auch als Müllkippe missbraucht wurde. Schließlich fand er einen Platz und parkte den Wagen.

Er ging den Seitenweg zurück. Dem Cadillac näherte er sich vorsichtig. Als er sicher war, dass niemand im Wagen oder in der Nähe war, versuchte er die Tür. Sie war nicht abgesperrt.

Er sah sich im Wagen um, aber da war nichts, was über seinen Besitzer Auskunft geben würde – kein Papierfitzelchen, keine Verpackungsreste von irgendetwas, nicht mal eine Zigarettenkippe im Aschenbecher. Bei Jay klingelten die Alarmglocken.

Er schloss die Wagentür leise und eilte den Weg bis zur Hauptstraße zurück und dann Richtung des alleinstehenden Hauses. Schon von Weitem hörte er die Musik.

Er achtete darauf, dass er im Schatten der Sträucher und Bäume blieb, während er sich dem Gebäude näherte.

Es war ein kleines Holzhaus auf Stelzen. Es war ungepflegt und die dunkelrote Farbe, die es zusammenhielt, war größtenteils schon abgebröckelt. Der verwilderte Garten ging nahtlos in die ihn umgebende Wildnis hinüber.

Auf dem ungemähten Rasen fand er eine Plastiktüte. Jay hob sie auf und fand darin ein paar Kleidungsstücke. Sein Herz begann zu rasen, als er das Kleid erkannte, das Jana angehabt hatte, als er sie in Haleiwa vor dem koreanischen Imbiss gesehen hatte.

Er zwang sich dazu, planmäßig vorzugehen, sich erst zu vergewissern, dass von hier draußen keine Überraschungen drohten, bevor er an der Tür klopfte.

Da es auf der Rückseite des Hauses keine Beleuchtung gab, war er auf das Mondlicht angewiesen, das spärlich durch die Bäume schien. Hier hinter dem Haus war die Musik weniger laut und plötzlich hörte er neben sich ein Rascheln. Er sprang in Kampfesstellung. Aber das

Rascheln kam vom Boden her und entfernte sich. Er entspannte sich. Wahrscheinlich irgendein Tier.

Er ging weiter und prallte mit dem Gesicht gegen etwas. Als seine Hände danach fühlten, war es eine Wäscheleine. Sie war von einem der Fenster zu einem Baum gespannt. Als er sich dem Fenster näherte, fiel ihm auf, dass in dem Rahmen kein Fenster war.

Er ging weiter um das Haus, aber niemand außer ihm war hier draußen.

Wieder vorne angekommen, versuchte Jay von außen in die beleuchteten Fenster zu sehen, aber das Moskitonetz war verdreckt und die Lamellen waren aus genörpeltem Glas, sodass er nichts erkennen konnte. Aus dem Fenster dröhnten jetzt Guns N' Roses.

Er stieg die vier Stufen zur Tür hinauf und klopfte. Niemand antwortete. Wahrscheinlich konnten sie ihn wegen der hämmernden Rockmusik nicht hören, die jetzt eigentlich gar nicht so schlecht war. *Eight Miles high.*

Er ging wieder zum Fenster zurück. An einer Stelle hatte sich das Moskitonetz vom Rahmen gelöst und er griff unter das Netz und stellte die Lamellen senkrecht.

Als er freien Blick in das Zimmer hatte und sah, was darin vorging, war es, als wenn eine Welle über ihn hinwegrollte.

Jana hatte geschrien und geschrien, lauter als Guns N' Roses, als Bill auf sie zukam. Tom und Sandy sollten aufwachen. Sie mussten ihr helfen.

Tom hatte sich tatsächlich gerührt und geblinzelt. "Lasst sie doch endlich in Ruhe", hatte er gegrunzt und dann war er wieder eingeschlafen.

Wie am Spieß hatte sie geschrien, als Bill ihr seine speckige Pranke auf den Oberschenkel gelegt und daran hochgefahren war. Aber Tom hatte kein Lebenszeichen mehr von sich gegeben.

Lance war herübergekommen und hatte sie nach hinten gedrückt, damit Bill freie Hand hatte. "Na, willst du mir jetzt sagen, wie ich Kontakt zu deinen Eltern aufnehmen kann?", hatte er ihr mit feuchtem Atem ins Ohr gezischt.

Die Versuchung war groß gewesen. Sie würde Zeit gewinnen. Aber würde Lance Bill wirklich zurückpfeifen? Und würde Bill sich zurückpfeifen lassen?

Sie hatte den Kopf geschüttelt. "Ich kann dir nichts sagen."

Lance nickte zu Bill hinüber und legte ihr die Hand auf den Mund. "Da Bill, nimm dir deine Beute."

Entsetzt hatte sie Lance angeschaut. Dann spürte sie Bills Hände an ihrer Brust. Nein. Ungeduldig riss er an ihrer Bluse. Sie versuchte voller Panik, sich seinen Händen zu entwinden. Ohne Erfolg. Bills Hände waren jetzt überall. Sie bäumte sich auf, aber Bill schien das zu gefallen, mit zufriedenem Grinsen beobachtete er ihren Kampf unter seinen Händen.

Wieder bäumte sie sich auf, und Lance Hand auf ihrem Mund lockerte sich unversehens und sie konnte ihn in den Handballen beißen. Der Schrei um Hilfe blieb ihr im Hals stecken, als Lances wütender Schlag sie traf.

Bill hatte die Gelegenheit genutzt und ihr die BH-Träger über die Schultern gestreift. Entsetzt sah sie seinen gierigen Blick, während er versuchte, ihren Oberkörper zu entblößen. Sie wollte ihr Knie heben, um ihn in die Weichteile zu treten, aber die Fesseln waren zu eng. Eine von Bills Händen kroch wie ein ekliges Insekt in ihren BH, die andere legte sich zwischen ihre Beine.

"Nein", schrie sie und versuchte von den Händen wegzurutschen. "Ich geb euch die Nummer."

"Mich interessiert nur eine Nummer. Die Nummer mit dir", grinste Bill und knetete sie. Aber Lance legte ihm die Hand auf die Schulter und drückte zu, damit er innehielt.

"Also, wie ist die Telefonnummer?"

Sie konnte das Schluchzen nicht zurückhalten. "Bill soll zuerst seine Hände von mir nehmen."

"Bill."

Widerwillig zog Bill seine Hände zurück.

"Woher soll ich wissen, dass er mich nicht sofort wieder anfasst, wenn ich dir die Nummer gesagt habe?" Der Ekel und die Angst in ihren Augen waren nicht gespielt.

"Bill, geh ins Bad." Lance Worte kamen wie ein Befehl heraus.

"Aber …"

"Wenn sie mir die richtige Nummer gibt, dann kriegen wir beide viel Geld und du noch einen Haufen Dope von mir obendrauf. Wenn die Nummer falsch ist, kriegst du sie für eine ganze Woche und nen Haufen Dope. Du machst also immer ein gutes Geschäft."

"Hm." Bill war mehr der Spatz-auf-der-Hand-Typ, aber Lance nickte bestimmend Richtung Badezimmer. "Bis dahin verschwinde erstmal. Aber hol dir keinen runter. Wenn die Nummer falsch ist, brauchst du deinen Saft noch." Sein Lachen war wie eine giftige Raupe, die über ihre Haut lief.

"Also", wandte Lance sich an Jana, als Bill gegangen war, "wie ist die Nummer?"

"Du musst aber wissen, meine Eltern haben nicht viel Geld. Ich glaube nicht, dass …"

Lance schlug zu und Janas Kopf flog nach hinten.

"Die Nummer!"

"Aber der Flugzeugabsturz … sie wurden bestimmt benachrichtigt."

Jana sah, dass Lance wieder zum Schlag ausholte und zog den Kopf ein. Doch etwas schien ihn zu stoppen. Sie schaute auf und sah jemandes Hand an Lance‚s Kopf und eine zweite Hand mit einem Messer an seiner Kehle. Die Hände gehörten einem Mann, dessen Gesicht sich jetzt neben das von Lance schob.

"Wer immer du auch bist", brüllte der Mann über die Musik hinweg in Lances Ohr, "du wirst niemandem sagen, dass diese Frau lebt."

Jana riss die Augen auf. Sie kannte das Gesicht. Sie hatte es schon einmal gesehen.

Es war der dritte Mann von der Jacht, der dritte Entführer von Jay.

Jay rannte um das Haus. Adrenalin hämmerte durch seine Adern. Er sprang in das offene, dunkle Fenster, das er vorhin gesehen hatte, und tastete dann nach dem Lichtschalter.

Bevor das Licht aufgeflammt war, hatte er schon die Tür zum Flur gefunden und wollte ins Wohnzimmer eilen. In diesem Moment wurde die Badezimmertür geöffnet und Bills massige Silhouette erschien in der von innen beleuchteten Tür. Als er Jay sah, wollte er jemanden warnen, er riss schon den Mund auf, doch Jay stieß ihn mit aller Wucht ins Bad zurück und haute die Tür hinter ihm zu. Jay sah nicht, dass Bill im Zurückstolpern auf das hintere Ende eines fingerdicken Hundertfüßlers trat. Das Tier bäumte sein Vorderteil auf und biss Bill in den kleinen Zeh. Der Schmerz ließ ihn aufschreien und auf einem Bein zur Seite springen. Er rutschte auf dem glitschigen Boden aus und schlug mit dem Kopf an die Duschwanne, wo er bewusstlos liegen blieb.

Jay lief weiter. Keine Zeit zu verlieren. Er hatte durch das Fenster gesehen, wie ein Unbekannter zum Schlag ausholte, und treffen wollte er Jana, die mit zerrissener Bluse und halb entblößtem Oberkörper vor ihm an einen Sessel gebunden war. Nicht weit hinter dem Mann hatte er einen erblondeten Richard Brown mit einem Messer in der Hand stehen sehen.

Jana war in akuter Gefahr. Nichts anderes war von Bedeutung. Er hatte keine Zeit mehr für Planungen, er musste sofort eingreifen.

Jay rannte ins Wohnzimmer, sah Brown und den Unbekannten vor Jana stehen. Er hatte nichts als seine bloßen Hände und packte den,

den er zuerst kriegen konnte. Brown. Er riss ihn von dem anderen weg und warf ihn auf den Boden. Brown landete hart und rang nach Luft. Jay trat mit Wucht nach der Hand mit dem Messer. Als Brown es fallen ließ, kickte Jay es aus dem Weg. Es schoss unter die Kommode, auf dem der Fernseher stand.

Das Ganze dauerte keine drei Sekunden. Jay wandte sich zu dem anderen Mann, der immer noch vor Jana stand; er hielt sich mit einer Hand den Hals und etwas Blut sicherte zwischen seinen Fingern hindurch, doch sein Gesicht zeigte nach wie vor Bösartigkeit und Entschlossenheit und mit der anderen Hand griff er nach Jana. Jay holte mit der Rechten aus um ihn aus Janas Nähe zu schlagen, doch in diesem Moment warf sich Brown mit der Schulter gegen Jays Oberschenkel. Jay knickte ein und landete auf dem Boden direkt vor der Kommode mit dem lärmenden Fernsehgerät.

Brown sprang auf ihn drauf und die Männer rollten über den fleckigen Teppich, der aus der Nähe unerträglich nach Schimmel stank. Mal war der eine oben, mal der andere, beide Männer waren trainiert, beide wurden durch das Adrenalin in ihren Adern hochgepeitscht, doch Jay war noch durch die Misshandlungen und von den Drogen, die ihm verabreicht worden waren, geschwächt. Trotzdem schaffte er es, Brown auf den Rücken zu drehen und seine Hände festzuhalten, doch jedes Mal, wenn er ihn ausknocken wollte, landete Brown einen schnellen Schlag in seine Nieren.

Jays Kräfte schwanden. Er merkte, er musste schneller sein, um Brown unschädlich zu machen und sich dann den anderen Mann vorknöpfen zu können. Der andere Mann. Jay versuchte, im Augenwinkel einen Blick in seine Richtung zu werfen. Doch was er sah, ließ sein Blut in den Adern gefrieren: Der Sessel, in dem Jana eben noch gesessen hatte, war leer und die dunkle Öffnung der Haustüre starrte ihm ins Gesicht.

Jay sprang auf, Brown interessierte ihn nicht mehr. Er rannte zur Tür, sah zu der Stelle in der Einfahrt, wo eben noch das Cabrio gestanden hatte, die war leer. Er blickte zur Straße und sah den Sportwagen, schon zu weit weg, als dass er ihn noch erreichen konnte. Jana auf dem Beifahrersitz war wohl immer noch gefesselt, aber sie drehte sich zu ihm um und schrie etwas, was er wegen der Entfernung nicht verstehen konnte. Er sah, dass sie die Augen aufriss. In diesem Moment traf ihn ein Hieb im Rücken und er fiel nach vorne die Stufen hinunter in den Staub, in dem noch die Reifenspuren von Lances Wagen zu sehen waren.

Als Jana langsam zu Bewusstsein kam, war es dunkel und sie fror. Ihre Wange lag auf kaltem, hartem Steinboden und sie hatte einen merkwürdigen, metallischen Geruch in der Nase. Blut.

Sie war zu schwach, um wirklich alarmiert zu sein, registrierte nur langsam ihre Umgebung. Jeder Atemzug verursachte ihr Schmerzen und ihr Gesicht brannte, doch das Schlimmste war diese unendliche Mattigkeit.

Etwas kitzelte sie im Gesicht, sie wollte es wegstreifen und stellte fest, dass ihre Hände auf den Rücken gebunden waren. Angst begann hinter ihren Augen zu pochen. Wo war sie hier und was war mit ihr geschehen?

"Hallo?" Ihre Stimme hallte von den Wänden, aber niemand antwortete. Von irgendwo draußen drangen Geräusche zu ihr, ein schweres Wälzen und nasses Stampfen, ein Rauschen und Schlagen. Sie kannte das, sie hatte es in den letzten Wochen oft gehört, wenn sie am Meer gesessen war, es war die Brandung, wie sie an Surftagen auf die Felsen prallte.

Doch wie kam sie hierher? Sie erinnerte sich, da war plötzlich der Mann von der Jacht gewesen und er hatte Lance mit einem Messer angegriffen, während Bill im Bad war. Und nur wenige Augenblicke später war der entführte Mann aufgetaucht, der auch der Mann aus ihrem Traum war. Und plötzlich war ihr klar: Das musste ihr Verlobter sein. Jay.

Jay hatte mit dem Mann vom Boot gekämpft, sie waren auf dem Boden umhergerollt und Lance hatte sie währenddessen vom Stuhl losgebunden. Blut war von ihm auf sie heruntergetropft und dann hatte er sie aus dem Wohnzimmer nach draußen gezerrt. Sie hatte beim Hinausgehen gesehen, dass Jay angeschlagen war, dass er geschwächt war. Sie hatte nach Tom gerufen, der mit Sandy bewusstlos auf der Couch lag, damit er ihm half, aber Tom hatte nicht reagiert.

Lance hatte sie ins Auto gestoßen und sie waren losgefahren. Sie hatte sich mit aller Kraft noch einmal umgedreht und da war Jay in der Tür gestanden und plötzlich war der andere Mann hinter ihm gestanden und er hatte ausgeholt und sie konnte sehen, dass er ein Messer in der Hand hatte, als er auf Jay von hinten einhieb. Es war so merkwürdig gewesen, weil plötzlich die Musik aufgehört hatte und die Bewegungen des Mannes mit dem Messer wie in Zeitlupe abgelaufen waren. Dann war Jay die Stufen hinabgestürzt und vor der Treppe gelegen, während sie sich im Wagen entfernten.

Sie war einen Moment wie betäubt gewesen, während Lance Richtung Haleiwa fuhr. Sobald sie die ersten Häuser erreichten, begann sie, so laut sie konnte, um Hilfe zu rufen. Jemand musste Jay helfen, er war bestimmt schwer verletzt, vielleicht sogar tot. Aber Lance war nur umso schneller gefahren, je mehr sie geschrien hatte. Erst als sie Haleiwa hinter sich gelassen hatten, war Lance mit wütendem Gesicht an den Straßenrand gefahren. Sie dachte, er wollte sie in das Dickicht neben der Straße schleppen und sie umbringen. Als er sich zu ihr drehte, versuchte sie ihn zu treten, soweit das in dem Auto möglich war, doch dann hatte sie einen dumpfen Schlag am Kopf erhalten und sie war in ein rotes Rauschen abgedriftet und dann in ein großes Nichts.

Sie hatte keine Vorstellung davon, wie viel Zeit seitdem vergangen war. Lance musste sie, während sie bewusstlos gewesen war, hierher gebracht haben, vielleicht hatte er sie auch unter Drogen gesetzt, sie traute ihm alles zu. Erschrocken rieb sie ihre Oberschenkel aneinander, ein Glück, sie hatte ihre Jeans hatte sie noch an.

Nach und nach schaffte sie es, ihre Situation zu erfassen. Der Steinfußboden, die Dunkelheit, es musste ein Haus sein, in dem sie sich befand. Das Schlagen der Brandung draußen und dass sie sich auf der Straße nach Waimea befunden hatten, als Lance rechts rangefahren war, ließen sie vermuten, dass er sie irgendwohin an die Nordküste gebracht hatte. Vielleicht waren sie ja gar nicht so weit gefahren.

Jana versuchte, sich aufzurichten. Sie musste hier raus, Jay war verletzt, sie musste Hilfe holen, er brauchte doch Hilfe ...

Wenn es nicht schon zu spät war.

Tränen traten in ihre Augen. Jede Bewegung ihrer steifen, ausgekühlten Glieder schmerzte und ihr Schädel schien bei jeder Bewegung zerbersten zu wollen. Doch sie gab nicht auf und schließlich schaffte sie es, sich aufzusetzen.

Sobald sie aufrecht saß, versuchte sie, sich zu orientieren, doch um sie herum war nur Schwärze, nirgendwo ein Fenster zu erkennen oder ein Schatten oder irgendetwas, das ihr half.

Ihr war übel und schwindelig, wahrscheinlich hatte sie eine Gehirnerschütterung. Aber sie wollte nicht aufgeben, sie durfte nicht aufgeben.

Sie schaffte es nicht, sich auf die Füße zu stellen, also rutschte sie durch den Raum, bis sie an eine Wand stieß. Sie keuchte vor Anstrengung, sie fühlte sich todkrank.

Jay. Indem sie den Namen laut sagte, holte sie sich wieder neue Kraft. Sie begann an der Wand entlang zu rutschen in der Hoffnung, eine Tür zu finden, doch nach wenigen Metern war sie völlig erschöpft.

Sie musste sich ablegen. Nur kurz, sagte sie sich, dann würde sie ... Sie ließ den Kopf auf den Boden sinken und fühlte diese lähmende Müdigkeit. Sie weinte. Die Tränen rannen heiß über ihre zerschlagenen Wangen auf den Steinboden. Es war alles ihre Schuld. Sie, der die Liebe doch eigentlich so wichtig war, war aus Angst vor ihr geflohen. Weil sie wusste, dass es keine Garantie gab, hatte sie sich davongestohlen. Feige, ohne ein Wort des Abschieds. Und nun musste sie dafür sterben, nicht nur sie, sondern auch Jay.

Sie wünschte, sie könnte die Zeit noch einmal zurückdrehen, alles ungeschehen machen, mutig sein oder wenigstens irgendwie Jay retten. Doch sie schaffte es ja nicht mal auf ihre eigenen Füße.

Sie hörte die Brandung von irgendwo da draußen und fand in dem Getöse einen Rhythmus. Die Gesichter der letzten Tage erschienen vor ihrem geistigen Auge, sie vermischten sich mit Gesichtern aus ihrem Leben vor dem Flugzeugabsturz, und dann war sie plötzlich wieder in ihrem Traum.

Sie befand sich in einem holzgetäfelten Raum mit warmem gedämpften Licht, sie wusste, es war Jays kleine Segeljacht, die Mahalo. Sie verbrachten hier ein romantisches Wochenende mit Segeln, Grillen, Liebemachen, Angeln und in ihrem Fall Schreiben. Es war später Abend, sie lag schweißüberströmt auf dem Bett unten in der Kajüte. Sie war nur mit ihrem Lieblingstop bekleidet, es war pflaumenfarben und hatte Spaghettiträger. Sie fühlte sich begehrt und sexy und sie genoss diesen frivolen Augenblick, wie sie auf ihren Geliebten mit geöffneten Schenkeln wartete. Leichtes Donnergrollen rollte von den Alpen hinüber über den Chiemsee. Ein Gewitter näherte sich. Damit sie später nicht mehr würden aufstehen müssen, war Jay schnell nach oben gegangen, um irgendwelche Leinen zu prüfen und die Sitzpolster hereinzuholen.

Sie war erregt und bereit und wartete, dass er zurückkam. Sie hörte eine Tür klappen und nackte Füße kamen die Treppe hinunter. Sie stützte sich auf und lächelte ihm entgegen. Im nächsten Moment war er bei ihr und sie setzten genüsslich ihr Liebesspiel fort, während draußen die Gewitterentladung heranreifte.

Gerade als sie nicht mehr länger warten konnte, sie ihn unbedingt in sich spüren wollte, hörten sie die Schritte. Schwere Schritte genau über ihnen.

"Warte, Sonja! Da ist jemand." Jay hielt sie fest, sodass sie sich nicht mehr bewegen konnte und lauschte.

Mit einem Schlag war jedes gute Gefühl aus ihrem Körper gewichen. Er hatte Sonja zu ihr gesagt, Sonja war der Name seiner ersten Frau.

"Ich muss nachsehen, wer da ist!", sagte er und schob sie sanft aber bestimmt zur Seite. "Warte hier unten."

Er hatte seine Shorts übergezogen und war die Treppe hinaufgegangen.

Diesmal hatte sie nicht sehnsüchtig auf seine Rückkehr gewartet, sondern eher ernüchtert. Sie hatte ihren Slip gesucht und übergezogen und sich auf den Bettrand gesetzt, während sie versuchte, sich zu beruhigen. Er hatte sie sicher nicht verletzen wollen, aber dass er in dieser Situation den falschen Namen gesagt hatte ... Die Lust war ihr für heute vergangen.

Während sie da saß und versuchte, ihre Gefühle unter Kontrolle zu bekommen, nahm sie mit halbem Ohr Männerstimmen über sich wahr. Dann plötzlich blitzte und donnerte es gleichzeitig und ein Mann schrie auf.

Jana wachte auf. Ihr Herz schlug heftig. Jetzt wusste sie, wie es damals weitergegangen war. Als der Mann aufgeschrien hatte, war sie aufgesprungen und nach oben gerannt. An Deck sah sie Jay über einem Mann gebeugt. Es war der alte Mann vom Nachbarboot.

"Was ist los? Was ist passiert?"

"Schnell, ruf den Notdienst. Blitzschlag." Jay setzte seine Wiederbelebungsversuche fort, während Jana wieder nach unten rannte und in fieberhafter Eile die Notrufnummer in Jays Handy hämmerte.

Ja, jetzt wusste sie es wieder, so war es gewesen. Der alte Mann konnte gerettet werden und sie hatte vergessen, wie sehr es sie geschmerzt hatte, dass der Mann, den sie über alles liebte, sie im Liebesspiel mit dem falschen Namen angeredet hatte, dem Namen seiner verstorbenen Frau. Sie hatte das damals verdrängt, sie fand ihren Schmerz zu kleinlich und zu ichbezogen nach den dramatischen Ereignissen drum rum. Sie und ihre ewig verletzte, kleine, ängstliche Seele, dachte sie, sie wäre ihre Empfindlichkeit so gerne los gewesen. Sie hatte das Ereignis weggeschoben, doch die alten Ängste vor dem Verlassenwerden hatten neue Nahrung gefunden, sich in dem darauf folgenden trüben Herbst verstärkt und sie schließlich in die Flucht getrieben. In die Flucht vor Jay.

Sie verstand es jetzt und sie wünschte, sie könnte mit Jay darüber sprechen. Er würde sie verstehen, das wusste sie. Aber für ein Gespräch würden sie wohl keine Gelegenheit mehr haben.

Sie begann wieder zu weinen. Irgendwann schlief sie erschöpft ein.

Als sie das nächste Mal aufwachte, zitterte sie, so kalt war ihr, vielleicht hatte sie aber auch Fieber. Antriebslos sah sie in die Dunkelheit, sie hatte aufgehört zu denken und sie fühlte nur noch

Leere. Das Dröhnen der Wellen draußen war zu einem brüllenden Toben angewachsen, Wassermassen, die auf ein Riff donnerten, tosend, schmatzend, todbringend für alles, was sich ihm in den Weg stellte.

Langsam kroch ein schmaler Lichtstreifen in ihr Blickfeld und es dämmerte ihr, dass da eine Tür sein musste. Sie versuchte erst gar nicht sich aufzurichten, sondern schob sich liegend in die Richtung des Lichtstreifens. Sie keuchte vor Anstrengung.

An der Tür angekommen, ruhte sie sich aus, bis sich ihr Atem ein wenig beruhigt hatte. Dann versuchte sie, sich aufzusetzen, was wegen der zusammengebundenen Hände unendlich viel Kraft kostete. Schließlich schaffte sie es.

Sie setzte sich mit dem Rücken zur Tür und presste ihr Ohr an das Holz, ob sie von da draußen noch etwas anderes hören konnte, doch da war nichts als das Toben des Meeres.

Sie wartete, bis sich der Schwindel gelegt hatte und sie sich etwas kräftiger fühlte, dann schob sie sich mit zitternden Knien an der Tür nach oben. Kalter Schweiß trat ihr auf die Stirn, während sie mit ihren Händen hinter dem Rücken nach dem Schloss tastete.

Sie versuchte den Knauf zu drehen, aber er ließ sich nicht bewegen. In dem Knauf war ein Riegel angebracht, sie versuchte alle möglichen Positionen, doch sie schaffte es nicht, die Tür zu öffnen.

Schließlich konnte sie sich nicht mehr aufrecht halten und ließ sich wieder hinabrutschen.

Erschöpft lag sie auf dem Boden. Ihre Zunge fühlte sich an wie ein trockener Putzlappen und ihr Hals brannte. Nur eine Minute ausruhen, dachte sie, dann würde sie es noch einmal versuchen.

Der schmale Lichtstrahl warf einen hellen Streifen über ihr Gesicht, doch der Spalt unter der Tür war zu klein, um irgendetwas draußen erkennen zu können. Trotzdem starrte sie in das Licht, als könnte es ihr Kraft geben oder sie von ihrer Qual erlösen. Als eine große Kakerlake unter der Tür hereinkroch, fand sie das tröstlich. Sie war nicht von der Außenwelt abgeschnitten. Sie war nicht allein.

Sie schlief ein.

Sie wachte auf, als etwas hart gegen ihren Körper rammte. Sie versuchte, aus dem Weg zu rutschen und gleichzeitig die Benommenheit wegzublinzeln.

"Wer ist da?" Sie sah nur eine dunkle Silhouette im blendenden Sonnenlicht, das jetzt durch die geöffnete Tür drang.

"Was machst du da? Weg von der Tür, Schlampe." Es war Lances Stimme. Da war kein Verstellen mehr, keine Schmeicheleien, die er in seiner Eigenschaft als Dealer gerne verteilt hatte. Nur noch Bosheit und Besessenheit beherrschten seinen Ton.

Jana rutschte noch ein Stück weiter von der Tür weg und Lance trat herein. Er warf die Tür hinter sich zu und sie waren in Dunkelheit getaucht. Sie hörte ein Klicken und befürchtete schon, er habe eine Waffe, doch dann leuchtete er ihr mit einer Taschenlampe ins Gesicht.

"Du bist also schon wach", sagte er. "Umso besser. Dann können wir ja da weiter machen, wo wir gestern aufgehört haben."

Er drehte sich weg und sie hörte eine Verriegelung schnappen. Dann sah sie im Licht der Taschenlampe, dass da ein zweites Schloss in Brusthöhe war, das er jetzt von innen mit einem Schlüssel verschloss.

Sie wartete. Sie wusste, es hatte keinen Sinn zu versuchen, sich vor ihm zu verstecken. Dazu hatte sie sowieso zu wenig Kraft.

"Ich brauche etwas zum Trinken. Ich bin krank."

"Das interessiert mich nicht. Gib mir die Telefonnummer deiner Eltern."

"Aber ...", sie musste husten, weil das Sprechen ihren Hals reizte.

"Aber was?"

"Aber warum ... sollte ich das tun?"

Er riss sie an den Haaren hoch. "Weil du leben willst?"

"Man wird dich wegen Mordes verhaften, wenn du mich umbringst."

Er ließ sie fallen und sie konnte nicht verhindern, dass sie mit dem Kopf aufschlug.

Sie hörte ihn lachen.

"Wer sollte mir irgendetwas nachweisen? Tom und die anderen von der Wohngemeinschaft werden nicht zur Polizei gehen. Und dieser Mann mit dem Messer wird doch selbst von der Polizei gesucht. Ich hab ihn im Fernsehen gesehen. Und den anderen Zeugen hat er ja erstochen."

Jana schloss die Augen. Der andere Zeuge war Jay.

Lance ließ ihr keine Zeit, sich zu sammeln.

"Ich zähle bis drei. Entweder du gibst mir die Nummer oder du stirbst. Und glaube mir, es wird kein leichter Tod sein."

Er gab ihr einen Tritt in die Seite und sie wand sich vor Schmerzen.

Was sollte sie tun? Wollte sie überhaupt noch leben, jetzt wo Jay wahrscheinlich tot war?

"Glaub mir, ich bringe dich zum Reden", hörte sie Lance. "Du ersparst uns eine Menge Quälerei, wenn du sie mir gleich gibst."

Ja, sie wollte leben. Sie musste leben. Schon um die Wahrheit aufzudecken und um Lance zur Strecke zu bringen.

"Ja!" Ihre Stimme war nur ein leises Röcheln.

"Ja was?" Wieder ein Tritt, doch sie schaffte es, den Schmerz auszublenden.

"Ich gebe dir die Telefonnummer. Aber lass mich ins Bad, was trinken." Ihre Stimme war so leise, dass sie die Brandung kaum übertönte.

"Und warum sollte ich das tun?"

"Meine Eltern werden ein Lebenszeichen verlangen. Ohne Wasser werde ich sterben und du bekommst kein Geld."

Er leuchtete ihr wieder mit der Taschenlampe ins Gesicht, sie blinkte nicht einmal.

"Okay, du siehst echt Scheiße aus. Aber das Bad wird dir nicht viel helfen, Wasser und Strom sind abgestellt, wenn die Besitzer nicht da sind."

"Aber ich brauche etwas zu trinken."

Lance überlegte, aber ihr Röcheln überzeugte ihn schließlich.

"Na gut. Ich habe eine angebrochene Flasche Wasser im Auto."

Lance ging durch den Raum und das Licht der Taschenlampe zuckte vor ihm her. "Immerhin brauche ich dich."

Bis du das Lösegeld hast, ergänzte Jana für sich.

Jana versuchte, im Schein der Taschenlampe möglichst viel von ihrem Gefängnis zu erfassen. Sie sah, dass der Raum auf der anderen Seite zwei Fenster hatte, die aber von außen mit Spanplatten verschlossen worden waren. Sie erkannte eine einfache Sitzecke, ein Bett, Küchennische aber nichts Persönliches.

Sie hörte Lance eine Tür aufschließen und ihre Lebensgeister erholten sich: Da war also eine zweite Tür, vielleicht konnte sie die von innen irgendwie öffnen – nachher, wenn Lance weg war.

Aber als Lance die Tür öffnete, sah sie, dass dort nicht die Freiheit wartete, sondern dass sich hinter der Tür ein weiterer Raum verbarg, nicht stockfinster wie dieser, doch immer noch so dunkel wie zu Beginn der Morgendämmerung.

Etwas irritierte sie: Ein Geruch nach Benzin und Motoren strömte herein und nun erkannte sie durch den Türspalt, den Lance offengelassen hatte, dass in dem Nebenraum mehrere Wagen standen: Einer davon war Lances Cabrio.

Plötzlich dämmerte ihr, wo sie war: in dem Zimmer eines Chauffeurs neben der Garage, die möglicherweise zu einem größeren Haus gehörte. Lance durfte hier aus irgendeinem Grund ein- und ausgehen.

Wie sollte jemand sie hier finden? Wegen der Brandung würde niemand ihr Rufen hören, dachte sie, während sie Lance im Auge behielt, soweit das in dem Dämmerlicht in der Garage und mit ihrem zugeschwollenen Auge möglich war.

Sie musste Zeit schinden und eine Möglichkeit finden, sich selbst zu befreien. Sie musste ihm eine Nummer geben. Die Frage war nur, welche.

Lance kam zurück, sie hörte, wie er die Tür zur Garage abschloss, dann bewegte sich das Licht der Taschenlampe auf sie zu.

"Da ist dein Wasser." Sie streckte langsam die Hand aus. Aber Lance richtete die Taschenlampe auf die Zweiliterflasche in seiner Hand, die zu einem Drittel leer war.

"Gib mir die Telefonnummer und du bekommst sie."

Jana sah das Wasser, das verlockend in der Flasche schwappte. Ihr Hals brannte, ihr war schwindelig und schlecht. Sie brauchte das Wasser.

Sie starrte wie gebannt auf die Flasche, da erhielt sie wieder einen Tritt in die Seite, der sie auf den Rücken warf. "Ich hab nicht den ganzen Tag Zeit."

Sie holte tief Luft und schloss die Augen. Dann gab sie ihm die Nummer.

Drogen, Geld und kalte Füße

11

Romantikthriller

Als Jay aufwachte, war es um ihn herum still. Er lag in einem Behandlungszimmer auf einer Liege, deren schwarzer Kunstlederbezug mit einem weißen Papierlaken abgedeckt war. Auf dem Schreibtisch schlängelte sich ein Stethoskop um verschiedene andere ärztliche Utensilien, deren Namen er nicht kannte. Auf einer Ecke des Schreibtischs stand ein Tischweihnachtsbäumchen aus Kunststoff mit verschiedenfarbenen Plastiksternen behangen – ein Kabel wies darauf hin, dass er leuchten konnte, aber jetzt war er ausgeschalten.

Er war allein. Das grelle Tageslicht wurde durch Vorhänge gemildert. An der Wand hingen Fotografien, alle irgendwie in Blau, alle zeigten Wellen, die sich hinter tätowierten, dunkelhaarigen Männern auf Surfbrettern zu riesigen Monstern auftürmten.

Wo war er hier? Bei jedem Atemzug war es, als würden tausend Dolche ihn von hinten durchbohren, und als er an sich herunterblickte, sah er weiße Bandagen, die um seinen Oberkörper gewickelt waren. Dann erinnerte er sich wieder.

Er hatte in der Tür des heruntergekommenen Hauses gestanden und den Fremden mit Jana in einem Cabrio davonfahren sehen. Er wollte die Treppe hinunterspringen, dem Wagen nachjagen, aber in dem Moment hatte er einen Hieb im Rücken gespürt und er war nach vorne gefallen, die Stufen hinunter. Verdammt, Brown hatte das Messer wieder gefunden.

Jay lag noch im Staub, da traf ihn schon der nächste Hieb in den Rücken. Es war so merkwürdig gewesen, er hatte keinen Schmerz gefühlt, aber plötzlich hatte ihn jede Kraft verlassen.

Dann war plötzlich die Musik weg gewesen und Männerstimmen riefen. Als Nächstes wurde er umgedreht und der Mann, der vorhin auf der Couch geschlafen hatte, blickte ihn an. Der andere, der ihn mit dem Messer verletzt habe, sei fort, sagte er und stellte sich als Tom vor. Er würde ihn zu einem Arzt bringen, von dem sie wussten, dass er keine Fragen stellte, aber er müsse versprechen, die Bewohner des Hauses aus der ganzen Sache herauszuhalten.

Jay hatte genickt. Was hatte er für eine Wahl, wenn das Blut aus ihm heraussickerte.

Während er darauf wartete, dass Tom sein Auto aus dem Versteck holte, hatte er auf dem Rücken gelegen und in den Nachthimmel geblickt. Jana. Wo hatte der Mann sie hingebracht? Er musste sie finden.

Jay hatte versucht, sich aufzurichten, doch von der Anstrengung und dem Blutverlust hatte er wohl das Bewusstsein verloren.

Jay erinnerte sich nicht, wie er in den Wagen gelangt war, aber an die Fahrt. Er hatte auf dem Rücksitz gelegen bei, jedes Schlagloch hatte er in seinem Rücken gespürt wie tausend Dolche.

Tom hatte ihm gesagt, dass der Mann, der Jana mitgenommen hatte, Lance hieß und Lösegeld für Jana fordern wolle. Aber damit wollten sie nichts zu tun haben, das müsse er ihm glauben.

"Aber warum habt ihr sie nicht befreit?", hatte er gefragt. Aber Tom hatte dazu nichts gesagt und beim nächsten Schlagloch war er wieder in die Bewusstlosigkeit geglitten.

Als er das nächste Mal aufwachte, trug ihn ein riesiger Mann mit einem freundlichen hawaiianischen Gesicht wie ein Baby in dieses Behandlungszimmer. Was dann geschah, bekam er nicht mehr mit, aber wie es schien, hatte der Hawaiianer seine Wunden fachmännisch versorgt.

Er war in Sicherheit, aber was war mit Jana? Jay sah wieder ihr Gesicht, als sie sich im davonfahrenden Wagen umgedreht hatte. Er hatte das plötzliche Entsetzen in ihren Augen gesehen, bevor der Hieb ihn traf.

Er musste sie suchen, er durfte nicht noch mehr Zeit verlieren.

Jay versuchte sich aufzurichten, doch sofort wurde ihm schwindelig und sein Magen drehte sich von innen nach außen. Er wartete, bis sich die Benommenheit gelegt hatte, dann versuchte er es noch einmal. Diesmal drehte er sich zuerst auf die Seite und drückte sich dann langsam mit der rechten Hand nach oben.

In diesem Moment kam der Hawaiianer von gestern Nacht herein. Seine dunklen Locken hingen ihm nass in das runde Gesicht. Er trug ein schwarzes Tanktop und schwarze Bermudashorts, die den Blick auf tätowierte Arme und Beine freigaben. Er sah aus wie einer von der einheimischen Surf-Gang, dachte Jay. Er hatte über sie auf dem Flug nach Hawaii in der Zeitung gelesen.

"Ich sehe, Sie wollen ausgehen", sagte der Mann ungerührt. Er zog den weißen Kittel, der an der Tür gehangen hatte, über und verwandelte sich von einer Sekunde zur anderen in einen Arzt.

"Sie hätten mich wecken sollen. Ich darf keine Zeit verlieren." Schweiß lief Jay von der Anstrengung, die ihn das Aufsitzen gekostet hatte, über das Gesicht.

"Ich bin Arzt, nicht Ihre Sekretärin. Und sie sehen auch nicht aus, als könnten Sie irgendwohin gehen oder fahren in dem Zustand, in dem Sie sich befinden."

Der Arzt nahm das Stethoskop vom Tisch und kam zu ihm herüber.

"Ich muss ..." Jay versuchte, sich auf die Füße zu stellen.

"Wenn Sie jetzt aufstehen, dann kippen Sie nach spätestens zwei Metern bewusstlos um. Das wär nicht gut für Sie, denn ich weiß nicht, ob Sie es überleben, wenn die frischen Wunden wieder anfangen zu bluten. Und das wiederum wär nicht gut für mich!"

"Aber da draußen ist jemand, Jana, meine Verlobte. Sie wurde entführt von einem Verrückten namens Lance. Ihr Leben hängt von mir ab. Und dann ist da auch noch Brown, ein weiterer Mörder, der frei herumläuft."

Ungerührt drückte der Arzt ihn zurück auf die Liege. "Tja, aber Sie sind nicht in der Lage bis zum Auto zu gehen und ich werde sie sicherlich nicht tragen und damit Beihilfe zum Selbstmord leisten. Also finden Sie einen anderen Weg."

Der Mann hatte recht, er konnte jetzt nicht gehen - wohin auch, er hatte keine Ahnung, wo er Jana und ihren Kidnapper finden konnte.

Jay überlegte. Sollte er die hiesige Polizei einschalten? Er wusste, nach welchem Wagen sie suchen mussten und er wusste den Vornamen des Fahrers. Zuhause würde er nicht zögern, da hätte er seine eigenen Leute. Aber konnte er der Polizei hier trauen? Oder dem FBI? Was wenn sie den Entführer in die Ecke drängten und der Jana etwas antat?

"Kann ich ihr Telefon benutzen?"

Der Arzt sah ihn fragend an.

"Ich will einen Freund anrufen." Melzer hatte Verbindungen in die USA. Zumindest würde er für ihn den Halter des Cabrios und dessen Adresse ausfindig machen können.

Der Arzt brachte ihm das Telefon herüber und Jay wählte Melzers Nummer. Nach mehrmaligem Klingeln meldete sich Melzers Anrufbeantworter und begrüßte ihn mit Aloha, er sei auf dem Weg in die Ferien nach Hawaii. Jay schloss die Augen: Das war die Beste aller möglichen Nachrichten - wenn er ihn fand.

Er rief als Nächstes in seinem Hotel an. Ja, ein Mr. Melzer habe ihm eine Nachricht hinterlassen, er käme heute Mittag gegen 13 Uhr mit Hawaiian Air in Honolulu Airport an und er solle ihn vom Flughafen abholen.

Jay sah auf seine Armbanduhr: Es war zwölf! Verdammt, wie lange war er ausgeknockt gewesen?

"Wie kann ich es in einer Stunde zum Flughafen schaffen?", fragte er und wollte sich wieder aufsetzen.

"Gar nicht", sagte der Arzt, der das Gespräch mit angehört hatte, und hielt ihn unten. "Aber Sie können die Fluggesellschaft anrufen und Ihrem Freund eine Nachricht hinterlassen."

Er ging zum Tisch und blätterte im Telefonbuch nach der Nummer. Er gab sie Jay. "Und sagen Sie Ihrem Freund, er soll Sie hier abholen. Sofort."

Jay blickte ihn überrascht an.

"Wieso habe ich plötzlich das Gefühl, als wollten Sie mich loswerden?"

"Hey, Mann. Ich weiß, Sie werden nicht vernünftig sein, und ich will Sie nicht bewusstlos oder tot auf der Fußmatte vorfinden, wenn ich von Waimea zurückkomme."

"Wieso, was ist in Waimea?"

"Big surf's up und die Wellen rufen nach mir."

Als Melzer die leicht verspätete Maschine verließ, erwartete ihn eine junge Frau in der Uniform der Hawaiian Airline unten an der Treppe. Sie gab ihm eine Telefonnummer, die er sofort anrufen solle.

Während das Gepäck aus der Maschine geladen wurde, ging Melzer zum nächsten öffentlichen Telefon. Er wählte die Nummer und ein Dr. Sowieso meldete sich, er konnte den Namen nicht verstehen.

"Haben Sie eine Nachricht für mich?", fragte er auf Englisch.

"Hold on!", hörte er die Stimme auf der anderen Seite, dann langes Schweigen. Melzer schloss die Augen und wartete. Die milde Tropenluft, die das offene Gebäude des Honolulu-Airports durchströmte, und die hallenden Flughafengeräusche um ihn herum gaben ihm ein Gefühl, als befände er sich in einem Traum, er hoffte nur, dass der nicht zum Albtraum wurde.

"Melzer, endlich. Ich warte schon wie auf brennenden Kohlen", hörte er endlich Jays Stimme in der Leitung.

Melzer atmete erleichtert aus. "Na selber 'endlich'. Ich hatte schon Angst, dass jemand aus dir Fischfutter gemacht hat. Also, was ist los?"

"Jana ist in den Händen eines Lösegeld-Erpressers und ich liege hier mit Stichwunden im Rücken bei einem Arzt auf dem Behandlungstisch."

Jay erklärte Melzer die Situation. Also doch ein Albtraum.

Dass Janas Befreiung erst mal wichtiger als Brown war, brauchten sie nicht zu besprechen, aber wie sie vorgehen würden.

"Und beeil dich Melzer. Er wird sie zwar nicht töten, solange er sie braucht. Aber ich weiß, dass dieser Typ ein skrupelloses, brutales Schwein ist."

"Hey, wir holen Jana da raus, Jay. Versuch dich auszuruhen, bis ich dich abhole."

"Das werde ich." Er legte auf und versuchte sich zu entspannen. Ihm war klar, er würde all seine Kraft brauchen, sobald sie wussten, wo sie nach Lance suchen mussten, er musste sich entspannen und er musste sich erholen, doch die Muskeln in seinen Wangen zuckten und seine Hände blieben zu Fäusten geballt.

Es kostete Melzer ein paar Anrufe, den Halter des violetten Camaro Cabrio und dessen Adresse ausfindig zu machen, dann lud er sein Gepäck in ein Taxi und machte sich auf den Weg nach Honolulu Chinatown.

Die Wohnung von Lance Wickman lag am Rande von Chinatown in einem der Wohnblocks, die wie Bienenkästen das bunte Treiben in Chinatown überblicken.

Melzer stieg aus dem Taxi und bat den Fahrer auf ihn zu warten. Der Schweiß stand ihm auf der Stirn, obwohl eine dünne Wolkenschicht die Sonne abmilderte. Er verglich noch mal die Adresse mit der, die er sich auf einen abgerissenen Zeitungsfetzen geschrieben hatte, dann ging er zur Glastür des riesigen Hauses. Er schaute sich nach einer Klingeltafel mit Namensschildern um, aber die Glastüre öffnete sich vor ihm automatisch und er ging hinein.

In der Lobby saß ein Concierge, ein alter Mann, der aussah, als hätte er Pearl Harbour nicht wirklich überlebt. Er blickte von seiner Zeitung auf und musterte skeptisch Melzers Hawaiihemd.

"Das war ein Geschenk von meiner Schwester", entschuldigte er sich. Dann sagte er, dass er zu Lance Wickman, Appartement 1218 wolle. Der Mann zeigte auf ein Telefon in einer Ecke und sagte, er müsse nur die Appartementnummer wählen.

Wenige Sekunden später hörte er eine atemlose Mädchenstimme durch den Hörer. "Bist du das, Lance?"

"Nein, hier ist Melzer, ein Bekannter. Ist Lance nicht da?"

"Nein. Hier ist Bellinda. Soll ich was ausrichten?"

"Ich bringe ihm was. Können Sie das annehmen?"

Sie zögerte. "Okay, kommen Sie rauf."

Er drehte sich fragend zu dem Concierge um, der auf den Aufzug zeigte. "Zwölfter Stock".

Als Melzer wenig später aus dem chromblitzenden Aufzug ausstieg, stand ein Mädchen, vielleicht 15 Jahre alt, barfuß in einer geöffneten Tür und winkte ihm. Sie trug Jeans-Shorts und ein gestreiftes Bikini-Oberteil, obwohl er wenig später feststellte, dass die klimatisierte Luft, die aus dem Appartement strömte, eiskalt war. "Hier wohnen … Hier wohnt Lance", sagte sie und zeigte nach innen, ohne ihn zum Eintreten einzuladen.

"Lance ist wirklich nicht da?", fragte Melzer.

"Nein. Ich warte schon seit gestern auf ihn." Ihr rosa Kindermund verzog sich zu einem Flunsch.

"Sie wohnen mit ihm zusammen?"

"Nein. Ich bin nur manchmal hier, wenn … er für mich Zeit hat."

"Und gestern hat er sie versetzt?" Sie tat ihm leid, offensichtlich hatte sie ihr kleines Herz an diesen unwürdigen Typen gehängt.

Sie antwortete nicht und Melzer seufzte. Er kannte den Typ Mädchen, der verzweifelt auf der Suche nach Liebe war und nicht gelernt hatte, ein Selbstwertgefühl und Selbstbewusstsein zu entwickeln. Es gab ihn überall auf der Welt – diese Art Mädchen wurden zu Opfern von Zuhältern und Menschenhändlern.

"Haben Sie eine Ahnung, wo er sein könnte?"

Wieder diese betrübte Gesichtsausdruck.

"Er war wohl nicht nett gestern, nicht wahr Bellinda?" Melzer fühlte sich mies, dass er ihr etwas vorspielte, statt ihr aufrichtig zu sagen, was für ein Schwein dieser Lance war. Er würde sie gerne einfach vernünftig um ihre Hilfe bitten, aber es war zu riskant, dass sie sich auf Lances Seite schlug und ihm keine weitere oder falsche Auskunft gab.

"Er hatte mir einen Ausflug versprochen", platzte es aus Bellinda heraus. "Wir fahren an die Nordküste und machen uns einen schönen Tag, hat er gesagt. Wissen Sie, er macht da irgendwelche Geschäfte, keine Ahnung was. Und danach wollten wir in die Villa und es so richtig …" Sie errötete, offensichtlich waren die weiteren Pläne nicht ganz jugendfrei.

"Er hat eine Villa? Waren Sie schon mal da?"

"Eigentlich ist es die Villa seines Kumpels. Irgendso ein Typ aus Vegas, er kennt ihn aber noch aus L.A. von früher. Sie ist direkt an der Nordseite der Waimea Bay. Traumhaft", schwärmte sie mit leuchtenden Augen. "Riesig, große Einfahrt, direkt am Meer, drei Badezimmer, drei Schlafzimmer, Spiegel über dem Bett im Hauptschlafzimmer …" Sie schlug sich mit der Hand auf den Mund. "Jedenfalls der Luxus pur – und dann auch noch rosa."

"Ich sehe, Sie hatten einen richtig tollen Tag geplant."

"Genau. Wenn nur diese blöde Kuh nicht aufgetaucht wäre."

"Wieso? Er hat sie doch nicht wegen einer anderen …"

"Doch. Er hat mich einfach aus dem Auto geworfen und hat stattdessen *sie* mit an die Nordküste genommen. Wie die aussah. Wirres blondes Haar. Und ein Kleid hatte sie an – völlig out."

Melzer hatte genug gehört. "Verstehe. Ich fürchte, ich muss jetzt gehen." Er streckte ihr die Hand hin.

"Aber sie wollten mir doch was für Lance geben."

"Ach, das geb ich ihm doch selbst. Ich muss ihm etwas dazu erklären."

Sie begleitete ihn zum Aufzug. Bevor sich die Tür hinter Melzer schloss, hielt er die Hand vor die Lichtschranke. "Sie sind ein hübsches, nettes Mädchen. Sie sollten nicht auf ihn warten. Das hat er nicht verdient."

Ihre Lider klapperten. "Finden Sie wirklich? Er ist doch so ein toller Typ."

Ein Dealer und Zuhälter, der schon in Kalifornien für seine Skrupellosigkeit bekannt war, hätte er am liebsten gerufen und sie wachgeschüttelt.

"Nicht gut genug für Sie", sagte er stattdessen und nahm die Hand von der Schranke.

Als Lance zurückkam, war Jana auf alles gefasst. Sie hatte nicht gehört, wie er die Tür aufschloss, aber das Licht, das für einen Augenblick beim Öffnen der Tür in den Raum drang und das plötzlich lautere Tosen der Wellen, hatten ihn angekündigt. Dann waren da wieder nur sie, Lance und die Taschenlampe.

Jana hatte die Zeit, die Lance weg war, genutzt - hatte ihre Kopfwunden gesäubert, gekühlt, Wasser getrunken und geruht. Sie hatte sich Möglichkeiten ausgedacht, wie sie ihn vielleicht überlisten konnte, wenn der Schwindel in ihrem Kopf besser wurde, und das hatte ihre Lebensgeister aktiviert. Doch davon durfte Lance nichts mitbekommen.

Als Lance erster Tritt sie traf, hatte sie ihn erwartet und unterdrückte den Aufschrei. Sie blinzelte ihn nur müde aus halbgeschlossenen Lidern an. Sie musste ihn überzeugen, dass sie am Ende war.

"Niemand ist ans Telefon gegangen, du blöde Schlampe!", schrie er sie an und riss sie an den Haaren hoch. Sie sagte kein Wort.

Sie hatte ihm die Nummer ihrer Großmutter gegeben, von der sie annahm, dass sie über Weihnachten bei ihren Eltern zu Besuch war. Die Genugtuung ihn reingelegt zu haben, gaben ihr die Kraft, ihr Spiel zu spielen.

"Lass mich sterben", murmelte sie. "Sie werden sowieso denken, dass ich bei dem Absturz ums Leben gekommen bin. Lass mich verhungern oder schlag mich tot, es ist mir egal."

"Von wegen, du stirbst nicht. Ich will meinen Finderlohn." Er ließ sie los und sie sank zurück auf den Boden.

Sie sah das Licht der Taschenlampe durch den Raum zucken, dann öffnete Lance die Tür zur Garage. Er lehnte die Tür an, sie konnte nicht sehen, was er dort machte, hörte nur die Wagentür klappen. Nach einer Weile kam er zurück, verschloss die Tür und warf etwas vor sie hin.

"Da, iss", sagte er und leuchtete auf den Boden, wo eine Banane lag.

"Aber meine Hände." Sie blieb in ihrer Rolle, ihre Stimme war flach und leise.

Lance kam zu ihr herüber und band die Fesseln los. Ihre Schultern schmerzten fast unerträglich, als sie die Arme nach vorne zog.

"Iss endlich", sagte Lance und gab ihr einen Schubs.

Sie ließ sich Zeit, nahm die Banane langsam mit zitternden Händen auf, versuchte sie zu öffnen, ließ sie wieder fallen. "Ich kann sie nicht schälen."

Ungeduldig bückte sich Lance und nahm die Frucht, um sie zu schälen. Jana war versucht, diese Sekunden zu nutzen und ihn mit dem Fuß gegen das Schienbein zu treten. Doch sie hatte Angst, dass sie noch nicht genug Kraft hatte, um ihn wirklich umzuwerfen und zu überwältigen, so wie sie es im Selbstverteidigungskurs gelernt hatte, an den sie sich inzwischen auch wieder erinnerte. Sie hatte nur eine Chance, und die durfte sie nicht vertun.

Also nahm sie mit zitternden Händen eines der matschigen Fruchtstücke, die er ihr hinwarf und mit der Taschenlampe anleuchtete, vom Boden auf und führte es langsam zum Mund. Lance sah ihr eine Weile zu, wie sie die Stücke kraftlos im Mund herumschob, dann drehte er sich ungeduldig um und ging zur Eingangstür. "Ich werde es noch einmal probieren. Wenn ich sie dann nicht erreiche, ist das dein Ende."

Für einen Augenblick wurde das Meer lauter, dann war sie wieder allein im Raum.

Als Melzer zur Tür hereinplatzte, war Jay gerade dabei, das verblichene Hemd zuzuknöpfen, das ihm die Frau des hawaiianischen Arztes geschenkt hatte. Der Arzt hatte ihm frische Verbände angelegt und ihm empfohlen, sich irgendwo hinfahren zu lassen, wo er wenigstens ein paar Tage lang ruhig liegen und seine Wunden verheilen lassen könnte. Jay hatte nichts darauf erwidert und der Arzt hatte mit den Schultern gezuckt.

"Alles okay, alter Knabe?" Melzer hielt sich gerade noch zurück, ihm auf die Schulter zu klopfen, als er sah, wie blass Jay war und wie tief seine Augen in den Höhlen lagen.

Jay nickte. "Alles okay. Was hast du herausgefunden, Melzer?"

"Er heißt Lance Wickman, er war in Kalifornien auch unter dem Namen *Coyote* bekannt. Er war seit gestern nicht in seiner Wohnung in Honolulu. Wahrscheinlich hat er Jana zu einer Villa an der North Shore gebracht. Die gehört einem seiner Freunde, der aber überwiegend in Kalifornien lebt. Lance bringt dort gerne seine minderjährigen Mädchen für ein Schäferstündchen hin."

"Und wo genau ist die Villa?"

"Bei Waimea Bay. Ich bin eben mit dem Taxi dran vorbeigekommen. Die Rollläden sind zu, als sei niemand da, und sein Wagen steht auch nicht in der Einfahrt, aber das Haus hat eine ziemlich große Garage."

"Okay, dann lass uns das Haus checken. Wir müssen nur vorsichtig sein, dass er uns nicht bemerkt. Er darf nicht in Panik geraten."

"Sollte nicht schwer sein, uns da unauffällig zu bewegen. Da ist so ein Rummel wegen der Wellen, da fallen wir nicht auf."

"Okay, gehen wir."

Melzer half ihm auf die Füße und stützte ihn. "Wo ist dein Wagen? Oder hätte ich mein Taxi behalten sollen?"

"Irgendwo da draußen." Jay begann, nach dem Wagenschlüssel zu tasten. Verdammt, wo sind meine Schlüssel?"

"Der Wagen ist hinter dem Haus geparkt." Melzer drehte sich nach der Stimme um, die die Worte gesagt hatte, und sah den dunkelhäutigen, tätowierten Mann in den schwarzen, knielangen Shorts. Das Outfit gefiel ihm, wäre mal was anderes, wenn er so am Chiemsee baden ginge.

Der Arzt gab Melzer den Wagenschlüssel, den er von Tom erhalten hatte. "Passen Sie auf ihn auf. Er ist sehr schwach und sollte sich ausruhen!"

"Wenn Sie meinen, der hörte auf mich, dann haben Sie von ihm den falschen Eindruck gewonnen. Der ist der gleiche sture Esel wie seine Verlobte, die durch irgendwelche verrückte Umstände mal wieder in die Hände von Verbrechern geraten ist."

"Tja, dann bleibt mir nur, euch viel Glück zu wünschen. Aloha. Und passt auf Euch auf."

Der Arzt wohnte nicht weit vom Ehukai Beach Park und so nahmen sie von dort aus den Kamehameha Highway Richtung Waimea. Im Wagen lag ein metallischer Geruch von dem Blut, das Jay auf der Fahrt vom WG-Haus zum Arzt verloren hatte, und sie waren froh, als leichter Fahrtwind durch die Fenster hereinströmte.

Aber der Verkehr war schleppend und sie kamen nur langsam voran, denn die Touristen aus dem Süden und jeder von der Nordküste waren unterwegs, um die Wellen zu sehen.

Jay nahm eine Sonnenbrille aus dem Handschuhfach und setzte das Käppi auf, das er von der Verleihfirma zum Wagen dazu erhalten hatte. Er hoffte, dass Lance ihn nicht auf Anhieb erkennen würde.

Die Autofahrt nutzte Jay, Melzer mit den Einzelheiten dessen, was er erlebt hatte, vertraut zu machen. Nach zwanzig Minuten rollten sie in der Blechschlange eingekesselt an der Villa vorbei.

"Sieht immer noch aus wie vorhin", sagte Melzer. Die Einfahrt war mit einer Kette abgesperrt, an der ein Schild hing, dass das Grundstück videoüberwacht war. Alle Fenster waren mit Spanplatten verrammelt.

"Okay, schaun wir, dass wir hier irgendwo einen Parkplatz bekommen." Doch das sah schlecht aus.

Einen Kilometer hinter Waimea konnten sie wenden und sich in die Schlange in die andere Richtung einreihen. Die Sonne stand bereits tief und ihre Ungeduld wuchs. Melzer hielt nach einem Parkplatz Ausschau, während Jay die Menschen am Straßenrand musterte, ob er zwischen ihnen Lance entdecken konnte. Beide hatten kein Glück.

Als sie das vierte Mal an der Villa vorbeirollten, fädelte sich ein Wagen genau vor ihnen in die Autokolonne, und als sie nach rechts schauten, wo der Wagen herkam, klaffte da eine Lücke in der Parkschlange einer Stichstraße.

Melzer parkte den Wagen unter einem riesigen Banyan-Baum mit der Schnauze zur Villa.

"Es wird bald dunkel. In spätestens einer Viertelstunde geht die Sonne unter", sagte Jay und nahm ein Fernglas aus dem Handschuhfach. "Dann können wir losschlagen."

"Du bist gut ausgestattet", sagte Melzer und zeigte auf das Fernglas.

"Ja." Das Zucken in seinem Mundwinkel war fast unmerklich. Er hatte das Fernglas gekauft, weil er sich die Stelle anschauen wollte, wo Janas Flugzeug ins Meer gestürzt war..

"Ich hab da hinten einen Supermarkt gesehen, da gibt es bestimmt ein öffentliches Telefon."

Jay drehte sich zu Melzer und musterte ihn. "Du willst Brown schnappen lassen, bevor er Hawaii verlassen kann."

"Ja, ich will es versuchen. Aber damit wir nicht aufgehalten werden, gebe ich den Hinweis anonym. Bis ich zurückkomme, ist es dunkel und wir schleichen uns an das Haus heran."

"Gute Idee", sagte Jay und schaute wieder durch das Fernglas.

Melzer öffnete die Tür.

"Wir werden sie befreien, Jay!"

Jays Wangenmuskeln zuckten. "Ja, das werden wir."

Jay versuchte seinen Körper zu entspannen, während er die Menschenströme, die die Straße entlang liefen, und das Haus beobachtete. Er wusste, er musste Kräfte sammeln, aber mehr Zeit als bis zum Einbruch der Dunkelheit hatte er nicht. Die Sonne hing bereits tief und die Schatten waren lang. Von nun an würde es sehr schnell gehen, in Äquatornähe dauerten die Sonnenuntergänge nicht lange.

Immer noch strömten Menschen zurück zu ihren geparkten Wagen, andere kamen erst, doch langsam wurde der Strom derer, die gingen größer als der Strom derer, die kamen. Das Publikum war vielfältig, von der sorgfältig toupierten Berufs-Ehefrau mit ihrem Mann an der

Hand in den Silberhochzeitsferien, über den Surfer mit dem Brett unter dem Arm bis zum Strandpenner, der seine Habe in ein paar Plastiktüten dabei hatte, war alles dabei.

Jana hatte ihm von Hawaii erzählt und von den vielen Gesichtern, deshalb überraschte es ihn nicht. Er hatte immer gehofft, dass sie eines Tages zusammen hier sein und sie ihm alles zeigen würde, woran ihr Herz hier hing. Nun waren sie beide hier, aber nicht zusammen und Jana in der Hand eines skrupellosen Dealers aus Kalifornien. Einer, der vernachlässigt bei gleichgültigen, alkoholabhängigen Eltern aufgewachsen war, die mehr am Schnaps als an ihren Kindern interessiert waren, hatte Melzer mithilfe des FBI in Erfahrung gebracht. Aber Jay hatte kein Mitleid, nicht solange dieser Mann Jana hatte. Lance war der Feind und er würde alles tun, um Jana aus dessen Händen zu befreien.

Über dem Meer war der Himmel jetzt gelborange. Jay sah wieder durch das Fernglas. Keine Veränderung am Haus, alle Fenster waren nach wie vor verrammelt.

Irgendjemand musste innerhalb der letzten Woche den Rasen gemäht haben, dachte er. Er konnte sich nicht vorstellen, dass Lance dieser jemand gewesen war.

Jay sah auf die Uhr. In einer halben Stunde würde es stockfinster sein.

Als er wieder aufblickte, sah er ihn. Lance ging mit einer Gruppe von Jugendlichen an den geparkten Wägen vorbei.

Jay zog seinen Kopf ein, falls Lance in seine Richtung schauen würde, beobachtete ihn aber weiter aus dem Augenwinkel. Als die Gruppe die Einfahrt der Villa erreichte, löste sich Lance und stieg über die Absperrkette. Jay beugte sich vor. Lance ging die Einfahrt zum Haus vor, aber bog dann nach rechts, ging an der Garage vorbei und dann einen betonierten Pfad, der in den hinteren Teil des Gartens führte, wo er ihn aus den Augen verlor.

Verdammt, wo blieb Melzer? Jetzt könnten Sie Lance vielleicht erwischen, bevor er wieder bei Jana war und sich im Haus verschanzen konnte. Bevor er wieder mit Jana alleine war ...

Jay stieg aus dem Auto und musste sich an der Wagentür festhalten, damit ihn die plötzliche Welle von Übelkeit nicht umwarf. Nach ein paar Sekunden gelang es ihm, geradezustehen. Er warf die Wagentür zu und drängte sich zwischen den Menschen und Wagen hindurch. Eine Mischung von Abgasen, Sonnencreme- und Schweißgeruch hüllte ihn ein, doch das nahm er kaum wahr, er hatte nur Angst, Lance nicht rechtzeitig zu stellen. Als er die Einfahrt der Villa erreichte, war Lance auch von hier aus nicht mehr zu sehen. Jay nahm den gleichen Weg, den Lance genommen hatte, vor zu Garage und dann rechts dran vorbei.

Der hintere Teil des Gartens lag im Schatten von Palmen und Büschen, hinter denen die Sonne im kochenden Meer versank. Das Donnern der Wellen, wie sie gegen die Felsen tobten, auf denen das Grundstück lag, war ohrenbetäubend und manchmal spritzte die Gischt über die Sträucher bis in den Garten. Er schien in einer anderen Welt zu sein, die Straße, die Autoschlangen und die Menschen hinter ihm existierten nicht mehr.

Jay fand eine Tür, eine Art Seiteneingang. Als er näher kam, sah er, dass außen an der Tür ein Vorhängeschloss angebracht war. Er prüfte das Schloss, es war verschlossen. Also war Lance da nicht hineingegangen, dachte er. Aber wohin war er? Er wollte zurück zur Garage und versuchen, ob sich die Garagentür von außen öffnen ließ.

In diesem Moment nahm er eine Bewegung im Augenwinkel wahr. Er drehte sich, bereit sofort zu reagieren, doch der Schmerz, der ihm in den verletzten Rücken fuhr, ließ ihn zusammenzucken. Dieser Bruchteil einer Sekunde verschaffte Lance genügend Vorsprung. Jay sah das Brett auf sein Gesicht zukommen, dann spürte er den Schlag und alles versank im Dunkeln.

Als Jay wieder zu sich kam, hatte er rasende Schmerzen im Rücken. Er öffnete die Augen. Es war fast dunkel und der glutrote Himmel über ihm schien sich zu bewegen, doch im nächsten Augenblick wurde ihm klar, dass er sich bewegte, eigentlich bewegt wurde. Als er nach vorne blickte, sah er, dass Lance ihn an den Fußgelenken gepackt hatte und über den Rasen zog. Jetzt sah er auch, wohin er ihn zog: auf eine Lücke zwischen den Sträuchern zu.

Jay wusste, was das bedeutete: Lance wollte ihn über die Klippen werfen, wo ihn der nächste Brecher auf den Felsen zermalmen würde.

Jay versuchte seine Beine zu entwinden, aber Lance Hände hielten ihn wie zwei Schraubstöcke.

Er hörte das Tosen des Meeres, sah schon zwischen den Sträuchern die Gischt weiß emporspritzen. Er griff nach Zweigen, Wurzeln und allem, was in Reichweite kam, um sich festzuhalten. Aber er rutschte immer wieder ab und Lance zog ihn immer weiter durch die Lücke in der Bepflanzung und im nächsten Augenblick lag er auf einem betonierten Vorsprung über schwarzen, zerklüfteten Felsen, über die die kochende See hinwegspülte.

Als Lance sich umdrehte, musste er umgreifen. Jay nutzte den Augenblick und konnte ein Bein befreien. Doch es war zu spät und Jay zu schwach, Lance drückte ihn bereits über die Kante.

Jay versuchte sich an Lance Bein festzuhalten, aber der zog den Fuß weg. Jay spürte, wie er abrutschte, mit den Beinen erreichte er bereits das schäumende Wasser. Verzweifelt versuchte er mit den Fingern Halt zu finden, aber immer tiefer rutschte er und das Meer schien nach ihm zu greifen und ihn verschlingen zu wollen. Jay kämpfte mit letzter Kraft, während Lance ihm amüsiert zusah. Schließlich stellte er einen Fuß über Jays klammernde Hand - aber er trat noch nicht darauf, sondern genoss lieber das Schauspiel. Aber plötzlich war Melzers breites Gesicht hinter Lance und im nächsten Moment flog Lance außer Sichtweite.

Melzer warf sich auf den Bauch und packte Jay an den Handgelenken. Einen Moment hingen sie so verkettet, dann brach die nächste große Welle und hob Jay an, sodass Melzer ihn über die Kante in Sicherheit ziehen konnte, bevor die hungrige Wasserzunge ihn über die Felsen zurück ins gurgelnde Meer zog.

Jay und Melzer lagen keuchend auf dem Vorsprung über den Felsen.

Sobald er wieder denken konnte, sah Jay sich um.

"Melzer, wo ist Lance?"

Auch Melzer sah sich um.

Lance war spurlos verschwunden.

Lance Hände zitterten, als er die Schlüssel aus seiner Hosentasche zog. Er spürte, wie das Blut über sein Hemd sickerte, der Schnitt an seinem Hals war wieder aufgeplatzt, als dieser Hüne ihn in die Hecke geworfen hatte, und mit seiner Nase schien auch irgendetwas nicht zu stimmen. Zwar wusste Lance, dass die Wunden nicht lebensgefährlich waren, aber sein eigenes Blut zu riechen und zu fühlen, verursachte ihm einen Würgereiz und Angstschweiß lief seinen Rücken hinunter.

"Diese verdammten Schweine", zischte er zwischen zusammengebissenen Zähnen hervor, während er einen Schlüssel nach dem anderen ausprobierte. Was wollten sie eigentlich von ihm, warum schnüffelten sie ihm nach?

Immer wieder drehte er sich um. Nein, der große Fremde war nicht hinter ihm und jetzt wo es fast dunkel war, würde ihn keiner von der Straße aus im Schatten des Hauseingangs sehen können.

Verdammt, welche waren denn jetzt die richtigen Schlüssel für diese Tür. Er musste nach drinnen, seine Wunden versorgen, und dieser Koloss von einem Mann konnte jeden Moment auftauchen – den anderen hatte er bestimmt nicht mehr retten können, der war schon zu weit abgerutscht, und so dumm, ihm nachzuspringen, wird er wohl nicht gewesen sein.

Endlich passte ein Schlüssel, nun brauchte er nur noch den für das zweite Schloss.

Diese Deutsche. Sie hatte ihm also doch was verschwiegen, denn diese Männer gehörten zu ihr. Aber das würde sie ihm büßen. Er würde ihr so verdammt wehtun, dass sie sich nicht mehr erholen würde.

Aber erst musste er seine Wunde versorgen.

Endlich fand er den zweiten Schlüssel und schlüpfte kurz darauf durch die Tür. Im Haus tastete er nach der Taschenlampe, die immer neben der Tür auf der Ablage lag, griffbereit für ihn, wenn er hier nach dem Rechten sah, wie mit Craig abgesprochen. Craig war eine Art Freund – nur dass Lance keine Freunde hatte. Aber sie kannten sich seit ihren Kindertagen in L. A. und waren sich gegenseitig nützlich. Craig hatte inzwischen einen Haufen Geld mit illegalen Wettspielen verdient.

Lance verriegelte die Tür von innen und lehnte sich kurz mit dem Rücken an die Wand. Er hatte extra nicht den Eingang zur Chauffeurswohnung genommen, denn wenn da das Vorhängeschloss fehlte, hätten sie gewusst, dass er ins Haus gegangen war. So aber konnte er überall sein. Ja, er war schlau, fand er, er wusste sich immer zu helfen. Mit der Taschenlampe ging er ins nächste Badezimmer. Als er seine lädierte Nase und das Blut in seinem Gesicht sah, musste er sich am Waschbecken festhalten. Mit zitternden Händen versorgte er die Wunde mit dem Verbandszeug, das er schon gestern in einem der Hängeschränke gefunden hatte.

Er machte sich nicht die Mühe, sich umzuziehen – oben im Hauptschlafzimmer hing eine Auswahl von Jeremys Urlaubskleidung – er ging blutverschmiert, wie er war, zu der Tür, die von der Hauptwohnung in die Garage führte und von wo aus er auch Zugang zu der Chauffeurswohnung hatte.

Als sie ein Geräusch an der Innentür zur Garage wahrnahm, durchsuchte Jana gerade das Zimmer. Sie hatte Lances Abwesenheit genutzt und sich mit ihrer Zelle in allen Einzelheiten vertraut gemacht. Eine Waffe hatte sie nicht gefunden, aber dafür die Taschenlampe an einem Haken neben der Tür. Mit einem Satz war sie an der Außentür, durch die Lance normalerweise gekommen war, und hängte die Lampe zurück, dann ließ sie sich auf den Boden fallen und wischte die Haare über ihr Gesicht, damit er nicht die aufgeregte Röte sah.

Als sie das Licht von Lances Taschenlampe traf, hielt sie ihren Atem unter Kontrolle und blinzelte nur. "Durst." Die Stimme schien ihr zu versagen.

Statt einer Antwort erhielt sie einen Tritt. "Du Miststück. Was sind das für Typen, die du mir auf den Hals gehetzt hast?"

Wieder ein Tritt. Sie konnte den Aufschrei kaum unterdrücken. Am liebsten wäre sie aufgesprungen, aber sie wusste, dass er dann wusste, dass sie wieder besser bei Kräften war.

Als sie nur mit den Schultern zuckte, riss er sie an den Haaren hoch.

"Rede oder willst du, dass ich dir deine Nase zertrümmere?"

Jana fragte sich, von wem er überhaupt sprach.

"Der mit dem Messer gestern? Ich weiß nicht, wer das ist."

"Nicht der mit dem Messer, der andere. Und warum ist er hinter mir her?"

Meinte er Jay?

"Aber der mit dem Messer hat ihn doch erstochen, als wir wegfuhren."

"Von wegen. Ich hab ihn eben erwischt, wie er hier im Garten herumschnüffelte."

Jana zwang sich, die Aufregung zu unterdrücken.

"Er lebt also?" Ihr Herz wollte tanzen.

"Jetzt nicht mehr. Ich glaube nicht, dass er das Bad in der Brandung unter der Klippe überlebt hat."

Sie schloss die Augen, der Hoffnungsfunke verglimmte. Lance hielt sie immer noch an den Haaren und sie musste seinen stinkenden Atem in ihrem Gesicht ertragen, doch dann plötzlich stieß er sie zurück auf den Boden und begann im Zimmer umherzugehen.

"Aber da war noch so ein breiter Typ, der offensichtlich zu ihm gehörte. Wer sind diese beiden Männer?"

Sie sah ihn nur an.

"Rede." Dieses Mal trat er ihr in die Nieren. Doch sie gab keinen Mucks von sich, sie war jenseits aller physischen Schmerzen.

Er ging um sie herum und sie sah seine Schlangenleder-Cowboystiefel vor ihrem Gesicht.

"Okay, du willst es ja nicht anders", sagte Lance und holte aus, um ihr gegen den Kopf zu treten.

In diesem Moment hörten sie über das Dröhnen des Meeres hinweg ein Schlagen an der Außentür.

Lance hielt inne. Draußen hämmerte jemand mit aller Kraft gegen die Tür.

Als Melzer zurück zum Wagen gekommen war und ihn leer vorgefunden hatte, war er über die Straße zur Villa gehastet. Irgendetwas musste vorgefallen sein, sonst hätte Jay nicht seinen Platz im Wagen verlassen. Melzer war um das Haus herum in den Garten gegangen. Das Tosen der Brandung war ohrenbetäubend, aber er konzentrierte sich auf den Garten und das Haus. Kein Jay. Kein niemand.

Dann hatte er gegen das verglimmende Licht des Sonnenuntergangs hinter der Hecke eine Bewegung wahrgenommen und war durch eine Lücke zwischen den Sträuchern zu den Felsen über dem tosenden Meer gelangt. Er sah Jay an dem Vorsprung hängen – unter ihm die Felsen und die kochende Gischt, er wusste, es ging um Leben und Tod. Er hatte all seine Kraft gebraucht, um ihn halten zu können, bis ihnen die Welle zu Hilfe kam – die Jay, wäre er alleine gewesen, nicht auf die Platte zurückgebracht, sondern ihn mit ins Meer mitgenommen hätte. Aber Melzer hatte der kleine Hub genügt, um Jay mit einem Ruck herauszuziehen.

Inzwischen war es stockfinster. Melzer hatte Jay aufhelfen müssen. "Ich muss dich zurück zum Arzt bringen, deine Wunden ..."

"Wir müssen erst mit Lance reden. Ich habe gesehen, wie er sie misshandelt hat. Bestimmt ist er jetzt rasend vor Wut. Wenn er die jetzt an Jana auslässt ..."

"Was willst du ihm sagen?"

"Dass wir ihm Lösegeld geben. Das will er doch. Ich will ihn besänftigen. Ich sage ihm, dass wir das Geld aus Deutschland besorgen."

Melzer nickte. "Damit gewinnen wir Zeit."

"Und er muss sie am Leben lassen."

"Er muss nicht wissen, dass du lebst. Besser, ich spreche mit ihm."

"Okay." Jay musste sich an der Hauswand festhalten. Er spürte, dass ihm etwas warm den Rücken herunterlief und er wusste, es war kein Schweiß. Zu Melzer sagte er nichts. Zuerst wollte er sicher sein, dass Jana nichts geschah.

Sie versuchten es zuerst an der Haustür. Als da niemand antwortete, gingen sie an jede Tür und jedes der verrammelten Fenster im Erdgeschoss. Inzwischen war es stockdunkel.

Als sie an der Tür mit dem Vorhängeschloss klopften, rechneten sie nicht damit, dass jemand antwortete, schließlich deutete das Vorhängeschloss darauf hin, dass die Tür von außen zugesperrt wurde, also konnte Lance da nicht hineingeschlüpft sein.

"Hau ab, oder ich töte sie." Lances Stimme war durch die Tür und wegen der Brandung kaum zu verstehen.

"Warte. Du willst doch Lösegeld für die Frau, die du gefangen hältst", brüllte Melzer.

"Wer bist du? Und wer war der andere, den ich ins Meer geworfen habe?"
"Das war ein Freund der Frau. Und ich bin auch ein Freund."
Eine Zeit lang hörten sie nichts.
"Ich will 200.000 Dollar."
"Ich werde es besorgen."
"Bis Mitternacht. Und ohne Polizei."
"Bis Mitternacht? Wie soll das gehen, bis Mitternacht kann ich dir höchstens 20.000 Dollar bringen. Den Rest muss ich aus Deutschland schicken lassen. Ich kenne einen, der hat ein Boot, das muss er erst verkaufen. Das dauert." Jay nickte. So konnten sie Zeit gewinnen. Und wenn Jana zuhörte, wusste sie, dass er noch lebte.
"20.000 bis Mitternacht, den Rest morgen Abend."
Jay stupste Melzer an. Melzer nickte, er wusste, was Jay wollte.
"Aber ich brauche einen Beweis, dass die Frau lebt und dass es ihr gut geht."
"Bring das Geld und du kriegst deinen Beweis."
"Woher wissen wir, dass sie noch lebt?", rief er durch die Tür. "Ein Wort. Lass sie etwas sagen."
"Wenn du nicht sofort abhaust, dann wird sie nie mehr was sagen."

"Hatte ich nicht gesagt, ich will Sie nie wiedersehen?" Der Arzt entfernte die blutgetränkten Verbände an Jays Rücken.
"Jemand hat versucht, mich von den Klippen nördlich der Waimea Bay zu werfen."
"Das wäre bestimmt nicht passiert, wenn Sie, wie ich gesagt hatte, im Bett geblieben wären."
"Wären Sie im Bett geblieben, wenn Ihre Frau in den Händen eines irr gewordenen Dealers wäre?"
Bei dem Wort Dealer wurden die Augen des Arztes eine Spur dunkler. "Ein Dealer?"
"Ja. Er will Lösegeld für meine Verlobte. Um sie zum Reden zu bekommen, wer ihre Verwandten sind, hat er sie misshandelt und wollte sie vergewaltigen lassen." Jays Gesicht war leichenblass und spiegelte seine Angst und Sorge.
"Wie kann ich helfen?"
Bei den Worten des Arztes drehte sich Melzer um.
"Wieso wollen Sie uns jetzt doch helfen?"
"Drogen haben das Leben meines Bruders zerstört, bis er sich am Schluss umgebracht hat."

"Können sie uns bis Morgen 20.000 $ besorgen?", fragte Jay. "Ich gebe Ihnen natürlich einen Scheck im Gegenwert. Oder wenn Sie wollen, übereigne ich Ihnen mein Boot."
"Er will nur 20.000 $?"
"Als Vorschuss für ein Lebenszeichen. Den Rest bis morgen Abend."
"Wie viel?"
"Insgesamt 200.000."
Der Arzt überlegte. "200.000 sind eine Menge Geld. Ich weiß nicht, ob ich das schaffe. Aber die 20.000 bis morgen dürften kein Problem sein. Ein Freund von mir aus Universitätszeiten ist der Leiter einer Bank in Wahiawa. Ich kann ihm hundertprozentig vertrauen und er mir."
Der Arzt säuberte Jays Wunde, der kurz davor war, ohnmächtig zu werden. "Warum geht ihr eigentlich nicht zur Polizei?"
"Wir kennen die Polizei hier nicht. Wir befürchten, sie könnten Lance in die Enge treiben, mit schlimmen Folgen ", sagte Melzer.
"Wir holen sie selbst daraus!" Jays Stimme war trotz seines Zustandes fest und überzeugend.
"Okay", sagte der Arzt, "ich besorge das Geld, wenn Sie versprechen, sich bis morgen auszuruhen. Und ich sag Ihnen eines ganz offen: Wenn sie das nicht tun, weiß ich nicht, ob sie morgen noch erleben."

Eine halbe Stunde später war Jay alleine in dem Behandlungszimmer. Das Deckenlicht war ausgeschalten, aber die Frau des Arztes war hereingekommen und hatte den kleinen Plastikweihnachtsbaum angeknipst, sodass Jay jetzt auf orange leuchtende Plastiksternchen starrte. Der Arzt und Melzer hatten sich auf den Weg nach Wahiawa gemacht. Vorher wollte Melzer Jays Leihwagen vor die Einfahrt der Villa stellen, damit Lance nicht doch noch abhaute, dann würde er in den Wagen des Arztes umsteigen und ihn zur Bank begleiten.
Jay versuchte sich zu entspannen, er wollte soweit zu Kräften kommen, dass er Melzer um Mitternacht begleiten konnte.
Das sei unmöglich, hatte der Arzt gesagt, der – wie sie jetzt wussten - Ku'uaki hieß.
Ich werde beweisen, dass es möglich ist, hatte Jay gesagt und Melzer hatte nur mit den Schultern gezuckt. Er wusste, Jay musste sich selbst davon überzeugen, dass Jana lebte, und nichts würde ihn davon abhalten.
Die Stille im Raum machte seine Gedanken laut. Sie hatten Zeit gewonnen, aber was sie brauchten, war ein Plan, wie sie Jana befreiten,

ohne sie in noch größere Gefahr zu bringen. Immer wieder ließ er das Gespräch zwischen Melzer und Lance ablaufen. Warum hatte Lance sie nicht gleich davon überzeugt, dass Jana noch lebte? Warum mussten sie bis Mitternacht warten?

Er schloss die Augen. Der Gedanke, dass sie vielleicht schon zu spät waren, war unerträglich.

"Benji, hör auf so herumzuzappeln. Du verschüttest noch die Milch."

Benjamin war als Einziger noch nicht mit dem Frühstück fertig und langsam wurde seine Mutter ungeduldig. Benjamins Bruder Manuel und der Vater waren schon draußen, um das Auto freizukratzen, mit dem sie in die Stadt fahren wollten, um die letzten Weihnachtseinkäufe zu erledigen.

"Jetzt beeil dich ", sagte die Mutter, während sie begann die Teller zusammenzustellen. "Wir haben noch so viel zu erledigen."

Aber Benjamin war viel zu aufgeregt, um zu essen. Schließlich war morgen Weihnachten. Er balancierte einen Löffel über dem Milchglas, während er sich ausmalte, was möglicherweise morgen Abend unter dem Weihnachtsbaum liegen könnte.

"Benjamin, jetzt trink aus oder lass die Milch bis nachher stehen." Die Mutter trug die Teller, Tassen, Marmelade und Butter hinüber zur Spüle.

Als das Telefon klingelte, fiel Benji der Löffel aus der Hand und die Milch spritzte über den Tisch.

"Oh Benjamin, jetzt ist aber Schluss", sagte die Mutter und ging ans Telefon, während Benjamin schuldbewusste einen Lappen holte.

"Benji, Katarinas Mutter ist dran. Sie machen morgen eine kleine Wir-Warten-Aufs-Christkind-Party für die Kinder aus der Nachbarschaft. Du bist auch eingeladen." Benjamin zog einen Flunsch. Katarina. Die war so langweilig, sie wollte ständig König und Königin spielen mit Teezeremonie und Hofstaat. Und immer wollte sie die Befehlerin sein.

"Kann ich nicht hierbleiben?"

Die Mutter bedeckte den Hörer mit ihrer Hand. "Da kommen noch fünf andere Kinder", sagte sie, denn sie kannte Benjis Einstellung. "Der Papa und ich hätten dann besser Zeit für die Vorbereitungen."

"Okay", sagte Benji und wischte die Milch vom Tisch. Als er die Zuckerdose beiseiteschob, begannen seine Augen zu leuchten. Er hatte ja noch die Steinchen. Wenn er so einen kostbaren Zucker für die Teezeremonie hätte, dann wäre er diesmal der Größte.

12 Drogen, Geld und kalte Füße
Romantikthriller

Eine halbe Stunde vor Mitternacht fuhren Melzer, Jay und der hawaiianische Arzt in dem Pickup Truck des Arztes Richtung Waimea Bay. Die Nacht war mild und sie hatten die Fenster links und rechts heruntergekurbelt. Der Mond war bereits am frühen Abend untergegangen und der Himmel nun so dunkel, dass man nicht sehen konnte, wie die Wolken über ihn hinwegsegelten. Nur wenige Wagen waren um die Uhrzeit unterwegs und beleuchteten im Vorbeifahren die Palmen und Tamarisken am Straßenrand. Es war, als ob die Insel Luft holte für einen weiteren Tag, an dem sie Touristen, Verkehr und die Verrücktheiten der ganzen Welt ertragen musste.

Sie saßen zu dritt auf der Vorderbank des Wagens, der Arzt am Steuer, Jay in der Mitte und Melzer auf dem äußeren Beifahrersitz.

Auf Melzers Schoß lag ein dicker brauner Umschlag.

"Wir müssen Jana heute Nacht befreien", sage Jay und versuchte vorsichtig die Position zu wechseln, um seinen frisch verbundenen Rücken zu entlasten.

"Ja", nickte Melzer. "Die Gefahr ist zu groß, dass Lance die 20.000 Dollar kassiert und sich dann aus dem Staub macht." Sie wussten beide, dass, wenn er abhaute, Lance sicherlich keine lebende Zeugin hinterlassen würde.

"Er kann sich auch denken, dass wir, sobald wir Jana haben, die Polizei einschalten werden", sagte Jay. "Insofern ist die Restzahlung und die Geiselübergabe ein großes Risiko für ihn. Wahrscheinlich plant er gerade seinen Abgang. Und dein Mietwagen in seiner Einfahrt wird ihn nicht dauerhaft daran hindern, abzuhauen."

"Andererseits", warf der Hawaiianer ein, "nach dem, was ihr erzählt habt, scheint es, als liebte er sein Leben hier: Die Mädchen, sein Auto ... Woanders müsste er wieder ganz von vorne anfangen." Der Arzt schaltete einen Gang runter, als sie sich Waimea näherten.

"Wer weiß, wie er in seine Zulieferorganisation eingebunden ist", sagte Melzer. "Vielleicht haben sie ihm längst ein schönes, neues Leben woanders versprochen."

"Ja. Und selbst, wenn er sich keine Vorteile von Janas Tod verspräche, würde ich ihm nicht trauen. Er ist jemand, der gerne seine

Macht zeigt. Ich hab gesehen, wie er Jana behandelt hat, so verhält sich kein Erpresser, dem es nur ums Geld geht." Jays Gesicht verzerrte sich bei der Erinnerung an das, was er durchs Fenster gesehen hatte.

"Verstehe", sagte der Arzt. "Wir müssen also hoffen, dass seine Geldgier größer ist als dieser Trieb."

Der Arzt setzte die Blinker und bog links ab. Sie rollten auf den Parkplatz des Foodland-Supermarktes.

"Ich glaub, da vorne sind sie", sagte er und fuhr auf einen anderen Pick-up zu, der in einer Ecke geparkt stand. Sie sahen die Umrisse von drei Personen im Führerhaus – zwei bullige Männer und in der Mitte eine zierliche Frau.

"Ihr braucht euch keine Sorgen machen, ich kenne Ho'opono und Kanunu schon mein ganzes Leben", sagte der Arzt, der Jays und Melzers Anspannung spürte.

"Sorgen mache ich mir eher um Bellinda", sagte Melzer. "Sie ist ein verliebter Teenager. Ich hoffe, sie kippt nicht um und versucht. Lance zu warnen."

"Wir müssen es riskieren", sagte Jay mehr zu sich selbst, als zu den anderen.

Als sie neben dem Wagen parkten, öffnete sich die Fahrertür und ein Schrank von einem Mann wälzte sich heraus. Er könnte ein Bruder von Ku'uaki sein, dachte Jay, als sich der Mann in Melzers Fenster beugte - auch er hatte schwarze Haare in einem Zopf zusammengebunden und runde Augen in einem für europäische Augen freundlich wirkenden Gesicht, auch er war von oben bis unten in Schwarz gekleidet.

"Macht sie mit?", fragte Ku'uaki und nickte zum Fahrerhaus des anderen Pick-ups.

Der Mann nickte nur und warf einen fragenden Blick auf Melzer und Jay.

"Die beiden sind in Ordnung. Sie werden die gekidnappte Frau befreien, wir halten uns im Hintergrund und passen auf, dass Lance nicht abhauen kann und dass Bellinda wieder heil nach Honolulu kommt."

"Wurde auch Zeit, dass dieser Typ mit seinem Dreck von der Straße kommt", sagte sein etwas größer geratenes Ebenbild.

Ku'uaki nickte. "Okay, dann lasst uns wie besprochen anfangen."

Der Hawaiianer stieß sich vom Wagen ab und Ku'uaki ließ den Wagen wieder an. Melzer und Jay nickten dem Mann im Wegfahren zu.

"Keine Sorge wegen Bellinda. Ich bin sicher, meine Freunde haben ihr Geschichten erzählt, die ihr klargemacht haben, was für ein

Schwein Lance ist", sagte der hawaiianische Arzt und Jay betete, dass er recht hatte.

Vorne an der Straße schaltete der Arzt die Scheinwerfer wieder an, doch schon nach ein paar Hundert Metern bogen sie links in eine Seitenstraße und parkten den Wagen außer Sichtweite der Villa.

"Habt ihr gesehen? Jays Wagen steht noch vor der Einfahrt", sagte der Arzt und löschte die Scheinwerfer.

Melzer nickte und stieg aus. Er nahm den schwarzen Rucksack mit dem Werkzeug, das ihnen der Arzt geliehen hatte, aus dem Kofferraum und warf ihn über die Schulter; den Geldumschlag klemmte er unter den Arm. Jay schob sich währenddessen mit schmerzverzehrtem Gesicht aus dem Auto. Bei jeder Bewegung musste er einen Aufschrei unterdrücken.

Der Arzt wünschte ihnen Glück. Er beobachtete seinen Patienten besorgt aus dem Augenwinkel, aber er wusste, er würde ihn nicht aufhalten können.

Das Haus sah unverändert aus: die Fenster verrammelt, nirgendwo drang ein Lichtstrahl nach außen. Für einen Augenblick wurde Jay von der Angst durchzuckt, dass Lance mit Jana längst über alle Berge sein könnte ... oder noch schlimmer.

Jay schloss die Augen. Nein, so durfte er nicht denken. Jana ist am Leben und nichts würde ihn und seine Helfer aufhalten, sie zu befreien. Nichts.

Jay wartete. Das Donnern der Brandung war bis hierher zu hören. Er beobachtete, wie Melzer die letzten Meter zum Kamehameha Highway zurückging und die Straße gut sichtbar auf der Höhe einer Straßenlaterne überquerte.

Dann ging auch er los – von Schatten zu Schatten. Er überquerte den Highway etwas weiter nördlich an einer unbeleuchteten Stelle, um vom Haus aus nicht gesehen zu werden. Er wartete und beobachtete Melzer, der in Jays Mietwagen sah, der noch vor der Einfahrt stand. Als er ein Auto kommen hörte, drehte Jay sich um. Im Scheinwerferlicht des herannahenden Wagens sah er für einen Augenblick die Umrisse eines Mädchens, das den Highway entlangschritt.

Das musste Bellinda sein, dachte Jay und hoffte, sie brachten sie nicht in zu große Gefahr.

Als der Wagen ihn passierte, sah er, dass es die beiden Freunde von Ku'uaki waren. Er wusste, sie würden ihren Pickup Truck südlich der Villa parken und zu Fuß zurückkommen, um ihnen notfalls beizustehen.

Jay blickte wieder vor zur Villa und sah, dass Melzer inzwischen über die Absperrkette gestiegen war und die Einfahrt zur Garage vorging. Auch er machte sich auf den Weg. Während Melzer an der Garage vorbei in den hinteren Teil des Gartens ging, schlich Jay zu seinem Mietwagen und beobachtete von dort aus das Haus. Als er sah, dass sich nichts rührte, stieg auch er über die Kette und lief in den dunklen Teil des Gartens. Feuchte, salzige Luft schlug ihm entgegen, während er versuchte, sich an die Geografie zu erinnern. Er fand ein Versteck zwischen Sträuchern, die einen betäubend süßen Duft verströmten, und wartete.

Jana würde wissen, was das für ein Strauch war, dachte er. Er würde sie morgen fragen, und sie würde ihm alles über Hawaii erzählen - über das Meer, das Land, die Pflanzen und die Tiere. Morgen früh würde alles wieder gut sein, betete er.

Er hörte jetzt ein Schlagen gegen eine Tür - das Geräusch übertönte kaum die Brandung. Das musste Melzer an der Tür mit dem Vorhängeschloss sein, dachte Jay, der Lance das Lösegeld übergeben wollte.

Jay konnte nicht sehen, ob sich die Tür öffnete, aber er hörte, dass Melzer sprach. Dann war da wieder nur das Geräusch des Meeres und Jay sah im Schein der Straßenlaterne Melzers Umrisse über die Kette steigen – er trug keinen Rucksack mehr.

Das war das Zeichen. Jay atmete erleichtert aus. Kein Rucksack bedeutete, dass Melzer ein Lebenszeichen erhalten hatte, wahrscheinlich hatte er mit Jana reden können. Vielleicht hatte er sie sogar gesehen. Jays Herz schlug laut, während er bewegungslos beobachtete, dass Melzer in den Mietwagen vor der Einfahrt stieg und damit wegfuhr. Beeil dich, Melzer, dachte Jay, wir dürfen keine Zeit verlieren.

Es dauerte keine dreißig Sekunden, als er eine Mädchengestalt hysterisch schreiend und wild mit einer Taschenlampe fuchtelnd über die Absperrkette steigen sah. Als sie näher zum Haus kam, verstand er einzelne Satzfetzen.

"Lance, du Schwein", schrie sie mit schriller Stimme und von Schluchzern unterbrochen. "Du hast mir versprochen, mit mir einen Ausflug hierher zu machen. Und nun bist du mit dieser Schlampe hier."

Bellinda hatte jetzt die Vordertür erreicht und begann dagegen zu hämmern. "Ich weiß, dass du da bist. Mach sofort auf!"

Anscheinend kam keine Reaktion von innen und sie begann zu schreien, wie Tarzan, der sich in einen Kaktus gesetzt hatte.

"Lass mich rein." Jedes Wort dehnte sie über Sekunden aus. "Oder ich brülle die ganze Nachbarschaft zusammen."

Tatsächlich sah Jay ein paar Häuser weiter ein Licht in einem Fenster angehen. Mist, sie wollten Lance zwar Angst vor der Nachbarschaft machen, aber sie nicht wirklich auf den Plan rufen.

"Ich werde auch allen Leuten erzählen, dass du mit Drogen handelst, und dass du sie streckst, du mieses Stück Scheiße."

Der letzte Satz schien seine Wirkung getan zu haben, denn Bellinda verstummte. Das konnte nur bedeuten, dass Lance die Tür geöffnet und sie ins Haus gezogen hatte.

Sofort schlich Jay zum Nebeneingang. "Jana hörst du mich?", rief er vorsichtig. Aber von drinnen kam keine Reaktion und er konnte nicht wagen, lauter zu rufen. Er tastete umher und fand den Rucksack, den Melzer hier stehen gelassen hatte. In dem Moment war auch Melzer, der unbemerkt zurückgeschlichen war, neben ihm. "Hast du mit ihr gesprochen?", fragte Jay, während sie gemeinsam zuerst das Vorhängeschloss aufhebelten, dann die Tür.

"Ich habe ihre Stimme gehört, aber ich kann nicht sicher sein, dass sie nicht von einem Band kam. Der Typ war nur schon so geladen, dass ich ihn nicht weiter unter Druck setzen konnte."

Jay trat der Schweiß auf die Stirn. "Jana?", rief er in die Dunkelheit, als sie eintraten, doch niemand antwortete. Jay suchte fieberhaft nach der Taschenlampe im Rucksack. Als er sie endlich fand und anschaltete, erstarrten sie. Blutverschmierte Stofffetzen lagen auf dem Boden verstreut. Melzer stieß Jay an und zeigte auf eine offen stehende Tür links von ihnen. Als sie näher kamen, sahen sie, dass die Tür in die Garage führte. Lance Wagen und zwei andere Autos standen da. Am Boden fanden sie eine Blutspur, die zum Kofferraum von Lances Wagen führte. Mit bangem Herzen schlichen sie hinüber und Melzer öffnete den Kofferraum. Erleichtert atmeten sie aus, als sie sahen, dass er leer war.

Jay leuchtete mit der Taschenlampe die Garage ab. Nicht weit von ihnen war eine weitere Tür, die offensichtlich ins Haus führte. Sie war nur angelehnt, und als sie sich näherten, hörten sie Stimmen im Haus. Zuerst wieder das hysterische Keifen von Bellinda, die ihre Entrüstung über Lances Verhalten nicht spielen musste, dann ein Klatschen – offensichtlich hatte ihr Lance eine gescheuert.

Sie würden es wieder gut machen, dachte Jay. Aber sie durften jetzt nicht die Nerven verlieren, nicht, bevor sie Jana befreit hatten.

Vorsichtig streckte Jay den Kopf vor in den Flur. Das ganze Haus war dunkel, weiter vorne sah er Lance und Bellinda im Wohnzimmer mit ihren Taschenlampen fuchteln. Von Jana keine Spur.

"Sie ist bestimmt oben im Schlafzimmer, die Schlampe", kreischte Bellinda und drehte sich auf dem Absatz um. Jay zog schnell den Kopf zurück, denn anscheinend wollte Bellinda in die erste Etage. Jay spürte förmlich einen Luftzug, als Bellinda an ihm vorbeirauschte gefolgt von Lance, der sie aber wegen ihrer Wendigkeit nicht erwischte. Die Versuchung war groß, Lance gleich hier und jetzt zu überwältigen, aber sie konnten nicht hundertprozentig sicher sein, dass Lance keine Komplizen hatte, und dann wäre Jana in noch größerer Gefahr.

Bellinda und Lance rannten jetzt hintereinander die Stufen hinauf. Lance versuchte sie am Arm zu packen, doch sie entschlüpfte ihm und rannte die restlichen Stufen nach oben. Sie öffnete eine Tür, es war offensichtlich, dass sie sich hier auskannte, und stürmte in das Zimmer.

"Hier ist niemand!", rief Bellinda laut genug, dass sie es hören konnten. Melzer und Jay sahen sich an.

"Sie kann in einem anderen Zimmer sein", flüsterte Melzer und Jay nickte grimmig. "Lass uns hier unten anfangen zu suchen."

Oben hörten sie Bellinda mit Lance tuscheln und sie schlichen in den Flur. Lance öffnete die erste Türe: ein Badezimmer, das Waschbecken war blutverschmiert und blutgetränkte Fetzen lagen am Boden.

Lass es das Blut von Lance sein, betete Jay und trat in den Flur zurück.

Auch Melzer kam in den Flur zurück und schüttelte den Kopf.

Die Stimmen oben wurden wieder lauter. Jay und Melzer drückten sich in eine Ecke, damit sie von oben nicht gesehen werden konnten, falls Lance herumleuchten sollte. Sie hörten Lances und Bellindas Schritte über sich.

"Kommt raus", war plötzlich Lances Stimme kalt und durchdringend zu vernehmen. "Bellinda hat mir alles gesagt. Kommt raus oder ich töte eure Freundin."

Melzer und Jay sahen sich an. "Du weißt ja gar nicht, wo Jana ist", rief Melzer nach oben.

"Wer redet denn von der? Ich meine dieses kleine Miststück, die euch geholfen hat, in mein Haus zu gelangen." Und plötzlich hörten sie ein Quieken, das in ein Kreischen überging.

Als Melzer und Jay mit erhobenen Händen nach vorne traten, sahen sie Bellinda mit blutüberströmtem Gesicht oben auf der Treppe liegen. Sie wimmerte jetzt nur noch. Lance hatte seinen Fuß wie ein Großwildjäger auf ihren Kopf gestellt und drückte ihn gegen die Treppenkante.

Als Jana aufwachte, schmerzte ihr Kopf und sie hörte jemanden hysterisch schreien und schimpfen. Es dauerte einen Augenblick, bevor sie wusste, wo sie sich befand und was passiert war. Lance hatte sie gleich, nachdem Melzer das Lösegeld gebracht hatte, an den Haaren durch die Garage und durch das dunkle Haus gezogen. Oben im Schlafzimmer angekommen, griff er nach einem Seil, das er dort anscheinend bereitgelegt hatte, und befahl ihr, sich bäuchlings aufs Bett zu legen. Sie weigerte sich, sie hatte zu viel Angst, was er mit ihr anstellen würde, wenn sie gefesselt und hilflos war. Er schlug sie, sie schlug zurück, doch ihr war schwindelig und sie traf nicht richtig. Er schlug fester und begann sie zu treten. Als sie ausweichen wollte, verlor sie das Gleichgewicht und fiel. Ein Schmerz an der Schläfe, dann war alles still geworden. Sie musste auf etwas mit dem Kopf aufgeschlagen und bewusstlos geworden sein.

Sie befühlte ihre Glieder und stellte fest, dass sie nicht gefesselt war - irgendetwas musste Lance davon abgehalten haben, sein Vorhaben in die Tat umzusetzen.

Das Kreischen der Frau – oder war es ein Mädchen? - draußen wurde lauter und lauter. Jana hörte Lance unten im Haus fluchen und dann öffnete er anscheinend die Tür, denn plötzlich war auch die weibliche Stimme im Haus und sie erkannte die Stimme von Bellinda. Jana wollte sich vorsichtig aufsetzen, doch als sie den Kopf hob, wurde ihr übel und sie musste sich übergeben. Zitternd schloss sie die Augen und wartete, dass sich der Schwindel in ihrem Kopf und ihr Magen etwas beruhigt hatten, dann versuchte sie es wieder. Schließlich kroch sie auf allen vieren in der Dunkelheit Richtung Tür.

Bellinda keifte unten unaufhörlich weiter, schimpfte, dass er sie, die Schlampe, hierher gebracht hatte. Die Stimmen entfernten sich ins Wohnzimmer. Sollte sie die Treppe hinunterkriechen, versuchen durch die Haustür zu entkommen? Doch dann hörte sie, wie die Frau etwas von Schlafzimmer sagte, und so suchte sie ein Versteck. Sie tastete sich an der Wand entlang, und als sie eine Tür zu einem anderen Zimmer fand, kroch sie hinein. Atemlos wartete sie hinter der Tür, was da draußen passierte.

Sie hörte wie Bellinda und Lance die Treppe hinauf gepoltert kamen, das Holz schien unter ihren Schritten zu beben. Dann waren die beiden im Schlafzimmer und Jana hörte für eine Weile nur ein Flüstern, konnte die Worte nicht verstehen.

Sie erschrak, als plötzlich Lances Stimme laut und deutlich gleich hinter der Tür, hinter der sie sich versteckte, zu vernehmen war. Wen meinte er da? Wer sollte sofort herauskommen?

Dann hörte sie Melzers Stimme. Melzer war da! Ihr traten Tränen in die Augen..

Aber Lance hatte von euch geredet, also waren mindestens zwei Menschen gemeint. War vielleicht auch Jay da? Doch in diesem Moment hörte sie das erschreckte Quieken und dann die entsetzlichen Schmerzensschreie des Mädchens gleich hinter der Tür.

Sie schob die Tür vorsichtig auf. Was sie sah, ließ ihr den Atem stocken. Lance hatte den Fuß auf den blutüberströmten Kopf des Mädchens gestellt und leuchtete mit der Taschenlampe in ihr angst- und schmerzverzerrtes Gesicht. Jana überlegte nicht, sie holte tief Luft und warf sich mit aller Kraft nach vorne. Sie flog mit Lance zusammen die Stufen hinunter. Der Fall fühlte sich an wie in Zeitlupe. Bei jedem Knacken von Lance Knochen unter ihr dachte sie nur: Du tust so schnell niemandem mehr weh.

In Rosenheim war es der frühe Nachmittag des Heiligen Abends und draußen blies ein schneidender Wind die Schneeflocken durch die Gärten. Die Eltern hatten Benjamin, Katarina und die anderen Kinder nach drinnen geholt, als ihre Nasen und Ohren anfingen blau zu werden. Jetzt spielten sie im gemütlichen, zum Hobby- und Partyraum umgebauten Keller von Katarinas Eltern. Die Wände hatte der Vater selbst mit Holz verkleidet, in eine Ecke hatte er eine rustikale Bar gebaut, die nur selten bei Feiern der Eltern zum Einsatz kam. Die Tischtennisplatte, die sonst den Raum zu einem großen Teil ausfüllte, war heute zusammengeklappt und an eine Wand geschoben worden, statt dessen waren der große Gartentisch und die Gartenstühle aufgebaut worden, damit alle Kinder später Platz hatten, ein paar Weihnachtsplätzchen zu essen und etwas Warmes zu trinken.

Als die Mutter die Treppe herunterkam, waren sechs Kinder lachend und glücklich in ihr Spiel vertieft. Aus den bunten Polstern hatten sich die Kinder eine Burg gebaut und verteidigten sie gegen einen Angriff von Killersauriern. Katarinas Bruder Mark, der als Aufpasser fungierte, saß in der anderen Ecke auf einem Sitzsack und las ein Karl-May-Buch.

Die Mutter sah den Kindern eine Weile zufrieden zu. "Möchten die Ritter, Burgfräulein und Dinosaurier etwas trinken?", fragte sie.

"Oh ja. Tee! Wir können Teezeremonie spielen", rief die zehnjährige Katarina sofort, ein pummeliges Mädchen mit rosa Schleife im Haar.

"Kakao!", riefen die anderen wie aus einem Mund.

"Tja, dann bist du wohl überstimmt", sagte die Mutter. "Ich bring euch gleich einen schönen, heißen Kakao."

Sie wandte sich an Mark. "Du räumst bitte mit den Kindern zusammen die Sitzpolster wieder auf die Stühle und rückt alles so hin, dass ihr euren Kakao da am Tisch trinken könnt."

"Wann kommt denn das Christkind?", fragte die dreijährige Bella, die kleine Schwester von Katarina.

"Es gibt doch gar ...". Als Armin, der elfjährige Schulkamerad von Katarina, den ablehnenden Blick der Mutter sah, hielt er sich schnell die Hand vor den Mund.

"Bald kommt das Christkind, mein Schatz!", sagte sie. "Wenn ihr euren Kakao getrunken habt, gehen alle zu ihren Familien zurück. Und dann kommt auch bald das Christkind."

Als die Mutter zehn Minuten später mit Lebkuchen, Zimtsternen und Kakao die Treppe herunterkam, rannten die Kinder gerade um den Tisch herum – was das für ein Spiel war, war nicht zu erkennen – aber die kleine Bella war offensichtlich ausgeschlossen, denn sie saß unter dem Tisch und weinte.

"Mark. Warum sitzt deine Schwester unter dem Tisch und weint?" Mark zuckte mit den Schultern, ohne von seinem Buch aufzusehen.

Teenager, dachte die Mutter und stellte das Tablett ab. Sie zog die Dreijährige unter dem Tisch hervor. "Was ist denn los mit dir?"

"Die sind alle schneller als ich." Dicke Tränen kullerten über ihre vor Ärger geröteten Speckbäckchen.

"Es dauert nicht mehr lange, dann bist du genauso schnell. Vielleicht sogar noch viel schneller." Sie setzte die Kleine auf einen Stuhl und begann die Tassen auf dem Tisch zu verteilen. "Kinder, setzt euch. Jetzt gibt es schönen, heißen Kakao."

Oben steckte Katarinas Vater den Kopf die Kellertreppe hinunter. "Leonore, ich fürchte das Christkind braucht deine Hilfe."

"Sag dem Christkind, ich komme gleich!", rief die Mutter nach oben und schenkte den Kindern ein.

Als sie sah, dass alle friedlich vor dem dampfenden Kakao saßen und in ihren Tassen rührten, gab sie ihrer Jüngsten einen Kuss und ging wieder nach oben. "Mark, du schaust bitte, dass es hier nicht zu wild wird", rief sie über die Schulter zurück.

"Ja klar", antwortete Mark, ohne den Kopf zu heben.

Die Kinder redeten munter durcheinander. Benjamin saß neben Bella, auf deren Wangen immer noch einige Tränen glänzten.

"Wenn du willst, kriegst du einen besonderen Zucker für deinen Kakao, dann ist er noch süßer", sagte er. "Nur du, sonst keiner."

Die Kleine sah ihn mit großen Kulleraugen an.

"Den hab ich bei meinem Bruder gefunden, er hatte ihn versteckt. Er muss was ganz Besonderes sein. Willst du?"

Bella schniefte noch einmal kurz, dann nickte sie.

"Warte, ich hab ihn hier ", sagte Benjamin und begann in seiner Hosentasche zu kramen. Er nahm zwei der kleinen Steinchen aus der Plastiktüte und ließ sie in Bellas Tasse fallen.

"Nicht weitersagen. Ich hab nämlich nicht genug für alle", flüsterte er in Bellas Ohr, die verschwörerisch ihren kleinen Zeigefinger auf ihren Mund legte.

Katarinas Eltern waren gerade dabei, die Geschenke unter dem Weihnachtsbaum zu verteilen, als die Türglocke ging.

"Ah, die ersten Kinder werden abgeholt", sagte der Vater, legte ein kleines, rotes Päckchen mit goldener Schleife zu dem Stapel, der für Bella gedacht war, und ging zur Tür. Er war überrascht, Benjamins Eltern in Begleitung zweier uniformierter Polizisten und eines Mannes, der sich als Kommissar Meier von der Drogenfahndung vorstellte, zu sehen.

"Was …", wollte er fragen, aber Benjamins Mutter unterbrach ihn.

"Wo sind die Kinder?"

"Im Keller. Wieso, was ist …"

Aber Benjamins Mutter preschte an ihm vorbei, gefolgt von ihrem Mann und den Polizisten. Sie stürzten die Treppe zum Keller hinunter.

Benjamin war nirgends zu sehen und Bella lag unter einem großen Sitzpolster unter dem Tisch, nur ihre Kinderbeinchen in Wollstrumpfhosen und die kleinen Hausschuhe schauten heraus. Die anderen Kinder spielten Mau-Mau am Tisch.

"Benjamin? Wo ist Benjamin?", rief die Mutter, während sie die Treppe hinunterlief. Die Kinder sahen sie mit großen Augen an, dann zeigten sie auf den Schrank in der Ecke.

"Benjamin. Warum … Was ist …?"

Bevor die Mutter zum Schrank stürzen konnte, öffnete sich die Tür.

"War das Christkind schon da?", fragte Benjamin, als er herauskam, und deutete vielsagend in Richtung Bella unter dem Tisch, die sich nicht bewegte. Dann sah er die Polizisten und seine Augen wurden groß.

"Benjamin, komm her." Die Mutter ließ ihm keine Zeit zu überlegen, was die Anwesenheit der Polizei bedeuten könnte, und zog ihn zur Seite. "Hast du etwas aus Manuels Zimmer genommen?" Benjamin senkte den Blick und lief rot an. Er war überrascht, als ihn die Mutter in den Arm nahm und fast erdrückte. "Oh Benjamin", sagte sie, "ich bin ja so froh, dass es dir gut geht. Du hast es nicht genommen, oder? Das hast du doch nicht?" Wieder drückte sie ihn.

"Aber wieso? Es ist doch nur Kandiszucker."

"Nein, Benjamin, das sind Drogen! Wir hätten es dir längst sagen sollen. Manuel hat etwas wirklich Schlimmes getan, er hat mit Drogen gehandelt. Das, was aussah wie Kandiszucker, das war ein Rauschgift."

Benjamin sah sie mit blankem Horror an. "Können Kinder daran sterben?"

"Ist schon gut, Schatz." Die Mutter wollte ihn wieder in den Arm nehmen. "Wenn du es nicht genommen hast, dann kann dir nichts passieren."

Benjamin schüttelte den Kopf, aber das Entsetzen wich nicht aus seinen Augen. "Bella ..." Weiter kam er nicht, denn Katarinas Mutter, die alles mitgehört hatte, stürzte zu ihrer kleinen Tochter. Als sie das Kissen wegzog, blinzelte Bella sie grinsend an. "Ist Benjamin schon versteckt?", fragte sie.

"Bella, hast du von Benjamins Zucker gegessen?"

"Wir haben ihn in meinen Kakao getan." Die Mutter unterdrückte einen Entsetzensschrei und blickte hilfesuchend zu ihrem Mann.

"Ich rufe den Notarzt", sagte Meier.

"Aber ich trinke ihn erst später", fuhr Bella fort. "Er ist noch zu heiß."

Alle sahen zu der Tasse, die vor dem Platz stand, auf dem Bella vorhin gesessen hatte. Die Tasse schien unberührt.

"Du hast noch nicht von dem Kakao getrunken?" Bella schüttelte den Kopf und ihre blonden Locken flogen um ihren Kopf.

"Auch nicht genippt?" Wieder Kopfschütteln. Die Mutter drückte ihre Tochter an sich.

"Niemand rührt hier seinen Kakao an", sagte Katarinas Vater und scheuchte die Kinder vom Tisch weg. "Wir fahren alle Kinder ins Krankenhaus zur Untersuchung."

Als sie wenig später im Warteraum der Kinderklinik auf die Untersuchungsergebnisse wartete, trafen auch die Eltern der anderen Kinder ein. Alle waren zuerst schockiert von dem, was vorgefallen war, und dann unendlich erleichtert, dass es ihren Kindern gut ging.

"Ich rede noch eine Weile mit den Eltern", sagte Meier zu dem einen der beiden uniformierten Polizisten. "Ruf du schon mal Melzer an." Er gab ihm einen Zettel mit Melzers Nummer in Hawaii. "Sag ihm, wir geben ihm eine Party, wenn er zurückkommt. Und ich schwöre, ich sag nie mehr, er sei ein nerviger Sack und solle sich nicht in unsere Angelegenheiten mischen."

Brown wärmte sich die Hände am Feuer, das er gerade im Kamin der Blockhütte entfacht hatte. Draußen schneite es, die Winter in diesem Teil von Colorado waren hart und schneereich, aber in der einsamen Hütte im Wald wurde es langsam angenehm warm.

Brown war nicht mit sich zufrieden, zu viel war schief gelaufen: der Anschlag auf Rosenberg wegen des fälschlicherweise vor dem Abflug in der Skulptur aktivierten Zeitzünders und der Verspätung der Maschine aus L. A., die sie nach Honolulu bringen sollte. Zeugen waren aufgetaucht, die seine Gehilfen nicht schnell genug beseitigt hatten. Dann noch dieser Schnüffler aus Deutschland. Einiges hatte er zwar wieder zurechtbiegen können, seine Bosse würden das hoffentlich auch so sehen. Schließlich war Rosenberg jetzt, wie von ihnen verlangt, von seinem Platz geräumt und den Deutschen hatte er mit dem Messer erwischt – so wie der geblutet hatte, sollte er niemandem mehr was erzählen können.

Doch nach all dem war es für Brown in Hawaii zu heiß geworden und so hatte er noch einmal die Verkleidung und den Namen gewechselt und war zum Flughafen in Honolulu gefahren.

Es war ihm nicht schwergefallen, seine Gesichtszüge unter Kontrolle zu halten, als er durch die Eingangshalle gegangen war, er war gewohnt, ein Pokerface zu tragen. Doch dann war ihm aufgefallen, dass die Kontrollen am Gate schärfer waren als sonst für einen Inlandsflug üblich. Da standen Polizisten hinter dem normalen Sicherheitspersonal der Fluggesellschaften.

Schweißtropfen waren ihm auf die Oberlippe getreten. Aber er musste von Hawaii weg, sagte er sich, er musste es riskieren.

Als er aufgefordert wurde, zurück durch den Metalldetektor zu gehen, weil das Gerät angeschlagen hatte, wurden die Polizisten auf ihn aufmerksam. Einen Augenblick lang dachte er, seine letzte Stunde in Freiheit habe geschlagen, und der Schweiß begann, ihm in den Hemdkragen zu tröpfeln. Doch dann hatte glücklicherweise eine attraktive, junge Frau hinter ihm einen Schwächeanfall, Polizisten und Sicherheitsbeamte wollten ihr zu Hilfe eilen und winkten ihn durch.

Seine weitere Reise hierher verlief ohne Zwischenfälle, er hatte sich am Flughafen einen Wagen genommen, den er ein paar Meilen von hier entfernt hatte stehen lassen, und war das letzte Stück mit Rucksack und Winterausrüstung zu Fuß durch den Wald gegangen.

Hier war er in Sicherheit, bis sich alles wieder beruhigt hatte, dachte Brown und stand auf, um die Vorräte, die er mitgebracht hatte, zu verstauen. Diese Hütte kannte niemand außer ihm und Loreley. Er hatte sie ihnen beiden zur Hochzeit geschenkt und sie hatten hier ihre Flitterwochen verbracht – damals, als er noch scharf auf sie gewesen war und ihm nichts verlockender schien, als mit ihr zehn Tage alleine in einer einsamen Hütte zu verbringen. Doch nach einiger Zeit waren Ehe und Sex zu einer langweiligen Normalität geworden und er hatte sich mehr und mehr auf seine berufliche Karriere konzentriert. Zunächst war auch da alles großartig gelaufen, sein Gebiet als Elektroartikelverkäufer wurde ständig erweitert, er bekam immer besser klingende Titel, bis er dann der Vertriebsleiter für Europa war. Aber die Firma war im Grunde nicht sehr bedeutend und die Höhe der monatlichen Schecks stagnierte. Er merkte, er war in eine Sackgasse geraten und wurde zunehmend unzufriedener. Die Wende kam, als er in einer Bar in New York nach einem Geschäftsessen von einem Mann angesprochen wurde, der ihn nach ein paar Whiskeys in funkelnden Bildern erklärte, wie leicht man an das große Geld kam und dabei den Vertrieblerjob als Tarnung nutzen konnte. Brown war erst skeptisch, aber dann hatte er es ausprobiert.

Der Mann hatte recht behalten, es gab unbegrenzt Dumme in dieser Welt, die mit Drogen der Wirklichkeit entfliehen wollten. Sie waren bereit, für ein paar gute Gefühle, die ihnen von chemischen Veränderungen in ihrem Körper vorgegaukelt wurden, viel Geld zu bezahlen – manche sogar soviel, dass sie ihre Kinder um eine vernünftige Ausbildung brachten und sich selbst um die Ersparnisse für ihr Alter.

Ja, Geld hatte er genug gehabt, seit er im Windschatten seines Vertrieblerjobs zusätzlich für das Drogenkartell arbeitete. So viel, dass er sich tolle Autos und Häuser leisten konnte, was ihm zwar die Ablehnung seiner Frau, aber endlich die Anerkennung des Vaters brachte – des Vaters, der ihm, dem zur Kränklichkeit neigenden Kind, in der Kindheit ständig vorgehalten hatte, was er für ein Feigling und Versager sei.

Aber jetzt war er in eine neue Sackgasse geraten. Mit dem Anschlag auf Rosenberg, wie er ursprünglich geplant war, bei dem der Verdacht auf antizionistische Terroristen gelenkt worden wäre, hätte er sich bis in die Führungsebene der Drogenorganisation, direkt unter die obersten Bosse hinaufkatapultiert. So aber hatte er einen Fehler nach dem anderen ausbügeln und Handlangerdienste übernehmen müssen, so wie schon vor Monaten in Deutschland, als er diesen Rosenheimer Zwischenhändler Harald Blend exekutierte, der durch seinen Drogenkonsum unvorsichtig geworden und in den Fokus der deutschen Drogenfahndung geraten war. Jemanden auszuschalten, war eigentlich eine Arbeit für die, die nichts anderes konnten, nichts für einen Mann, der zu der Position aufrücken wollte, die Brown ins Auge gefasst hatte. Sicher, es hatte ihm unerwarteterweise Spaß gemacht, der Rausch des Adrenalins bei der Vorbereitung und dann beim Akt des Tötens selbst. Aber das war nicht das, wo er hinwollte. Er wollte jemand sein, er wollte einen Titel – und sei es auch nur innerhalb der Organisation - und er wollte Geld, noch viel mehr Geld.

Nun würde er erstmal eine Weile untergetaucht bleiben müssen, sagte er sich, das würde ihn karrieremäßig weit zurückwerfen, ein halbes Jahr, schätzte er. Doch dann würde er da weiter machen, wo er aufgehört hatte. Die Organisation würde es zu schätzen wissen, was er für sie getan hatte, sie würden ihn wieder mit offenen Armen aufnehmen, wenn erstmal etwas Gras über die Sache gewachsen war, so hoffte er.

Als er draußen vor dem Fenster ein Knacken hörte, dachte Brown zunächst, ein neugieriger Bär stapfte im Schutz der Dunkelheit durch den Schnee um das Haus, doch dann sah er den Schein einer Taschenlampe. Er ging automatisch in Deckung, um durch das Fenster kein Ziel zu bieten. Vorsichtig robbte er zum Bett, wo er vorhin, als er ankam, seine neue Beretta abgelegt hatte.

Jemand klopfte an die Tür. "Dick? Ich bin's. Lionel! Mach auf."

Richard Brown entspannte sich. Lionel war sein einziger Freund. Er hatte die gleiche Laufbahn genommen wie er, nur für den asiatischen Markt. Er war der Mann, der ihn damals angeworben und in das Parallelgeschäft eingeführt hatte.

Brown steckte die Waffe hinten in den Hosenbund und ging zur Tür. Als er sie öffnete, sah er, dass hinter Lionel ein kleinerer Mann stand, ein Asiate, der beide Hände in den Hosentaschen hatte und keine Miene verzog. "Das ist nur mein Leibwächter", sagte Lionel und trat ein.

"Woher weißt du, dass ich hier bin?", fragte Brown, während er hinter dem Asiaten die Tür schloss. "Diese Hütte kennt eigentlich niemand außer mir und meiner Frau."

"Alvarez schickt mich. Keine Ahnung, woher der deine Adresse hat. Oh, ein Kamin, da kann ich meine Hände auftauen."

Brown und Lionel traten zum Kamin, der Asiate blieb neben der Tür stehen.

"Es ist nun mal so, dass man vor der Organisation nichts verbergen kann", sagte Lionel. "Da ist immer jemand hinter dir, der deine Schritte kennt. Denk an die Frau am Flughafen, die in Ohnmacht gefallen ist, um deinen Arsch zu retten."

Brown riss erstaunt die Augen auf.

Lionel nickte. "Auf die Organisation kannst du dich verlassen."

"Hm. Und weswegen genau schickt dich Alvarez hierher?"

"Er sagt, ich soll mit dir eine Strategie entwickeln, wie wir die Probleme, die da in Hawaii aufgetaucht sind, in den Griff kriegen. Ich soll mich drum kümmern, solange du untergetaucht bist."

"Verstehe. Und was meint Alvarez, wie lange das sein wird?"

"Nur solange die Gefahr besteht, dass jemand über dich eine Verbindung zwischen den Vorfällen in Hawaii und der Organisation herstellen könnte. Wir wollen nicht unbedingt die Aufmerksamkeit auf uns lenken. Aber keine Angst, du wirst nicht lange hier bleiben müssen." Weil Lionel sich bei den Worten zum Feuer gebückt hatte, um in der Glut herumzustochern, sah Brown nicht den spöttischen Zug um seinen Mund.

"Was hältst du von einem Bourbon und was zu essen?", fragte Brown. "Ich habe ein paar Dosen gebackene Bohnen da."

"Nichts dagegen einzuwenden. Während du kochst, schenke ich uns schon mal ein Gläschen ein."

Brown zeigte ihm, wo er den Whisky und die Gläser fand und begann ein paar Dosen zu öffnen, um sie in einem Topf auf dem Gasherd zu erwärmen. Während die Männer den blubbernden Bohnen im Topf zusahen, erklärte Brown, was genau in Hawaii passiert war.

"Isst er auch mit?", fragte Brown mit einem Nicken in Richtung des Asiaten, als er die Teller aus dem Schrank nahm.

"Zwei Teller reichen", sagte Lionel und stellte sein Glas auf den grob gezimmerten Tisch. Er setzte sich mit dem Rücken zum Kamin mit Blick zur Tür und dem Asiaten.

Als Brown die Teller auf den Tisch stellte, gab Lionel dem Asiaten mit den Augen ein Zeichen. Der nickte nur.

Brown sich setzte Lionel gegenüber. Bevor er nach seinem Löffel greifen konnte, trat der Asiate hinter ihn. In einer einzigen schnellen Bewegung legte er ihm eine Schlinge um den Hals und zog sie straff. Brown begann, wie wild mit den Armen um sich zu greifen und zu schlagen. Der Asiate verzog keine Miene und hielt ihn auf dem Stuhl, bis Browns Gesicht dunkel anlief und seine Beine anfingen, zu zucken. Lionel beobachtete das, was auf der anderen Seite des Tisches geschah, mit ausdruckslosem Gesicht, während er an seinem Glas nippte.

Es dauerte eine Zeit, bis Brown sich nicht mehr rührte. Als seine Augen schließlich erstarrt und sein Gesicht zu einer aufgedunsenen Fratze geworden waren, ließ der Asiate ihn vom Stuhl gleiten und setzte sich auf seinen Platz.

Lionel hob sein Glas.

"Auf deinen neuen Job", sagte er, als er mit dem Asiaten anstieß.

Das Kopfsteinpflaster glänzte noch nass vom Mairegen, doch das Nieseln hatte vor ein paar Minuten aufgehört. Jay war früh dran - mit Absicht, denn er wollte sich dem nächsten Abschnitt seines Lebens bewusst nähern. Hier sollte er beginnen, hier im Standesamt von Freising. Er hatte keine Augen für die anderen Paare, die nach und nach mit ihren Trauzeugen und Familien das Gebäude betraten und dann wieder verließen, und auch nicht für die historische Rokokofassade. Er ließ sein Leben Revue passieren und rief sich in Erinnerung, was alles passiert war, seit er das letzte Mal hier stand. Damals hatte ihn die Frau ohne jede Vorwarnung versetzt, die er geliebt und der er vertraut hatte. Nicht dass sie das aus böser Absicht getan hatte. Nein, sie hatte kalte Füße bekommen und war vor ihren eigenen Ängsten geflohen.

Seit damals hatte sich vieles verändert. Damals hatte er versucht, die Frau davon zu überzeugen, dass sie zusammengehörten. Diesmal hatte die Frau ihm den Heiratsantrag gemacht. Und diese neue Frau hatte keine Angst. Sie würde kommen.

Jay sah auf die Uhr. Sieben Minuten vor 11 Uhr. Ihr Termin war um Punkt 11. Er sah sich um, außer ein paar Menschen mit Einkaufstüten vorne in der Querstraße war weit und breit niemand zu sehen.

Sie ließ sich Zeit, dachte er, aber dazu hatte eine Braut schließlich das Recht.

Die Vorzimmerdame des Standesamtes schaute zur Tür hinaus, sie blickte sich suchend um und sah ihn da in der Gasse stehen. "Sind sie der 11-Uhr-Termin?" Dann erkannte sie ihn vom letzten Mal und Mitleid trat in ihre Augen. "Sie und ihre Zukünftige wären als Nächste dran", sagte sie zögerlich und konnte die Besorgnis nicht aus ihrer Stimme bannen. "Sind sie denn wieder alleine gekommen?"

"Ja, wir heiraten alleine, mit den Freunden feiern wir heute Abend. Und keine Angst, sie wird gleich da sein", antwortete Jay und lächelte der Dame aufmunternd zu.

"Ja sicher", sagte sie und schlüpfte schnell zurück ins Innere des Gebäudes. Es hätte ihn nicht gewundert, wenn sie alles verrammelt und die Rollläden heruntergelassen hätte.

In diesem Moment kam Jana um die Ecke gebogen. Sie trug ein geblümtes, leicht transparentes Sommerkleid, das beim Gehen ihre schlanke Figur umspielte, und hielt den Strohhut mit seinen flatternden Bändern fest, damit er ihr beim schnellen Gehen nicht vom Kopf flog. Ihre Wangen waren gerötet und sie leuchtete vor dem dunklen Kopfsteinpflaster.

"Ich hoffe, ich bin nicht zu spät", rief sie ihm entgegen, und ihr Lächeln zeigte nichts als Freude und Zuversicht. "Ich konnte mich nicht entscheiden, welche Ohrringe ich tragen sollte, und die Uhr war stehen geblieben", plapperte sie fröhlich weiter.

"Schon gut, Schatz!", sagte Jay und küsste sie zur Begrüßung. Es schien ihm, als sei die Welt plötzlich heller und tatsächlich, da waren erste hellblaue Fleckchen am Himmel zu sehen. "Du bist zur richtigen Zeit hier."

"Zum Glück hat Juli angerufen, weil sie wegen des Essens heute Abend was wissen wollte – sie hat mich an die Zeit erinnert."

"Ich werde mich dafür bei Juli bedanken." Er strich ihr über die Wange.

"Das Essen wird *experimental gourmetös* und macht laut Juli auch nicht platt."

Er sah sie fragend an.

"Es wird ungewöhnlich, lecker und nicht zu schwer." Sie warf ihm einen kessen Augenaufschlag zu. "Ich meine ja nur, wegen der Hochzeitsnacht und so."

Er lachte. "Aha, ich verstehe, du und deine Freundinnen habt hohe Erwartungen."

Sie lachte. "Aber ja!"

Jay legte den Arm um sie. "Ich glaube, sie warten da drin schon auf uns. Bist du bereit?"

"Bereit, willig, voller Vorfreude", sagte sie und bot ihm den Mund dar. Er zog sie eng an sich und küsste sie.

"Wirklich, alle Ängste und Vorbehalte, die ich jemals hatte, sind verflogen", sagte sie, als er sie zu Atem kommen ließ. "Und du? Hast du mir das wirklich verziehen, dass ich dich damals alleine hier stehen ließ?"

Er sah sie lange an. "Ich glaube, letztendlich war es gut für uns."

Sie zog sein Gesicht zu sich herunter und küsste ihn. "Ja, egal wie schlimm diese Zeit zwischen meiner Flucht und der Befreiung aus Lances Händen auch war, letztendlich hat es mir gezeigt, dass ich zwar Schwächen habe, aber auch die Stärke, sie zu überwinden. Jetzt kann ich mit Freude den Weg gehen, den ich gehen will – nicht den Weg, vor dem ich weniger Angst habe."

„Und diese neue Jana heirate ich noch viel lieber."

Sie wollte ihn gerade noch einmal küssen, als sie die Stimme der Standesamtsbeamtin hinter sich hörten.

"Herr Bergmeister und Frau Reissig? Möchten Sie, dass ich Sie jetzt traue?"

Sie drehten sich zu ihr um.

"Ja", sagten Jana und Jay wie aus einem Munde und folgten ihr in das Gebäude.

Abends fand am Chiemsee die Hochzeitsfeier mit guten Freunden und der Familie statt. Melzer hatte ein kleines Partyzelt organisiert und die Freunde hatten es mit Einverständnis des Bauern auf einer Wiese gleich beim Jachthafen, wo Jays Boot lag, aufgebaut und romantisch mit Flieder, Pfingstrosen und anderen Frühblühern geschmückt. Auch die Mahalo, auf der sie den Aperitif genommen hatten, war über und über mit Blumen dekoriert. Um das Essen hatten sich Juli und Melzers Schwester gekümmert, Gläser klirrten und es wurde sich an Bärlauchsuppe mit Shrimps und Kräuterbraten mit Papayasalat gelabt, zum Nachtisch gab es Creme auf Früchtebett mit Schokosoße.

Bärlauchsuppe mit Shrimps

Zutaten für 4 Personen
½ l kräftige Gemüsebrühe
2 Zwiebeln, fein gehackt
200 g Bärlauch, gewaschen und fein gehackt
1 Becher Sahne
20 g Mehl (nicht klumpend, z. B. Instant Mehl)
2 TL Öl
200 g Shrimps (gegart und geschält)
Salz und Pfeffer, Muskat

Zubereitung
Öl in beschichteter Pfanne erhitzen, Zwiebeln darin glasig schmelzen. Mehl über die Zwiebeln stäuben und anschwitzen lassen, Brühe unter Rühren aufgießen und alles aufkochen. Herd herunter drehen, ½ Becher Sahne dazugeben und ein paar Minuten leicht köcheln lassen. Währenddessen Bärlauch blanchieren und in Eiswasser abschrecken. Bärlauch abtropfen und grob hacken. Restliche Sahne steif schlagen und mit Bärlauchhack mischen. Shrimps in die Suppe geben und einige Minuten erhitzen lassen. Bärlauchsahne vorsichtig einrühren. Mit Salz, Pfeffer und Muskat abschmecken. Servieren.

Kräuterrollbraten mit Papayasalat

<u>Rollbraten - Zutaten für 4 Personen</u>
1,3 kg Rinderrollbraten (Fleisch beim Metzger für Rollbraten schneiden lassen)
3 EL Olivenöl
3 Knoblauchzehen, fein gehackt
3 EL mittelscharfer Senf
1 TL Rosmarin, frisch oder getrocknet, fein gehackt
1 TL Thymian, frisch oder getrocknet, fein gehackt
½ TL Salbei, getrocknet, zerbröselt
1/2 Ltr. Weißwein
Salz, Pfeffer

<u>Zubereitung - Rollbraten</u>
Fleisch kalt abbrausen, trocken tupfen. Von beiden Seiten salzen und pfeffern. Knoblauch mit Senf und Kräutern verrühren. Das Fleisch auf einer Seite (spätere Innenseite) mit der Senf-Kräuter-Paste bestreichen. Fleisch eng zusammenrollen und mit Küchengarn zusammenbinden. Backofen auf 220 Grad vorheizen. Öl im Bräter erhitzen. Sobald das Fett heiß ist, Fleisch darin von allen Seiten gut anbraten. Wein seitlich angießen. Braten im Ofen bei 200 Grad ca. 90 Minuten schmoren. Herausnehmen und warm stellen. Den Bratenfond durch ein Sieb gießen. Mit Salz und Pfeffer abschmecken. Braten in Scheiben schneiden und mit der Soße servieren. Dazu passt zum Beispiel eine Wildreis/weißer Reis-Mischung und pikanter Papayasalat.

<u>Pikanter Papayasalat - Zutaten für 4 Personen</u>
Fruchtfleisch (ohne Schale, ohne Kerne) zweier grüner (unreifer) Papayafrüchte
200 g Kirschtomaten
1 Chilischote, gewaschen, entkernt, sehr fein gehackt
2 Knoblauchzehen, fein gehackt
2 EL Limonensaft
1 EL Pflanzenöl
1 Prise Zucker
Salz, Pfeffer

<u>Pikanter Papayasalat ("Papaya-Sauerkraut") - Zubereitung</u>
Fruchtfleisch raspeln oder hobeln (Konsistenz etwa wie Kraut) und mit dem feingehackten Chili und dem Knoblauch mischen. Kirschtomaten halbieren und unter den Salat mischen. Marinade aus Limonensaft, Salz, Pfeffer,

Zucker und Öl herstellen und über den Salat geben. Umrühren und 1 Stunde im Kühlschrank ziehen lassen. Noch einmal abschmecken.

Creme auf Früchtecocktail

<u>Zutaten für 6 Personen</u>
3 Kiwifrüchte geschält und in dünnen Scheiben
1 Banane, geschält, in Scheiben geschnitten
250 g Erdbeeren, gewaschen und halbiert
½ Ananasfrucht, geschält, holziger Teil entfernt, in Scheiben
Saft einer Limone
50 g brauner Zucker
500 ml Magermilch
1 Vanilleschote
6 Blatt Gelatine
5 Eier, davon das Eigelb
120 g Zucker
400 ml Sahne

<u>Zubereitung</u>
Für die Creme: Vanilleschote längs aufschneiden und Mark auskratzen. Milch, Vanillemark und Schote in einem Topf erhitzen.
Gelatineblätter in kaltem Wasser einweichen. Eigelb und Zucker in cremig rühren. Vanilleschoten aus der Milch nehmen, die heiße Milch in die Eigelb-/Zuckercreme einrühren. Über heißem Wasserbad cremig rühren, bis die Creme dicklich wird. Gelatine ausdrücken und unter ständigem Rühren in der warmen Creme auflösen, dann alles über einem kalten Wasserbad kalt rühren.
Sahne steif schlagen und, kurz bevor die Creme geliert, vorsichtig unter die Creme ziehen. Eine Glasschüssel ausspülen und die Creme einfüllen. Die Masse für mindestens 2-3 Stunden im Kühlschrank kaltstellen.
Für den Früchtecocktail maximal eine Stunde vor dem Servieren Bananen, Erdbeeren und Ananas in eine Schüssel geben, Limonensaft und Zucker darübergeben und vorsichtig umrühren. Anrichtungsvorschlag: Auf jedem Teller drei Kiwischeiben auf einer Hälfte des Tellers dekorieren, je zwei bis drei Esslöffel Fruchtcocktail auf der anderen, dazwischen einen großen Esslöffel Creme (mit einem großen Esslöffel ausgestochen).

Als die Tische abgeräumt wurden und die Musik aufspielte, eine Rockband aus lauter Kommissaren, nahm Melzer Jay zur Seite.

"Wann wusstest du eigentlich, dass Jana die Richtige für dich ist?", fragte er ihn beiläufig.

Jay sah ihn überrascht an. Melzer hatte sich heute in Schale geworfen und bayerische Festtracht angelegt einschließlich Gamsbart-Hut, der inzwischen allerdings im Chiemsee bei den Enten schwamm, seit Melzer vor einem wütenden Schwan geflohen war.

"Wieso? Hast du ein Auge auf jemanden geworfen?", fragte Jay scheinheilig.

Melzer zuckte die Schultern und brummte etwas Unverständliches vor sich hin, ohne den Blick von Jenny zu wenden, die extra zur Hochzeitsfeier aus Hawaii angereist war und sich gerade Nachschub bei der Erdbeerbowle holte. Sie hatte sich bemüht, sich unauffällig zu kleiden, sie wollte der Braut ja nicht die Show stehlen. Doch als ihr bei den Vorbereitungen eine aufgeweichte Erdbeere auf ihr blassrosa Kleid gerollt war, hatte sie sich von Jana einen Lippenstift geliehen und den Stoff von oben bis unten mit roten Punkten betupft – „damit der Fleck weniger auffällt", hatte sie gesagt – mit dem Ergebnis, dass sie nun wie das Negativ eines Fliegenpilzes aussah.

"Also bei mir war es der Augenblick, als ich die braunrosa lackierten Zehchen an Janas verfrorenen Füßen sah - damals als ich in ihr Büro in Weihenstephan kam, nachdem dort eine Frau, die zur Beratung gekommen war, getötet worden war. Und bei dir? Was war bei dir der Auslöser?"

Melzer begann zu stottern und Jay grinste. Er erinnerte sich gut an den Augenblick, als Melzer ihn im Krankenhaus in Honolulu besucht hatte und dann Jenny zusammen mit Jana den Raum betrat. Melzer hatte damals ausgesehen, als seien für ihn Zeit und Raum stehen geblieben.

"Ich glaube, es waren die ..."

"Plüschhasenohren-Kopfhörer", fiel Jay lachend ein.

"Ja, stimmt. Es war bei dir im Krankenhaus. Du glaubst gar nicht, wie froh ich war, als sich herausstellte, dass sie von der Zusammenarbeit ihres Exfreundes mit der Drogenmafia nichts wusste." Sie beobachteten Jenny und Jana, die jetzt auf der gegenüberliegenden Seite mit Juli, Janas langjähriger Freundin, über irgendetwas lachten.

"Ja, sie hatte keine Ahnung, dass der Bildhauer eine Bombe in die Skulptur eingebaut und versehentlich aktiviert hatte."

"So viele Menschen mussten deshalb sterben."

"Ja, so viele Menschen sterben tagtäglich an oder wegen Drogen – wozu ich auch den Alkohol zähle. Andere freuen sich über deren Dummheit und machen dicke Geschäfte."

"Und wieder andere opfern sich, so wie Loreley Brown. Sie ist schließlich in Hawaii im Hospital gestorben, ihr Leibwächter war bei ihr."

Melzer nickte. "Was ist eigentlich aus dem geworden? Wie hieß der?"

"Jerry. Eigentlich Jeremia Alvarez."

Jana und Jenny kamen jetzt herangeschlendert. Jenny konnte ihren Blick genauso wenig von Melzer abwenden, wie er von ihr, stellte Jay fest.

"Ihr seht so ernst aus", sagte Jana und hakte sich bei Jay unter.

"Wir haben gerade darüber geredet, was aus den verschiedenen Leuten geworden ist", sagte Jay. "Zum Beispiel Jerry, der Leibwächter von Loreley Brown, er ist von der Bildoberfläche verschwunden, seit Loreley tot ist."

"Lance wird jedenfalls lange im Gefängnis bleiben müssen", sagte Jana. "Das hat er verdient. Und meine Mitbewohner Tom, Bill und Sandy sind zurück zu ihren Familien aufs US-Festland gegangen. Tom studiert jetzt in der Abendschule. Das ist wirklich ein Lichtblick."

"Ja", sagte Jay. "Und Bellinda hat versprochen, in Zukunft die Schule ernster zu nehmen und sich nicht mehr von Jungs oder Männern kleinmachen zu lassen. Lasst uns heute die Lichtblicke feiern."

Eine Glocke ertönte und Juli winkte dem Brautpaar, zur Tanzfläche zu kommen. "Zeit für den Hochzeitstanz", rief sie.

"Weißt du, wozu ich jetzt Lust hätte?", fragte Jana drei Stunden später, als die Musik ruhiger wurde und sie eng umschlungen mit Jay zwischen ein paar anderen Paaren tanzte.

"Etwas Unanständiges?", fragte Jay und küsste sie.

"Das möglicherweise auch – später", sie gab ihm einen tröstenden Kuss neben den Nasenflügel. "Aber was hältst du von einem kleinen Ausflug auf der Mahalo? Wir könnten uns einfach eine Weile auf dem See treiben lassen, uns an Deck setzen und die Sterne anschauen. Wir haben doch warme Sachen unten in der Kajüte."

"Und du hast keine Angst, dass eine Leiche vorbeitreibt oder ein Flugzeug in den See stürzt, so wie uns immer das Unmögliche passiert …" Sie unterbrach ihn lachend mit einem Kuss. "Und wenn schon. Manches muss man eben nehmen, wie es kommt."

Epilog

Drogen, Geld und kalte Füße
Romantikthriller

Die Sonne versank in glühenden Farben über dem Karibischen Meer. Jack R. Turner und Diego Alvarez saßen auf der Terrasse, während ihre Leibgarde am Strand den Horizont im Auge behielt.

Turner hob das Glas. "Ich genieße unsere turnusmäßigen Meetings. Trinken wir darauf, dass unsere Fusion erfolgreich abgeschlossen ist und die Eroberung neuer Märkte nun zügig erfolgen kann."

"Auf gute Geschäfte", bestätigte Alvarez. "Ich denke, wir haben unseren Konkurrenten nun eine starke Position und ein durchgängiges und doch modulares Verteilungssystem voraus."

"Ja, ein System, das auch die Markteinführung neuer Drogen beschleunigt."

"Das ist gut. Mit der Entwicklung synthetischer Drogen sind wir schon recht weit. Nicht mehr lange und die ersten sind marktreif."

Turner nickte und sie genossen schweigend ihren Whiskey, während der Feuerball immer tiefer ins Meer tauchte. Ein Pelikan kam herangeflogen und setzte sich auf den Holzpflock am Strand, seine Silhouette hob sich schwarz vor dem hellen Hintergrund ab.

"Das war übrigens sauber und konsequent, wie ihr diesen Brown von der Bildfläche genommen habt." Turner stellte sein Glas ab.

"Ja, er hatte seine Aufgabe im Wesentlichen erfüllt. Aber wenn man ihn gefunden und verhört hätte, dann hätte er mit dem Finger auf uns gezeigt, er war nicht stark genug, um ihn in die Familie aufzunehmen. Nur ein kleiner Emporkömmling."

"Woher wusstet ihr, wo er untertauchen würde?"

"Von seiner Frau. Sie wollte ihn aus dem Drogengeschäft raushaben."

"Das hat sie erreicht." Alvarez lachte.

"Tja, manchmal trifft es zu: Wer eine Frau hat, der braucht sonst keine Feinde."

"Ah, da kommt ja mein Neffe zurück", sagte Alvarez, als ein drahtiger Mann in Begleitung einer riesigen Deutschen Dogge den Strand entlang geschlendert kam.

"Wirklich ein heller Kopf, dein Neffe!", sagte Turner.

"Ja, stimmt. Eine Zeit lang hatte ich Angst, dass er mit der Familie nichts zu tun haben wollte. Ich hatte ihn sogar als Leibwächter für Browns Frau strafversetzt, um ihn aus den Augen zu bekommen. Anscheinend hat das was geholfen, er hat sich in den letzten Monaten sehr engagiert gezeigt. Ohne ihn hätten wir die Caligruppe vielleicht nicht unten halten können. Er hat sich seinen Platz in meiner Nähe hart erarbeitet und soll nun auch von den Früchten der Arbeit naschen können."

"Ja, es ist gut, wenn die Profite in der Familie bleiben."

"Das denke ich auch", sagte Alvarez und unterdrückte ein Zucken in seinem Mundwinkel.

"Jerry, nimm dir auch ein Glas, damit du riechst und schmeckst, was man mit Geld Wundervolles kaufen kann", lachte Alvarez, als der Mann die Treppe vom Strand zur Terrasse hochkam."

"Habt ihr eure Gespräche abgeschlossen?", fragte Jerry und bedeutete dem Hund hinter ihm Platz zu machen, was der Hund auch sofort tat.

"Ja, wir sind mit allem fertig. Jetzt kommt der spaßige Teil des Abends", sagte Alvarez, doch seine Stimme hatte etwas Bedeutungsvolles.

"Verstehe. Es ist also soweit."

"Was ist soweit?", fragte Turner. "Habt ihr eine Überraschung geplant? Kommen wieder Mädchen?"

"Ja, die werden auch kommen", sagte Alvarez. "Aber vorher gibt es noch etwas Besonderes." Er nickte Jerry zu.

Jerry nickte zurück und griff nach hinten unter sein Hemd, wo er eine Pistole verborgen hatte.

Turner verstand nicht, was los war, als er eine Waffe auf sich gerichtet sah. Er sah fragend zu Alvarez hinüber. Doch in dem Moment traf ihn bereits die Kugel und er flog nach hinten in die geblümten Polster des Terrassensofas.

"Gut gemacht, Jerry. Nun wirst du seinen Platz einnehmen", sagte Alvarez. "Dass der Idiot geglaubt hat, wir würden einen Gringo an unseren Geschäften beteiligen." Er schüttelte den Kopf.

Jerry hatte die Waffe gesenkt und schien sich auf irgendetwas am Horizont zu konzentrieren.

"Komm setz dich, Jerry. Ray und Marco schaffen die Leiche weg und dann kommen die Mädchen. Du wirst sehen, das wird noch ein lustiger Abend."

Jerry blickte vom Horizont zu der Waffe in seiner Hand dann zu seinem Onkel.

"Jetzt pack die Waffe weg", sagte Alvarez. "Du hast deine letzte Bewährungsprobe bestanden."

"Deine vielleicht. Aber meine eigene noch nicht." Er hob die Waffe und richtete sie auf seinen Onkel, der in diesem Moment die Wahrheit erkannte und nach seinen Leibwächtern rief.

Jerry wusste, er hatte keine Zeit mehr für lange Erklärungen. "Für Loreley!", sagte er und drückte zweimal ab, bevor er selbst vom Kugelhagel der herbeilaufenden Leibwächter zerfetzt wurde.

Verzeichnis der enthaltenen Rezepte

Bananensuppe 36

Nudelsalat exotisch 51

Teriyaki-Hühnchen 87

Spezial Hotdog 116

Bratäpfel mit Marzipanfüllung 119

Bärlauchsuppe mit Shrimps 223

Kräuterrollbraten mit Papayasalat 224

Creme auf Früchtecocktail 225

Verzeichnis der enthaltenen Rezepte 231

Mehr Romantikthriller mit Jana und Jay
"DIÄTEN UND DIAMANTEN", Eva B. Gardener, BoD, Norderstedt 2015 (der erste Krimi der Jana-Jay-Reihe, hatte in der Erstauflage den Titel "Die letzte Diät")

"LEBENSHUNGER", Eva B. Gardener, Gmeiner Verlag, Meßkirch 2005 (der zweite Krimi der Jana-Jay-Reihe)

Kinderkrimi
Wolfsgeheul - Halloween-Kinderkrimi, Eva Schumann, BoD, Norderstedt 2015

Websites von Eva B. Gardener alias Eva Schumann)
www.evabgardener.de
www.halloween-kinderkrimi.de
www.bayernkrimis.de
www.tinto.de